i n
e a r h
t

地球旅馆

かいだん

怪谈

小泉八云 / 著

郭睿 王如胭 孟令堃 / 译

KWAIDAN

LAFCADIO HEARN

张进步 程碧 / 主编

中国致公出版社
China Zhigong Press

图书在版编目〔CIP〕数据

怪谈 / (日) 小泉八云著；郭睿，王如胭，孟令堃
译. -- 北京：中国致公出版社，2019
（地球旅馆 / 张进步 程碧 主编）
ISBN 978-7-5145-1218-2

Ⅰ．①怪… Ⅱ．①小… ②郭… ③王… ④孟… Ⅲ．
①民间故事 - 作品集 - 日本 Ⅳ．①I313.73

中国版本图书馆 CIP 数据核字（2018）第 023667 号

怪谈

小泉八云 著

郭　睿　王如胭　孟令堃　译

张进步　程　碧　主编

责任编辑：张洪雪　王宏亮

责任印制：岳　珍

出版发行：中国致公出版社

地　　址：北京市海淀区翠微路2号院科贸楼
邮　　编：100036
电　　话：010-85869872（发行部）
经　　销：全国新华书店
印　　刷：天津丰富彩艺印刷有限公司
开　　本：787毫米×1092毫米　　1/32
印　　张：16.5
字　　数：400千字
版　　次：2019年4月第1版　　2019年4月第1次印刷

定　　价：68.00元

目录

目録

代序

小泉八云：

如果到地狱里去，他能享美，他也乐意去的

——朱光潜

01

壹

稀奇日本瞥见记

知られぬ日本の面影

怪谈

怪談

叁

虫界的研究

蟲の研究

肆

骨董
骨董

伍

来自东方
東の国から

陆

佛国的落穗
佛の畠の落穗

天河的缘起并其他

天の河縁起そのほか

月冈芳年 · 北山月

月冈芳年·席上圆月照松影

月冈芳年 · 四条纳凉

月冈芳年・吉野山夜半月

月冈芳年・朱雀门之月

月冈芳年・严岛之月

月冈芳年・五条桥之月

月冈芳年·忍冈月

月冈芳年 · 狐女葛叶别子图

月冈芳年·小早川隆景彦山天狗问答图

月冈芳年 · 牡丹灯笼

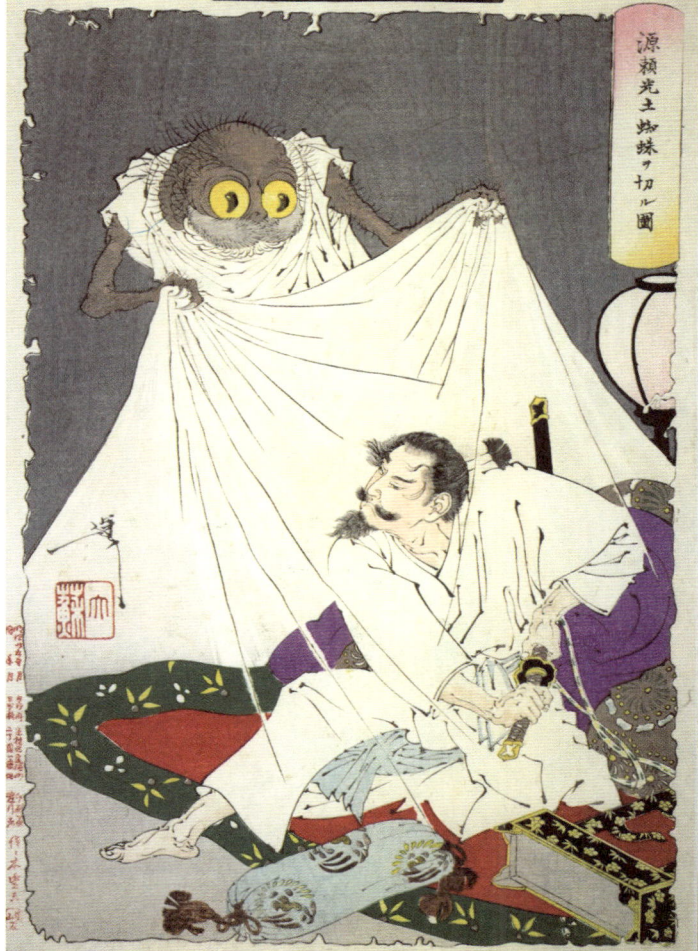

月冈芳年·源赖光斩土蜘蛛图

歌川国芳・晴天娃娃起舞

歌川国芳・猜拳

歌川国芳・流行猫之戏

歌川国芳・流行猫之戏

歌川国芳·诸道具聚集说蛊语

歌川国芳・团扇画

代序·小泉八云

如果到地狱里去，他能享美，他也乐意去的　　　——朱光潜

　　歌德曾经说过，作品的价值大小，要看它所唤起热情的浓薄。小泉八云（Lafcadio Hearn）值得我们注意，就在他对于人生和文艺，都是一个强烈的热情者。他所倾向的虽然是一种偏而且狭的浪漫主义，他的批评虽不免有时近于野狐禅，可是你读他的书札、他的演讲、他描写日本生活的小品文字，你总得被他的魔力诱惑。你读他以后，别的不说，你对于文学兴趣至少也要加倍浓厚些。他是第一个西方人，能了解东方的人情美。他是最善于教授文学的，能先看透东方学生的心孔，然后把西方文学一点一滴地灌输进去。初学西方文学的人以小泉八云为向导，虽非走正路，却是取捷径。在文艺方面，学者第一需要是兴趣，而兴趣恰是小泉八云所能给我们的。

　　我说小泉八云是一个西方人，严格说起，这句话不甚精确。他的文学兴趣是超国界的，他的行踪是漂泊无定的，他的世系也是东西合璧的。论他的生平，他生在希腊，长在爱尔兰、法国、美国和西印度，最后娶了日本妇人，入了日本籍。论他的血统，他是一个混种之混种。他的父亲名为爱尔兰人，而祖先据说是罗马人（Roman）和由埃及浪游到欧陆的一种野人（Gypsy）的

后裔。他的母亲名为希腊人，据说在血源方面与阿拉伯人有关系。要明白小泉八云的个性，不可不记着他的血统。希腊人的锐敏的审美力，拉丁人的强烈的感官欲与飘忽的情绪，爱尔兰人的诙诡的癖性，东方民族的迷离梦幻的直觉，四者熔铸于一炉，其结果乃有小泉八云的天才和魔力。他的著作中有一种异域（exotic）情调，在纯粹的英国人、法国人或任何国人的著作中都不易寻出的。

小泉八云的父亲是一个下级军官，驻扎在希腊的英属岛，因而娶下希腊女子。小泉八云出世未久，就随父母还爱尔兰。到了爱尔兰以后，刚离襁褓的小泉八云就落下生命苦海，漂泊终身了。他的家庭中遭遇种种惨变，父另娶，母再醮，他寄养在一个亲房叔祖母家，和他的父母就从此永远诀别了。他的亲属都是天主教徒，所以他自幼就受严厉的天主教的教育。他先进了一个英国天主教学校，据说因为好闹事，被学校斥退了。他在学校就以英文作文驰名。同学们因为他为人特别奇异，都欢喜同他玩。他的眼睛瞎了一个，就是在学校和同学们游戏打瞎的。后来他又转入法国天主教学校，所以他的法文很有根底。他生来是一个唯美主义者，对于宗教，始终格格不入。他在书札中曾提起幼时一段故事：

　　我做小孩时，须得照例去向神父自白罪过。我的自白总是老实不客气的。有一天，我向神父说："据说厉鬼常变成美人引诱沙漠中的虔修者，我应该自白，我希望厉鬼也应该变成美人来引诱我，我想我决定受这引诱的。"神父本来是一位相貌堂堂的人，不轻于动气。那一次，他可怒极了。他站起来说："我警告你，我警告你永远莫想那些事，你不知道你将来会后悔的！"神父那样严肃，使我又惊又喜。因为我想他既然这样郑重其词，也许我所希望的引诱果然会实现罢！但是俏丽的女魔们都还依旧留在地狱里！

如果到地狱里去，他能享美，他也乐意去的。这是他生平对于文艺的态度，在这幼年的自白中就露出萌芽了。在十六岁时，他的叔祖母破产，没有人资助他，他只得半途辍学，跑到伦敦去做苦工。在伦敦那样人山人海的城市中，一个孤单孱弱的孩子，如何能自谋生活？他有时睡在街头，有时睡在马房里。在一篇短文叫作《众星》（*Stars*）里面，有一段描写当时苦况说：

> 我脱去几件单薄衣服，卷成一个团子作枕头，然后赤裸裸地溜进马房草堆里去。啊，草床的安乐！在这第一遭的草床上我度去多少漫漫长夜！啊，休息的舒畅，干草的香气！上面我看着众星闪闪地在霜天中照着。下面许多马时时在那儿打翻叉脚。我听得见它们的呼吸，它们呼的气一缕一缕地腾到我面前。那庞大身躯的热气，把全房子通炙热了，干草也炙得很暖，我的血液也就流畅起来了——它们的生命简直就是我的炉火。

在这种境界中，他能恬然自乐，因为"他知道天上那万千历历的繁星个个都是太阳，而马却不知道"。

他在伦敦度去两年，也没有人知道他究竟如何撑持住他的肚皮；更没有人知道他如何七翻八转，就转到纽约。此时他已十九岁了。当时英国人想发财的都到美国旧金山去。小泉八云是否也有这种雄心，我们不知道。我们所知道的只是那里没有财临到他去发。叨天之幸，他遇着一个爱尔兰木匠，叙起乡谊，两下相投，他就留在木匠铺里充一个走卒。不多时，他又转到辛辛那提。他在三等车里，看见一位挪威女子，以为她是天仙化人，暗地里虔诚景仰。旁座人向他开玩笑说，"她明天下车了，你何以不去同她攀谈？"他以为这是渎亵神圣，置之不答。那人又问他何以两天两夜都不吃饭，他答腰无半文，那人便转过头谈别的事去了。他正在默念人情浇薄，猛然地后面有人持一块面包用带着外国口音的英语向他说："拿去吃罢。"他回头看，这笑容满面的垂怜者便是那挪威少女。张皇失措中，他接着就慌忙地嚼下了。过后才想到忘记道谢，不尴不尬地去作不得其时的客气话，被她误会了，用挪威语说了一阵话，似乎含着怒意。过了三十五年，小泉八云作了一篇文章，叫作《我的第一遭奇遇》，还津津乐道这一饭之惠。

小泉八云在美洲东奔西走地度去二十余年之久。在这二十余年中，他经过变化甚多，本文不能详述。一言以蔽之，这二十余年是他生平最苦的时代，也是他死心塌地努力文学的时代。穷的时候，他在电话厂里做过小伙计，在餐馆里做过堂倌，在印刷所里做过排字人，他自己又开过五分钱一餐的小吃店。后来他由排字人而升为新闻报告者，由报告者而升为编辑者。他的大部分光阴都费在报馆里。他的职业虽变更无常，可是他自始至终，都认定文学是他的目标。窘到极点，他总记得他的使命。别的地方他最不检点，在文学方面他是最问良心的。尽管穷到没有饭吃，他决不去做自己所不欢喜做的文字去骗钱。他于书无所不窥，希腊的诗剧、印度的史诗、中国的神话、挪威的民间故事、俄国的近代小说、英国浪漫时代的诗和散文，他都下过仔细的功夫。法国的近代文学更是他所寝馈不舍的。我在上面说过，小泉八云具有拉丁民族的强烈的感官欲，所以他最能同情于法国近代作者。他是第一个介绍戈蒂耶（Gautier）、福楼拜（Flaubert）、莫泊桑一般人给英美读者。他又含有爱尔兰人的诙诡奇诞的嗜好，所以他爱读挪威、俄国、印度、日本诸国文学，因为这些文学中都含有一种魔性的不平常的情致与风味。

小泉八云生来就是一个妇女崇拜者。他的漂泊生涯中大部分固然是咸酸苦辣，却亦不乏甜的滋味。关于他早年的韵事，读者最好自己去读他的传记和书札。他的第一个妇人是一个黑奴女子。在辛辛那提充新闻记者时，他染过一次重病。这位黑奴女子替他照料汤药，颇致殷勤。病愈后，他就同她正式结婚。白人以白黑通婚为大逆不道，小泉八云遂因此为报馆所辞退。小泉八云动于一时情感，不惜犯众怒而娶黑奴女子，这本是他的本色。拉丁人之用情，来如疾雨，去如飘风；不久，他转过背到了日本，就忘掉黑妇人而另娶一日本女子，把自己的姓名和国籍都丢掉，跟妻族过活。他本名拉夫卡迪奥·赫恩（Lafcadio Hearn），娶日本妇后，才自称小泉八云，小泉是他的妻姓，八云是日本古地名，又是一首古诗[1]的句首。在交友方面，小泉八云也是最反复无常的人。和你要好时，他把你捧入云端，和你翻脸时，他便把你置之陌路。他早年所缔造的好友，晚年都陆续地疏弃去。他自己的妹妹和他通过许多恳挚的信，到后来也突然中绝。她写信给他，他总是把空信封递回。有人说，他怕记起幼年家庭隐痛，所以他恝然砍断这一条联想线索。

一切故人，他都遗弃了，可是有一个人他永远没有遗弃，——如果他所信的轮回说不虚诞，也许在另一境界中，这人和小泉八云享有上帝的非凡的恩宠！听过小泉八云的英文课的日本学生们或许还记得他每逢解释西文姓名，在粉板上写的例子回回都是伊莉莎白·比思兰（Elizabeth Bisland）。原来

1　见本书《八岐大蛇的传说》。

这位比思兰就是小泉八云久要不忘的丽友。像小泉八云自己，比思兰也早为境遇所窘，十七岁就离开她的父母，到新奥林斯去办报卖文过活。她很爱读小泉八云在报纸上所发表的文字，就写了一封信给他，表示她女孩子的天真烂漫的景仰。从此文学史上，卢梭（Rousseau）与福兰克菲夫人（Mme.de La Tour-Franqueville）、歌德与鲍蒂腊女士（Bettida Brentano）两段因缘以外，就添上一番佳话了。卢梭、歌德对于他们的崇拜者，都未免薄情，小泉八云总算能始终不渝。他给比思兰的信是一幅耽嗜文艺者的心理解剖图，页页都有诗情画意。他写信给她，最初还照例客气，后来除信封以外，就不称她为"比思兰女士"了。小泉八云在精神上受她的影响最深。在他的心目中，比思兰是无量数玄秘心灵的结晶，是一种可望而不可攀的理想。他本来是一个心地驳杂的人，受过比思兰的影响以后，纯洁的情绪才逐渐从心灵的深处涌起。读小泉八云的作品，处处令人觉有肉的贪恋，也处处令人觉有灵的惊醒。肉的贪恋是从戈蒂耶、福楼拜、莫泊桑诸人传染来的；而灵的觉醒，则不能不归功于比思兰的熏陶。女性经过神秘化和神圣化以后，其影响之大，往往过于天地神祇，小泉八云写信给韦德幕夫人（Mrs. Wetmore）——二十年前的比思兰女士——仿佛也有这样自白。流俗人总祷祝天下有情人都成眷属，假若小泉八云和比思兰的关系再进一步，结果佳恶固不可必，而文学史上则不免减少一个纯爱好例，法国的安白尔（Jean Jacques Ampére）和列卡米（Mme. Recamier）夫人就要独美千古了。

小泉八云死后，比思兰把他生平所写的书札，搜集成三巨册，她自己又替他作了一篇一百五十几页的传冠在前面。从这篇传和编辑书札的方法看，我们不得不赞赏她的文学本领。她着墨很少，只把小泉八云自己说的话、写的信、作的文章和朋友们的回忆择要串成一气，而他的声音笑貌，便历历如在耳目。小泉八云的传有四五种之多。论详赡以铿纳德（Kennard）所著的为第一，可是许多佳篇妙语，经过间接语气的叙述法，不免减煞不少精彩；所以它终不及比思兰的大笔濡染，疏简而生动。

小泉八云到日本时年已四十。他本带着美国某报馆的委任，抵日本后，便丢开新闻事业而专从事于教授和著述。他先只在熊本中学教英文，后升为东京帝国大学教授，因不乐与贵人往来，为日本政府所辞退。以后早稻田大学又聘他为文学教授。他在日本凡十四年，他的最好的作品都在这个时期中成就的。到晚年他的声誉颇大，康奈尔大学和伦敦大学想请他去演讲，都因事中辍了。他到日本以后，思想习惯都变为日本式的。他的妇人出自日本的一个中衰的望族。夫妇间感情颇笃。他生平最讨厌日本人穿洋服说英文。他的妇人请他教英语，他始终不肯；他自己倒反请她教日本文；后来他居然能用日本文会话写信。他的妇人喜欢讲日本故事，他听得津津有味时，便请她说一遍又说一遍，最后便取来作文学材料。他最不修边幅，平时只穿一套粗布服。当教授时，他妇人再三怂恿他做了一套礼服，他终身还没有穿过几次。因为怕穿礼服和拘于繁礼，每逢宴会，他往往托故不到。日本朋友去访他，常穿着洋服衔着雪茄烟；他自己反披着和服，捧着日本式的小烟袋。他以为日本旧式生活含有艺术意味，每见通商大埠渐有欧化的痕迹，便深以为可惜。他平时最爱小孩子、小动物、花木等等。他有一天看见一个人掷猫泄怒，就提起身旁手枪向掷猫的人连放四响，因为他近视，都没有击中。他邻近古庙中有许多古柏，他最好携妇人往柏阴散步。有一天，寺僧砍倒了三棵古柏，他看见了，终日为之不欢。他对妇人叹道，"把嫩弱的芽子养成偌大的树，要费几许岁月哟！"他观察事物，极其审慎。因为近视，常携一望远镜。

有一天他捉了一只蚂蚁，便铺一张报纸在地上，让蚂蚁沿着报纸爬行，他一个人从旁看着，一下午都不做旁的事。这时他刚作一篇关于蚁的文字[2]，其谨慎可想。

他的神经不免有时失常，常说自己看见鬼怪。看起来，他像一个疯人，又像一个小孩子。有一次，他携妇人去买浴衣，本来只需一件，他看见各种颜色都好看，便买上三四十件，店中人都张着眼睛望他。总之，他是一个最好走极端的人，他在生活方面，在艺术方面，都独行其所好，瞧不起世俗的批评。

比思兰以为小泉八云的书札胜似卢梭的"自白"，似未免阿其所好。小泉八云有卢梭的癖性与热情，而无卢梭的天才与气魄，究竟不能相提并论。可是她说小泉八云的著作中以书札为最上品，爱读小泉八云的人们想当有同感。他平时作文，过于推敲。每成一文，易稿十数次。精钢百炼，渣滓净尽，固其所长；而刻划过量，性灵不免为艺术所掩蔽，亦其所短。但是他的信札大半在百忙中信笔写成的，所以自然流露，朴质无华。他的热情，他的幻想，他的偏见，在信札中都和盘托出。平时著书作文，都不免有所为；写信才完全是自己的娱乐，所以脱尽拘束。他的信札，无论是绘声绘形，谈地方风俗，写自己生活，或是谈文学，谈音乐，都极琐琐有趣。他的最大本领在能传出新奇地方的新奇感觉，使读者恍如身历其境。读他在热带地方写的信你会想到青棕白日，浑身发汗；读他描写海水浴的信，你会嗅着海风的盐气。在他的眼中，没有东西太渺小，值不得注意的。比方他给朋友讨论日本眼睛的信，就很别致：

---

2 见本书《蚁》。

昨夜睡在床上把洛蒂（P. Loti，法国小说家 Julien Viaud 的假名）从头读到尾，后来睡着了，梦中还依稀见着喧嚷光怪的威尼斯。

以后再谈这本书，现在我想说说我的邪说怪论。你或许不乐闻，但是真理是真理，尽管和世所公认的标准悬殊太远。

我以为日本眼睛之美，非西方眼睛所能比拟。谈日本眼睛的歪文我已读厌了，现在姑且辩护我的怪论。

博德女士说得好，人在日本居久了，他的审美标准总得逐渐改变。这不但在日本，在任何国土都是一样。真游历家都有同样经验。我每拿西方孩子的雕像给日本人看，你想他们说什么？我试过五十次了，每次如果得到评语，都是众口一词："面孔很生得好，——一切都好，只是眼睛，眼睛太大了，眼睛太可怕了！"我们用我们的标准鉴定，东方人也自有其标准，究竟谁是谁非呢？

日本眼睛之所以美，在它所特有的构造。眼球不突出，——没有嵌入的痕迹。褐色的平滑的皮肤猛然地很奇怪地劈开，露出闪闪活动的宝石。西方眼睛，除特别例外，最美丽的也不免张牙露齿似的，眼球显然像嵌进头盖骨里去的；球的椭圆和框的纹路都没有藏起。纯粹从美的观点说，无缝天衣是自然的较美的成就。（我曾见过一对最好的中国眼睛，我永远都不会忘掉！）

他接着又说白皮肤不如有色皮肤的美，也很有趣。他平时写信的材料，大半都是这样信手拈来，说得头头是道。有时他也很欢喜谈文学和哲理。给张伯伦教授（Prof. Hill Chamberlain）的信大半都说他的文学主张。比方下面所节录的就是属这一类：

你如果没有读过陀思妥耶夫斯基（Dostoyevsky）的《罪与罚》（法译本 Crime et Chatiment），我劝你试一试。我觉得这本书是近代第一本有力的言情小说。读这本书好比钉上十字架，可是动人至深。它比托尔斯泰的《高萨克》（Cassacks）还更好。我最，最，最爱俄国作家。我以为屠格涅夫的《处女地》（Virgin Soil）胜似雨果的《悲惨世界》，我们的最好的社会小说家，也没有人能比上果戈里（Gogol）……

　　你读过比昂松（Bjornson）么？如果没有，应该试试《辛诺夫·苏巴金》（Synnove Solbakken）。我想凡他所做的，你都会欢喜。他的秘钥在兼有雄伟、简朴之胜。任意取一部，你方以为所读的只是做给婴儿读的作品，可是猛然间会有大力深情流露，使你为之撼动，为之倾倒。安徒生（Anderson，以童话著名）的魔力也就在此。这派北欧作者简直不屑修饰，不讲技巧——浑身都是魄力，又宏大，又温和，又诚恳。他们真使我对之吐舌。我就学一百年也写不成一页比得上比昂松，虽然我能模仿华美的浪漫派作者。修饰和富丽的文字究不难得，最难得的是十足的简朴。

　　这一两条例子，我不敢说就能代表小泉八云的作风，可是我不能再举了。约翰逊说断章取义地赞扬莎士比亚，好比卖屋的人拿一块砖到市场去做广告。研究任何人的作品，都不能以一斑论全豹，须总观全局，看它所生的总印象如何。上乘作品的佳胜处都在总印象而不在一章一句的精炼。小泉八云的信札要放在一堆，从头读到尾，我们才能领略它的风味。

　　我对于日本无研究，不敢批评小泉八云描写日本的书籍。我只觉得读《稀奇日本瞥见记》（*Glimpses of Unfamiliar Japan*）和《出自东方》（*Out of the East*）等书，比读最有趣的小说还更有趣。《稀奇日本瞥见记》里面有一篇叫作《舞女》[3]（*Dancing Girl*）已经翻译成法、意、德诸国文字，法国 *Doux Mondes* 杂志曾推为世界最好的言情故事。《出自东方》里面的《海龙王公主》《石佛》[4] 诸篇完全是一种散文诗，其音调之悠扬，情境之奇诡，都令人读之悠然意远，论文章，这几种书在小泉八云的作品中也要算是最美丽的。从表面看，它们都是极浅显、极流利，像是不曾费力，信笔写的；可是实际上，一字一句都经过几番推敲来的。看他给张伯伦教授的信，就可想见他如何刻划经营：

　　……题目择定了，我先不去运思，因为恐怕易于厌倦。我作文只是整理笔记。我不管层次，把最得意的一部分先急忙地信笔写下。写好了，便把稿子丢开。去做旁的较适意的工作。到第二天，我再把昨天所写的稿子读一遍，仔细改过，再从头至尾誊清一遍。在誊清中，新的意思自然源源而来，错误也发见了，改正了。于是我又把它搁起。再过一天，我又修改第三遍。这一次是最重要的。结果总比从前大有进步，可是还不能说完善。我再拿一片干净纸作最后的誊清。有时须誊两遍。经过四五次修改以后，全篇的意思自然各归其所，而风格也就改定妥帖了。这样工作都是自生自长的。如果第一次我就要想做得车成马就，结果必定不同。我只让思想自己去生发，去结晶。

　　我的书都是这样著的。每页都要修改五六次，好像太费力；但实际上这是最经济的方法。久于作文的人，出笔自能

3　见本书《舞女》。

4　这两篇分别见本书《浦岛太郎的故事》和《石佛》。

运用自如，著书如写信，不易厌倦。所谓意之所到，笔亦随之，用不着费力。你尽管提着笔，它自会触理成文，仿佛有鬼神呵护。我现在只是写信给你，所以一动笔就写许多页。但是如果做文章付印，我至少也要修改五次，使同样思想在一半篇幅中表现得更有力。我先一定只让思想自己发展。第二天把第一天所写的五页誊清过，再另写五页；第三天把第一天的五页再改过，另外再写五页。每天都写些新材料，可是第一天的五页未改好以前，不动手改第二天的五页。平均每天可写五页（指每日三时工作），每月可写一百五十页。最要紧的是先写最得意的部分。层次无关宏旨而且碍事。得意的部分写得好，无形中便得许多鼓励，其他连属部分的意思也自然逐一就绪了。

我读到这封信，诧异之至；因为我从来没有想到小泉八云的那样流利自然的文字是如此刻意推敲来的。我不敢说凡是作文章的人都要学小泉八云一般仔细。文章本天成，过于修饰，往往汩没天真。但是初学作文的人总应该经过一番推敲的训练。从前中国文人，大半每人都先读过几百篇乃至于几千篇的名著，揣摩呻吟，至能背诵。他们练习作文，也字斟句酌，费尽心力。郑谷改僧齐己《早梅诗》"数枝开"为"一枝开"，齐己感佩至于下拜。张平子作《两京赋》，构思至于十年之久。听说严又陵译书，常思索数月乃得一恰当字。在我们这一代人看，这样咬文嚼字，似未免近于迂腐。加以近代生活日渐繁忙，青年人好以文字露头角。上焉者自恃天才，不屑留心于文字修饰；下焉者以文字为吃饭工具，只求多多益善，质的好坏便不能顾及。一般报章杂志固然造就了不少的文人学者，可是也陷害了许多可以有为之士。读世界文学家传记，除莎士比亚以外，我不知道一个重要作者没有在文章上经过推敲的训练。中国文字语言现在正经激变，作家所负的责任尤其重大，下笔更不可鲁莽。所以小泉八云的作文方法值得我们特别注意。

从东方学生的实用观点说，小泉八云的《演讲集》是最好的著作。我在上面说过，他能看透东方学生的心孔，然后把西方文学一点一滴地灌输进去。"灌输"这两个字还不甚妥当，因为他不仅给你一些文学常识，他所最关心的是教你如何欣赏，提醒你对于文学的嗜好。他自己对于文学是一个极端的热情者，他也极力引诱你同他一块拍掌叫好。他在东京帝国大学充过六年文学教授（一八九六年至一九〇二年）。这六年中他所演讲的，日本学生都逐字逐句地记录下来了。他死后，哥伦布大学文学教授阿斯金（Prof. Erskine）把日本学生笔记的演讲搜集起来，选其最佳者付印，得四巨册。第一第二两册名《文学导解》（*Interpretations of Literature*），第三册名《诗的欣赏》（*Appreciations of Poetry*），第四册名《生命与文学》（*Life and Literature*）。

阿斯金教授在他的序里说，除柯尔律治（Coleridge）以外，在英文著作中找不出一部批评文集比得上《文学导解》，有时小泉八云且超出柯尔律治之上，因为柯尔律治所谈的只是空玄的文学哲理，到小泉八云才谈到个别作品的欣赏。这番话虽着重小泉八云的价值，也未免于过誉。柯尔律治是英国浪漫派文学的开山老祖，而小泉八云只是浪漫主义所养育的娇儿。论创造力、论渊博、论深邃，小泉八云都不是柯尔律治的敌手。他的浪漫主义颇太偏于唯感主义（sensualism），所以有时流于褊狭。他对于希腊文学只有一知半解，没有窥到古典主义的真精神。在《文学导解》第三讲《论浪漫文学与古典文学》里面，他把古典文学当成纯粹的谨守义法的文学，就显然把古典主义和十八世纪的假古典主义（Neo-classicism）混为一谈了。真古典主义着重希腊文学的一种简朴冲和深刻诚挚的风味，假古典主义才主张谨守古人义法，以理胜情。小泉八云的感官欲太强，喜读夺目悦耳的文字，痛恨假古典主义之不近人情，矫枉乃不免于过直。比方他所最爱读的是丁尼生（Tennyson），而阿诺德（M. Arnold）则被抑为第五流诗人，就不免为维多利亚时代习尚所囿。他生平推崇斯宾塞为第一大哲学家，也是辽东人过重白豕。真正哲学家没有人看重斯宾塞的。

研究任何作者，都不应以其所长掩其所短，或以其所短掩其所长。小泉八云虽偶有瑕疵，究不失为文学批评家中一个健将。就我的浅薄的经验说，我听过比小泉八云更渊博的学者演讲，读过比《文学导解》胜过十倍的批评著作，可是柯尔律治、圣伯夫（Sainte Bouve）、阿诺德、克罗齐（Croce）、圣茨伯里教授（Prof. Saintsbury）虽使我能看出小泉八云的偏处浅处，而我最感觉受用的不在这些批评界泰斗，而在小泉八云。他所最擅长的不在批评而在导解。所谓"导解"是把一种作品的精髓神韵宣泄出来，引导你自己去欣赏。比方他讲济慈（Keats）的《夜莺歌》，或雪莱（Shelley）的《西风歌》，他便把诗人的身世、当时的情境、诗人临境所感触的心情，一齐用浅显文字绘成一幅图画让你看，使你先自己感觉到诗人临境的情致，然后再去玩味诗人的诗，让你自己衡量某某诗是否与某种情致近合无间。他继而又告诉你他自己从前读这首诗时作何感想，他自己何以憎它或爱它。别人教诗，只教你如何"知"（know），他能教你如何"感"（feel），能教你如何使自己的心和诗人的心相凑拍，相共鸣。这种本领在批评文学中是最难能的。研究文学，最初离不了几种入门书籍。在入门书籍中，小泉八云的演讲要算是一部好书。从这部书中，不但初学者可以问津，就是教文学的教师们也可以学得不少的教授法。

文学的教授法是中国学校教师们所最缺乏的。本来想学生们对于文学发生热情，自己先要有热情，想学生们养成文学口胃，自己先要有一种锐敏的口胃。自己没有文学的热情与口胃，于是不能不丢开文学而着重说外国话。拿中国学生比日本学生，最显明的异点就在对于学外国文的态度。日本学生虽不会说外国话，而对于外国文学似乎读得比中国学生起劲些。中国学生只学得说外国话，而日本学生却于外国文学有若干兴味，这不能不归功于小泉八云的循循善诱。一个好文学教师的影响，往往作始简而将毕巨。听说日本新文学家许多都曾受教于小泉八云。他在演讲中常说日本文学应该脱离假古典主义的羁绊而倾向于浪漫主义，文学作者应该不拘于文言而采用流利白话。这些鼓吹革命的话，在虔诚景仰的学生们的心中所生影响如何，是不难测量的。他在日本文学史上的位置大概不易磨灭罢。

（原载《东方杂志》第 23 卷第 18 号，1926 年 9 月）

壹

稀奇日本瞥见记

知られぬ日本の面影

本章选译自小泉八云首部关于日本的文集 Glimpses of Unfamiliar Japan（1894），该书分上下卷，主要讲述了作者在日本岛根县松江市的所见所闻，向西方读者介绍了日本的风土人情。其中《舞女》被法国 Doux Mondes 杂志推为世界最好的言情故事。

地藏菩萨

お地藏さま

一

这些佛像容貌宛若稚童，虽然年代久远，看起来十分神秘，却莫名地触动了我的心弦

一

某日，我参观了许多日本寺庙，既有神社，也有佛寺，一路上见识了许多稀奇古怪的事物，遗憾的是，未曾亲眼见过佛陀的脸。

我一步步登上长长的石阶，从铺满象首狮头的鬼瓦[1]的院门下经过。此时已是黄昏，我赤足踏入一片香雾，走进点缀着金纸莲花的梦幻花园。天色昏暗，香火氤氲，我耐心等待自己的双眼适应黑暗，却还是看不真切，只能依稀辨认出眼前是一方神坛。神坛由青铜所铸，表面镀了一层金。它的形状奇特，上面覆盖着神秘的金字经文，四周则垂有金光闪闪的饰物。神坛上有一个佛龛，但龛门紧闭着。

然而，最令我动容的，是信众表现出的一片虔诚之心。在

1　鬼瓦是中国古建筑构建之一，为一块铲形的雕有鬼面的瓦件，常见于唐宋建筑，宋以后逐渐弃用。鬼瓦在日本得到了发展，成为房屋正脊端头的主要装饰品。

他们身上，我看不出任何冷漠、严苛或压抑的情绪，甚至连半点冒犯之意都不存在。灯火辉煌的庙宇前、石阶上，举目望去，欢声笑语的儿童在玩着稀奇古怪的游戏，母亲们则进入佛堂虔诚祈祷，不时还有小孩在垫子上打滚、怪叫。信众们的心情都是轻松愉快的：他们将香火钱投入功德箱，然后拍拍手，低声祈祷两句，便可以离开了。他们还会聚在寺庙门口，快活地聊天抽烟。在一些佛堂里，我发现信众们根本就没有进来，他们只是立在门前祈祷片刻，再奉上一些微薄的供品，聊表心意。这些毫不惧怕自己造的神的人是多么幸福啊！

二

晃是我的友人，此时他面带笑意，在门前鞠了一躬，脱去鞋子，只穿着白色足袋[2] 走进来，又行了一礼，缓缓地坐在寺庙的凳子上。晃是个十分有趣的年轻人，他脸上光滑无须，皮肤呈古铜色，藏青色的头发垂在额前。他身穿宽袖长袍，脚着雪白足袋，看起来倒挺像一位年轻的日本姑娘。

我拍了拍手，让人奉茶，晃常把这种茶叫作"中国茶"。我递给他一根雪茄，他拒绝了，说想抽烟管，我答应了。随即，他从腰间摸出了烟管盒和烟草袋，从盒中取出一支黄铜烟管，上面有一个豌豆大小的孔，又从烟草袋里取了纤细如发的烟丝，连同一颗小球一起塞进烟管，才开始抽了起来。晃深吸一口，将烟吸进肺里，又从鼻孔里喷出来。他连抽了三口，中间只停顿了一小会儿，眼见烟管空了，就将它放回了原处。

这时，我便将见不到佛像的沮丧事告诉了晃。

"哦，你今天就可以见到了。"晃回应道，"待会我们便动身，

2　足袋，一种将脚拇指与其他四趾分开的袜子。

去藏德院走一趟，今天那里要举办佛生会[3]。不过那里的佛像很小，只有五六寸高。你若想看宏伟壮观的佛像，就要到镰仓去。那里有一座大佛，端坐于莲台之上，有五丈之高呢。"

在晃的带领下，我们出发了。他神秘兮兮地告诉我，这次可以看到"奇特的东西"。

三

寺院里一片欢声笑语，门前的石阶上，母亲们满脸喜气，孩子们在一旁叽叽喳喳，好不热闹。我们走了进去，发现有很多母亲带着小孩，围在玄关里一张漆桌旁。走近一看，桌上放了一个装满甘茶的小桶，中间竖立着一尊小佛像，佛祖一手指天，一手指地。妇人们按照当地习俗布施之后，拿起一只形状奇特的木勺，舀了一勺茶水，然后浇在佛像上。随即，又舀了一勺茶水，自己先喝一点，再给孩子喝几口。这种仪式被称作灌佛式。

摆放着甘茶的漆桌旁，则是一个较矮的台子，上面放着一口钟，好似一个大钵。僧人手持一个实心木槌，一下又一下地敲着钟。但这钟声听起来似乎不对劲，僧人拿起钟，朝里面瞧了瞧，从里面提溜出来一个笑嘻嘻的娃娃。孩子母亲见状，也是忍俊不禁，连忙上前将娃娃从钟里拉出来。僧人、母亲和孩子看见我们好奇的眼神，忍不住哈哈大笑，我俩也顿时被逗乐了。

晃与我分开了一会儿，去和寺里的一位值班人聊天。回来的时候，他手里多了一个形状奇特的漆盒，长约一尺，宽高约四寸。盒子的一端有一个小孔，而且外表看来没有任何样式的盖子。

---

3 佛生会，在日本又称灌佛会，于每年农历四月初八的佛祖诞辰日举行。

晃对我说道："如果你花上两钱[4]，就可以聆听神谕，卜算未来。"

我交了钱，晃便使劲摇了摇手中的盒子，不一会儿，小孔里掉出一只竹签，上面写着汉字。

"吉！"晃惊喜地喊道，"好运气啊，五十一号。"

说完，他又摇了摇漆盒，里面很快掉出了第二只竹签。

"大吉！真是鸿运当头，九十九号！"

再摇一次，第三只竹签掉了出来。

"凶！"晃笑道，"说不定我们会有麻烦喽，六十四号。"

晃将盒子还给了僧人，得到了三张神秘的小纸条，上面还有编号，刚好与我们所抽的三支竹签对应。这种小竹签被称为御签。

晃拿起五十一号签的纸条，将上面的内容翻译给我听：

"抽此签者，当依天道而行，拜观音。则百病治愈，失物复得，官司得胜，守得佳人归，且将喜事连连。"

"大吉"签的解释也大抵如此，唯一不同的是，护佑的神明从观音菩萨变成了掌管财运的大黑天、毗沙门和弁天[5]。另外，婚姻上无须苦守，更加顺遂。

但是，第三张纸条上的内容就不一样了：

"抽此签者，须谨遵天道，信奉大慈大悲观音菩萨。病来如山倒；失物不复还；诉讼不如意；红线难系，镜花水月一场空。唯有奋发图强，方可逃脱大难。愁云惨雾，一生凄苦。"

"我们的运气还不错，"晃十分肯定地说，"三个签里两个都是好运。我们现在去看看另一尊佛像吧。"随后，他带着

---

4 钱，日本旧时货币的辅币单位，一百钱为一圆。

5 大黑天，佛教密宗的护法神、医神与财神。毗（pí）沙门，又名多闻天王，佛教护法神，守护信众财富。弁天，佛教中增长智慧福德的女神，在中国被称作"妙音天""辩才天""美音天"等，在日本被称作"弁才天"或"弁财天"。这三个神均属于日本民间的"七福神"。

我穿过了许多奇异的街道，来到了城市南端。

四

我们沿着宽阔的石阶，朝山顶拾级而上，两侧是杉树和枫树。我抬起头，看见前方有两尊佛狮，公狮张大了嘴，仿佛是在打哈欠，样子极为威武；母狮则紧闭着嘴。从它们中穿过，映入眼帘的是一座宏伟的寺庙，寺庙尽头是一片长满密林的高地。

寺庙的屋顶铺着青铜瓦，倾斜的屋檐上有鬼瓦和龙的雕像，因历经风雨，颜色便不如以前那么鲜艳了。禅房的障子⁶敞开着，里面传来朗朗诵经声，想来是僧人们正在做午课。仔细一听，原来他们吟诵的是由梵文翻译而来的汉字佛经——《妙法莲华经》。其中有一位僧人，正手持裹了棉布的木槌，一下下地敲在一个形状古怪的东西上，为大家打拍子。那东西的形状好似海豚脑袋，表面涂了绯红色和金色的漆，声音低沉，这就是木鱼。

寺庙右侧有一个小佛龛，里面飘出袅袅青烟，香气四溢。盛满灰烬的小香炉中，插着六七支线香，上面青烟缭绕。远处的阴影中，有一座通身黝黑、头戴冠冕的佛像。它微微颔首、双手合十，就像我见过的日本人站在佛堂门口的阳光下祈祷时那样。佛像是木制的，雕刻和上色都比较粗糙。不过，它神态祥和，如有所语，倒别有一番风姿。

我们穿过庭院，来到左侧的一处建筑。前方又有一处台阶，一直向密林里延伸，似乎要通往某个神秘之地。我步上台阶，一直走到顶端，这里也被两尊小石狮守护着。蓦地，我发现自己正置身于一片凉荫下，再凝神一看，顿时被眼前的陌生景象给震慑住了。

6　障子，日式房屋中的可拉式糊纸木制窗门。

阳光穿过拱形的树冠，依稀漏下几缕微光，只在地上留下几道光斑。古树投下浓荫，笼罩在泥土上，远看几乎是漆黑一片。落日的余晖温柔地洒下，平添了几分庄重，也使得眼前的奇景一览无余——放眼望去，地上是不计其数的刻有汉字的灰色柱状石碑，上面布满青苔。不止如此，在石碑的周围，特别是后面，密密麻麻地插满了高耸的长形木牌，上面也写满了奇怪的文字。成千上万的木牌犹如涌入沼泽的洪流，将浓荫刺穿。

　　我立刻反应过来，原来这里是一片墓园，而且是一座非常古老的佛教墓地。

　　这些木牌在日本被称作卒塔婆，其上端两侧边缘处各有五个豁口，两面都写有汉字。通常，一面写着"为菩提"，下方则是死者的戒名[7]；另一面写着梵语中的文句，但具体是什么意思，没人说得清，就连做法事的和尚都记不得了。当坟墓起好之时，就会在后面立一个卒塔婆；此后每隔七天，就要添上一个，直到第四十九天；然后，百日忌添一个，一回忌添一个，三回忌添一个……陆陆续续，一直到第一百年才算完成。[8]

　　几乎在每一座坟墓后方，都能看到一些新制的没有刷漆的白木牌，旁边则放着一堆老旧的木牌，有的呈灰色，有的甚至都发黑了；许多年代久远的木牌，饱经岁月侵蚀，上面的文字都磨灭不清了；还有一些则倒在深色的泥土地中。上百个木牌放在一起，微风拂过，将它们吹得哗啦作响。

　　卒塔婆的形状还算奇特，不过更有趣的是那些墓碑。我知道，这些墓碑蕴含着佛教五大要素的观念：方形台上有一圆球，球顶放着一个角锥体，上面有一个浅口杯状物，四周呈新月形向

7　戒名，僧侣为死去的佛教信徒起的名号，一般用在墓碑、牌位等需要写死者名讳的地方。

8　日本佛教中有"年回忌"的习俗，死者逝世一周年为"一回忌"（又称"一周忌"），之后是三周年的"三回忌"，接下来是七、十三、十七、二十三、二十七、三十三、五十、一百回忌。

上翘起，石杯上方，有一梨形的物体，顶端尖尖的。这几种形状的组合，刚好代表了构成生命的五大要素：地、水、火、风、空。[9]当它们分解时，死亡也就来临了。其中缺了第六大要素，即"识"。"识"触及的范围之广，胜过任何意象化的事物。但由于"识"属于象征性的要素，所以西方人一般很难理解。

许多石碑呈方形，十分低矮，且带有平顶，上面写着或刻有黑色或金色的日文。坟墓后竖立的木牌样式不一，大多数是圆顶的，有高有矮，上面的刻字清晰可见。除此之外，墓园里还有一些造型怪异的石头，以及一些天然的岩石，它们光滑的一面被绘上了图案。有些木牌虽然造型奇特，看上去十分古怪，却被人们赋予了独特的寓意。同样地，墓园里的一些石板虽然奇形怪状，朝各个方向扭曲着，若不是仔细观察，你就很难发现，其实这些石板都是垂直立在底座上的。

这些墓碑的底座也有着多种多样的结构。在墓碑正前的底座上，一般都会有一处突出的表面，面上大多凿有三个孔槽：一个大的椭圆形凹槽，两侧则是两个小圆孔。小孔是用来焚香的，凹槽里则盛满了水。其中的缘由，我也解释不清楚，一位日本友人曾告诉我："为死者倒水，这也是我们日本的一个古老传统。"墓碑的两旁，人们通常还会放几个竹杯，里面插上鲜花，以寄托对亡者的哀思。

墓园中还有许许多多的佛像，且姿态各异：有打坐冥想的；有宣扬佛法，劝诫众生的；还有的正合眼沉睡，神态宁静安详，宛若孩童。在佛教中，这被称为佛祖的"涅槃"。许多坟墓上都绘有图案，其中，最为常见的则是象征着祥瑞的并蒂莲。

我在墓园里走走看看，竟然发现了一座写有英文名的墓碑，上面还草草地刻上了一个十字架。显而易见，这是一个基督徒

9　这种形制的墓碑被称作"五轮塔"，发源于印度，唐宋时期由中国传入日本，多用于僧人的墓塔或供养塔。五轮塔在中国已十分罕见，在日本则比较常见。

的坟墓。由此看来，这里的出家人果真是宽大为怀啊。

这里的墓石都变得破败不堪，长满了青苔。地上密密麻麻布满了成千上万的灰色石子，石子之间只有一两寸的空隙，在大树底下最为常见。抬头仰望，有成群的鸟儿自头顶飞过，声音婉转动听，使人心生愉悦。向下俯视，则是铺展开来的石阶，耳边仍能听闻僧人们的吟诵，低沉微弱，好似蜜蜂在嗡嗡作响。

晃在前面默默带路，跟随他的脚步，我往墓园更深处走去，光线越来越昏暗，眼前的景致也愈发衰败萧条。石阶尽头，我注意到右侧树立着许多高大的石碑，上面布满了青苔，灰色的碑体上刻着字，大约有两寸之深。石碑后面，则是许多大型的卒塔婆，高十二到十四尺，而且有庙顶的横梁那么厚。这些都是寺庙僧人的坟墓。

五

走下被阴影笼盖的台阶，我忽然发现对面有六尊小雕像，约三尺高，在一个长长的基座上站成一排。第一尊雕像手拿佛教的抹香函；第二尊手持莲花；第三尊拿着禅杖；第四尊手抓念珠；第五尊双手合十，虔诚祷告；最后一尊一手握着六环锡杖，一手托着如意宝珠，象征着事事如意，一切顺遂。但是，这六尊佛像的容貌竟毫无二致，且都面带微笑，只是姿态和象征的意义不同罢了。每一尊佛像的颈部，都挂着一个白色棉袋，里面装满了鹅卵石。佛像身前也堆着高高的鹅卵石，从足部到膝盖，一直到肩部，甚至比佛像头部的光环还高。鹅卵石搭得严丝合缝，稳立不倒。这些佛像容貌宛若稚童，虽然年代久远，看起来十分神秘，却莫名地触动了我的心弦。

在日本，人们将其称作六地藏，这种地藏石像在日本的墓园里十分常见。在日本信众看来，地藏菩萨是美感和慈悲的化身，护佑着早夭孩子的灵魂，让他们脱离苦海，不受邪魔侵害。

"但是，这些堆在地藏像前的小石头，又是做什么用的呢？"我疑惑地问道。

在日本，人们相信，早夭的孩子死后，他们的灵魂会去往一个叫作赛河原的地方。在那里，他们必须不停地用小石头堆塔，为自己的不孝而忏悔。每当孩子们堆好石塔，就会有鬼怪跑出来捣乱，故意将石塔推翻。不仅如此，这些鬼怪还会吓唬甚至折磨孩子。这时候，可怜的孩子就会向地藏菩萨求救。地藏菩萨慈悲心肠，将孩子藏在自己宽大的袖子里，柔声安慰，还会将鬼怪赶跑。所以，人们将石头堆在地藏像的脚下或膝下，并诚心诚意地祷告，就是希望那些早夭的孩子能尽快赎完自己的罪孽，往生极乐。[10]

这都是寺庙里的沙弥[11]亲口告诉我们的。他面带微笑，犹如地藏菩萨一般，说道："所有早夭的小孩子，死后都会去往赛河原。在那里，他们可以和地藏菩萨一起玩耍。赛河原在我们脚下，位于地底。"[12]

"地藏菩萨经常和孩子们一起玩耍，因为他的衣袖宽大无

---

10 如今，在地藏像和其他佛像前堆石头的习俗的真正起源已无人知晓。这种习俗基于著名的《妙法莲华经》中的一节经文："若于旷野中，积土成佛庙，乃至童子戏，聚沙为佛塔，如是诸人等，皆已成佛道。"（《妙法莲华经·方便品》）——小泉八云注。

11 沙弥，未满二十岁的出家男子，俗称"小和尚"。

12 "地藏"被东方学者考证为源于梵文"Kshitegarbha"，正如张伯伦教授所观察到的，地藏（Jizo）与耶稣（Jesus）在读音上的相似只是一种巧合。不过，在日本，地藏已经焕然一新：他应当是日本诸佛中本土化最彻底的了。据古籍珍本《赛河原口吟传》（赛ノ河原口吟之伝），整个赛河原传说都是日本原创的。该传说最早由高僧空也上人创作，时间是天庆六年（943年），处在于946年驾崩的朱雀天皇统治期间。空也上人写道，在京都附近的西院村千仙的赛河（即今日的芹河）河床上，冥途（佛教指地狱中饿鬼所处之地）的孩子们以灵魂状态在此游荡一整夜。（这就是书中的传说，不过张伯伦教授考证"赛河原"是"灵魂之河的干枯河床"之意，现今的日本信仰将该河置于冥途。）无论这个传说的历史原型是什么，都是日本本土的。将地藏作为早夭孩子的守护者和玩伴的概念是日本独有的。还有许多其他广为人知的地藏形象，其中最常见的是孕妇参拜的子安地藏。在日本，只有很少的道路上看不到地藏像，因为地藏也是朝圣者的守护神。——小泉八云注。

比，孩子们就喜欢拉着他的袖子不放，或者在一旁堆着小石子，玩得好不开心。所以你看，地藏像前堆着的这些石头，大都是那些早夭孩子的母亲们，为了给死去的孩子祈福而亲手放上去的。另一方面，人们认为，成年人死去后，是不会去往赛河原的。[13]"

沙弥转身离开，继续在前面领路，我们便告别了六地藏像，怀着惊讶和好奇之心，穿行在墓园中，一路观赏着各类神佛的雕像。

我们被眼前的石像深深吸引住了：一些石像造型典雅，颇具古风；还有一些则设计得精美绝伦，十分好看。

许多佛像头部塑有光环，十分威严。也有不少佛像呈跪坐式，双手合十，就像旧时基督教画作中的基督徒一样。还有一些佛像手持莲花，似乎睡梦中还在冥想。其中一尊佛像，竟端坐在盘起的巨蛇身上。还有一尊佛像，头部带着冠冕一样的装饰，长出了六只手，其中一双手合在胸前祈祷，另外四只手则向身后伸展，且每只手上都托着不同的法器。佛像的双脚踏在一只恶鬼身上，恶鬼脸朝下呈俯卧状。这里还有一幅浅浮雕的观音像，手臂多得数也数不清。观音胸前有一双手合十，而肩后的阴影处，则有无数只手臂伸出，向四面八方延展开来，虽神秘莫测，却又壮观无比。每一只手上都托着不同的宝物，似乎在回应着信众的祈祷，又仿佛是在告诉世人大爱无极。这是观音菩萨的众多形象之一，观音菩萨大慈大悲，甘愿放弃成佛，只为拯救世人脱离苦海。在日本，人们常将观音描绘成一位年轻美貌的女子。不过在这里，她是作为千手观音出现的。观音像附近有一座巨大的石台，上面有一尊佛像正端坐在莲台上冥想。石台下方则雕刻着三个奇怪的小像，第一个双手遮眼，第二个双手捂耳，最后一个则捂着嘴巴。原来，这是三只猿猴。

13　除了那些终身未婚者。——小泉八云注。

"这三只猿猴有什么寓意吗？"我好奇地问道。

友人答得含含糊糊，还模仿着这三座小像，夸张地喊道："我什么坏东西都没看见！什么坏东西都没听见！什么坏话都没说呀！"[14]

在友人的再三解释下，我才慢慢能叫出一些佛像的名字来。比如，端坐于莲台之上，手持利剑背负猛火的，就是不动明王[15]，宝剑象征智慧，火焰则代表力量。静坐冥想，且一只手上缠满了绳索的，则是释迦牟尼，绳索象征着约束欲望，克制私情。此处还有释迦牟尼的卧像，佛祖面若孩童，神态安详柔和。他合上双眼，将双手枕于头下，仿佛正在涅槃。容貌秀美，宛若少女，且立于睡莲上的，则是观音菩萨了。在日本，观音菩萨的地位跟西方的圣母是一样的。除此之外，还有正襟危坐的药师佛，只见他左手执药壶，右手结法印，是日本的治愈之神。

在游览中，除了佛像，我还发现了许多动物形象。灯笼顶部，有时会画上一只佛教故事中出现的神鹿，姿态优雅，正站在一方雪白的岩石上。我还在一座墓上看到了鱼形的图案，雕刻得十分精美，有点像希腊艺术品中的海豚。大鱼位于墓碑顶部，大张着嘴，露出锯齿状的牙齿，底下则是刻有死者戒名的墓石。鱼儿的背鳍和高高扬起的鱼尾刻画得栩栩如生，但这并非是装饰品。

"这就是木鱼。"晃说道。这种木鱼内部是中空的，一般由木头制成，上面涂有金色和绯色的漆。木鱼是佛教的象征，所以僧人常常一边念经，一边用实心木槌敲打木鱼。后来，我又发现了几个坐着的动物雕像，似乎也是神话故事中的角色，看上去挺像灰狗。

14　这三只猿猴被称作"三不猿"，意喻不看、不听、不说。

15　不动明王，佛教神明之一，即不动尊菩萨。

"这是狐狸。"晃解释道。它们分别象征着理想、精神和优雅。这些灰色的石头上雕刻着许多狐狸,它们生着细长的双眼,闪烁出狡黠的目光,似乎正在号叫。这种动物十分奇怪,它们身为稻荷神[16]的随从,不是佛教而是神道教中的形象。

这些坟墓上的铭文与西方的墓志铭不同,上面只有死者及其家属的名字,以及一些纹饰,通常以花朵为主。一些卒塔婆甚至更为简单,上面只刻了几行梵语。

行至更远处,我又在几座坟墓上发现了一些地藏浮雕,其中一幅简直是精美绝伦,十分吸引人。我顿时心生敬意,以至于从它身边经过时,内心升起一种冒犯神明的歉疚感。它比所有的基督像都要可爱,面容清秀俊美,好似一个儿童,神态安详,双目半合,脸上挂着佛教艺术品所独有的微笑,充满了无限的仁爱和慈悲。在日本人眼中,地藏菩萨永远是令人陶醉的形象,所以,人们在形容某个人长得好看时,常会说这个人"面若地藏"。

六

一路走走停停,我们终于来到墓园的尽头,这里有一大片树林。举目望去,和煦的阳光正透过层层枝叶洒下来,让人愉悦不已,真是美好的一天啊!在我眼中,热带的天空总是低垂如幕,仿佛只要站在屋顶,伸手就能触碰到那如水般湛蓝的天空。但是,日本就不一样了,这里的天空总是充满了柔和、缥缈的光辉,仿若一道巨大的拱桥,让人不禁想起浩瀚无边的宇宙。这里的云彩也十分特别,如烟如雾,丝丝缕缕,让人忍不住幻想,这分明是透明的幽灵嘛!

忽然,一个孩子走到了我面前。这是一个小女孩,她的眼

---

16 稻荷神,日本神话中的农神,主管丰收,有两个随从:白色的狐狸和狸猫。

睛一眨不眨地盯着我的脸，眼里透着好奇，最终还是忍不住靠近我，想看个明白。小女孩的脚步很轻，轻到我仍能清晰地听到鸟儿的鸣叫，还有树叶的沙沙声。她穿着一身破旧的日式服装，但从她眼睛的颜色，以及一头金发来看，这肯定是个混血女孩。女孩的眼睛是很美丽的紫罗兰色，说不定跟我一样，也拥有另一个种族的灵魂呢。我的孩子，对你来说，这里真是个奇怪的游乐场啊。我不知道，对于你那小小的灵魂来说，这周围的一切事物会不会显得非常不可思议。然而未必如此，在你眼中只有我是陌生的，你已经忘记了你出生的世界，忘记了父亲的世界。

在这异国他乡，竟然遇到了这样一个出身贫苦却又无比可爱的混血孩子！我的孩子，对你来说，与周围的死者做伴会更好些！对你来说，未知的黑暗比这柔和的蓝色光芒更好。在那里，地藏菩萨会庇佑着你，将你藏在他宽大的袖子里，为你驱赶所有的妖魔，和你一起玩着朦胧的游戏。这是你遗忘的母亲，如今她前来祭拜，强忍着日本式的微笑，看着你那陌生的可爱脸庞，然后在地藏菩萨膝下，用石头堆起小塔，祈祷你无忧无虑、永世心安。

七

"晃，我想知道更多关于地藏菩萨，还有赛河原的小孩幽灵的故事，你再给我讲讲吧。"

"我知道的也就这些了。"晃见我对日本的神佛之事如此感兴趣，不由笑了笑，接着说道，"不过，如果你现在跟我去久保山的话，我就能向你展示了。那里有一座寺庙，挂着赛河原地藏和审判灵魂的画像。"

于是，我俩便各乘一辆人力车[17]，向久保山莲光寺出发了。

---

17 人力车，在中国俗称"黄包车"，1869 年由在日本的美国传教士强纳森·斯科比发明。

途中，我们经过了一条长约一里的五彩缤纷的窄街。接着，又穿过一条半里长的郊区大道，道路两旁都种满了树。刚刚修剪过的树篱后面，是轻盈而精致的民房，好似柳条编成的笼子。我们下了车，沿着曲径穿过田野和农场，登上了青山。我们头顶烈日走了很久，才到达一处村庄，放眼望去，神社和寺庙竟随处可见。

远处就有三座宗教建筑，外面围着一圈竹篱笆，这里是真言宗[18]的圣地。入口左边有一间开放的小佛堂，一下子吸引了我们的目光。佛堂里放着一口棺材，想来是专门停放遗体的场所。门对面有一个神坛，上面布满了各式各样的彩绘，让人惊叹不已。

其中最引人注目的，是一幅位于众多小画之上的、完全用朱砂绘制的画——一个双眼好似巨大洞窟的恶鬼，嘴巴大张，眉头皱起，似乎有满腔怒火要喷薄而出。更令人毛骨悚然的是，恶鬼红色的胸膛上，还垂满了红色的长毛。他的头顶上有一个造型奇特的王冠。王冠是黑金两色的，分裂为三片，左片上是一轮月亮，右片上是一个太阳，中间则是漆黑的。王冠下方是镶着金边的黑带，上面写着彰显王者身份的文字。在冠带的左右两端，向下倾斜着伸出两个镀金的权杖型物体。这位王的一只手上，握着一个类似于笏的东西，但是更大。晃解释道："这就是阎魔王，他是冥界之主，负责审判亡灵，也是诸鬼中的大王。"在日本，如果碰到面目狰狞、凶相毕露的人，大家就会说："他真是一副阎魔相。"

阎魔王的右侧，是一幅通体雪白、脚踏多瓣莲花的地藏菩萨像，左侧则是三途婆婆的神像。传说在冥界流淌着一条三途河，三途婆婆就站在岸边，将那些亡灵的衣服脱下来。三途婆婆穿着一身浅蓝色的长袍，头发和皮肤都是白的，脸上布满了皱纹。

18　真言宗，日本佛教的主要宗派之一。

一双眼睛虽小，却透出锐利的精光。这幅三途婆婆像年代已非常久远了，上面的彩色颜料在岁月的侵蚀下纷纷剥落，只留下白色的鳞状表面。

除此之外，在一些小幅的风景画上，还画着立于山巅的海神牟天和观音菩萨。也不知道这些艺术品用的是什么材质，但其色彩确实是美不胜收。神坛前围起了一层密密麻麻的铁丝网，以避免游客伸手触摸彩绘。牟天女神有八条手臂，其中一双手在胸前合十，其余的六条手臂则在身后伸展开来，每只手上各执一件法器：宝剑、法轮、弯弓、利箭、钥匙和灵石。女神站在山坡上，下面是她的十位侍者，他们都身穿长袍，在默默祈祷。再下面则是一条通体雪白的巨蛇，它的尾巴伸进了岩洞中，头部则在另一端。在山脚下，则伏着一头病牛。这里的观音菩萨又被称为千手观音，她慈悲为怀，造福苍生。

但是，我们此行的目的地不在这里。虽然不远处还有禅宗的地狱极乐图，但我们还是调转了方向，朝目的地奔去。

路上，向导又告诉了我一些事：

"人死之后，人们会将他的遗体好生清理一番，然后给死者换上白色寿衣，脖子上挂上三衣袋，类似于佛教徒的钱包。三衣袋里还会放上三厘 [19] 钱，随死者一起下葬。[20]

"所有的亡魂，除了小孩子，经过三途河时，都要付三厘钱的过路费。当亡灵们抵达河畔时，三途婆婆就会在那儿等待着他们。三途婆婆的丈夫就是乾达婆 [21]，他们夫妻俩就住在三途

---

19 厘，日本旧时货币的辅币单位，一千厘等于一圆。

20 日本的丧葬习俗与其信仰相关，各地不尽相同，东部地区就与西部和南部不同。把贵重物品放入棺材里的旧习俗——例如与妇女一同下葬的铜镜，或者与武士一同下葬的刀——几乎已经过时了。不过，在棺材里放钱的习俗依旧盛行：在出云，人们总是放上六厘钱，这被称作"六道钱"。

21 乾达婆，佛教中的男乐神，即我们熟悉的"飞天"。

河边。三途婆婆要是没收到钱，就会扒光亡灵的衣服，然后再把它们挂在树上。"

八

眼前的寺庙很小，但干净整洁，阳光透过敞开的障子直射进来，照得里面一片明亮。晃跟庙里的和尚亲切地打着招呼，想必已是这里的熟人了。我奉上微薄的香火钱后，晃便如实告知了我们的来意。于是，在僧人的引导下，我们走向寺庙一侧，来到了一间明亮的房间中，俯瞰下面漂亮的花园。地板上已经铺好了软垫，烟草盆也已备好，房间里还有一张小漆桌，约八寸大小。一名僧人将装有小门的壁龛打开，拿出了一个画轴。另一名僧人则给我们奉茶，又端出一碟糕点。这糕点十分奇特，是由糖和面粉制成的，小巧可爱，且造型各异：有菊花状的，有莲花状的，还有一些个头稍大、切得薄薄的菱形糕点，呈深红色，上面有精致的图案，如飞鸟、水鹳、鱼儿，甚至还有小型的风景画。晃拿起一块菊花状的糕点，一定要让我尝尝。我拿起这花朵一般的糕点，小心翼翼地一瓣瓣掰开，内心却涌起一阵阵的懊悔，为破坏了这么美丽的东西而惋惜不已。

这时，僧人拿出了四个画轴，将它们一一展开，然后挂在墙上的钉子上。我们站起身来，仔细欣赏着眼前的画。

这些妙笔丹青无一不是美丽绝伦、出神入化，而且色彩柔和，一看便知是日本艺术鼎盛时代的用色风格。这些画作都很大，长约五尺，宽逾三尺，且都是由丝绸装裱而成的。

以下就是这些画作所描绘的内容：

第一幅画：

这幅画的上半部分描绘的是娑婆世界，即活人居住的现世的场景。树上鲜花盛开，哀悼者们来到墓园，向逝者跪拜。抬眼望去，头顶的天空呈现出美丽的湛蓝色。

下半部分描绘的则是冥界。亡灵们穿过地层，下到黄泉。在一片阴森的漆黑之中，他们身着白色丧服飘荡着，十分显眼。亡灵们从一片奇异的暮色中穿过，又涉过了三途河。在河岸边，三途婆婆正等着他们。画上的三途婆婆是一个灰白的人影，个子高得出奇。三途婆婆将亡灵的衣服一把扯下来，挂在身旁的树上。那树上沉甸甸地挂满了衣服，想来都是之前过路的亡灵留下的。

再往下看，则是一些亡灵试图逃跑，却被恶鬼抓住的场景。这些恶鬼面目狰狞，全身呈现出一种诡异的血红色，还生着狮子一样的双足，脸部半人半牛，好似希腊神话中盛怒的弥诺陶洛斯[22]。其中一个恶鬼竟将一个亡灵撕成了两半。另一个恶鬼则奴役着亡灵们，强迫他们在马、狗、猪的身体里转世。亡灵们不堪其苦，纷纷向阴影处逃遁。

第二幅画：

画上描绘的是黄昏时分的景象，一切都笼罩在黑暗之中，让人仿佛置身于深海下的幽暗世界。画的正中是一个黑色的王座，坐于上方的是让人望而生畏的阎魔王。阎魔王是冥界之主，身负审判亡灵之责，一向铁血无情、气势逼人。阎魔王右侧，是一众手持武器的鬼差。在其左侧，立于王座之前的，则是一面净玻璃镜，这是传说中的神器，可以照出亡灵的一生恶业，以及世间种种因果循环。镜中呈现的则是另一番景象——悬崖峭壁之下有一片海滩，远处的海面上还有船只在航行；海滩上躺着一具尸体，一看便知是被刀刺死的，凶手则正在逃窜。而此时，在净玻璃镜前，正站着一个瑟瑟发抖的亡灵。恶鬼在一旁看押

---

22 弥诺陶洛斯（Minotaur），希腊神话中克里特岛上的半人半牛怪。

着他，强迫他辨认凶手的面貌。那凶手的模样，竟同他一模一样。王座的右侧，则是一个高台，上面摆满了寺庙中常见的各种供品。其中有一个怪模怪样的东西，我定睛一看，竟然是一个鲜血淋漓的双面人头，似乎是刚从脖子上切下来的，正端放在桌面上。这两张脸，一男一女，代表着两位证人。女子能看到现世发生的种种业报；另一张脸则是一个留着胡须的男子，他有一只神奇的鼻子，能够嗅到各种各样的气味。凡人的所作所为，都能被他俩觉察。与其紧挨着的是一个书案，上面放着一本摊开的大书，里面记载了种种功过。而那造下杀孽的白色亡灵，只能站在净玻璃镜和证人中间，瑟瑟发抖，等待发落。

再往下看，则是亡灵接受审判的场景。其中一个亡灵，因为生前谎话连篇，于是恶鬼便拿出烧得滚烫的钳子，拔去了他的舌头。另一个亡灵则被拖入滚烫的小车中，遭受着痛苦的折磨。这种车是铁制的，跟手推车有点像。每天早晚，我都能看到一些赤膊的工人，他们推着这种车子，进进出出，嘴里还一直喊着"嘿哈！嘿哈！"的口号。这些恶鬼，无一不是赤身裸体，一身血色皮肤，长着狮足牛首，推着烧得火红的小车跑着，就像常见的人力车夫一样。

这些亡灵，死前皆是成年人。

第三幅画：

入眼就是一座巨大的火炉，里面有数不清的亡灵在惨叫、挣扎，但最终仍逃不了化为灰烬的噩运。恶鬼站在火炉旁，将铁棍伸进去翻搅着。火炉上方，还有许许多多的亡灵，他们头朝下，惨叫着落入熊熊烈火之中。

在这一场景的下方，则是一片阴暗朦胧的景象：在浅蓝和浅灰色调的丘陵和深谷中，一条河蜿蜒流过，这就是传说中的赛河原。河岸边聚集了小孩子们的亡灵，此时，他们正努力地将石头堆成小塔。在画家的笔下，孩童的亡灵十分可爱，让人心生怜惜，而且栩栩如生（日本画家将孩子的憨态可掬刻画得如此传神，实在令人惊叹不已）。每个孩子的身上，都穿着一件小小的白色衣衫。

前方有一个可怕的恶鬼，手里拿着铁棒，凶神恶煞地朝孩子们冲过去，将其中一个孩子辛苦搭好的石塔推倒。那孩子见状，便一屁股坐在满地碎石前，伤心地哭了起来，两只小手捂着眼睛。干了坏事的恶鬼见了，还在一旁嘲笑，好不得意。周围的孩子们受到惊吓，也哇哇大哭起来。就在这时，地藏菩萨显灵了！只见四周佛光普照、香气四溢，一团光芒自地藏菩萨身后升起，犹如十五的满月。地藏菩萨心生怜悯，将自己的强大法器——六环锡杖拿了出来，孩子们纷纷伸出小手，将锡杖牢牢抓住，便进入了地藏菩萨的保护圈内。还有一些小孩子，紧紧抓着地藏菩萨宽大的衣袖，有一个甚至被菩萨抱在了怀里。

赛河原之下则是另一个冥界——一大片竹林！竹林之中只有几个身穿白衣的女子，正梨花带雨哭得好不伤心。她们的手指上伤痕累累，满是鲜血。这些女子的指甲都被拔掉了，本就痛苦不堪，还得日复一日、年复一年地采摘着边缘锋利的竹叶，实在是太凄惨了。

第四幅画：

灿烂而神圣的佛光下，大日如来、观音菩萨和阿弥陀佛现身于空中。在他们下方，似乎有从极乐世界到地狱那么远的距离，则是一个血池，里面漂浮着无数的亡灵。血池边上，则是一处插满了刀剑的悬崖，远看仿佛鲨鱼的牙齿。一群亡灵赤身裸体，正被恶鬼驱使着，攀爬那令人胆寒的悬崖。恐怖的血池外，却出现了一个如水晶般晶莹剔透的东西，似乎是一股清澈动人的水柱——一株莲花盛开，将一个亡灵托了起来，送到一名僧人脚下。僧人立于悬崖边，默默祈祷着，莲花便如有了生命般，替他将饱受折磨的亡灵救起。

可惜啊！此行只看到了这四幅画，其他的似乎都遗失了！令人欣喜不已的是，僧人不知道从何处又找来了一幅画，原来是我弄错了。这幅画非常大，僧人将它缓缓展开，挂在先前四幅画旁边。然而我定睛一看，心中顿时有几分失望：这幅画美则美矣，但似乎与宗教鬼神毫无关系。画上描绘的是一片蓝色的大湖，湖边有一座庭院，似乎是神奈川的景色。庭院中布满了小而精致的美景：瀑布、石窟、莲花池、雕刻精美的桥，还有盛开着洁白花朵的树。平静的碧波上，建着一座雅致的楼阁。天空中飘着一团团洁白柔软的云彩，云端高耸着一座富丽堂皇的宫殿，成片的屋顶被笼罩在金色的薄雾中，犹如夏日里淡淡的水汽。美丽的天宫，映入眼帘的蓝色，一切都沐浴在微光中，犹如一场美丽的梦境。庭院中来了许多客人，都是一些可爱的日本少女。令人惊奇的是，她们周身皆被光芒覆盖，闪烁着点点星芒。原来，这些女子皆是灵魂之体啊！

这幅画描绘了极乐世界的场景。画中的神明被称作菩萨。我先前没有细看，便凑近仔细端详，竟真的发现了几处颇有意趣的细节。

庭院之中，清新秀丽的少女们细心呵护着花草。她们轻抚着莲花的蓓蕾，又在花瓣上洒下几滴神奇的水，好让它们早日绽放。这莲花的颜色也十分奇特，实属当世罕见。一些莲花已经盛放，花朵中心绽放出太阳般的光辉。几个可爱的小娃娃光着身子坐在莲花中，每个娃娃身上都带着金灿灿的光环。这些孩子虽是灵体，但都是受到佛祖保佑的。一些娃娃还是小小的一团，另一些则稍大。可爱的少女们似乎给他们喂了什么美味的东西，以至于他们长得特别快。其中一个娃娃在天上的地藏菩萨的引导下从莲花中爬了出来，被带到了更高、更壮阔的地方。

蓝色的天空中，几位天人凌空而立，他们是佛祖派来的使者，都长着凤凰的翅膀。其中一位天人手执乳白色的琴拨，正在一

知られぬ日本の面影

种不知名的乐器上弹奏着，好似弹着三味线[23]的舞女。其他几位天人则吹奏着笛子一样的、共十七管的乐器[24]。直至今日，一些名寺还会在法事上使用这种乐器。

晃觉得，图中描绘的极乐世界跟凡尘的景象几乎没有区别。他又进一步解释道，画中的庭院，除了那神奇的莲花之外，其余的都跟寺庙中的景致十分相似。至于那有着蓝色宝顶的琼楼玉宇[25]，则跟西京城中的茶楼有异曲同工之妙。

画中描述的极乐世界毕竟是宗教的产物，通过对冥界的描绘，将之刻画成永恒不变的事物，这恰好反映了人们对美好事物的再现和展望。如果，你觉得这种日本式的理想太肤浅、太天真了；如果，你认为比起那些幻想中的庭院、寺庙、茶楼，这些极乐世界图更应该注重描绘现实生活，那也许就表明你并不了解日本人。在日本，总是有如洗的碧空、清澈的海水。每逢夏日，万物都被一片柔和的光芒所覆盖。更别说，日本所具有的魅力是由内而外散发出的，即使是再细微的东西也能给人以美的感受。而且，这种感觉是自然而然的，让人心生爱怜。

九

"这是一本地藏菩萨的和赞。"晃从壁龛的书架里取出了一本蓝色封面的书，随即说道，"和赞，也就是赞美诗。这本书已经有两百年的历史了，名字叫作《赛河原口吟传》。"说完，他便给我读起这本地藏菩萨的和赞来。和赞中有亡灵的喃喃低语，也有赛河原的低吟，伴着节奏，犹如一首动人的歌曲：

23　三味线，日本乐器，类似三线琴。

24　这种乐器指的是笙。

25　西京，即京都。

这并非现世的悲伤故事。黄泉山脚下的赛河原的故事，虽说讲的不是现世，但总不免令人惋惜。在赛河原，聚集了许许多多的孩子，他们有的才两三岁，有的四五岁，最大的也不过十岁。

　　在赛河原，有一大群小孩子。那里总是回响着他们思念自己的父母，为父母落泪的声音："爸爸的小石头！妈妈的小石头！"虽然，他们不能像现实生活中的小孩子一样，一伤心就哇哇大哭。但这种凄惨的呼唤，仿佛能直达人心，听起来更让人肝肠寸断。这些死去的孩子们，会将河岸边的石头捡起，然后堆起一座座小塔，以表达自己对父母的祝福。他们说着祈祷父亲幸福的话，堆起第一座塔；说着祈祷母亲幸福的话，堆起第二座塔；说着祈祷兄弟姐妹以及所有他们深爱的家人幸福的话，推起第三座塔。每天白天，他们都用这样可怜兮兮的事消磨时光。然而，当太阳开始西沉、暮色降临时，地狱里的恶鬼便会出现，对他们喊道："你们这是在干什么？看看，你们的父母都还健在，在娑婆世界活得好好的，你们何必在这儿为他们祈祷？他们在现世，也在日夜为你们哀悼。唉，真是太可怜，太残忍了！父母们的哀悼，就是你们痛苦的根源所在啊！这可不能怪我们啊！"恶鬼们手持铁棍，粗暴地将孩子们堆好的石塔推倒。就在这时，地藏菩萨显灵了！他缓步走来，对哭泣的孩子们说道："别担心，孩子们，我来了，不要害怕！我可怜的孩子们，你们的生命怎么如此短暂，这么快就来到了这幽暗的冥土了呢？你们一路跋涉，来到这片死亡之地。相信我吧！在冥土，我就是你们的父亲，也是你们的母亲。"地藏菩萨的长袍闪耀着佛光，他细心地将衣服折起，心中充满了对孩子们的同情和怜惜。有些孩子还太小，站不起来。地藏菩萨便向他们伸出自己的六环锡杖，用自己的神力保护着孩子们。他安抚着受惊的孩子们，将他们抱在怀里。

　　南无阿弥陀佛！

　　　　　　　　　　　知られぬ日本の面影

杵筑——日本最古老的神社

杵筑——日本最古の社殿

二

神道教仿若一块磁石，由内而外散发着与生俱来的忠诚、信念，这便是它本身的魅力所在

日本有一个神圣的名字——神国，即"诸神的国度"。放眼整个神国，最有名的圣地当属出云。在蓝天之上的高天原，居住着土地的孕育者：神与人的共祖伊邪那岐和伊邪那美[26]。伊邪那美死后，就葬在出云的边界之地。伊邪那岐痛失爱妻，一路追至黄泉国，却仍未将妻子带回。至于他去往黄泉国后经历的种种，《古事记》[27]中则未记载。关于幽冥世界的传说数不胜数，其中最离奇的当属这个故事无疑了，其离奇程度甚至超过了亚述传说中伊什塔尔[28]的故事。

出云是诸神所属的领域，也是众人供奉伊邪那岐和伊邪那

---

26 伊邪那岐是日本神话中的父神，伊邪那美是伊邪那岐的妹妹兼妻子、日本神话中的母神。二神生下了日本国土及诸多神明。

27 《古事记》，日本第一部文学作品，成书于712年，包含了日本古代神话、传说、歌谣、历史故事等。

28 伊什塔尔（Ishtar），古代巴比伦和亚述神话中的自然与丰收女神。传说伊什塔尔杀死自己的儿子兼丈夫植物之神坦姆斯，导致大地荒芜，于是伊什塔尔独闯冥界，经历七重考验战胜姐姐冥界女王，带回了丈夫，使人间重现富饶与活力。

美的地方。同样地，位于出云的杵筑也是众神居住的城市，那里的大社[29]年代非常久远，是日本著名的神道教发源地。

自从读了《古事记》之后，我最大的心愿，就是有朝一日能去杵筑一游。后来我又听闻，去过杵筑的欧洲人屈指可数，而且至今无人能进入当地的大社参观。这让我更加跃跃欲试了。当地对这方面有严格的规定，如果没有获得允许，就连靠近大社都不行。但我运气不错，刚好有一个名叫西田千太郎的朋友，因为他和杵筑大社的宫司[30]有私交，就顺利地帮我拿到了介绍信。所以，即使无缘进入大社参观——毕竟只有少数日本人才有这个特权——我仍能有幸拜访出云的千家遵纪宫司。这位宫司大人有着高贵的血统，据说是天照大神的后裔。

一

九月的一个傍晚，天朗气清，我自松江出发，前往杵筑。我乘坐的汽船，从蒸汽机到遮雨棚，都像出自小人国一般。进了船舱，因为头顶挂着遮雨棚，人根本无法直立，所以我只得跪坐着。不过，这艘船倒是十分干净整洁，装修得也很考究。更出人意料的是，这船虽小，行驶起来却是又快又稳。不远处有一个清秀的男孩，他赤着身子，正忙着给客人倒茶。为那七厘五的酬劳，他不仅要准备点心，还得为抽烟的客人提前生好炭炉。

低垂的遮雨棚简直让人窒息，我便挪出来，爬上了舱顶，好欣赏湖上的风光。放眼四周，景致美得简直难以形容，晶莹透亮的湖面上，呈现出一片美丽的景象：目之所至，皆是一种

29　大社，指杵筑大社，1871 年改称出云大社。

30　宫司，神社中职位最高的神官。

奇异而柔和的蓝色,有着强烈的日本风格——远处的宍道湖[31]上,山峰和岬角在瓷白的地平线上若隐若现。这些都看不真切,只能隐约辨认出纯色的轮廓。在我们的西北方,是赫赫有名的八云山。山峰高耸入云,一枝独秀。而在身后的东南方,城市已经消失在我们的视线中,但仍能看到巍峨挺立的大山[32]。大山呈现出一种诡异的蓝白交错,山顶终年积雪,看起来毫无生机。天空如同一座巨大的拱桥,浅浅的颜色,就如同一场梦。

如此壮观的景象,仿佛是神明一手打造的。这清朗的天空,远处若隐若现的陆地,还有奇异的蓝色湖水,都不由得让人想起神道教。此时,我满脑子想的都是《古事记》中的传说。耳边回荡着蒸汽机的阵阵轰鸣,在我看来却像是神道教举行仪式时的音乐,其中还夹杂着众神的名字:

事代主神和大国主神。

二

汽船继续前行,右侧出现了巨大的山脉。随着距离越来越近,山峰也显得越来越高。我清晰地看到,山间的丘陵上生长着各种植物。瞧!其中一座山峰树木丛生,山顶在蓝天的映衬下,显得愈发分明。我们还看到山上有一座宏伟的寺庙,庙顶呈多角形。那是坐落在一畑山上的一畑寺,供奉着药师如来。在一畑寺里,药师如来化为一位医者,治病救人,甚至能使盲人重见光明。据说,无论来者何人,只要在佛坛前诚心诚意地祈祷,眼病就能够痊愈。于是,许多深受疾病折磨的人从全国各地赶过来,一路奔波,踏上那六百四十级石阶,最终才能到达风光

---

31 宍(ròu)道湖,日本岛根县松江市与出云市之间的湖,位于岛根县东北部。

32 大山,鸟取县一座名叫"大山"的山。

秀丽的山顶，冒着大风进入佛堂。这些朝圣者用圣泉洗过眼睛，又在佛坛前诚心跪拜，口中低声念着一畑寺的佛经：俺－叩宊－叩宊－森塔利－嘛头叽－嗽哇咖。至于这句经文的含义，已经如同许多佛经一样，被世人早早遗忘了。这些佛经原本是梵语，后来被译成了汉文，最后才被翻译成日语。虽然其中的意思只被佛法高深的大师知晓，却早已传遍神国大地，被人民诚心信奉。

我从舱顶爬下来，又重新蹲坐在低矮的雨棚下，和晃一起抽烟。这时，我忽然想到一个问题：

"晃，这里一共有多少尊佛像？又有多少尊开过光呢？"

"数不胜数啊，"晃答道，"但要说真正的佛像，其实只有一尊。其他的只不过是佛陀幻化出的众多法相罢了。肉眼凡胎之人，其实很难完全了解事物的本质，这也是情理之中的事。但平民百姓们不懂这个道理，便想借助这些符号和形式寻求佛陀的庇护。"

"那么，关于神道教的神明，你知道多少呢？"

"神道教的事，我知晓得不多。只知道《古事记》中记载，高天原居住着八百众神。神国大地上，三千一百三十二位神明被供奉在二千八百六十一座神社中。十月被称为'神无月'，因为在这个月里，所有的神明都会暂时离开自己的神社，前往出云的杵筑大社参加聚会。所以，在出云十月则被称为'神在月'。但是，也有一些学者们借用汉字，将其称为'神有祭'。传说到了那个时候，海里的巨蛇会爬到岸上来，然后将身子盘在神案上，宣告自己的到来。龙王大人也会派遣使者，拜访神与人的共祖伊邪那岐和伊邪那美的神社。"

"晃，日本的神明实在太多，我都记不清了，所以也不怎么了解。在日本，有没有一些神明是人们极少提及的呢？关于那些异地奇闻，以及有名的诸神，可否向我介绍一下？"

"这个忙我恐怕是帮不上了，"晃答道，"你得向一些学识更为渊博的人请教才行。不过，确实有一些神明，是人们不愿提及的，例如贫乏神、饥饿神、吝啬神、妨害与邪魔之神。这些神明的神像，都呈乌云一般的深黑色，而且面若饿鬼，吓人得很哪。"

"这妨害与邪魔之神，我倒是听说过一些。你给我讲讲另外几位神明吧。"

"我知道得不多，只对贫乏神略有所闻。"晃答道，"据说，有两位总是一同出现的神明，一位是掌管运气的福神，另一位就是掌管贫穷的贫乏神。前者着一身白衣，后者则是一身玄衣。"

我试探性地打断道："因为贫乏神是福神的影子吧。福神站在前面，身后投下的影子便化作了贫乏神。我发现，无论福神行至世上哪个角落，必定会有贫乏神出现。"

晃对此不以为然，继续说道：

"一个人要是被贫乏神缠上，就很难摆脱它了。在离京都不远的近江国[33]，有一个海津村，那里住着一位僧人，多年来一直饱受贫乏神的折磨。他也试过不少办法，但就是无法将贫乏神赶走。为了摆脱贫困神，他便对人们谎称自己即将去往京都，但事实上，他真正的目的地是越前国的敦贺。僧人一路奔波，终于赶到了敦贺的一家客栈。这时，他忽然看到了一个男孩。男孩靠在墙边，身子瘦弱不堪，脸色苍白，好似饿鬼一般。男孩见了他，对他说道：'我一直在这里等着你。'——原来，这男孩竟然就是贫乏神的化身！

"还有一位僧人，六十多年以来，一直想摆脱贫乏神，却始终未能成功。最后，他下定决心，去往一个千里之外的地方避避风头。然而，就在当天夜里，他做了一个奇怪的梦。梦中，他看见一个瘦弱的男孩。男孩赤身裸体，浑身脏兮兮的，正在

33　近江国，日本古代令制国之一，其领域大致为现在的滋贺县。

编着旅人和行者常穿的草鞋。僧人大为惊讶，便问他：'你编这么多草鞋，是做什么用呢？'男孩答道：'吾乃贫乏神，将与汝一同远游。'"

"晃，这是否意味着，怎么样都无法摆脱贫乏神喽？"

晃继续说道："《地藏经古粹》曾记载，从前尾张国[34]住着一位年迈的僧人，名叫圆城坊。为了摆脱贫乏神，他决定做一场法事。在年末的最后一天，他将真言宗的弟子们召集在一起，又请来了几位高僧，众人操办了一场盛大的法事。他们折下几根桃枝，然后一起诵经念佛，并做出驱赶的姿势，挥舞着手中的桃枝。接着，又将寺庙里大大小小的门全部紧闭，然后继续吟诵。就在当天晚上，圆城坊做了一个梦，梦见一个瘦骨嶙峋的僧人在庙中独自哭泣。那僧人见了他，开口说道：'我既与你已相伴数年，为何还要将我驱逐呢？'此后，圆城坊终于过上了富足的日子，晚年也得以安享天乐。"

三

在这一个半小时里，汽船继续前行，两岸的风景先是越来越近，然后又被抛到了身后。眼前的景致，起初是海天交汇的蓝色，看上去十分赏心悦目，后来又变为树木的葱茏，最后又变回蓝色。然而，刚才还在远处的山峰，此刻却似乎触手可及，它们如鬼魅般巍峨地耸立着。突然，小汽船径直驶向岸边——一片低洼之地出乎意料地出现在眼前——然后溯着稻田间的小溪而上，来到运河岸边一座古雅美丽的村庄——庄原村。在这里，我们必须换乘人力车才能到达杵筑。

34　尾张国，日本古代令制国之一，简称尾州，其领域大致为现在的爱知县西部。

因为要赶往杵筑过夜，我们也不便在此地多留。我们坐上车，便从村子出发了。眼前的风景走马观花般飘过，我只看到了一条宽阔的长街（街上的景致犹如画中一般，若不是有事在身，真想花上一整天的时间好好游览一番）。我们穿过空旷的原野，又经过了一大片稻田。此时，我们的车疾驰在一道堤坝上，因为坝顶很宽，足够两辆人力车并排而行。在风景极佳的平原举目望去，两侧的白色地平线上耸立着高大的山脉。四周笼罩在一片静谧之中，伴随着轻纱般柔和的光晕，让人仿若坠入了祥和的梦境之中。一路上，我们经过了久木村和上直江村。在我们左侧，是连绵不断的首岁山，山上草木繁盛，一片生机勃勃的绿色映入眼帘。其中，大黑山高耸入云，独占鳌头，不愧是承载着神之名的险峰。而右侧则耸立着赫赫有名的北山。北山距我们极远，远远望去呈现出一种柔和的紫色。此时日落西山，霞光洒在山峰上，一直向西延伸，山峰的颜色也愈来愈浅，最终竟奇异地隐没于天际。

　　一切都显得那么美好。然而美中不足的是，在这漫长的路途中，四周的景色却没有什么变化。一望无垠的稻田边，我们沿着蜿蜒的道路前行，路边竖立的白杆好似箭头一般。四周传来不绝于耳的蛙鸣，仿佛是什么东西在冒着泡泡。左侧是一片葱茏，右边则是黛紫，恍若染上色彩的幽灵。两边的风景向西延伸，最终隐入天边，与苍穹融为一体。一路上，两边的景致基本没有什么变化。偶尔会经过几个美丽的小山村，或者在路边的一隅，看到一些造型怪异的雕像或纪念碑，一般是地藏像或某个相扑手的陵墓。在簸川的一片浅滩边，我们还看到了一座巨大的花岗岩石碑，上面刻着"出云松菊助"的字样。

　　到达神门郡后，我们从一条河边经过。河很浅，但十分宽阔。此时，四周才呈现出不一样的景致。左侧的山峰勾勒出蓝色的轮廓，形状好似马鞍，由此可以辨认出，这曾是一座威力无比的火山。这座山有很多名字，古时候则被称为佐比卖山[35]。据说，它与神道教还有一段不解之缘。

创世之初，出云的神明凝望着神国大地，感叹道："出云虽是一片崭新的土地，却太过狭小，我要扩增它的面积，将这弹丸之地变成广阔的大陆。"神明语罢，看到了日本附近的朝鲜，觉得这块土地十分不错，便拿出一根负有神力的绳子，将其中四座岛屿拖了出来，与出云合为一体。第一座岛屿名为八百丹，也就是如今的杵筑。第二座岛叫作狭田国，相传神明们每年在杵筑集会后，便会纷纷降临此地的神社，继续未完的宴会。第三座岛屿则是暗见国，是现在岛根郡的前身。第四座岛上则坐落着这位神明的庙宇，保佑国家五谷丰登，因此深受信徒爱戴。

神明将这四座岛屿用绳子捆起来，又将绳子一圈圈绕在大山和佐比卖山上。直到今天，两座山上依然留有这根绳子的痕迹。至于这根神奇的绳子，它的一半化为一座长长的岛屿，古人将其称为夜见之滨，另一半则化为园之长滨。

经过堀河之后，脚下的路愈加狭窄，也越来越难行。但是，我们离北山也越来越近了。我们迎着夕阳朝北山前进，渐渐地，山上的树木变得近在眼前、清晰可见了。山路一直往上延伸，我们在黄昏中缓慢前行。等我们一行人终于到达杵筑时，繁星已经布满夜空了。

四

我们经过一条长长的桥，从鸟居下面穿过，来到了一处地势较高的街道。杵筑的城门处建有鸟居，这一点倒是跟江之岛[36]

35　佐比卖山，即如今岛根县三瓶山。

36　江之岛，位于神奈川县藤泽市境内的小岛。

十分相似。不过，这里的鸟居不是铜质的。街上张灯结彩、灯火通明，高高翘起的屋檐下，则是一排排障子。道路两边，有威风凛凛的石狮守卫。大社的长墙十分低矮，顶端覆盖着瓦片，在周围树木的掩映下，有种众星拱月的感觉。大社的入口处，也有一座高大的鸟居，但我们站在此处，却看不到里面的神殿，因为它位于杵筑的后方，坐落在一座树木丛生的山脚下。此时，我们已经饥肠辘辘、疲惫不堪了，实在没有力气继续游览。于是，我们选择了一家看起来宽敞舒适的客栈落脚。这是杵筑最好的客栈，我们便坐下来休息休息，吃点东西。客栈里用的皆是小巧精美的瓷碗，还有几位美貌的姑娘在一旁唱曲，为我们助兴。休整一番后，已经是深夜了。我便叫了一位信使，带上我的介绍信前往宫司的住处。晃还在信上谦恭地提到，希望宫司允许我们明天上午登门拜访。

客栈老板为人非常和善，不仅热心地为我们备好了纸灯笼，还邀请我们和他一起前往大社。

夜晚，许多人家都将木制的拉门关上了，街上黑漆漆的，幸好客栈老板手中还提着灯笼，为我们照明。此时，月亮也隐入云层中，夜空漆黑如墨，半颗星都没有。我们沿着主街，一路穿过五六个广场，最后拐了一个弯，终于来到一座宏伟的铜鸟居前，从这里出发，就能够到达大社。

五

夜幕无边无际，将一切都笼罩在黑暗之中。借着纸灯笼发出的微弱光芒，我们走近大社，顿时被眼前的景象震撼住了。虽说此时领略到了其中的妙处，但一想到明天还得来到这里，就感到遗憾不已。眼前是一条非常气派的大道，两边都栽有高大的树木。头顶是一排巨人般的鸟居，一直向路的尽头延展，鸟居上悬挂着粗大的注连绳[37]，让人想到了神话中的天手力雄尊[38]。除此之外，道路两旁是参天的古木。夜色中的松树盘根错节、枝繁叶茂，给大道平添了几分庄严与肃穆。一些粗壮的枝干上，还绑上了一圈圈的绳子，更是显得神圣无比。那庞大的树根，向四处肆意延伸，在灯光的映照下，好似一条巨龙，时而翻滚，时而爬行。

这条大道长度不超过一里，它穿过了两座桥梁，途径两片神圣的小树林。道路两旁的区域，都属于这座大社所有。此前，这里是不允许外国人从中间的鸟居经过的。大道尽头是一面高墙，中间开了一扇门，样式类似佛寺的门，但要大一些。沉重的大门仍然开着，此时还有几个人影，在其间进进出出。

院中一片漆黑，信众们的灯笼闪烁着昏黄的光，好似一群巨大的萤火虫。环视四周，我们只能依稀辨认出，眼前高耸的房屋是由大型木材建成的。在客栈老板的引领下，我们穿过了两座宽阔的庭院，最后在一座宏伟的建筑前停下了脚步。这里的门仍然开着，借着头顶的灯光，我仔细打量着这座建筑，发现上面刻有游龙出水的图案，一看就是出自大师之手，而且木材用料讲究，价值不菲。左侧有一处神宫，我一眼就看到了上面神道教的标志。而在我们正前方的地面上，则铺着一张席子，其面积之大令人咋舌。于是我便料定，眼前便是大社无疑了。但客栈老板告诉我们，这只是信徒们祈福的地方。在白天，人们可以透过敞开的大门一窥殿中全貌，但晚上就不行了，因为此地对出入有严格限制。"很多人连大社的庭院都无法进入呢，"晃说道，"他们只能远远地在一边祷告。你听！"

此时，我们站在阴影中，只听得从四面八方传来一阵水花

---

37 注连绳，神社用于圈围或悬挂的特别绳索。

38 天手力雄尊，日本古代神话中的大力神。

飞溅般的声音，原来是神道教信众们在拍手。

"这其实也算不了什么啦，"客栈老板说道，"现在的人还很少，等到明天，那可是一场宾客如云的盛会呢。"

此行结束，我们便原路返回，途中又经过了之前的鸟居和林荫大道。这时，晃又给我讲了圣蛇的故事，这是客栈老板告诉他的。

"在日本，人们把这种蛇称为龙蛇。传说它是龙王大人的使者，它的出现预示着神明即将降临。所以，人们又将这位龙宫城的使者称为龙蛇大人。龙蛇大人显灵前，会出现海水变黑、巨浪翻滚的奇观。除此之外，它还有一个别名，叫作白蛇。"[39]

"那么，这小蛇是自己来到这神庙的吗？"

"当然不是，它是被渔夫捉来的。每年都会有一条蛇被送到这里，所以渔夫每次便只捉上一条，并将它送到杵筑大社或佐蛇神社，也就是众神在神有月举行二次集会的地方。此外，渔夫还能够得到一草袋大米作为报酬。捉蛇是费时又费力的活儿，但一旦成功捕获，从此就能过上富足的生活。"

"杵筑的神宫中，应该供奉着许许多多的神明吧？"我问道。

"确实如此。不过，杵筑的主神乃是大国主神，也被人们称为大黑天。大国主神有一子，名为惠比寿，也深受人们的信奉。[40]

39　白蛇还是牟天女神的仆人。牟天女神是爱与美的象征，掌管辩论和海洋。白蛇则是一位头戴王冠、发须皆白的老者。牟天女神和白蛇最初都是印度神话中的神，后来随着佛教一并传入日本。佛教诸神虽然广受民众爱戴，但其称谓众说纷纭，这种现象在出云更加普遍。

　　见过龙蛇的画像后，我又有幸亲眼看到了一条刚被捕获的龙蛇。这条蛇身长两三尺，身体有一寸粗。它的上半身呈深褐色，腹部则是黄白色，尾巴上还有一些美丽的淡黄色斑点。奇怪的是，白蛇的身体不呈圆柱状，倒像是一条拧成的麻绳，由一个个四边形组成。它的尾巴是扁平的三角形，好似鱼尾。随行的人中有一位渡边先生，是来自松江师范学校的教师。他告诉我们，这白蛇是海蛇的一种。白蛇的故事固然鲜为人知，但有了之前的介绍，相信会引起不少读者的兴趣吧。——小泉八云注。

40　大黑天和惠比寿均属于日本民间信奉的"七福神"，大黑天是开运招福之神，能驱除恶神，保人平安；惠比寿是商业之神，能保佑生计和生意兴隆如意。

人们在绘制神像时，总是将这二位神明画在一起：大黑天脚踏米袋，一只手在胸前托起一轮红日，另一只手握着一只象征财富的金锤；惠比寿一只手握着鱼竿，另一只手臂夹着一条鲷鱼。这两位神明皆是面目柔和、笑容可掬，长着肥大的耳朵，预示着财富和好运。"

六

在外游历了一整日，身子难免有些疲乏。回到客栈后，我便早早就寝了。安然入睡后，一夜无梦。第二天一早，一阵沉重的击打声将我从睡梦中吵醒。那声音一下接着一下，十分有规律，连我耳下的木枕都跟着晃动起来。原来，是客栈里的伙计正在捣米呢。随后进来一位清秀的女佣。她将门窗打开，瞬间，山地中独有的清新空气伴随着清晨的阳光涌了进来，让人心旷神怡。女佣将木制的雨户[41]取下，细心地收入走廊后的户袋里。接着，又将棕色的蚊帐撤了下来。为了方便我抽烟，还特意准备了一个刚生好火的火盆。做完这些后，女佣又转身去为我们安排早餐了。

不一会儿，女佣便回来了。她告诉我们，之前派出去送信的人已经从千家遵纪宫司处返回。至于这千家遵纪，之前已经提到过，他出身高贵，乃是天照大神的后裔。送信的人是一个年轻的神道教神官，而且在此地颇有地位。他一身简单的日式服装，下身却穿着一件宽大的蓝绸裤裙，一直垂到脚部。为了表示感谢，我便邀他一起喝茶，他点头同意了，并告诉我们，此刻他们家主人正在大社中等着我们。

这真是一个激动人心的好消息，但我们还无法立刻出发。

41　雨户，为了挡风雨、阻寒气和防盗窃等，安装在檐廊、窗户等外侧的窗扇或门板。

送信的人说，晃的衣服还不够得体，所以在与那位贵人见面前，他得先穿上崭新的白足袋，再换一身裤裙。因为根据日本的习俗，出入神社必须穿上裤裙。客栈老板非常热心，将一套裤裙借给了晃，让他欣喜不已。我们将自己收拾得整洁一新后，便在送信人的引导下，向大社出发了。

七

途中，我们又一次从那座宏伟的铜鸟居下经过。本以为，那天夜里见到的大社已经足够美轮美奂、不同凡响了。没想到，沐浴在晨光中的大社竟也毫不逊色。映入眼帘的仍旧是那高大无比的树木和壮观的路边风景。眼前还有那一大片的树林、宽阔的地面，比起记忆中的更加壮观。前来拜神的信众络绎不绝，但大家都井然有序地前行着，没有任何推搡拥挤的现象。在第一座神殿前，一位神官打扮的老者友善地接待了我们。送信人将我们托付给老者后，便转身离开了。于是，这位名叫佐佐的老者便继续为我们引路。

此时，大社里忽然传出了一阵响亮的声音，犹如海浪在耳边拍打。随着我们一步步靠近，那声音也愈发清晰可辨了。原来，是许多人在拍手。穿过大门后，只见我们昨夜造访过的拜殿里挤满了人。不过，没有一个人走进门去。大家只是立在绘满神龙图案的门前，在门槛处的功德箱中投入几枚钱币，极度贫苦的人则撒一把米，然后他们拍拍双手，深鞠一躬，虔诚地抬眼凝望远处至圣的神殿。每一位信徒都只是停留片刻，但都会拍四次手。就这样，人来人往间，拍手的声音从未间断，犹如瀑布声回响在耳边。

我们穿过人群，来到拜殿的另一侧。此时，呈现在我们眼前的是一级级宽阔的台阶。台阶质地坚硬，一直通到那至圣的神殿。有人曾告诉我，这里此前从未有欧洲人涉足。大社的神官们皆是一身正式的礼服，正在不远处等着我们。他们身量都很高，穿着绘有金龙图案的紫色丝绸长袍，带着高高的乌帽子，样式十分奇特。这些神官的装束无一不是精致繁复，他们神情庄重肃穆，仿佛神圣不可侵犯，乍一看去，仿佛眼前的不是真人，而是一排巧夺天工的雕像。不知为什么，我忽然想起小时候曾见过的一幅法国版画，上面画的是亚述占星家。神官们岿然不动，只是用眼神向我们示意。然而，当我走上台阶行至他们面前时，神官们忽然同时向我行了一礼。原因无他，只因为我是第一位在大社与他们的主人相见的外国信徒。他们的主人，乃是天照大神的后裔，身份尊贵无比。即使是在这个古国的偏远地区，他也拥有大批虔诚的信徒，被称作"在世神明"，其威望可见一斑。神官们行过礼后，又恢复了之前的姿态，纹丝不动了。

我脱下鞋子，正要步上台阶时，之前在门口接待我们的高个神官却伸手制止了。他告诉我，根据惯例，在进入神殿前，所有人都要进行一个洗礼仪式。我伸出双手，神官手持一个竹制的长柄勺，舀了水浇在我手上，如此重复三次后，又递给我一方奇特的蓝毛巾，上面还写着我看不懂的白字。随后，我们便走上台阶，步入神殿了。此时此刻，一身外国装束的我，感觉自己就像一个手足无措的野蛮人。

站在台阶顶端，便有神官前来询问我的社会阶层。从古时候起，杵筑便对社会阶层有着严格划分。不同社会阶层的客人，就要遵守不同的礼仪和规则。想必晃那个家伙在神官面前又是一番讨好奉承，但最终我还是只被排到了平民阶层。这样挺好，一来这本就是事实，二来也避免了许多让人不安的繁文缛节。日本人向来十分注重礼节和仪式，其繁复和讲究的程度，使我这个外国人一窍不通。

八

　　神官引导着我们来到一处房舍，这房间十分开阔，而且与台阶上的走廊相通。匆忙间，我只看到房间里有三座大神宫，且两侧都有凹室。其中两座神宫前都挂上了白色幕布，从天花板一直垂到地面，上面垂挂着一行黑色的盘状装饰，每个直径约三寸，正中央是一朵金色的花。第三座神宫在房间的最里面，前方挂的不再是白色幕布，而是金色锦缎。这便是三座神宫中为首的大国主神神宫。神宫里面，我们只看到几个象征着神道教的符号，至于神宫的外观如何，则没有人看得到了。在我们前方，是一排低矮的长台，上面铺着一些奇奇怪怪的东西。长台一端朝向走廊，另一端朝向神宫。在走廊附近的长台处，我忽然看到一位留着胡须的伟岸身影，他戴着头巾，一身纯白的长袍，神情庄重严肃，正端坐在席子上。神官一路引导着我们，在他面前坐下。原来，这就是我们今天要拜访的主人公——杵筑大社的宫司千家遵纪。这位大人出身显赫，乃是天照大神的后裔，且深受信众爱戴。即使在他的私人住所，周围人也是对他毕恭毕敬、虔诚行礼，不敢有丝毫怠慢。我按照日本传统礼节对他行了一礼。或许是因为我庄重又有涵养的举止，气氛一下子变得轻松起来，千家先生也对此十分赞赏。之前为我们引导的神官也在千家先生左侧坐了下来。至于随我们到门口的一众神官，则坐在走廊处。

九

　　千家遵纪先生风华正茂、气宇轩昂。他就坐在我面前，一副标准的神官坐姿。先生戴着高耸的乌帽子，留着浓密的胡须，一袭雪白的礼服，显得十分飘逸。奇妙的是，千家先生跟我想象中的一模一样，在他身上，既带着古画中人物的雍容隽雅，又有着王侯将相的不凡气度。这样一个人，自有不怒而威的气势，让人不由自主地萌生出崇敬之意。我心想，在这最为古老的出云，千家遵纪先生享有众人的顶礼膜拜，作为众人的精神领袖，他不仅拥有神圣的血统，还出自古老的名门世家，真是天之骄子一样的人物。想到这里，心中不免又生出几分畏惧。千家遵纪先生端坐着一动不动，看起来就像供奉在神社里的他祖先的雕像一样，神圣不可侵犯。但是，当他一开口，那低沉的嗓音响起之时，之前肃穆的气氛便瞬间消失得无影无踪了。先生面目柔和，一双深色的眸子专注地凝视着我的面庞。这时，晃作为翻译，向我传达了先生礼貌的问候，我也按规矩进行了回复，并就他对我的破例照顾表示了感谢。

有了晃在一旁翻译，他继续对我说道："你是有史以来第一个进入大社的欧洲人。虽说之前也有欧洲人来过此地，但能够进入大社庭院的，也是屈指可数。而你，是唯一一个被允许进入神的居所的欧洲人。以前，一些人出于好奇，总想到这大社一游，但都被拒绝了，连庭院都不准靠近。后来，西田先生向我解释了你的来意，便有了你我二人这场愉快的会面。"

我再次向他表示了感谢，相互致意后，我们又继续交谈起来，晃仍为我们充当翻译。

"比起伊势神宫[42]，杵筑大社是不是年代更为久远呢？"我问道。

"确实久远得多，"宫司答道，"就连我们都不知道，这杵筑大社经历了多少年的风风雨雨。在那个神明尚存的年代，一开始，杵筑大社是奉天照大神的旨意修建的，落成之后，杵筑大社高达三百二十尺，辉煌壮丽，简直无与伦比。不管是房

---

42 伊势神宫，位于日本三重县伊势市，供奉着天照大神。

　　　　　　　　　　　知られぬ日本の面影

梁还是支柱，都不是寻常木材可以比拟的。另外，房屋的框架也是由长达千寻[43]的楮皮绳固定的。

"杵筑大社第一次重建，是在垂仁天皇[44]时期，其建筑样式后来被人们称为铁轮构造。工匠们制作柱子的木料都取自那一棵棵的参天大树，而且柱子外围还要细心地套上巨大的铁环，以保证坚固。杵筑大社重建后，虽然也是辉煌壮观，但比起当初众神一手打造的模样，还是略显逊色，就连高度也只有一百六十尺了。

"第三次重建，则是在齐明天皇[45]时期。竣工后，杵筑大社高度又不及以前，只有八十尺了。此后，大社便一直保留着那时的样子，并受到精心维护，直到现在。

"大社前前后后经历过二十八次重建，按照规定，每六年就会重建一次。但在漫长的国家动荡时期，大社闲置了一百多年。大永四年[46]，尼子经久[47]任出云国守护，将大社交给一位得道高僧看管，甚至罔顾当时的习俗，在社中修建了宝塔。继尼子氏之后，毛利元就[48]掌权。其在位期间修缮大社，并恢复了之前废除的传统节日与仪式。"

"扩建大社期间所用的木材都是取自出云的森林吗？"我好奇地问道。

---

43 寻，古代长度单位，八尺为一旬。

44 垂仁天皇，日本第 11 代天皇，公元前 29 年至公元 70 年在位。

45 齐明天皇，日本第 35 代和 37 代天皇，她是一位女天皇，被后世尊称为宝皇女。她于 642 年即位，称皇极天皇；645 年，中大兄皇子发动宫廷政变，她将天皇位让于孝德天皇；655 年，孝德天皇去世，她重新即位，称齐明天皇，661 年病逝。故，齐明天皇时期为 655 年至 661 年。

46 大永四年，即 1524 年。

47 尼子经久（1458—1541），日本战国时期出云国的武将、大名。出云国，日本古代令制国之一，领域大约为现在的岛根县东部。

48 毛利元就（1497—1571），日本战国时期出云国的武将、大名。

之前为我们引路的佐佐神官答道："历史记载，天仁三年[49]七月四日，受潮汐影响，无数木材被卷到杵筑沿海一带，漂浮在海面上。永久三年[50]，人们将这些木材用于神社重建，所以人们称之为浮木建筑。同样在天仁三年，在因幡国[51]宫下村一处名叫宇部社的神宫附近的海岸边，人们发现了一根巨大无比的树干，长达十五丈。人们想将树干砍断，以便于运输。没想到的是，这粗壮的树干上竟然缠着一条巨蛇，看起来十分恐怖，一时无人敢上前。无奈之下，众人只能向宇部社的神明祈祷，以寻求破解之道。神明显灵，对他们说道：'每逢出云的大社重建，各地便会派出一位神明，轮流奉上所需木材。如今，轮到我了。那巨木原本归我所有，现在你们尽可以拿去修建大社了。'神明语罢便消失了。许多记载中都提到，每逢杵筑大社修建，便会有神明负责主持，并在一旁协助。"

"每年神有月，神明们是在大社中哪个地方举办宴会呢？"

"在内院的东西两侧。"佐佐答道，"内院中有两座长形建筑，称为神馔所。神馔所中共有神宫十九间，且不为任何一个特定的神明所有。所以我们坚信，神馔所便是诸神集会的场所。"

"每年这个时候，从各地赶来大社参拜的信徒有多少呢？"我问道。

"约有二十五万人。"佐佐答道，"不过，这还得视每年的收成而定。如果天公作美，遇上大丰收，前来感恩还愿的信徒自然就多。不过，每年的人数一般都不会少于二十万。"

49　天仁三年，即 1110 年。

50　永久三年，即 1115 年。

51　因幡国，日本古代令制国之一，领域大约为今鸟取县东部。

　　　　　　　　　　　知られぬ日本の面影

十

经过一番长谈，我从宫司和他的首席神官那里听说了不少奇闻，包括每座神宫的名字，围墙和树林所蕴藏的典故，以及那数不胜数的小祠及其供奉的神明，甚至是大殿里九根大柱的名字，最中间的柱子被称为真中心柱。不仅如此，大社里大大小小的一切，包括鸟居和小桥，都有着自己的名字。

佐佐神官告诉我，神道教的神殿一般都是朝向东方的，而大国主神的神殿偏偏别具一格，朝向西方。不过，神殿中有两处神宫皆朝向东方，分别供奉着大国主神的十七代子孙、首任出云国造，以及贤明的国主、著名相扑力士野见宿祢的父亲。垂仁天皇时期，一位名叫当麻蹴速的高手曾吹嘘，自己力大无穷，无人能比。于是，天皇命野见宿祢与他一较高下。就在二人你来我往之际，野见宿祢看准时机，使出雷霆之力，把当麻蹴速抛了出去，令他当场毙命。这场比赛被认为是日本相扑的起源，而野见宿祢也一战成名，成为相扑手心目中力量与技巧的象征。

除此之外，还有许许多多供奉着神明的神宫，这里我就不一一赘述，以免使那些不了解神道教传统和渊源的读者们感到索然无味。直到今天，人们依然相信大国主神和传说中的众神仍居住于此。例如，传说中从天照大神佩戴在发髻上的宝玉[52]中生出一位美丽女神，人称田雾姬[53]；须佐之男的女儿[54]爱上了大

52　宝玉，即日本传说中的八尺琼勾玉。

53　田雾姬，又名多纪理姬命。《古事记》记载，天照大神与须佐之男在天安河誓约，天照大神取须佐之男所配十拳剑，折为三段，亦令己身八尺琼勾玉之串振响，并取天之真名井之水涤断剑，啮碎其剑，口吹狭雾，于雾中现三女神：多纪理姬命、市寸岛姬命、多岐都姬命。

54　即须势理姬。

国主神，便随他脱离黄泉国，成为大国主神的妻子；还有水户神的孙子栉八玉神，他为在杵筑举办的诸神宴会制作了最早的火钻[55]及用红土烧制的陶盘；还有许多这些神明的亲戚。

十一

佐佐神官还告诉我一桩奇闻：

"古时候，松平氏一度统治出云长达二百五十年。松平氏的第一代大名，就是德川家康[56]的孙子松平直政[57]。有一次，松平直政造访杵筑大社，他下令打开神宫的殿门，以便看清里面供奉的神体。但这在当时是一种大不敬的行为，于是遭到两方国造[58]一致反对。尽管如此，松平直政还是愤然下令执行。如此重压之下，神官只能将神宫打开。直政好奇地望去，只见里面有一扇巨大的鲍贝，上有九孔。这鲍贝体型如此之大，挡住了身后的景象。直政不由凑近身子，想一探究竟。哪想到，那鲍贝忽然化作一条长约十寻的巨蛇。那蛇之前一直盘着身子，此时发出可怖的嘶嘶声，好似熊熊燃烧的烈火。松平直政和随从们见状，纷纷吓得落荒而逃，一刻都不敢多待了。经过这次教训后，松平直政便对神明敬畏无比，不敢再有一丝冒犯。"

55　火钻，一种取火工具。

56　德川家康（1543—1616），日本战国时代、安土桃山时代三河国大名，江户幕府第一代征夷大将军，日本历史上杰出的政治家和军事家。

57　松平直政（1601—1666），德川家康次子结城秀康的三子。

58　很久以前，这里理论上有两位国造，但真正掌权的仅有一位。千家氏和北岛氏本出自同一家族，双方都请求朝廷赐予世袭权力。当时，朝廷决定支持千家氏，便任命北岛氏家主为副国造。于是，北岛氏便与重权失之交臂。确切地说，国造一词代表的不是宗教职位，它更像是一个暂时的头衔，一直是天皇派往杵筑的代表——替天皇叩拜神明。这一代表的真正宗教职位仍然由现任宫司三井四郎担任。——小泉八月注。

十二

在宫司的提醒下，我们注意到面前有一长排铺着白绸的低台，上面放着一些古老的物件：一面金属镜子，乃是几百年前大社重建，在打地基的时候发现的；还有几块红玛瑙和碧玉制的勾玉；一支中式玉笛；几把华丽的佩剑，应该是天皇或将军佩戴过的；几顶精致的旧式头盔，一看就是出自大师之手；一捆有两个铜质箭头的利箭[59]，看起来像叉子一样，边缘锋利无比。

我仔细欣赏这些古器，了解其历史渊源。之后，宫司便站起身来，对我说道："给你看看杵筑以前用过的火钻吧，圣火便是由它点燃的。"

我们走下台阶，再次经过拜殿，来到院子另一边一座与拜殿同样大小的屋子。一来到这里，我便惊讶地发现屋内放了一张长长的精致木桌，除此之外，还有许多木制的椅子，想来是为客人准备的。神官引导我们在屋内一侧坐下，我和晃各自坐下，宫司和众神官也在桌边就座。这时，侍从拿起一座铜架，放在了我的面前。只见铜架长约三尺，上面有一个椭圆形物体，并盖着一层白布。随即，宫司伸手将白布掀开。我定睛一看，才发现这是一副非常原始的东方火钻。它是一块厚厚的白板，长约二尺五寸，上边缘处有一排小孔，每个小孔的上半部分都穿透了整块木板。取火的时候，只要手握木棒，将其固定在钻好的小孔内，再用双手快速搓动便可。木棒由轻便的白木制成，约两尺长，粗细跟普通铅笔差不多。

我仔细打量着这件简易却奇怪的物品，要知道，古时候人们认为它是神明创造的奇迹，而到了现代，科学则将其归功于人类进化初期的智慧。就在这时，一位神官拿出一个轻便的大木盒，

59　这种双头箭叫作破魔箭，亦称破魔矢，是日本民间驱邪祈福的道具，多涂成白色。

将它放在桌上。这木盒长约三尺，宽十八寸，高四寸。奇怪的是，盒子中间是隆起的，远看就像乌龟壳。这木盒和那火钻一样，是由扁柏制成的，上面还放着两支细长的小棍。一开始，我以为这又是火钻的一种，但我和晃都说不出个所以然来。后来才知道，这东西叫作琴板，是一种古老的乐器，上面的小木棍就是用来敲在琴板上进行演奏的。在宫司的示意下，两名神官将木盒放在地板上，二人分坐两端，接着便手执小棍敲打起来。两人轮流上阵，动作缓慢，奏出单调的乐声。一人发出"昂！昂！"的声音，另一人则"嗡！嗡！"地回应。每次呼喊之后，小棍便落在琴板上，发出尖锐的一声，接着便迅速恢复平缓，仿若空谷回声。

十三

除了这些，我还了解到一些事实：

大社每年都会更换一次火钻，不过火钻并非产自杵筑，而是产自熊野[60]。熊野至今仍保留着制造火钻的工艺，据说还是从神明时代流传下来的。第一位出云国造就任时，就收到了火钻作为贺礼。这贺礼来头可不小，乃是天照大神的弟弟亲手所赠。所以，人们至今还将这位神明供奉在熊野。自此以后，杵筑大社的火钻便都是交由熊野打造而成的。

直到近代，每逢卯日祭时，大庭神社[61]还会举办一场盛大的仪式，以庆祝杵筑宫司获得新的火钻。古时候，人们常在十一月举办卯日祭，后来国家动荡，便将其废除了。唯一保留这一习俗的地方，只有神与人的共母伊邪那美的神宫所在地——出云

60　熊野和下文的大庭，在小泉八云创作本文时，分别指岛根县八束郡相邻的熊野村和大庭村。1951年熊野村和大庭村的部分地区被并入八云村，即如今的松江市八云町（町，日本行政区划名称，相当于中国的乡镇，或城镇里的街道）。

61　大庭神社，即今天位于岛根县松江市八云町的熊野大社，供奉着伊邪那美，社内有火钻殿。

知られぬ日本の面影

大庭。

每年的卯日祭，国造便会前往大庭，还要备上双层米糕作为礼物。到达大庭后，便会由负责接待的龟大夫，将熊野打造的火钻移交给大庭的神官。在传统习俗中，龟大夫是一个滑稽可笑、诙谐逗趣的角色，所以神道教的神官大都不愿亲自上阵，一般由神社雇专人扮演。龟大夫的任务就是对国造献上的礼物评头论足一番，并挑出其中的不足。当地人形容一个人不讲道理、鸡蛋里面挑骨头时，常常会说："他就像龟大夫一样。"

龟大夫会将米糕检查一番，然后吹毛求疵地说道："今年的米糕怎么这么小？比去年的差多了。"

这时候，神官们便会回答："哦，您大概是弄错了，今年的米糕其实更大呢。"

"颜色没有去年那么雪白，这米粉也磨得不够细嘛。"就这样，龟大夫绞尽脑汁，把米糕说得一无是处，而神官们则在一旁耐心解释，或者干脆赔礼道歉。

等到这一切结束后，神社会将庆典上用过的杨桐[62]售卖出去。杨桐是众人不惜以重金购买的抢手货，据说具有辟邪护身的奇效。

十四

每逢国造往返大庭，总会碰上大雨。这是因为，国造出行的时间恰逢出云的雷雨季（即新历的十一月）。民间普遍认为，国造身份特殊，和龙神有着奇妙的联系，所以这些暴风雨都是他身具神力的表现。正是因为这个原因，当地人便将这个季节的暴风雨称为国造风暴。直到今日的出云，每逢家里有客人在雷雨天气往返时，大家便会对他说："你可真是个国造呀！"

---

62 杨桐，一种常绿灌木，常被用在神道教仪式中。

十五

在偌大的房间另一端有一群乐手，宫司挥挥手，他们便开始奏乐。鼓声夹带着竹笛声，听起来十分奇妙。我转过身，看见三位乐手坐在席子上，其中一位还是个年轻女孩。在宫司的示意下，女孩站起身来，向房间中央走去。她是一位神道教巫女，赤着双足，身穿雪白的长袍，边缘处却又饰有红色丝绸。房间中央有一张小桌，上面放了一件我从未见过的乐器。这乐器的形状十分奇怪，就像一段向下弯曲的树枝，两端都挂有一只小小的铃铛。[63]她双手将乐器托起，便舞了起来。如此神圣的舞蹈，我还是第一次亲眼见到。巫女身姿飘逸，如同行云流水，一举一动莫不充满诗情画意，简直不能用"舞蹈"二字来形容。巫女间或舞动起手中的乐器，迈着轻快的脚步转起圈来，乐器两端的铃铛立刻碰撞出清脆的响声。巫女面目姣好，神情平静无波，犹如戴上了一副精美的面具，让人想起了观音菩萨。一双莲足细腻雪白，像极了大理石神像。这一切都让她看起来不像一个日本侍女，倒像一尊活生生的美丽雕像。笛声时而低声呜咽，时而慷慨激昂，配合着咒语般轰隆的鼓声，倒是别有一番意趣。

在日本，人们把这种舞蹈叫作"巫女之舞"。

十六

随后，我们又参观了大社中的其他建筑，例如宝库、图书室等。在两层高的集会厅，我们有幸见到了一幅名画——《三十六

63　这种乐器叫作神乐铃。

歌仙[64]画帖》。该画由土佐光起[65]所绘，虽已有一千多年的历史，但保存得非常完整。除此之外，我们居然还见到了一种刊物，这种刊物由大社每月发行，上面记录了神道教的种种新闻，还讨论与古典文献有关的问题。

一路上，我们见识了大社中许多奇物。之后，宫司又盛情邀请我们前往他的住处，欣赏他收藏的名人亲笔信，其中便有像源赖朝[66]、丰臣秀吉[67]和德川家康这样的大名或将军的手迹。一开始，宫司将这些珍贵的手稿放在一个香柏木柜里，但因为数量太多，为了避免着火，便又命家中仆人将它们转移到了一个安全的地方。

回到自己的住处，宫司便换上了一身简单的日式正装。初见宫司的时候，他身着繁复的白色长袍，充满了不可侵犯的气势。此时的宫司看起来则更具亲和力。但是，像他这样礼貌友善、慷慨大方的主人，我还是第一次见。宫司身边的一众神官也个个仪表堂堂、神采不凡。他们都穿着传统服饰，一身无法掩盖的贵气，看上去不像神官，倒更像一个个训练有素的士兵。其中一个年轻人留着厚厚的黑色胡须，这在日本是很少见的。

临别之际，热情的主人又送给我一枚护身符（上面绘有杵筑两位神明的画像），还有一些文稿，记录了大社的历史及所收藏的宝物。

64　三十六歌仙，即三十六位和歌名人的总称，源自日本歌人藤原公任（966—1041）所撰的《三十六人撰》。和歌是日本古典格律诗歌的总称，相对于汉诗而言，由古代中国的乐府诗经过不断日本化发展而来，包括长歌、短歌、片歌、连歌等。

65　土佐光起（1617—1691），江户时代的土佐派画家。后文的"一千多年"为小泉八云误记。

66　源赖朝（1147—1199），日本平安时代末期至镰仓时代的武将、政治家，镰仓幕府首任征夷大将军，日本幕府制度的建立者。

67　丰臣秀吉（1537—1598），日本战国时代、安土桃山时代大名、天下人，著名政治家，继室町幕府之后，首次以天下人的称号统一日本的战国三杰之一。

十七

　　辞别了宫司和他的随从们后，我们在佐佐和另一位神官的引导下来到稻佐滨。这里是靠近城镇的一片海岸，面积较小。佐佐神官是一位富有学识的诗人，对神道教历史和古籍深有研究。我们便一边沿着海岸漫步，一边听他给我们讲种种奇闻异事。

　　如今的稻佐滨是一个小有名气的浴场，附近建有不少客栈和茶楼。之所以叫这个名字，是因为在神道教传说中，众神为了支持正胜吾胜胜速日天忍穗耳命[68]，便要求掌管大地的大国主神放弃对出云的统治。"稻佐"一词，在日语中就是征求对方意见的意思。《古事记》上卷第三十二节就记载过此事，在此摘录一小部分：

　　　　是以二神（天鸟船神和建御雷神）降出云国伊那佐之小
　　滨而拔十拳剑，逆刺于浪穗，盘坐刃前问大国主神："天照
　　大御神、高木神[69]之命以问使之：'汝所统之苇原中国[70]者，
　　当为我御子所治之国！'故，汝心奈何？"大国主答："仆
　　者不得答。我子八重事代主神可答。然今为狩鸟猎鱼而往御
　　大之前而未还。"是遣天鸟船神召八重事代主神归而问之。
　　事代主神语其父神曰："恐之。此国者立奉天津神[71]之御子。"
　　言毕，八重事代主神即蹈倾其船，后击掌，使船化青柴垣，
　　隐于其中。
　　　　建御雷之男神复问大国主："今汝子事代主神如此答矣，

68　正胜吾胜胜速日天刃穗耳命，即天忍穗耳命，日本神话中的稻神和农神。

69　高木神，又名高皇产灵神、高御产巢日神，是日本神话中开天辟地的神明之一。

70　苇原中国，日本神话中介于高天原与根坚州国（根之国）之间的世界，即人间世界。

71　天津神，指在高天原居住及从高天原下凡的诸神的总称。

　　　　　　　　　　　　　　　知られぬ日本の面影

亦有可答之子乎？"答曰："尚有建御名方神，除此者无也。"
话未毕，建御名方神举千引之石而至，言："谁来我国而窃
窃私语？或欲作力竞之赛何如？"

在海岸附近，有一座名叫稻佐宫的小祠，供奉着掌管力气
的建御名方神。而当年建御名方神一根手指就举起的岩石，即
千引岩，至今仍伫立在海边。

为了表示谢意，我们邀请神官们在一家海边小馆里吃了顿
饭。席间，我们谈天说地，又聊到了许多关于杵筑和国造的故事。

十八

三十多年前，国造的权力如日中天，地方上无人可及。出
云国造更是一度成为整个出云的信仰统治者。国造统治着整个
杵筑，而他的名号也改为宫司[72]。但是，在偏远地区的淳朴大众
心里，国造仍然是神一般的存在。人们依然用以前的头衔来称
呼国造，并且始终相信国造是神明的后裔。你很难想象，一群
从未在出云居住的人，竟然能够如此虔诚地敬畏国造。放眼日
本之外，大概也只有深受敬爱的西藏活佛能与之比肩了。在日
本国内，唯有天皇能获此殊荣。备受敬仰的天皇在人们心中不
是一个人，而是一个幻象；不是一个事实，而是一个名头。因
为天皇就如同退隐的神明，是不可见的。在民间传闻中，人类
是不允许凝视天皇的面容的，否则就会失去生命。[73]这种不可见

72　如今，国造的头衔依然保留，但仅仅是荣誉象征，并无实质的政治权力。这项规定，
是从千家遵纪的父亲千家男爵在位时开始实施的，他如今居住在日本首都。至于三井四
郎的宗教职责，则一直延续了下来。——小泉八云注。

73　在 19 世纪 90 年代，一位多次游历日本的外国朋友告诉我，在日本有些地区，一些
老人仍然相信普通人是不能直视天皇容颜的，否则便会"成佛"，即死亡。——小泉八
云注。

性和神秘性，使得天皇的传说更加深入人心。但国造就不同了，人人都可以在国造的领地见到他，甚至和他交流。即便如此，国造在人们心目中的地位仍不亚于天皇，其权力甚至能够与大名比肩，就算是将军也不会轻易得罪他。现任宫司的先祖甚至曾公然违抗丰臣秀吉的命令，拒绝交出军队，原因竟是不会听令于一个出身卑微之人[74]。也正是因为这个原因，当年的国造被没收了大部分封地。不过在近代之前，国造的权力仍旧不曾被削弱半分。

此类故事数不胜数，在此便讲述两个经典的小故事，让大家了解国造在信众心中的地位。

传说很久以前，有一个富翁认为自己之所以财运亨通，全是仰仗杵筑大黑天的保佑。为了表示感谢，富翁决定献给杵筑国造一件长袍。

国造婉言谢绝了，但富翁执意要献上礼物，便请来一位裁缝，命他赶制衣裳。哪想到，裁缝却狮子大开口，开出了一个天价。富翁不解，问他原因。裁缝答道："既然是为国造做衣服，那以后我就不能随随便便给别人制衣了。所以，我必须提前为下半辈子做好打算。"

第二个小故事，则发生在一百七十多年前。

松平氏第五代大名松平宣维[75]统治这里的时候，有一位住在松江藩的武士，名叫杉原喜户次。他本就在杵筑军中任职，又深受国造赏识，便常常能与国造一起下棋。一天夜里，两人正在对弈。忽然，武士像是被定住了般，身不能动，口不能言。周围人顿时惊慌失措，不知道怎么办才好。这时，只听国造说道："我知道了，这是由于他刚才一直在抽烟的缘故。我素来不喜

74　众所周知，丰臣秀吉出身寒门。——小泉八云注。

75　松平宣维（1698—1731），初名直乡，1705年其父去世，直乡继大名之位，1712年改名宣维。

抽烟，又不忍扫了他的兴，便闭口不言。然而，神明看出了我心中的不悦，便惩罚了他。现在，我来让他清醒过来吧。"于是，国造口念咒语，武士便瞬间恢复如常了。

十九

随后，我们原路返回，再一次置身于这片雾气缭绕、充满传说的圣地。此时，周围一片寂静。路边是一片片成熟的稻田，地上点缀着祈祷用的白色箭矢，两侧则屹立着以神的名字命名的山峰，峰顶或是一片靛蓝，或是一片苍翠。杵筑已被我们远远抛到了身后，与我们告别了。但是，午夜梦回之时，我依然能够看到那宽广的大道，一整列挂有巨大注连绳的鸟居，以及神情肃穆的宫司，和善的佐佐神官，甚至还有那一身雪白、翩翩而舞的巫女。屏气凝神，耳边似乎还能听到那一阵阵拍手的声音，如同潮水一般向我涌来。每每想到，自己作为第一位进入日本最古老神社的外国人，并且有幸一睹那古老的器皿用具，还有一系列的礼神仪式，内心便是止不住的狂喜。这一切的一切，对于那些人类学家和进化论者而言，该是多么梦寐以求的经历啊。

此番游历后，杵筑大社在我心中的形象也发生了变化。它不再是一座简简单单的名刹，而是神道教内涵的生动写照。透过杵筑，我们能感觉到古老宗教的生命脉动。那触感是如此强烈，让人仿佛回到了《古事记》中描绘的那个陌生年代。虽然无法用言语直接形容，却能一直在人们心中代代流传。佛教历经数百年的风雨，早已发生变化，并慢慢衰落，甚至终有一日会退出人们的视野，成为一种不为人知的信仰。但是，神道教却始终如一，在这片孕育它的土地上屹立不倒。纵使岁月无情，它也只会更加壮大，受人敬仰。佛教体系复杂，且典籍浩如烟海、内容深奥。神道教却刚好相反，既不会大讲哲理，讨论形而上学，也没有自己的道德规范。但是，它却能抵挡住西方宗教的入侵。在这一点上，其他东方宗教无出其右。神道教一方面积极接纳西方科学，另一方面却又能抵制西方宗教的渗透。那些外国狂热分子们惊讶地发现，无论自己使出多大的力气进行打压，对方总能如同空气一般，既充满吸引力，又无懈可击。就连最优秀的学者，都无法对神道教说出个所以然来。从某方面说，神道教似乎只是一种祖先崇拜；站在其他角度，这种祖先崇拜中又夹杂着对自然的敬畏。但是，它似乎根本就不属于宗教范畴。在那些无知的传教士眼中，神道教是一种最糟糕的异教。人们之所以觉得很难解释神道教，归根结底是因为汉学家们只能从书籍中追寻它的起源。例如，《古事记》和《日本书纪》[76]记载的是神道教的历史；祝词讲述的则其信徒的事迹；本居和平田[77]二位知名学者，也曾做过相关批注。但是，真正讲述神道教内涵的，既不是文山书海，也不是那些清规戒律，而是信众的内心。在人们的心目中，神道教就是至高无上的精神信仰，它是永垂不朽的。在那些古老的迷信、朴实的传说，还有不可思议的法术背后，蕴藏着神道教强大的精神力量和充满生命力与直觉的全部灵魂。要想真正了解神道教，就必须深入它神秘的灵魂，领略其中的美感、艺术感染力和英雄事迹。神道教仿若一块磁石，由内而外散发着与生俱来的忠诚、信念，这便是它本身的魅力所在。

我终于知道，东方人的内心中充满着对自然和生命的热爱。这种精神与古希腊人有异曲同工之处，相信再无知的人都能察觉。我也相信，终有一天自己也能向更多人传播神道教的伟大力量。

76　《日本书纪》，日本最早的正史，原名为《日本纪》，全书用汉字写成，采用编年体，共三十卷，起于上古神话中的开天辟地，止于697年第41代天皇持统天皇让位于皇太子。

77　本居和平田，分别指本居宣长（1730—1801）和平田笃胤（1776—1843），二者均是日本江户时代的学者，同居日本国学四大师之列。

知られぬ日本の面影

弘法大师的书法

弘法大師の書

三

只见那河面上的字竟然化为一条真龙，在河中翻涌奔腾

一

　　弘法大师[78]是日本的佛教高僧、真言宗的开山祖师。大师创立了日本文字中的平假名，教会人们用平假名进行书写，还创作出了"伊吕波歌"[79]。更为难得的是，弘法大师还是一位享有盛誉的书法家兼抄经名手。

　　《弘法大师传》中，曾记载了这么一个故事：

　　弘法大师游历中国期间，大唐皇宫里一处宫殿门前匾额上的字，由于受到岁月侵蚀，变得斑驳不清。皇帝便召来弘法大师，让他写一幅新的。只见大师两手各执一支笔，左右脚趾又各执

78　弘法大师（774—835），法名空海，密号遍照金刚，谥号弘法大师，为唐密第八代祖师。他于804年到达中国，并在长安学习密教；806年回国，创立佛教真言宗（又称"东密"）。

79　伊吕波歌最早见于承历三年（1079年）的《金光明最胜王经音义》，实际上并非弘法大师所创。这首歌几乎用到了日语五十音的每一个音，"伊吕波"（いろは）是该歌的头三个音。这首歌能辅助记忆假名，就像英文的字母歌一样。

一支，口里居然还叼着一支，五支笔各显神通，在墙上笔走龙蛇、龙飞凤舞，很快便大功告成了。大师的字宛如行云流水，这样的佳作在中国还是头一回见到。随后，大师手中执笔，退后几步，朝墙壁上一挥，飞溅的墨汁落在墙上，竟化作美丽的字。皇帝闻之，龙心大悦，赐他"五笔和尚"的美誉，意为大师能够用五支笔同时写字。[80]

还有一回，大师当时居住在京都附近的高野山。天皇想让他为著名的金刚峰寺题字，便派了一位使者，命他带着匾额去见大师。使者来到弘法大师居所附近，不巧天降大雨，河水暴涨，便被拦住了去路。不一会儿，弘法大师出现在河对岸。使者禀明来意后，大师便让他将手中的匾额高高举起，使者照做了。大师站在河对岸，运笔如风，使者手中的匾额上顷刻间就出现了写好的字！

二

弘法大师常常独自在河畔冥想。

有一天，大师正陷入沉思，隐隐约约感觉身前有个男孩，正好奇地凝视着他。男孩衣衫褴褛，却唇红齿白，风姿卓然。

男孩问道："您就是弘法大师吗？那位顷刻间五笔同书的'五笔和尚'？"

弘法大师回答："正是贫僧。"

男孩接着说道："如果您真是弘法大师，那我能请您在这天空上写字吗？"

弘法大师起身提笔，对着天空运笔挥毫。不一会儿，天空中便出现了几个极为秀美的大字。

---

80 另有说法为弘法大师精通篆、隶、真（楷）、草、行五种字体的书法，故被称之为"五笔和尚"。

男孩说："我也来试试。"便模仿弘法大师，也对着天空写起了字。

男孩又说："我能请您在这河面上写字吗？"

大师随即在河面上写了一首赞美水的诗。不一会儿，河面便显现出字迹，且字字飘逸灵动，在河水的映衬下，犹如片片落叶，飘入水中，又随水波而去。

"我也试试。"男孩说道，便在水面上写了一个草体的"龙"字。字虽然写在流水之上，却如被定住了般稳稳不动。

弘法大师注意到，男孩笔下的"龙"字缺了一点，便问道："你为什么不添上这最后的一点呢？"

"噢，我忘了。"男孩回答，"不如您来为我添上这一笔吧。"

于是，大师提起笔，给"龙"字加上了一点。忽然，只见那河面上的字竟然化为一条真龙，在河中翻涌奔腾，一时间风云变色，电闪雷鸣。那条龙腾空而起，直冲云霄而去。

弘法大师问道："施主究竟何许人也？"

男孩回答道："吾乃受世人供奉的五台山大智文殊师利菩萨[81]。"他一边说着，一边现出真身。只见他面若天神，周身佛光普照，让人无法直视。

文殊菩萨微微一笑，飞向天空，消失在云端。

三

有一次，弘法大师奉天皇之命，给应天门题写匾额，居然也漏掉了一点。天皇十分诧异，问他为何少了一点。大师回答道："贫僧确实忘了，但我可以现在就添上这一点。"因为匾额已经题好字，高高挂在门上了，天皇随即命人搬来梯子。但大师

81　文殊菩萨的别称，小泉八云原文用的是这个称呼。

并未攀上梯子，而是站在门前的道路上，将手中的笔掷向匾额，那笔落在匾额上，刚好添上了最后一点，周围的人无不拍手称奇。随后，笔又轻轻一弹，稳稳落回大师手中。

京都皇宫的皇嘉门，也是弘法大师题的字。在皇嘉门附近，住着一个名叫纪百枝的人，他对弘法大师的题字不屑一顾，甚至还指着匾额上的字说道："哎呀，这字看起来，跟那些大摇大摆的相扑手没什么不同嘛！"当天晚上，纪百枝做了一个梦，竟然真的梦见一个相扑手。相扑手一个千斤压顶跳到他身上，挥拳就打。纪百枝只感觉身上剧痛，一个号叫就吓醒了。随即，他竟真的看到一个相扑手，变成他曾经嘲笑过的那些字，飞上天空，最后回到皇嘉门的匾额上了。

当时，一位有名的书法大家，名叫小野德，也嘲笑过弘法大师的字。他曾指着大师题写的朱雀门匾额说道："这'朱'字写得就跟'米'字一样！"当天晚上，小野德梦见自己白日里嘲笑的字变成了一个男人，将他扑倒在地一顿狠揍，那人对着他的脸一拳接着一拳，就像在舂米一样。男人说道："你睁大眼睛看清楚了！我就是弘法大师派来的使者！"小野德随即从梦中惊醒，发现自己脸上青一块紫一块，血流不止，就像刚被人打了一顿一样。

弘法大师圆寂后许久，人们发现，他题写在美福门和皇嘉门上面的字几乎被消磨殆尽。天皇便命大纳言[82]幸成负责修缮门匾。由于有前车之鉴，幸成十分害怕会惹恼弘法大师的在天之灵，使自己遭逢厄运。幸成没办法，只好摆上供品，祈祷得到大师的允许。当天晚上，幸成做了一个梦，梦见大师来到他身旁，面目和善，笑着对他说道："你尽管按照天皇的旨意去做，

82　日本律令制度下朝廷的官位名，太政官次等官，职务为协助三公及参议政事，官位为正三位。

不必害怕。"幸成这才放下心来，开始着手修缮，最后于宽弘[83]四年一月完工。这件事也被记录在《本朝文粹》[84]一书中。

这些故事，都是我的朋友晃讲给我听的。

83　宽弘，日本一条天皇和三条天皇的年号，时间为 1004 年至 1013 年。宽弘四年为 1007 年。

84　《本朝文粹》是藤原明衡（989？—1066）所汇编的汉诗文集，收录了 427 篇平安时代的名家汉诗文。

得度上人的故事

得度上人の話

四

「请您永远守在这里，拯救众生。」

「请您云游四海，拯救众生。」

元正天皇[85]在位时期，大和国[86]有一位名叫得度上人的高僧，他是法辉菩萨为了普度众生而转生的。有一天夜里，得度上人在山谷中行走，突然发现前方出现了奇妙的光芒。他走近一看，发现这如月光般柔和的光芒源自一株倒下的大楠树，树上还散发着阵阵幽香。这种种异象让得度上人相信，这株楠树绝非凡品，并决定把它雕刻成观音像。于是，得度上人开始一遍遍地诵经念佛，祈求灵感。

正在他诵经之时，一位老翁和一位老妇人出现在他的面前，他们对得度上人说道："我们知道，你是在祈求佛祖的帮助，想要将这棵树雕刻成观音像。所以，请继续诵经吧，我们来帮你雕刻。"

于是，得度上人就依照他们的吩咐继续诵经。他惊讶地看到，

85　元正天皇，日本第 44 代天皇，第 5 位女天皇，715 年至 724 年在位。

86　大和国，古代日本令制国之一，属京畿区域，为五畿之一，又称和州。大和国的领域相当于现在的奈良县。

两位老者轻而易举地就将巨大的树干拦腰截断，然后开始分别把它们雕刻成像。得度上人看着他们雕刻了一天、两天，到了第三天，雕刻完成了，两尊完美无瑕的观音像出现在他的面前。得度上人恭敬地问道："敢问两位高人尊姓大名？"老翁答道："吾乃春日明神[87]。"老妇人则答道："吾乃天照大神。"说话间，两位神明便显出真容，随即升到空中，从得度上人的视线里消失了。

天皇听闻此事，便派高僧行基菩萨[88]去大和国朝拜观音像，并在那里修建一座寺庙。得度上人将其中一尊观音像供奉在寺庙中，并对它说："请您永远守在这里，拯救众生。"然后，他把另一尊观音像投入了大海，并说道："请您云游四海，拯救众生。"

后来，那尊海中的观音像漂到了镰仓。一到夜晚，它就会发出璀璨的光辉，仿佛海上日出一般。镰仓的渔民被这耀眼的光辉唤醒，他们坐船出海，发现了浮在海面上的观音像，便将它请到了岸上。

天皇闻之，决定为这尊观音像再修建一座寺庙，这就是镰仓海光山上的新长谷寺。

---

87 春日明神，又名春日神、春日大明神，日本神道教中的神明。

88 行基（668—749），日本奈良时代的高僧，俗姓高志。745年日本朝廷授予他最早的"大僧正"称号，之后又授予他"菩萨"称号，故后世称他为"行基菩萨"。

地藏的故事

地藏の話

五

贞义去世后的第三天夜里，她居然奇迹般地活了过来

　　在很久以前的日本镰仓，有一位浪人的妻子，名叫会我贞义，她靠着养蚕缫丝为生。贞义是一位虔诚的佛教信徒，时常去建长寺参拜。

　　有一天，天气十分寒冷，贞义像往常一样来到建长寺礼佛，看到地藏菩萨的佛像在寒风中受冻，顿时心疼不已，便决定亲手做一顶农人天冷时戴的帽子，使菩萨免受寒冷之苦。贞义回到家后，立即着手缝制，不久便做好了，拿到了寺中。贞义小心翼翼地给地藏菩萨的雕像戴上帽子，口中念道："只可惜信女手头并不宽裕，不然便可以为菩萨缝制一整套衣服，让您全身都能暖和了。唉，我出身寒门，也只能为您献上这些微不足道的东西了。"

　　治承[89]五年十二月，贞义猝然长逝，享年五十岁。然而，奇异的是，贞义逝世后整整三天，身体丝毫没有像死尸一样变得

89　治承，日本高仓天皇和安德天皇的年号之一，时期为 1177 年至 1184 年。治承五年为 1181 年。

知られぬ日本の面影

冰冷僵硬，反而一直都是暖暖的。亲朋好友们见到这番场景，唯恐得罪鬼神，吓得不敢将她下葬。然而，更令人匪夷所思的事发生了，贞义去世后的第三天夜里，她居然奇迹般地活了过来。

随后，她向亲友们讲述了前因后果。原来，贞义断气后，鬼魂便来到了阎王殿。阎王见到她，大发雷霆地说道："好一个歹毒的妇人，简直有违佛祖的教导。你这一生中，将无数的蚕浸入滚水中，剥夺了它们的性命。现在，本王罚你去往那镬汤地狱，让你饱受沸汤煎熬之苦，直到你赎尽所有的罪孽。"

话音刚落，一旁的鬼差立刻上前拖着贞义，将她扔进了一口巨大无比的锅中。锅中满是熔化的金属，贞义一掉进去，立刻痛苦万分，鬼哭狼嚎起来。

忽然，地藏菩萨从天而降，落进了熔化的金属中，只见奇异的事发生了：刚才还沸腾着的金属熔液，立刻冷却下来，变得如油般平滑。地藏菩萨抱起贞义，从巨锅中飞身而出，带到了阎王面前。地藏菩萨将贞义的善行告诉了阎王，恳请阎王看在他的面子上，宽恕贞义的罪过。阎王被贞义的善举感动，便释放了贞义，将她送回了娑婆世界，还阳复生。

洗豆桥

小豆磨ぎ橋

六

在洗豆桥附近，千万不要唱这首杜若之歌

在松江市东北部的普门院附近，有一座桥，名为洗豆桥。它之所以叫这个名字，据说是以前有一个女鬼，每逢夜里，便来到桥下洗豆子的缘故。

日本有一种非常美丽的紫色花朵，叫作杜若，因此也流传着一首歌谣，名为"杜若之歌"。此地有一个习俗，就是在洗豆桥附近，千万不要唱这首杜若之歌。具体是为什么，大家已经记不清了，大概是因为洗豆桥附近的鬼怪特别讨厌这首歌，一听就火冒三丈，随即露出原形害人。

很久以前，有一位勇敢的武士，为了向世人证明自己无所畏惧，有天晚上经过洗豆桥时，故意大声唱起杜若之歌。然而，令人意想不到的是，什么鬼怪都没有出现。武士哈哈大笑，安全地回了家。

在家门口，武士遇到了一位素不相识的女子。女子亭亭玉立、眉目如画，朝他行了个礼，赠给他一个女子用来存放信件的漆制文箱。武士亦庄重地回了一礼。女子说道："妾身只是一名小小的侍女，奉我家女主人之命，赠你这件礼物。"说完，便消失在了武士的眼前。

　　武士打开文箱，定睛一看，里面居然放了一个小孩的人头！人头还在流血，好不瘆人。武士顿觉不妙，连忙冲进家中，发现客房的地板上躺着自己年幼儿子的尸体，尸体脖子上光秃秃的，头已经被拧了下来。

买水饴的女子

水飴を買う女

七

可见，母爱是多么伟大，竟能凌驾于生死之上

在松江市中原町的大雄寺墓园，曾经发生过这样一个故事。当地有一种专门售卖水饴的铺子，叫作饴屋。水饴是一种琥珀色的麦芽糖浆，小孩子如果吃不到牛奶，就会买来水饴吃。每天深夜，总会有一个女子来到饴屋，她面色苍白，一身白衣，每次都会买上一文钱的水饴。

水饴店的老板见她如此苍白消瘦，心生怜悯，因此每次女子过来，他都会和颜悦色地询问她的情况。奇怪的是，女子每次都是一言不发，从不作答。店主心中愈发疑惑，一天晚上，他终于按捺不住自己的好奇心，跟在女子身后，想一探究竟。店主一路尾随，竟见那女子朝着墓园而去，不由心生恐惧，只好原路返回。

第二天夜里，女子又来到店中，却没买水饴，而是让店主与她同行。店主有了之前的经验，为了壮胆，便邀了一群朋友一同前往。果然，女子带着他们去了墓园。只见她径直来到一座坟墓前，便忽地如鬼影般消失不见了。

知られぬ日本の面影

随即，店主和朋友们便听到地底传来一阵小孩的啼哭，令人毛骨悚然。好在人多势众，大家也不至于太过害怕，便壮着胆子，掘开了那座坟墓。一打开棺材，人们发现里面躺着一具女尸。这女子不是别人，正是每晚来买水饴的那个女子！女尸旁边居然还有一个活生生的婴儿，看见灯笼的光，正嘻嘻笑着。婴儿身旁，放了一小杯水饴。

原来，这女子生前被人误诊，还未断气便被下了葬，临死前拼尽最后一口气，在坟墓里产下了孩子。女子做了母亲，即便化作了鬼魂，也精心照顾着自己的孩子。可见，母爱是多么伟大，竟能凌驾于生死之上。

讨厌公鸡的神

雄鶏の嫌いな神

在这里，你即使用二十倍重量的黄金，也买不到一颗鸡蛋

美保关 [90] 的神明讨厌鸡蛋，同样，他也讨厌母鸡和小鸡，并且，他对公鸡的憎恶远远超过其他所有生物。以至于，在美保关，公鸡、母鸡、小鸡、鸡蛋，通通没有。在这里，你即使用二十倍重量的黄金，也买不到一颗鸡蛋。

而且，不论是小舟、舢板还是轮船，都禁止向美保关运送哪怕一根鸡毛，更不用说运送鸡蛋了。甚至有人认为，就算早上吃了鸡蛋，你也不敢当天去美保关。因为美保关的神明是水手的守护神，以及风暴的操控者，在他的领域里，即使是鸡蛋的气味，也会让船遭受厄运。

曾经有一艘从松江开往美保关的小渡船，刚一出海就遇到了恶劣天气，船员们坚信，一定是有谁将事代主神 [91] 讨厌的东西偷偷带上了船。当然，要怀疑所有乘客是不现实的。不过，突

90　美保关位于岛根县东北部、岛根半岛的东端，三面环海。

91　事代主神是美保神社供奉的主神，即美保关的神明。

然间，船长注意到船头上有一个人正在抽烟——就像真正的日本人那样在死神面前抽烟，他的铜烟管上赫然印着一只打鸣的公鸡！不用说，那根烟管被扔到了海里。随即，汹涌的大海恢复了平静，小渡轮安全地驶入了那神圣的港口，在神社巨大的鸟居前落了锚。

至于为什么美保关的神明会憎恨公鸡，并将鸡驱逐出他的领地，有许多故事可以用来解释原因。不过，实质上，这些故事说的都是下面这件事——

就像我们在《古事记》中读到的那样，事代主神，也就是大国主神的儿子，习惯去美保岬逐鸟捉鱼。由于种种原因，事代主神经常夜不归宿，但总会在黎明前回来。在那些日子里，公鸡是事代主神值得信赖的仆人，它负责在事代主神要回家的时候，充满活力地啼叫。然而有一天，公鸡忘记了啼叫。事代主神慌慌张张地回到船上，结果忘了带桨，不得不用手划水，以至于他的手被凶恶的鱼咬伤了。

在我们去往美保关的途中，有一座位于中海[92]岸边的美丽小镇，名叫安来，那里的百姓大多信奉事代主神。然而，安来却有着数量众多的公鸡、母鸡和小鸡，虽然这里的鸡蛋在大小和质量上并不出众。安来的百姓认为，比起像美保关的居民那样谨小慎微，吃鸡蛋是侍奉神明更好的办法。理由就是，当人们吃了一只鸡，或吞掉一颗鸡蛋时，就为事代主神消灭了一个仇敌。

92　中海，位于岛根县东北部，是被岛根半岛和弓滨半岛围起来的潟湖。

青铜马

唐金の馬

九

只有在「別火」去世之后，他的继任者才能够知晓其中的秘密

在杵筑大社的第一座大殿里的正门左侧，矗立着一栋小巧的、造型如同普通神社的木构建筑，木头颜色已变得灰白，看上去年代久远。这栋建筑的门紧闭着，在门的格栅上，系着许多白色的纸带，上面大多是写给神明的誓言或祈祷文字。但是，当你透过格栅窥探时，就会发觉里面一片昏暗，没有任何神道教的象征物。原来这是个马厩！在格栅的中央，有一匹骏马正在凝视着你。马身后的墙上，挂着那种日本样式的草编马蹄垫。这匹马动不了，因为它是用青铜铸造的。

我好奇地向佐佐神官问起这匹马的由来，他告诉了我下面的故事。

在农历七月十一，有一个叫作"身逃"的奇怪节日。在那一天，大国主神会离开杵筑大社，穿过这座城市的街道，沿着海岸去往国造的府邸。因此，国造也总是在这天离家外出。如今，这里的国造也不会真的放弃他的豪宅，而是举家搬进公寓中，好让大国主神能有更大的空间自由活动。这种国造出走的习俗

仍然被称作"身逃"。

当大国主神穿过街道时，紧跟其后的是杵筑大社里职位最高的神官，在过去，这位神官被称作"别火"，意思是"圣火"。这位神官之所以有这个称呼，是因为在节日前的整整一周里，他只吃用"圣火"烹饪的特殊食物，只有这样，他才能以圣洁之身面对神明。"别火"的职位是世袭的，久而久之，它便成了这个家族的姓氏。只是，如今主持仪式的人，不再以"别火"相称了。

"别火"在履行职责之时，一旦看到街上有行人，他就会命令那人站到一旁，同时口中说道："狗，让开！"直到现在，当地百姓仍然相信，被神官下命令的人真的会变成狗。因此，在"身逃节"那天，没人敢在那个特定时刻上街。即使到了现在，这座小城里的百姓，也几乎没人会在这一天外出。

在跟随大国主神横穿整个城市后，"别火"通常会在凌晨两三点间，在海边举行神秘的仪式。（我听说，这个仪式每年都在同一时间举行。）但是，除了"别火"本人，任何人都禁止在场。百姓们依旧相信，所有不幸看到仪式的倒霉蛋都会当场倒毙，或者变成动物。

这个仪式是如此神秘，以至于只有在"别火"去世之后，他的继任者才能够知晓其中的秘密。

因此，当"别火"死后，他的遗体会被安放在神殿内室的席子上，所有的门窗都被关得严严实实，只有他的儿子能留下来。接下来，在深夜的某个时刻，"别火"的魂魄会回到他的遗体中，把身体撑起来，伏在儿子的耳旁，将仪式的秘密告诉他。说完，"别火"就倒下去，再度死去。

但是，读者估计会有疑问：这一切跟青铜马有什么关系呢？

只有这么一点关系——

在"身逃节"上，大国主神正是骑着这匹青铜马，穿过城市的街道的。

日本的人偶

日本の人形

如果你足够爱它，它就会拥有生命

　　这里，我将要告诉读者一些关于日本人偶的事情，这些事情你之前肯定没听说过。我要说的日本人偶，不是那种小玩偶，而是与两三岁幼儿一般大小的漂亮人偶。虽然，与更加精致的西方人偶比起来，这种真正的"玩偶娃娃"要廉价与朴素得多。但是，它在日本女孩的精心照料下，显得更加有趣。

　　这些人偶被精心打扮过，小小的丹凤眼，剃过的脑袋，还有那笑脸，一切就跟真人一般。从远处看去，最善于观察的眼睛也会被它们骗过。在港口售卖的成千上万张展示日本风俗的照片中，经常可以看到裹在母亲背上的幼儿，它们就是这种人偶的最佳代表。即使是照相机也分辨不出那些幼儿其实用的是替身。即便一位日本母亲把人偶举到你跟前，掏出它的小手、挪动它的小脚、转动它的小脑袋，你也不敢打包票说这只是个人偶。即便是在仔细查看之后，你仍然会有这种疑虑。我想，当你单独与人偶相处的时候，想必会十分紧张吧。制作人偶的能工巧匠是多么善于迷惑人眼啊！

如今，有一种观点说，一些人偶实际上是拥有生命的。

在过去，持有这种信仰的人并不像现在这么少见。那时候，人偶被认为是值得尊敬的神，拥有人偶的人是令人羡慕的。这些人偶被当作真正的儿女对待，它们会经常被喂食，有自己的床，有许多漂亮衣服，还有自己的名字。外观是女孩的人偶被叫作"阿德"，男孩人偶则被叫作"德太郎"。人们认为，人偶一旦被冷漠对待，它们就会愤怒、哭泣，而虐待人偶的家庭都会遭受厄运。甚至，这些人偶被认为拥有非凡的神通。

在松江，有一户姓千石的武士家庭，他们家的"德太郎"在当地的名气不亚于鬼子母神[93]——日本人的妻子常向它祈求儿女平安；没有子嗣的夫妇常常去千石家请"德太郎"，在自己家供养一段时间，然后再满怀感激地把它送还回去，还不忘为它添置新衣服。我相信，这么做的人，都是满心期待地想成为父母的。

"德太郎"是有灵魂的。当地甚至有这么一个传说：当房子着火的时候，"德太郎"会自己跑到花园避难。

关于人偶，似乎有这么一种观点：新的人偶是单纯的玩具。但是，一个在漫长岁月中被家族保存，并被一代代孩子们喜爱、陪孩子玩耍的人偶，就会渐渐地拥有灵魂。

我问一个可爱的日本小女孩："人偶怎么会拥有生命呢？"

"怎么不会？"她反驳道，"如果你足够爱它，它就会拥有生命。"

如果不是勒南[94]关于神的演化的思想，那么这个女孩吐露出来的究竟是什么意思呢？

93　鬼子母神，又称欢喜母或爱子母，是源自印度的佛教神明。鬼子母曾经是一个专吃人类儿童的恶神，被佛祖点化后变为专门守护儿童的护法神。

94　勒南（Joseph Ernest Renan，1823—1892），法国宗教学家、作家、历史学家，他认为宗教信仰是随着历史不断演化的。

然而经过几个世纪，即使是最受人关爱的人偶，最终也会损坏。当人偶被认为彻底死亡后，它的"遗体"依然会被善待，绝不会被丢弃掉。与神社里无法再用的圣物不同，坏掉的人偶既不会被焚烧，也不会被投入纯净的流水中，也没有被埋葬，你根本想象不出来它们会被如何处理。

　　它们被献给荒神——一个有些神秘的、融合佛教与神道教理念的神。古佛像中的荒神长着很多手臂。然而我确信，出云的神道教里则没有任何表现荒神的艺术形式。几乎在每一座神社，以及很多寺庙里，都种植着榎树。对荒神来说，榎树是神圣的。农夫们认为，荒神就住在榎树里，所以他们总是在榎树下向荒神祈祷。通常，榎树下还会放置着小型的鸟居和神社。在荒神的小神社里，在他的神树根部，或者树洞里——如果有树洞的话，你时不时会发现人偶的可怜残骸。但是，在人偶主人在世之时，它们很少会被送给荒神。所以，当你看到一个人偶"曝尸"于此之时，你几乎可以肯定，它们是在一些死去的女子的遗物中被找到的，它们是她的，甚至也可能是她的母亲、外祖母那段纯真的豆蔻年华的纪念品。

八岐大蛇的传说

八岐大蛇の伝説

八云起，出云八重垣，留妻而筑八重垣，那八重垣啊！

出云国意宇郡佐草村的八重垣神社[95]，是所有坠入爱河的年轻男女都要去朝圣的地方。那里供奉的是须佐之男和他的妻子奇稻田姬，以及他们的孩子佐草命。他们是婚姻与爱之神，他们让独身者融入家庭，让有缘人从出生起，命运就紧密地联系在一起。因此，我们可以料想到，在一切已命中注定之后，再去那里朝圣，祈求天长地久，只是单纯的浪费时间而已。

但是，又有什么地方，人们的信仰行为能与神学理论完全相符呢？神学家和僧侣创制并传播了教义和信条，但善男信女们总是根据自己内心的喜好创造神明——这些神明也是目前更好的神。此外，那个刚猛的男神——须佐之男的往事，并不能表明他的特殊经历与命运有何关联。就像《古事记》中记载的那样，他对奇稻田姬一见钟情。

那时，须佐之男刚刚被放逐到出云国肥河之源一处叫鸟发

95　八重垣神社位于今岛根县松江市。

的地方，他发现河里有一根筷子顺流而下，便意识到河的上游必定有人家居住，于是决定前去寻访。

路上，他遇到了一对年迈的夫妇，在他们中间站着一位年轻的女孩，三人正在哭泣。须佐之男不顾神的仪举，向他们问道："尔等是何人？"

老翁回复道："我是个土神，是大山津见神的儿子，名叫足名椎；老伴名叫手名椎；女儿名叫栉名田比卖[96]。"

须佐之男继续问道："尔等因何而哭？"

老翁回答道："我本来有八个年幼的女儿[97]，让人痛心的是，来自高志的八岐大蛇[98]每年都来这里吞食一位。如今它就要来了，我们因此而落泪。"

须佐之男又问道："那八岐大蛇长什么样？"

老翁答道："它的眼睛如同酸浆果[99]；它有一个身子，八头八尾；身上长着苔藓、杉树和桧树；它的身躯蔓延了八条山谷、八座山丘；它的腹部红肿，时常流着脓血。"

须佐之男对老翁说道："如果这位姑娘便是你的女儿，你愿意将她托付于我吗？"

老翁答道："恕我冒昧，不过我还不知道阁下尊姓高名。"

须佐之男答道："吾乃天照大神的兄长[100]，从高天原而来。"

夫妇俩说道："果真如此的话，能将女儿托付给您，着实令我们倍感荣耀啊。"

---

96 栉（zhì）名田比卖，《古事记》中对奇稻田姬（くしなだひめ）的称呼。这是在日语片假名和平假名发明之前，用万叶假名表示日语的方式："栉"即"くし"，"名"即"な"，"田"即"だ"，"比"即"ひ"，"卖"即"め"。

97 《古事记》中写作"八稚女"。

98 《古事记》中写作"八俣远吕智"。

99 酸浆，茄科植物，又名灯笼果、洛神珠等，结有红色的果实。《古事记》中写作"赤加贺知"。

100 实际上，须佐之男是天照大神的弟弟。

知られぬ日本の面影

于是，须佐之男将女孩封入一把密齿梳子中，随后插进了自己的发束里。他对足名椎和手名椎说道："尔等能做出蒸馏八次的烈酒[101]吗？这里要筑一圈围墙，墙上开八个门，每个门内修一座台子，每座台子上放一个酒桶，每个酒桶里倒满蒸馏八次的烈酒。然后等着就是了。"

当夫妇俩按照须佐之男的吩咐布置好一切之后，八岐大蛇就来了。它把八个头分别伸进了八个酒桶里，喝起了酒。没过多久，它就喝得酩酊大醉，八个脑袋全都耷拉到了地上，呼呼大睡起来。这时，须佐之男拔出身上的十拳剑，将八岐大蛇大卸八块。八岐大蛇的血灌满了肥河，将它变成了一条血河。

然后，须佐之男就开始寻思，这出云国哪里有合适的地方修建神殿呢？

就在须佐之男建好神殿之时，祥云从神殿腾腾升起。于是，他便作了一首歌：

> 八云起，出云八重垣，
> 留妻而筑八重垣，
> 那八重垣啊！[102]

八重垣神社的名字由此而来。古时的训诂家根据《古事记》考证，出云国的名字，也是由这首歌而来的。

101　《古事记》中称之为"八塩折之酒"。

102　这首歌原文为"八雲立つ出雲八重垣、妻ごみに八重垣作る、その八重垣を！"小泉八云名中的"八云"二字，正是出自此歌。

树灵

木
の
霊

十
二

我知道我命不久矣，但是我们的孩子会活下去，你要永远爱他

　　树木，至少是日本的树木，是有灵魂的。看到梅花和樱花盛开的人，不知不觉中就会产生这种幻想。在出云以及其他地方，大多数人们都相信这一点。这种观念并不是佛教思想，然而从某种意义上来说，相比古老的西方传统观念认为的"万物的产生都是为了让人类使用"，这种观念使人更加接近宇宙真理。

　　此外，与西印度人为了保护珍贵树木而产生的信仰不同，这里存在着一些对特定树木的奇怪信仰。就像一些热带地区一样，日本有它的灵树，其中榎树和柳树是最容易化灵的。如今，在日本有年头的花园里，这两种树已经很难找到了。人们相信，这两种树都有着让人难以忘怀的灵力。

　　就像出云人所说的"榎木化形"，你能在日语字典里找到"化形（ばける）"一词。但是，人们对这些树的信仰是非常独特的，不是简简单单地用动词"化形"就能解释的。树木本身并不会变化或者移动，而是被称作"树灵"的幽灵从树上脱离出来，然后四处走动。

知られぬ日本の面影

大多数情况下，树灵的形态都被假定为美丽的女子。树灵不爱说话，也不爱冒险离开它的树。一旦有人靠近，它就会立刻缩回树干或者树叶中。据说，当古老的柳树或者年幼的榎树被砍伐时，会有血从断口处流出。在这些树年幼之时，人们并不相信它们有什么灵力，一旦它们长大了，就会变得十分危险。

这里有一个非常动人的传说——回想一下古希腊德律阿德斯[103]的故事——一个关于京都一户武士家的庭园里的柳树的传说。

由于柳树有着种种不可思议的传闻，一位租客决定把他租住的院落里的柳树砍倒。这时，一位武士劝他说："不如把它卖给我好了，我把它移栽到自家的庭园里。那棵树是有灵的，夺去它的生命实在是太残忍了。"就这样，武士将柳树买下，移了过去。柳树在新的居所长得枝繁叶茂，它的树灵出于感激，便幻化成一位如花似玉的女子，与这位帮助过它的武士结为夫妻，并生下一个可爱的男孩。

几年后，拥有这块土地的大名下令砍倒这棵树。武士的妻子痛哭流涕，这才第一次向丈夫透露自己的身份和整件事的前因后果。

"如今，"妻子继续说道，"我知道我命不久矣，但是我们的孩子会活下去，你要永远爱他。这是唯一能安慰我的事。"

丈夫听得目瞪口呆，他惊慌失措地想要留住妻子，却无能为力。妻子向他道别后，就走进树里消失了。

武士竭尽所能地想要说服大名，阻止他砍掉柳树。但是，大名决心已定，要用这棵树来修缮千手千眼堂。最终，柳树被砍倒了。然而，就在柳树落地之时，它突然变得异常沉重，以至于三百人都挪不动它。

这时，武士的孩子出现了。他用小手拿起一根树枝，口中念道"来吧，来吧"，那棵大树就跟着他，沿着地面一直滑到了寺院里。

103　德律阿德斯（Dryads），古希腊神话中的树精、森林仙女。

鸟取的蒲团

鳥取の蒲団

十三

「哥哥，你冷吗？」

「你呢？」

很久以前，鸟取[104]新开了一家小小的旅馆。这天，旅馆迎来了开店以来的第一位客人，对方是一位走南闯北的商人。旅馆老板想为自己的小店赢一个好口碑，也好吸引更多的旅人前来投宿，便格外热情地招呼这位客人，给他提供了上好的服务。虽然旅馆是新开的，但店主财力微薄，因此，店里的家具、餐具等器物都是从旧货铺中采办过来的。东西虽然陈旧了些，但好在干净舒适，而且也足够美观。商人美美地饱餐了一顿，又痛痛快快地喝了不少上好的温酒。此时，热心的店家也已为他铺好了被褥，商人便钻进被窝，酣然入睡了。

在这里，我必须打断一下，对日本的床进行说明。在日本，除非主人家有人身体抱恙，必须卧床养病，否则你寻遍房间各个角落，也不会在白天发现一张床。事实上，日本的床跟西方

104　据说该故事发生在今鸟取市浜村温泉所在地。

人所说的床是两个不同的概念。日本的床没有床架、弹簧、床垫，也没有被单和毛毯。它仅仅由厚厚的、塞满了棉花的被褥铺成，人们称之为蒲团。日本人睡觉时，先在榻榻米上铺上几层蒲团，然后又另取一些来盖在身上。有钱人家一般先铺上五六层，然后根据自己的喜好来选择盖多少层。而对于贫苦人家来说，至多也只能用上两三层。这种蒲团有多种样式，例如，仆人多用棉质蒲团，与西方的地毯相比，这种蒲团则显得又小又薄。而有钱人使用的丝绸蒲团，则质地上乘，长八尺、宽七尺，比起穷人家的厚实得多。还有一样东西叫作夜着，是类似和服的有两条宽袖的大被子，在天气寒冷的时候使用，盖起来非常舒服。一般来说，主人家白日里会将这些床上用品整整齐齐地叠好，然后放进壁柜中，再拉上隔扇——一种十分美观的拉门，上面糊了不透明的纸，纸上则绘有精美的图案。所以，在日本，白天是看不到床的。除此之外，日本人还会使用一种木制的枕头，用来防止夜间休息时将发型弄乱。

这种木枕与宗教颇有渊源，但具体源于哪门哪派，我就答不上来了。只知道，千万不能用脚去碰这种木枕，即使是不小心踢到或将它移位了也不行，因为这在日本是一种大不敬的行为。这时候，冒犯者为表歉意，就应用双手将木枕举过额头，恭恭敬敬地将它放回原处，嘴里还要说着"对不起"，以求得主人的原谅。

此时，外面天寒地冻，客人本就喝了不少温酒，而床铺又是那么温暖舒适，照理说应该睡得很熟才是。商人入睡后不久，屋里突然传来一阵窃窃私语，把商人给吵醒了。商人竖耳倾听，原来是两个小孩在对话：

"哥哥，你冷吗？"

"你呢？"

半夜三更被这两个小孩吵醒，商人心中十分懊恼，但也没有大惊小怪。因为在那个时候，日本的旅馆里是没有门或墙的，房间仅仅用纸屏风隔开。所以，商人心想，大概是隔壁的小孩夜里进错了房间，跑到他这儿来了，便轻声责备了一句，让这两个孩子不要吵他睡觉。房间里顿时静默了片刻，不一会儿，又传来那小孩微弱而哀伤的声音，那声音十分清晰，仿佛就在他耳边说道："哥哥，你冷吗？"另一个小孩则安抚道："你冷吗？"

　　商人实在忍无可忍，从被窝里爬起来，点亮了油灯。他环视四周，却发现房间里只有自己一人，哪有什么小孩。他又检查了一下壁橱，想看看那两个小孩是不是躲在里面，发现里面也是空荡荡的。商人带着满腹疑惑，只得亮着油灯，又上床睡了。哪想到，过了一会儿，枕畔竟又传来那哀伤的声音：

　　"哥哥，你冷吗？"

　　"你呢？"

　　顿时，商人感觉一股寒意蔓延全身，这种冷，不是天气的严寒，而是发自内心的恐惧。耳边不断传来两人的对话，商人心中越来越害怕，他仔细听了听，发现发出声音的正是盖在自己身上的那床蒲团！

　　商人慌忙爬起来收拾好行李，一路奔下楼梯，将夜里的怪事讲给老板听。老板听了，不悦地说道："小店已经为您提供了最好的服务，客人怕不是酒喝多了，做了什么噩梦吧。"不管店主怎么劝，商人还是置若罔闻，他急急忙忙付了账，连夜就搬到另一家旅馆去了。

　　第二天夜里，又来了一位投宿的客人。半夜，店主又被惊慌失措的房客叫醒了，而且又是相同的理由。但奇怪的是，这位客人可是滴酒未沾啊。店主心想，肯定是哪个竞争对手耍阴谋，故意派人砸他的生意，便不客气地回击道："本店热情待客，服务周到，却不想客人你竟说出这番触霉头的混账话来！你明知小店是我们一家生活的来源，竟然还说出这种话，这还让我们怎么做生意呢！"客人听了这番话，也唇枪舌剑地反击起来，两个人顿时吵得不可开交，谁也不让谁。

客人走后，店主越想越觉得蹊跷，便来到那间空房，仔细检查了一番那床蒲团。就在这时，蒲团里竟真的传来小孩的说话声。店主这时才明白，客人的确没有撒谎。声音就是从这蒲团里传来的，房里其他的东西则没什么异常。店主将蒲团搬到了自己房里，一晚上都盖着它入眠。整整一夜，蒲团里不断传来两个小孩的对话："哥哥，你冷吗？""你呢？"吵得他夜不能眠，直到天明，那声音才停歇。

第二天一大早，店主便带上这古怪的蒲团，想找旧货铺的老板问个究竟。意外的是，旧货铺老板对此也毫不知情。他告诉店主，这床蒲团也是一家小店转手给他的，据说，将蒲团卖给小店的人是一个贫苦的商人，家住远郊。店主便顺藤摸瓜，一路打听过去，才弄明白事情的真相。

原来，这床蒲团本来是一户穷苦人家所有，后来被住在隔壁的房东卖了出去。这个故事是这样的——

蒲团的主人一贫如洗，一家人挤在每月仅六角钱房租的屋子里。饶是如此，房租对于他们来说仍然是一笔很大的开销。男主人每个月也只能挣到两三元钱，女主人则常年卧病在床，没法干活。夫妻俩还有两个儿子，一个六岁，一个八岁。他们一家人都是从外乡来的，在鸟取举目无亲。

在一个寒冷的冬天，男主人也病倒了。垂死挣扎了七日后，终是抛下一家人撒手人寰。男主人下葬后不久，常年卧病的女主人也离开了人世，只留下两个孤儿相依为命，十分可怜。两个孩子无依无靠，为了活命，只得将家里的东西拿出去典当，换几个吃饭的钱。

家里的东西其实也就那么几样：父母和兄弟俩的衣裳，几床蒲团，一些不值钱的破烂家具，火盆、碗、杯子等杂物。每日典当一些，家里的东西也所剩无几了，只留下一床蒲团。最后，兄弟俩终于水穷山尽了，终日忍饥挨饿，更别提付房租了。

　　一年中最寒冷的大寒来临，外面积雪颇深。兄弟俩根本无法出门，只能裹在那唯一的蒲团中，冻得瑟瑟发抖，还彼此安慰：

　　"哥哥，你冷吗？"

　　"你呢？"

　　家里没有火盆了，也没有能生火的东西。夜幕降临，屋外刺骨的寒风夹杂着雪花，不停地灌进小屋。

　　寒风已是咄咄逼人，但兄弟俩最害怕的还是那上门逼债的房东。房东面目狰狞，对两个孩子恶言相向，他见两个孩子拿不出钱来，就将他们扔进了外面的冰天雪地中，夺走了兄弟俩唯一的蒲团。最后，狠心的房东还将小屋的门牢牢锁上，扬长而去。

　　兄弟俩身上只穿着一件蓝色薄衫，所有的衣服之前都拿去当了。他们实在走投无路，眼见不远处有一座观音庙，便挣扎着想进去避一避。无奈积雪太深，兄弟俩根本过不去。房东已经离开，他们便匍匐着爬到自家屋后。严寒袭来，兄弟俩相互抱着取暖，只觉得一阵睡意袭来，便逐渐坠入了甜美的梦乡。梦中，神明给兄弟俩盖上了一床崭新的蒲团。这蒲团洁白无瑕、十分美丽。兄弟俩在梦中盖着蒲团，也不觉得寒冷了，双双沉睡了过去。许多天后，一位好心人发现了兄弟俩冻僵的尸体，便在千手观音庙的墓园中，为他们修建了一座墓床，让兄弟俩入土为安。

　　店主听完这个悲伤的故事，欷歔不已，便将蒲团送给了庙里的僧人，让他们为两个死去的小孩念经诵佛，超度亡灵。从此以后，那床蒲团便再也没有发出过声音了。

弃子

子捨ての話

十四

父亲！上次您抛弃我的时候，也是在这样一个夜晚

从前，在出云国一处叫作持田浦[105]的小山村里，住着一户贫苦的农家。因为家里实在太穷，夫妻俩养不起孩子。每一次，妻子生下孩子，农夫便先将孩子溺死在河中，再对外宣称婴儿一出生就夭折了。就这样，不管诞下的是男婴还是女婴，最终都被狠心的农夫趁夜扔进河里淹死了，前前后后一共害死了六个孩子。

终于有一年，夫妻俩条件宽裕了起来，便购置了田地，也攒了不少钱。后来，农夫的妻子怀孕了，生下了第七个孩子，这次是个儿子。农夫说道："现在咱家有了钱，终于养得起孩子啦，以后也需要一个儿子给咱们养老送终。这孩子生得眉清目秀，真是讨人喜欢，咱们把他养大吧。"

于是，这个孩子便得以幸存下来，一天天地长大。农夫越来越喜欢这个孩子，打心眼里爱着他。

105　持田浦，今岛根县松江市持田村。

某个夏夜，农夫把孩子抱在怀里，在园子里晃悠。小家伙这个时候已经五个月大了。

　　夜色十分美丽，皓月当空。农夫抱着孩子，不由惊叹道："哈哈，多么美好的夜晚呀！"

　　突然，怀里的婴儿抬起头凝视着父亲的脸，开口讲话了："是啊，父亲！上次您抛弃我的时候，也是在这样一个夜晚，也是在这样的月色中，对吧？"说完，婴儿便一言不发，似乎跟同龄的孩子没什么区别。

　　农夫听了，顿时回想起自己过去狠心杀害一个个亲生儿女的场景，心中悔恨不已。最后，他出家为僧，终日念经诵佛，为自己的罪孽忏悔。

舞女

舞妓について

一种朦胧的甜蜜，如同青春之灵，回到了它的归处

　　没有什么比日本宴会的开场更沉默的了，除了当地人，没有谁能从这沉默的开场中想象到那混乱的尾声。

　　身穿羽织的宾客安静地跪坐在垫子上，鸦雀无声。赤足的侍女们悄无声息地将漆盘摆放在宾客身前的席子上，一时间，只看见微笑着走动的少女，如同身处梦境。你也不大可能听到任何从外面传来的声音，因为宴会厅通常会由宽敞的花园与大街隔开。最后，司仪、东家或是赞助者，会用庄重的话语打破沉默："招待不周，请用餐。"随即，所有人都会默默鞠躬，拿起筷子开始用餐。他们用起筷子非常娴熟，根本听不到一点儿声音。侍女们把温过的清酒倒进每位宾客的酒杯里，没有发出一丝声响。直到吃光了几个餐盘、喝光了几杯清酒后，人们才打开话匣。

　　忽然，随着一阵欢声笑语，几位年轻的姑娘走了进来，依惯例向宾客问好。她们从列坐的宾客间穿过，来到开阔处，开始用优雅灵巧的姿势敬酒——这是普通侍女做不到的。她们非常

艳丽，穿着名贵的丝绸和服，系着女王式的丝带，美丽的发髻上装饰着假花、梳子、簪子和古怪的黄金饰品。她们向陌生的宾客打招呼，仿佛彼此是老相识。她们说着俏皮话，时而放声大笑，时而滑稽地小声笑着。她们是艺妓，也可以称作舞女，是被雇来为宴会助兴的。

三味线响起，舞女们撤到宴会厅远端的空旷之处。这里的宴会厅通常很宽敞，相比平常的聚会场所，能容纳更多的客人。她们中间的一些人组成了一个乐队，在一位看不出年龄的女子的指挥下，有几个人在弹奏三味线，还有一个小孩儿在敲着小鼓。其他人或是独自起舞，或是两人一对跳舞。她们的舞姿灵巧欢快，所有姿态都是那么优雅，结伴的两个舞女的步伐和舞姿完全一致，她们肯定经过长年累月的练习。不过，更多情况下，她们更像是在表演，而不像我们西方人所说的舞蹈。这种表演伴随着衣袖和扇子的奇妙舞动，以及眼神和表情的运用，甜美、细腻、收敛，完全是东方式的。艺妓更多的是以跳艳舞著称，但在大众场合和有素养的观众面前，她们会表演美丽的日本古老传说，例如渔夫浦岛被海神之女所爱的传说[106]。她们还会时不时吟唱中国古诗，用几个优美的词汇，抒发一种自然而生动的情感。她们还经常敬酒，那温热、淡黄、令人昏昏欲睡的清酒，让你的血管里充满着柔润的满足感，让你有一种销魂的微醺感。一杯美酒下肚，人们昏昏欲睡，平常司空见惯的事物也会变得奇妙而充满幸福，艺妓成了天堂的侍女，世界变得更加甜美，这是万事万物在自然守则下永远无法呈现的。

起初沉默的宴会，渐渐变得充满了欢乐的喧嚣。宾客们打破行列，三五成群，艺妓们穿梭在他们之间，欢笑、闲聊，还不忘

106　见本书《浦岛太郎的故事》。

给交换过的酒杯[107]斟满酒，而后随着深鞠躬一饮而尽。男人们开始唱起过去的武士之歌，或者朗诵古代的汉诗，有一两人甚至跳起了舞。一个艺妓把和服下摆卷到膝盖处，轻快敏捷地拨动着三味线。当《金比罗船船》[108]的音乐响起时，她开始沿着8字形的路线轻快地奔跑；一个拿着酒瓶酒杯的年轻男子，也沿着同样的8字形路线跑着。如果两人在一条线上相遇，那么跑错路线、让相遇发生的人就要罚酒一杯。随着音乐节奏越来越快，两人也跑得越来越快，因为他们必须与音乐合拍。最终，艺妓赢了。在大厅的另一处，宾客和艺妓正在划拳。他们边玩边唱，面对面拍手，伴着三味线的旋律打拍子，时不时小声叫喊着伸出手指。

> 一小碗啊！
>
> 彼此彼此。
>
> 一小碗啊！
>
> 您来了啊。
>
> 一小碗啊！
>
> 结束了啊。[109]

跟艺妓划拳，需要有十分冷静的头脑、敏锐的双眼，还要勤加练习。她们从小就要学习各式各样的划拳规则——数不胜数——她们彻底输掉时，往往只是出于礼貌。最常见的划拳手势是人、狐狸、枪。如果艺妓摆出枪的手势，你必须迅速且依着音乐节奏摆出狐狸的手势——狐狸不能用枪。如果你摆出人的手

107　有时，客人们习惯交换充分清洗过的酒杯，向你的朋友请求交换酒杯是一种表示尊敬的方式。——小泉八云注。

108　《金比罗船船》（金比羅船々），日本民谣，以香川县金刀比罗宫为题材，作为与艺妓一起玩室内游戏的背景乐而闻名。

109　原文为"ちょいと——どんどん！お互だね、ちょいと——どんどん！御出てましたね、ちょいと——どんどん！しまひましたね。"

势，艺妓就会以狐狸的手势回应——狐狸会骗人，于是你就输了。如果艺妓先摆出狐狸的手势，你就应该摆出枪的手势——用枪杀掉狐狸。不过，你得始终看着艺妓的明眸嫩手。它们是如此美丽，一旦你三心二意，花了哪怕一秒钟去想它们有多美，你就被迷住了，被征服了。尽管所有这些都是表现友谊的，但宾客和艺妓之间总是遵循着严格的礼仪。不管酒后的客人有多兴奋，你都不会看到他试图抚摸艺妓。客人永远不会忘记，艺妓只是作为人间的花朵出现在宴会上，她们是用来欣赏的，而非触摸。在日本，一些外国游客时常毫无顾忌地和艺妓或侍女待在一起，然而她们只是在强颜欢笑地忍耐着。这实际上是一种非常令人厌恶的行为，当地的旁观者会认为这些游客是极其粗俗的。

欢乐的气氛一度越来越浓。不过随着午夜的临近，宾客们开始一个接一个地悄悄溜走，丝毫没有引起他人注意。然后，喧闹声逐渐消失，音乐停止了。最后，在"再见"的欢笑声中，艺妓把余下的宾客送出大门。这时，她们才能坐下来，在空荡荡的宴会厅里，填饱早已饥肠辘辘的肚子。

这就是艺妓的工作。但是，她的内心是什么样的呢？她的想法、她的情感、她身上的秘密是什么样的呢？在宴会厅灯火辉煌的夜场之外，远离环绕周身的酒雾幻象的她，真正的生活是什么样的呢？

她是否总是那么淘气，就像她用略带愚弄的甜美嗓音唱出这首老歌？

> 与君同寝，或留五千石。
> 五千石何用？与君同寝。[110]

110　古时候，有一位名叫藤枝外记的江户旗本，他的俸禄是五千石——在当时是一笔巨款。他爱上了一位名叫绫绢的新吉原的妓女，并希望娶她为妻。当他的主君让他在俸禄和爱情之间做出选择时，这对恋人偷偷逃进了一户农民家中，双双殉情了。这首民谣就是关于他们的，至今仍在传唱。——小泉八云注。这首歌原文为：君と寝やろか、五千石とろか、なんの五千石、君と寝よ。

　　　　　　　　　知られぬ日本の面影

或者，我们是否可以认为，她能够保持那份热情，使得她的话语始终那样风趣幽默？

> 汝死之后，长眠寺中。
> 烧汝成灰，和酒而饮。[111]

"为什么这么想啊？关于这个，"一个朋友向我说道，"就在去年，大阪的阿镰将这首歌变成了现实。她从葬礼上收集了情人的骨灰，混在清酒里，在宴会上当着客人的面喝了下去。"当着那么多客人的面，真是浪漫啊！

在艺妓们群居的寓所的壁龛里，放着一个古怪的塑像，有的是用黏土做的，用黄金铸的则难得一见，不过最常见的是用陶瓷做的。它受人崇拜，人们为它供奉糖果、米饼、清酒，在它前面点着线香和油灯。这是一只小猫塑像，它举起一只爪子，好似在邀请客人——它的名字叫"招财猫"。它是个守护神，能带来好财运，让富豪光顾，让宴会组织者垂青。现在，一些深知艺妓本性的人断言，招财猫与艺妓有着同样的形象——顽皮、美丽、温柔、年轻、轻盈、亲切、如毁灭之火般无情。

他们还有关于艺妓的更糟糕的说法：在艺妓的影子里会踩到穷神，狐女是她的姐妹；她是青年的毁灭者、财富的挥霍者、家庭的破坏者；她知道爱是愚蠢之源，她只把爱当作获利之道；她依靠男人的资产积攒财富，却为他们建了坟墓；她是最完美的蛇蝎美女、最危险的阴谋家、最贪婪的佣兵、最无情的情妇。这些并非都是事实。然而，有件事是确定的——就职业来看，艺妓就如同小猫一样，是个猎物。有许多着实很可爱的小猫，所以，肯定有真正讨人喜欢的艺妓。

---

111 这首歌原文为：お前死んでも、寺へはやらぬ、焼いて粉にして、酒で飲む。

艺妓的诞生，只是为了满足蠢人们的渴望——对青春与优雅交织而成的爱的幻想的渴望，这种渴望不会有任何遗憾和责任。因为，除了划拳，艺妓还被教会了玩弄情感。在这个不幸的世界里，人们可以肆意玩乐而不受惩罚，这已经成了永恒的法则。不过，有三样东西除外，那就是生命、爱情与死亡。这三者是神留下来的，因为没有人能在不作恶的情况下学会如何玩弄它们。因此，和艺妓玩比猜拳更过分的任何游戏，或者只是旁观，就是对神的不敬。

一纸卖身契将可爱的女孩从她贫穷可怜的父母手中夺去，女孩开始了她的奴隶生涯，根据契约，她可能要为买主服务十八年、二十年，甚至二十五年。她在一处只有艺妓的房子里被喂养、打扮、接受培训，在严苛的训练下度过童年。她被教授得体的礼仪、优雅的风姿和文雅的言谈，每天都要练舞，还不得不用心学习数量众多的歌曲曲调。她还必须学习游戏、宴会和婚礼上的表演、穿衣打扮的技巧。无论她有什么天赋，都会被精心培养。之后，她要被教会演奏多种乐器：首先是小鼓，没有大量的练习根本敲不好它；接下来，她要学习一些用玳瑁或象牙做的拨片弹奏三味线的技巧。在八九岁时，她就要以鼓手的身份在宴会上表演了。她是能够想象到的最迷人的小生命，已经知道如何在两个鼓点的间隙，一掷酒瓶就把你的酒杯刚好倒满，不洒一滴。

此后，她接受的训练变得更加严酷。她的嗓音变得足够灵动，但是缺乏必要的力度。在冬夜最寒冷的时候，她必须爬到住处的屋顶上弹唱，直到鲜血从手指渗出，声音从喉咙消失。一场凶狠的风寒正是她渴望的结果。经过一段时间的沙哑低语，她的嗓音变了调子，也变得有力了。她已经有了在客人面前唱歌跳舞的资格。

有了这种资格后，她通常会在十二三岁初次登台。如果她美丽动人、技艺精湛，那么找她登台的人就会络绎不绝，一小时的价码能有二十到二十五钱。只有这样，她的买主才会补偿她的时间、开销和训练中的烦恼，不过买主很少有慷慨的。在很多年里，她赚的所有钱都要交到买主手中。她一无所有，连衣服都不属于自己。

在十七八岁的时候，她已经为自己的技艺争得了声誉。她已经参加过数以百计的招待会，见识过城市里所有名流，知道他们每个人的性格和经历。她已经以夜生活为主了，自她成为艺妓以来，就很少看见日出了。她已经学会喝酒而不失理智，连吃七八个小时也不会觉得糟糕了。她有了众多情人，在某种程度上，她可以自由地向喜欢的人微笑了。不过，她被好好教过，最重要的是用自己的魅力获利。她渴望找到一位有能力且愿意为她赎身的人——几乎可以肯定，有人能在佛经中找到新的、极好的意蕴，讲述爱情的愚蠢和人际关系的短暂。

在她职业生涯的这一阶段，我们或许会离开她。那以后，她的故事显而易见将是不幸的，除非她年纪轻轻便玉殒香消。可以预见，她会有与她的阶层相符的葬礼，她的余韵将会被各种稀奇的仪式所保存。

或许在某天晚上，当你在日本的街道上散步时，会听到三味线的响声伴着歌女刺耳的嗓音，从寺院大门里飘出来。对你来说这或许很奇怪，不过院落深处却挤满了观众。当你穿过拥挤的人群，来到寺院的台阶上时，你会看到两个艺妓坐在垫子上弹唱，第三个艺妓在一张小桌前跳舞。桌上摆着一个牌位，牌位前燃着一盏灯，旁边的青铜碗里点着香，还备有少许水果和美食——这是在节日里祭拜死者的习俗。牌位上的戒名是一位艺妓的。在特定日子里，这位已故女孩的姐妹们会在寺院里聚集，用歌舞取悦她的灵魂。凡是乐意的人，都可以免费参与这场仪式。

不过，古时候的舞女并不等于今天的艺妓，她们中有一些人被称作"白拍子"，都是深明大义之人。她们外形靓丽，戴着镶有黄金的女王样式的帽子，穿着华丽的服饰，在大名的府邸舞剑。这里有一个关于"白拍子"的老故事，我认为值得一读。

一

过去，实际上现在仍有这样的习俗：日本的年轻画家会在全国各地徒步采风，欣赏描画风景名胜，同时去寺院研究艺术名品，那里收藏了大量栩栩如生的珍品佳作。对于这样的采风，我们首先应该感激那些展示风景与风俗的美丽画册，如今这些画册已经非常稀奇了。相对于其他东西，它们有力地证明了——只有日本人能画好日本的风景。在你熟悉了他们诠释本性的方式之后，你会觉得外国人对同一场景的描摹会显得平庸而毫无灵气，这真是奇怪啊。

外国画家会真实地反映他们看到的事物，除此之外不会展示其他东西。日本画家则向你展示他的感受——季节的情绪、一时一地的精确感觉，其作品中蕴含着一种在西洋画中罕见的暗示。西方画家会展现事物的细枝末节，使自己散发的想象力得到满足。但是，他的东方兄弟对于细节的处理，要么尽量不去触及，要么将其理想化——远方烟雾缭绕，美景被流云缠绕，这一切都建构于他对一段体验的回忆，里面唯有混杂着感觉的奇幻与瑰丽存在。

日本画家迸发出的超越极限的想象力，让渴求艺术之人只需一瞥便能感受到它的魅力。然而，就在这一瞥当中，他能够用魔法般的艺术表现出时光之感与当地风土。他的画作基于记忆与感觉，而非明确的现实，这正是他令人惊异的能力的秘密。对于没有亲眼看过他的灵感之作的人来说，这种能力是无法品味的。对他来说，首先要舍弃事物的个性，他的人物画都没有个人特征。不过，其独特价值在于能很好地体现某一阶层的特征：

农民朴素的好奇心、少女的羞涩、女郎的魅力、武士的自我意识、小孩的滑稽与恬静可爱、老者的淡然与和蔼。这种绘画方式正是受采风的影响，而非在画室中发展起来的。

很久以前，一位学画的年轻人翻山越岭，从京都徒步去江户[112]。当时的道路又少又难走，相较今日，那时的旅途困难重重。有句谚语是这么说的："可爱的孩子当去旅行。"不过，这片土地从古至今没什么变化——一样的长满杉树和松树的森林；一样的竹林；一样的用茅草铺房顶的村庄；一样的梯田，上面点缀着头戴宽大黄色草帽、在泥塘里弓着腰的农夫；路边，一样的地藏像在朝着一样的朝圣者微笑，他们去也是与今天一样的寺庙。而且，就像现在一样，在夏日的每一条小河边，都能看到被晒黑的孩子光着身子在浅滩欢笑，而每一条小河也都在朝着太阳欢笑。

不过，这位学画的年轻人不是"可爱的孩子"，他已经走过了很多路，习惯了粗粝的食物和简陋的住处，习惯了在任何境况下都做得最好。然而，有一天日落后，他发现自己所在的地方只有一望无垠的田野，看起来根本找不到能吃住的地方。当他试图走一条越过山岭的捷径抵达村落时，他迷路了。

是夜无月，松影将周身围得一片漆黑，这里似乎全然是一片荒野。万籁俱寂，唯有松涛和虫鸣此起彼伏。他跌跌撞撞地走着，期盼能发现一处河滩，从而能顺着河找到村落。突然，一条小溪穿过了他走的小路。遗憾的是，他发现这条湍急小溪径直奔入了峭壁之间的山谷。他不得不原路返回，然后决定爬到最近的山顶上，在那里也许能望见一些人烟。然而，当他爬到山顶时，只看到了连绵的群山。

112　江户，东京的旧称，因 12 世纪初豪族江户氏的居馆位于此地而得名；1457 年，太田道灌始筑江户城；1603 年，德川家康在江户设幕府，江户自此成为日本的政治、经济中心；1868 年，改名东京。

正当他打算听天由命在星空下露宿时，他发现就在自己爬上的这座山远端的山坡之下，有一簇微弱的黄色火光，显然那里有人居住。他朝那里走去，很快就发现了一栋小农舍，刚才看到的火光正是从防风门的缝隙间透出来的。他赶忙上前敲了敲门。

二

年轻人敲了几下门，呼喊了几声，便听到房里传来了走动声，一个女人问他有何贵干。女子的声音非常甜美，而且这个素未谋面的应答者的言语令年轻人非常惊讶，因为她的话一听就是都城里的雅言。

年轻人回应道："小生是一名学徒，在山里迷了路，不知可否在贵处求一晚食宿。如若不便搅扰，请您指点我如何去往最近的村子，小生会送上些许薄礼以示感谢。"

女子又问了他一些其他问题，她对年轻人能从刚才的地方找到这里感到非常惊讶。显然，他的回答打消了女子的疑虑，女子对他喊道："我这就来。山路危险，你今晚去找村子可是不容易啊。"

片刻之后，防风门被推开了，女子走了出来。她举着纸灯笼，想要看清这个陌生人的脸，而自己依旧在暗处。她一言不发地仔细观察着年轻人，随后简单地说道："等一下，我给你拿水。"她端来一盆水放在门口，给了他一条毛巾。他脱下草鞋，洗去脚上的一路尘土，随后被领进一间整洁的屋子。这间屋子几乎占据了整个房子的所有空间，只有后面用一小块木板隔开了，用作厨房。女子给了他一个棉坐垫，并在他前面放了个火盆。

直到这时，年轻人才找到机会观察这位女主人，只一眼便被她精致美丽的容貌惊住了。女子估计比他大三四岁，不过仍在妙龄。可以确定的是，她并非农家女子。女子依旧用非常甜美的声音对他说道："我一个人住在这里，从来没有招待过客人。但我敢肯定，你今晚要去更远的地方会很危险。这附近有几户农家，不过没有向导的话，夜里你是找不到路的，天亮之前你就待在这里吧。这里条件简陋，我只能给你提供一处床铺。我猜你饿了吧，这里只有一些简单的素食，不过还是欢迎你品尝一下。"

那位旅人饿极了，对于这个提议满心欢喜。年轻女子点燃了一小堆火，默默准备了几盘菜——水煮青菜、煎豆腐，葫芦干，还有一碗糙米饭。女子很快就把饭菜端到了他面前，并对着粗糙的食物表示了歉意。在他用餐期间，女子几乎一声不吭，矜持的态度让他尴尬。他试探性地问了几个问题，而女子只是用鞠躬或一两个字回答，于是他便克制住了与她强行交谈的念头。

这期间，年轻人注意到这间小屋被打理得一尘不染，给他装食物的餐盘也是完美无瑕，房间内仅有的几样便宜货也相当漂亮。壁橱和碗橱的障子是用纯白的纸做的，上面装饰着又大又精美的汉字书法。根据这种装饰品的一般规律，这些字能使人想到诗人和画家最喜爱的题材：春花、山海、夏雨、星空、秋月、河水、秋风。房间的一侧立着一种低矮的台子，上面放着一个佛坛，小巧的漆门打开着，露出了里面的牌位。牌位前面燃着一盏灯，灯的两侧摆放着供品和野花。佛坛上方挂着一幅精美绝伦的画，画中是戴着辉月光环的观音菩萨。

年轻人刚用完简餐，女子便开口了："我这里没有好的卧具给你了，而且只有纸蚊帐。卧具和蚊帐都是我自己的，不过我今晚有很多事要忙，没空睡觉了。所以，虽然不能让你睡得舒服，但还是愿你能休息好。"

年轻人随即明白了，女子全然是孤身一人，她出于某些奇怪的原因，以善意的借口自愿让出了自己唯一的卧具。他直截了当地拒绝了这种过度的款待，并向女子保证，他在地板上任何地方都能睡得很香，也不在乎蚊子。然而，女子回绝了，她用姐姐的口吻，要求年轻人遵从她的意愿。实际上，女子真的有事要忙，想要尽快离开。因此，她知道年轻人是个知书达理之人，便希望他能听从自己的安排。这样子，年轻人没法再拒绝了，因为这里只有一间房。女子把蒲团铺在地板上，取来木枕，挂起她的纸蚊帐，在床铺朝向佛坛的一侧展开了一面大屏风，随后向年轻人道了晚安，让他确信自己想让其马上就寝。年轻人照做了，但他一想到自己给女子造成的麻烦，还是有些过意不去。

三

尽管这位年轻的旅人不愿接受以牺牲他人睡眠为代价的好意，但他发现床铺无比舒适。他太累了，刚把头靠在木枕上，就在睡梦中忘记了一切。

然而，似乎只睡了片刻，他就被一阵奇怪的声音吵醒了。他确信那是脚步声，不过不是轻声蹀步，而是急促的脚步声，感觉很慌张。他随即想到，可能是屋子里遭贼了。他自己倒是没什么可害怕的，毕竟他没有什么值得偷的东西，主要是担心那位热情款待他的好心人。纸蚊帐的每一面都有一小块四方形的棕色纱布，如同小窗一般。他试图透过纱布往外看，遗憾的是，那面高高的屏风恰巧立在了他和那动静之间。他想要呼喊，但在冷静思考下抑制了这种冲动——一旦真的发生什么危险，还未了解情况就暴露自己，是无用而草率的。让他感到不安的声音还在持续，而且越来越不可思议。他已经做好了最坏的打算，如果必要的话，就算冒着生命危险，也要保护那位年轻女子。他急匆匆地穿上衣服，悄无声息地从纸蚊帐下钻了出来，蹑手蹑脚地爬到屏风边偷看。然而，他看到的场景却令自己大吃一惊。

在灯火辉煌的佛坛前，那位年轻女子穿着华丽的衣服，正在独自舞蹈。他认出来她那一身装束正是白拍子的，然而无论他之前见过的哪位白拍子，都没有她穿得华丽。此时此刻，在这份孤寂之中，在这一身华服的衬托下，她的美丽简直超凡绝伦。不过，在他看来，她的舞姿更加惊艳。转瞬间，他内心生出了一种的怪异的疑惑。乡间的迷信、狐女的传说，在他脑海中一闪而过。不过，一看到佛坛和神圣的观音像，他便打消这种念头，为自己的胡思乱想而羞愧。这时，他突然意识到，自己正在注视着女子不想让他看到的事情，自己作为客人，应当马上退到屏风后面，但这一场景让他着迷了。能看到前所未见的最优秀的舞者，他惊喜万分，越看越被她的优雅所吸引。突然，女子停了下来，气喘吁吁地解开腰带，就在要脱去上衣之时，她的目光扫见了他的眼睛，一下子惊呆住。

年轻人立刻向女子道歉，说自己忽然被急促的脚步声吵醒了，在这深夜的荒野之地，这声音让他担心起女子的安危。随后，他坦白了自己对眼前的景象感到惊讶，说起了自己为她的舞姿着迷。

"我请求你，"他补充道，"原谅我的好奇，因为我实在忍不住想要知道你是谁，你是如何成为如此了不起的舞者的。我看过西京所有的舞女，然而，即便是她们中最出名的姑娘，也没人能跳得像你这样好。当我开始注视你的时候，眼睛就动不了啦。"

起初，女子似乎很生气，但还没等他说完，她的表情就舒缓了下来。她笑了笑，坐在他面前，说道："别担心，我没有生你的气。我只是为被你看到感到抱歉，我想，你在看到我那样独自跳舞的时候，肯定认为我疯了。现在，就让我告诉你，你所看到的这些有何意义吧。"

于是，她开始讲述自己的故事。她一说自己的名字，年轻人便想起来了——他小时候听过她的艺名，她是那时最著名的白拍子、都城的宠儿。然而，她却在名望和美貌正处巅峰之时，从公众的视野中消失了，没人知道她去了哪里，因何而去。她和一个爱慕他的青年一起逃离了荣华富贵。那个青年很穷，不过他们攒的钱足够在乡下过着简单快乐的生活了。他们在山上建了一所小屋，在那里恩恩爱爱地生活了几年。青年对她崇拜有加，最大的乐事之一便是看她跳舞。每晚，他都会弹奏自己喜爱的乐曲，女子则为他伴舞。不幸的是，在一个漫长的寒冬，青年病倒了，尽管得到女子的悉心照料，却还是撒手人寰了。从那以后，女子便在对他的思念中独自生活，一遍遍地表演那些献给死者的、表达敬爱之意的仪式。白天，她在他的灵位前摆放传统的供品；到了晚上，她便像从前那样，跳舞来取悦他。这就是那位年轻旅人所看到的场景的缘由。

"实在是失礼了，"女子接着说，"你这么累，我还把你吵醒了。我以为你已经睡得很香了，才试着小心翼翼地跳舞。无意中打扰到你了，希望你能谅解。"

女子把一切都告诉他之后，便沏了一小壶茶，两人一起喝了起来。随后，女子哀怨地恳求他再睡一会儿，好让自己内心宽慰。年轻人意识到自己得回去了，于是在表示了真诚的歉意后，便钻回了纸蚊帐里。

年轻人好好睡了一大觉，醒来时已经日上三竿了。起床后，他发现女子为他备好了简餐，跟昨天晚上的一样。他虽然感到饿了，却只吃了一点儿，因为他怕女子为了让他吃饱而刻意少吃。饭后，他便收拾行囊准备离开了。不过，当他要为食宿和给女子添的麻烦支付报酬时，女子却什么东西都不要。她说："我给的东西都不值钱，招待你只是为了做善事。所以，请你忘了在这里的不适，只记住一个没什么可提供的人的善意。"

年轻人再三劝说女子接受自己的谢礼，但最后，他发现自己的坚持只会给她带来痛苦。于是，他用自己能想到的所有话语向女子表达感激之情，与她告别，内心却是依依不舍。他被女子的美丽和温柔深深吸引，除了她本人，他不愿向任何人提及这点。女子给他指明方向，看着他下山，直到消失在视野中。

半个时辰之后，年轻人发觉自己走到了熟悉的大道上。突然，他感到一阵悔恨：他忘了告诉女子自己的名字。他犹豫了一会儿，自言自语道："这有什么关系呢？反正我会一生穷困。"说完便继续赶路了。

四

时光飞逝，转眼便过去了数十年，艺术界的风尚也随之改变，当年学画的年轻人已经成了老画家。不过在这之前，他就已经声名远扬了。大名们沉醉于他惊艳的画作，竞相对他加以厚待。他变得富裕起来，在都城拥有了自己的豪宅。各地的年轻画家纷至沓来，向他学画，并住在他家里，听从他的差遣，事事服侍他。他的名字传遍全国。

一天，他家来了一位老妇人，请求与他见面。学徒们看老妇人衣衫褴褛、相貌寒酸，便把她当成了一般的乞丐，粗暴地问她来这里做什么。老妇人回答道："除了你家主人，我不会告诉任何人我为何而来。"他们以为她是个疯婆子，便骗她说："家师不在西京，我们也不知道他何时回来。"

然而，老妇人一次又一次来他家，日复一日，周复一周。但学徒们每次都不说实话："家师今天病了""家师今天很忙""今天来了很多客人，所以家师不能见你"。尽管如此，她还是坚持每天来这里，并且总是在同一时间，总是带着一个破布包袱。

最后，学徒们觉得最好还是把她的事情告诉师傅。

他们向师傅说道："有个老妇人总是来家门口，我们以为她是来乞讨的。她已经来了五十多次了，每次都要求见您，却不告诉我们有什么事。她说她只想告诉您一个人。她看起来就像个疯婆子，我们劝阻她很多次了，可她还是天天来。因此，我们觉得应该将这件事告诉您，好让我们知道以后该如何对待她。"

老画家厉声喝道："之前你们为何不告诉我？"随即自行走到了大门处，与老妇人亲切地交谈。他想起过去贫苦的日子，便问老妇人是否需要救济。

奇怪的是，老妇人说她既不要钱，也不要吃的，只想求老画家为她作一幅画。对于这一请求，老画家感到非常诧异，便让她进家说话。老妇人刚走进玄关，就跪了下去，开始解她带来的包袱。当她解开包袱时，老画家发现里面装的是珍奇华丽的绸缎衣服，上面绣着金线。不过，衣服磨损褪色得很严重，想必是穿了很久的——这是一件昔日华服的残衣，是白拍子的盛装。

当老妇人将衣服一件件地展开，并试图用颤抖的手指将衣服抚平时，老画家感到有什么东西，在自己的记忆深处隐约颤动，然后突然被点亮了。在记忆的温柔震荡中，他再一次看到了那间孤零零的山间小屋，在那里，他受到了无偿的款待——那为他休息准备的小房间，那纸蚊帐，那佛坛前恍惚的灯火，那夜深人静之时孤独的舞者的奇异之美。

年迈的来访者看到了令她惊讶的一幕，那位深受大名推崇的画家，向她深深鞠了一躬，说道："请原谅我的失礼，我一时间忘记了您的模样。自我们上次相见，已经过了四十多年了。我现在全都想起来了，您曾在家里招待过我，还把唯一的卧具让给了我。我偷看您跳舞，您告诉了我您的故事。您曾经是位白拍子，我没有忘记您的名字。"

听了他的这一番话，老妇人既惊讶又困惑，一开始没反应过来，因为她年纪大了，又吃了很多苦，记忆力开始衰退了。不过，老画家与她交流得越来越亲切，使她回忆起了许多往事，那些昔日她讲给他的故事。他还描述了她独居的小屋，最后，她也想起来了。老妇人喜极而泣，说道："肯定是观音菩萨听到了我的祈祷，指引我来这里的。不过，当大师您莅临寒舍的时候，我可不是现在这副模样。在我看来，您能认出我，就是菩萨降下的奇迹。"

接着，老妇人简单讲述了她之后的故事。随着时光的推移，她越来越穷，不得不卖掉了她的小屋。年老之后，她独自回到了这座已经忘记她的名字的都市。失去家庭让她非常痛苦，但更令她悲痛的是，她变得年老体弱，再也不能夜夜在佛坛前舞蹈，取悦她曾经深爱的人的亡灵。所以，她想要一幅自己穿着盛装、摆出舞姿的画，好把画挂在佛坛前。为此，她虔诚地向观音菩萨祈祷。她之所以找到这里，正是因为老画家的声望——她希望为死去的爱人献上一幅画技高超的画，而不是寻常的画。她带来了自己跳舞的衣服，希望画家愿意画出身着盛装的她。

老画家带着亲切的笑容听完这个故事，对她说道："对我来说，能为您作画真是三生有幸。不过我今天还有一些要紧事要做，如您明天能来，我就照您的意愿为您作画，而且会竭尽全力把您画好。"

可是，老妇人还是愁眉苦脸的样子，她说："我还没把最令我烦恼的事告诉大师您呢。对于您的大恩大德，我没有什么东西可以回报，除了这套跳舞的衣服。它们虽然曾经价值不菲，如今却一文不值了。不过，我还是希望大师能收下它们，因为这些衣服已经很少见了。如今已经没有白拍子了，现在的舞女也不穿这种衣服了。"

"在这件事上，您千万不要再这么想了。"老画家高声说道，"有机会偿还一些您对我的旧恩，我高兴还来不及呢。明天我会按您的要求画好您。"

　　老妇人对画家行了三拜之礼以示感谢，随后说道："请您原谅，我还有一些话要说。我不想让您照着我现在的模样画，只想让您画出我年轻时的样子，就像您见过的那样。"

　　老画家回应道："您那时的花容月貌，我记忆犹新。"

　　听到这句话，老妇人爬满皱纹的脸顿时变得眉开眼笑，她向画家鞠了一躬，表达谢意。她呼喊道："如此，我所盼望和祈祷的一切，真的要实现了！既然您记得我可怜的青春，我恳求您，不要把我画得像现在一样，画成我未老之前您认识的模样。正如您刚才所说的暖心话，我一点儿都不难看。啊，大师，让我再年轻一次吧！让我看起来依旧美丽吧！这样，在他的灵魂看来，我也依旧美丽。为了我这可笑的愿望，求求您！他会看到大师的画作，他会原谅我不能再为他起舞了。"

　　老画家再次劝她不必焦虑，说道："您明日便来，我为您画一幅像，照着我当初遇见您的模样，一位年轻美丽的白拍子。我会用心巧妙地画，就如同是在为国内最富有的人画像那样。不要怀疑，明天来就是啦。"

五

　　第二天，年迈的舞女如约而至，老画家在柔软的白帛上为她画了一幅像。然而，在大师的学生看来，他画的并不是面前的舞女，而是记忆中她年轻的模样——明眸似鸟、轻盈如竹、穿金着缎、灿若天人。在大师魔法般的画笔下，消失的优雅回来了，褪色的美丽再次绽放。当画作完成、盖上印章后，老画家将它裱在华贵的绢上，装上嵌着象牙轴头的香柏画杆，系上用来悬挂的丝线，卷好后放在了一个精巧的白木函中，然后递给了老妇人。老画家还想赠给她一笔钱作为礼金，可无论如何诚恳地劝说，她都谢绝了他的好意。

"不必了，"老妇人哭着说道，"我真的什么都不需要。我唯一想要的就是这幅画了，为此我日日祈祷，今天终于得到了回应。我知道，我的余生不会再奢求什么了，如果我在这种无欲无求中走向死亡，佛道往生就不难了。唯一让我懊悔的是，除了这套毫无价值的舞服，我没有什么能给大师您的了。尽管如此，还是恳求您收下吧。您对我如此仁慈，我会为您将来的幸福生活日日祈祷。"

"您的好意我心领了。"老画家微笑着说，"我也没做什么，真的没什么。如果收下您的舞服能让您更开心的话，那我就恭敬不如从命了。它们使我回想起，在您家中度过的那个美好夜晚。您将舒适的卧具让给我了，也不收取我一分一文。所以，我一直认为自己还欠着您的恩情。您能告诉我您现在住在哪儿吗？好让我去看看这幅画要挂的地方。"他已经暗自下定决心，要让老妇人摆脱贫困。

不过，老妇人没有告诉他。她用谦逊的话语辩解，说对大师这样的富贵人家来说，家里太寒酸了。她跪倒在地，一次又一次地向他致谢，然后便带着她的珍宝，喜极而泣地离开了。

老画家对他的一名学徒说："赶快跟上那个妇人，不过不要让她发现自己被跟踪了。然后回来告诉我她住哪里。"于是，这位年轻的学徒便悄悄跟了过去。

他跟了好长一段路，回来时却笑得像个要说些坏消息的人，只听他说道："师傅，我跟着她出城，到了刑场附近的干河床。在那里，我看到一个像是秽多[113]住的窝棚，她就住在那里。师傅，

113　秽多，日本旧时的贱民阶层，是被隔离的游民、社会的底层。

那里是被遗忘的肮脏之地。"

"即便如此,"老画家说道,"明天你也要带我去那里,只要我还活着,就不能让她缺衣少食,不能让她生计窘迫。"

看到学徒们差异的表情,老画家向他们讲述了这位白拍子的故事。听罢,学徒们再也不觉得师傅的话奇怪了。

六

第二天日出不久,学徒就带着老画家去了城市边缘之外的干河床,去了那些流浪者的地盘。他们发现,小窝棚的门只是一扇掩着的雨户。老画家在上面敲了几下,没有任何回应。过了一会儿,他发现雨户内侧是开着的,于是小心翼翼地把它推到边上,透过缝隙朝里面呼喊。依旧无人回应。他决定进去看看。就在这时,他感觉自己仿若故地重游一般——当年那个疲惫的年轻人,站在山间孤零零的小屋前,恳求获准进去。

他一人轻声走了进去,看到那个老妇人正在躺着,裹着一床单薄破旧的蒲团,似乎睡着了。在一个粗糙的架子上,他看到了四十年前的那个佛坛和里面的牌位,同那时一样,戒名前燃着一盏小灯。

那幅戴着辉月光环的观音画像不在了。不过,在佛坛对面的墙上,他看到自己送的那幅精美的画被挂在那里,画的下方是一张一言观音的符纸——向这位观音祈祷多次是不合规矩的,因为她只回应一次祈祷。这间冷清的窝棚里只有女信徒穿的衣服、行乞的手杖和一个碗,除此之外几乎一无所有。

不过,老画家没有停下来细看这些家什,他只想把老妇人叫醒,让她高兴一下,于是欢喜地喊了两三次她的名字。

这时,他突然意识到,老妇人已经去世了。当他注视她的脸庞时,发现了一件令他感到诧异的事——她的面容似乎不那么苍老了。一种朦胧的甜蜜，如同青春之灵，回到了它的归处。在一位比他更高明的幻影大师的触摸下，悲伤的言语被软化了，皱纹被奇迹般地抚平了。

考验

試練

十六

吃吧，你要是真心爱我，就尝尝我吃的东西

在很久以前，狐女和妖精经常侵扰这片国土的时候，一户武士家庭搬到了京都。这家的女儿有着倾国倾城之貌，所有见过她的男人都会迷恋上她。成百上千的年轻武士想要娶她为妻，并向她的父母提亲。在日本，儿女的婚姻大事是由父母安排的。不过凡事都有例外，这户家庭便是如此。她的父母向众人宣布，他们打算让女儿自己选择郎君，所有想赢得她的心的人，都可自由地向她求爱。

许多出身高贵、家财万贯的男子被允许作为追求者进屋向女儿表达爱意。贵重的礼物、甜言蜜语、赞美她的诗歌、天长地久的承诺……每个人都拿出浑身解数讨她欢心。对于每一位追求者，女子都以礼相待，并让他们充满希望。不过，她提出的择偶条件着实奇怪。对于每一位想要接受考验的追求者，她都要求对方用武士的荣誉起誓，决不能向在世的人透露考验的内容。

然而，在经历过考验之后，即使是最自信的追求者，也放弃了求爱。所有人都被不知什么东西吓破了胆。不少人甚至慌忙逃离了京都，任凭亲朋好友怎么劝说，都不再回来了。但是，从未有人解释过原因，甚至连暗示都没有。因此，对这一谜团一无所知的人们，只能小声嘀咕，这女子必定是狐女，要么就是妖精。

后来，所有权贵家的公子都不再追求这位女子了。这时，来了一位落魄的武士，除了身上的佩刀之外，他一无所有。不过，他是个真诚的、讨人喜欢的好男人。女子似乎也对他有好感，于是让他像之前的追求者那样起誓。待武士起誓过后，女子让他在某个夜晚再来相会。

那天晚上，女子独自在家招待武士，她亲手为他端上了丰盛的晚餐，并服侍他用餐。餐后，女子告诉武士，希望他能在深夜陪她出去。武士欣然同意，并问她想去什么地方。但女子并未回答，她忽然变得沉默寡言，举止上也显得很怪异。过了一会儿，女子离开了房间，留下了武士一人。

午夜过后，女子回来了，她穿着一身素白的衣服，如同幽灵一般。她一句话也没说，用手势示意武士跟她走。他们从家里出来的时候，整座城都已坠入梦乡。当晚正逢胧月夜，月亮被云层遮挡得严严实实，据说在这样的夜晚，幽灵会出来游荡。

女子快步引路，她迅捷的步伐惊起了一阵狗吠。她走出城市，来到一处被巨大的树影遮蔽的地方，那里有一片老旧的墓地。女子像一团白影，一闪而过，融入了黑暗之中。武士紧紧跟随着，他心中十分害怕，时刻紧握刀柄。渐渐地，武士的眼睛适应了黑暗，他看到女子停在了一座新坟旁，示意他稍等一下。女子拿起一把修坟人遗落的铁锹，开始拼命挖坟，那速度和力量都异于常人。挖到最后，她开始用铁锹重重地敲击棺盖，敲得棺盖隆隆作响，不一会儿，棺盖上就露出了新鲜的白木。她撕破棺盖，里面露出一具尸体——一具小孩儿的尸体。

女子从尸体上拧下来一条胳膊，把它扭成两半，然后蹲下去，开始啃食上半截，那姿势就如同妖怪一般。随后，她把另一截胳膊扔给武士，对他说："吃吧，你要是真心爱我，就尝尝我吃的东西！"武士没有丝毫犹豫，蹲在坟墓另一边吃了起来。他边吃边说："真是太美味了！求你再多给我一些。"原来，那胳膊是用西京最好的糖果做的。

女子欢呼雀跃着喊道："在所有敢于追求我的人当中，你是唯一没有被吓跑的。我要找一个无所畏惧的丈夫，那就是你。我已经爱上你了，你是个真男人！"

守候

待ち受ける

十七

当他们掀开原本盖着女儿和小孩的蒲团时，露出了一样东西，那是记忆中已留在妙高寺多年的女儿的灵位

那是发生在很久以前的故事，当时统治这里的大名的名字早已被人遗忘。在这座古城里，居住着一对彼此恩爱的小夫妻，他们的名字已淹没在历史之中，他们的故事却流传至今。

两人青梅竹马，从父辈起就是邻居，很早就订了娃娃亲。并且随着年龄的增长，彼此的爱意越来越浓。

男孩长大成人之前，他的双亲就离世了。幸好他们家的一位世交——一位富裕的武士，同时也是一位高级军官收留了他，让他在府中打杂。男孩彬彬有礼、聪明伶俐、刀剑娴熟，武士对他愈加喜爱。男孩迫切地想要搏个出身，好与女孩成婚。但在这时，东北方爆发了战争，他不得不跟随武士前往战场。临行前，男孩去看望了女孩，两人在女孩父母面前交换了爱的誓言。男孩承诺，如果他活着回来，必定在一年之内娶女孩为妻。

然而，男孩去了许久，却一直杳无音信——那时没有像现在这样的邮局。想到战场中的种种可能，女孩悲痛欲绝，身体变得苍白瘦弱。后来，她从一位向大名传送军情的信使那里得知

了男孩的情况，不久，另一位信使带给她一封信，之后便再也没有消息了。对于守候的人来说，一年是如此漫长。一年过去了，男孩还是没有回来。

一季又一季过去了，男孩始终没有归来。女孩猜想他已经不在人世了，于是一病不起，很快便香消玉殒、入土为安了。而她年迈的父母膝下再无儿女，老人说不出有多伤心，开始因为孤寂而憎恨他们家空荡荡的房子了。不久，两位老人决定变卖所有家产，完成"千个寺"——前往一千座日莲宗[114]寺院的伟大朝圣，这需要长年累月才能完成。他们卖掉了居住的小屋，以及屋里的所有东西，除了祖先灵位、不能售卖的圣物和女儿的灵位——依照那些即将离开故土之人的习俗，它们要被安放在檀那寺[115]中。这家人是日莲宗信徒，他们的檀那寺是妙高寺。

两位老人刚刚离开四天，那位与女孩订婚的男孩便回到了城里。他已经得到了武士的允诺，打算尽快完婚。可是，此时列国战乱频繁，道路隘口都有军队把守，归乡之路艰难坎坷，耽误了很多时间。当他听到女孩已不幸离世之时，悲痛得一病不起，接连几天不省人事，仿佛行将就木之人。

可是，当男孩的身体状况稍有好转，所有痛苦的记忆便又向他袭来，他后悔自己怎么没有一死了之。想到这里，他便决定去未婚妻的坟墓前殉情。他刚有能力自行外出，便拿起佩刀，去了埋葬女孩的地方——人迹罕至的妙高寺墓园。在那里，他找到了女孩的坟墓，他跪在墓前祈祷哭泣，向她低声述说自己将要做的事。

忽然，男孩听到有人呼唤着"夫君"，那正是女孩的声音。

114　日莲宗，日本佛教的主要宗派之一，由日莲上人在镰仓时代中期（约13世纪）创立，以《妙法莲华经》为主要经典。

115　在日本，有一种维系寺院与信徒关系的檀家制度。"檀家"即归属于某一寺院的信徒家庭，有义务为寺院提供经济支持。这种檀家制度下的寺院则被称为"檀那寺"。

他感觉到自己的手被女孩抚摸着，转过身来，看到女孩面带微笑地跪在他身边。她的容貌跟他记忆中一样美丽，只是面色有些苍白。他的心怦怦直跳，以至于在这又惊又疑又喜的一瞬间，连话都不会说了。

女孩先开了口："不用怀疑，真的是我。我没有死，那是个误会。我的家人以为我死了，所以埋葬了我——埋葬得太早了。父母以为我已去世，便朝圣去了。你看，我还活着，在你面前的不是幽灵，是真的我。打消你的疑虑吧！我已经看到了你的心意，守候是值得的，也是痛苦的……如今，我们还是即刻动身去另一座城市吧，这样，街坊们就不会知晓这件事，也不会搅扰我们了，他们会始终相信我已经死了。"

就这样，两人在没人察觉的情况下，离开了这里，去往了甲斐国[116]身延村，那里有一座著名的日莲宗寺院。女孩说道："我确信，在我父母的朝圣之旅中，他们一定会去身延村。所以，如果我们住在那里，他们就能找到我们，一家人就能再度团圆。"

两人到达身延村后，女孩建议道："咱们开一家小商铺吧。"于是，他们就在通往寺院的大路边开了一家小食品店，卖给孩子们点心和玩具，向朝圣者出售食物。转眼间，两年过去了，他们生活和睦，生意兴隆，还添了个儿子。

就在孩子一岁零两个月大的时候，女孩父母的朝圣之旅到达了身延村，他们在小商铺前停下来买食物。当看到女儿的未婚夫时，两位老人痛哭流涕，向他问起了缘由。男孩把二老请到屋里，向他们鞠了一躬，随后说出来令他们惊讶不已的话："如我所言，你们的女儿还活着，我们成婚了，还有了一个儿子。她现在就在里面的屋子里，跟孩子躺在一起。我真心希望你们马上进去，让她高兴高兴，因为她心里一直期待着与你们团圆

116　甲斐国，日本古代令制国之一，其领域为如今的山梨县。

的那一刻。"

就在男孩忙于为他们准备的时候，他们悄声进了里屋——母亲先进去的。他们看到了熟睡中的孩子，却没有看到孩子的母亲。她似乎刚刚出去，枕头上还有余温。他们等了很久，也没见女儿回来，便开始寻找她。然而，她再也没有出现过。

他们只知道，当他们掀开原本盖着女儿和小孩的蒲团时，露出了一样东西，那是记忆中已留在妙高寺多年的女儿的灵位。

贰

怪谈

怪谈

本章译自小泉八云的短篇故事集 Kwaidan（1904），该书副标题为『关于奇怪事物的故事和研究』，收录了作者在日本采集的民间故事，是小泉八云流传最广的作品。日本导演小林正树根据书中故事创作了故事片《怪谈》（1964）。

无耳芳一的故事

耳無芳一の話

十八

他们提起毛笔，在芳一前胸、后背、头、脸、颈、手、脚，甚至足心，浑身上下都写满了《般若心经》

距今七百多年前，为争夺霸主之位，源氏和平氏两家在关门海峡[117]的坛浦湾展开决战。[118]经此一役，连同妇孺以及幼帝——被后世称为安德天皇，平氏一族惨遭灭门之灾。在这七百余年间，就在坛浦湾和附近的海滨，平氏一族的怨灵不停地徘徊。在这片海域里，渔民们能够捕到一种不可思议的螃蟹——平家蟹，它的蟹壳上长着如同人脸一般的花纹。据说平家蟹是平家武士们的怨灵。[119]

即使到了现在，我们在这一带的海边还经常能够听到一些不可思议的事情。每当黑夜降临，总有数以千计泛着青白色荧光的阴森火球浮现，它们或是在浅滩徘徊，或是随着海浪上下舞动。

117　小泉八云用的原文为 Straits of Shimonoseki，即下关海峡。该海峡如今通常被称作关门海峡。

118　日本平安时代末期，源氏和平氏两大武士家族集团为争夺权力展开了一系列大战，统称源平合战。战争起于 1180 年 8 月源氏族人起兵讨伐平氏，止于 1185 年 3 月的坛浦之战。

119　关于平家蟹，小泉八云曾在另一篇作品《平家蟹》中讲到过。

这就是渔民们口中所称的"鬼火"。尽管渔民们对此已经习以为常，但是在狂风骤雨来临的日子里，从近海深处的某一个方向，还能传出如同打仗时兵器相接的杀伐声和不绝于耳的呐喊声。

但是，昔日这些平家的怨灵，比起今天来要嚣张许多。夜晚，只要有船只驶过这片海域，怨灵们就会在船边显现，将船沉入水下；或是将海中游泳的人拉入水底淹死。后来，人们在赤间关建起一座名为阿弥陀寺[120]的寺庙，用来祭奠、供奉平家死难者的灵魂。

人们又在寺庙下面的海岸附近开辟了一处墓地，并在那里立起了一些墓碑，上面铭刻了当时在战役中投海自尽的天皇和大臣们的名字。每年到了忌日，为了慰藉他们的灵魂，当地民众会举行各种各样的法事来祈福。

即便如此，一些怪异的事情仍然时有发生。这也许是太多的亡灵还没有找到安息之所的证据。

距今数百年前，在赤间关住着一位叫作芳一的盲人。芳一虽盲，却弹唱得一手好琵琶，他在很小的时候就学会了边弹边唱的本事，到了少年时代，技艺很快就超过了师傅。成为琵琶乐师的芳一，因为会弹唱《平曲》[121]而声名鹊起。特别是对坛浦之战这一段的精湛表演，简直已经达到了神鬼共泣的程度。

芳一在尚未出名的时候，过着非常贫穷的生活。但幸运的是，他遇到了一位能够成为自己的坚实后盾的知己。这位知己便是阿弥陀寺的住持，他非常喜欢诗歌与乐曲，经常把芳一叫到寺里，让芳一弹奏琵琶给他听。年纪轻轻的芳一凭借纯熟的技艺，深

---

120 即现在日本下关市的赤间神宫。

121 全称《平家琵琶曲》，是根据讲述源平合战的故事集《平家物语》改编的台本，一般由盲人琵琶乐师弹唱。

得住持的赏识。不久，住持就对芳一说，要不然就在寺里住下吧。芳一非常感激，愉快地接受了他的邀请。寺里于是腾出了一间房给芳一。为了报答寺庙在食宿上的关照，每当闲暇的夜晚，芳一便弹奏琵琶给住持听，久而久之就成了习惯。

那是一个夏日的夜晚，寺庙的一位施主过世了，住持被请去做法事，作为助手的小和尚也跟着去了，只剩芳一独自留守在寺中。

那天晚上十分闷热，芳一就想着出去纳凉，便走出了自己就寝的房间，来到走廊上。从走廊上一眼就可以望见阿弥陀寺的小庭院。芳一坐在走廊上，等着住持回来，却觉得有些孤单。为了让心情好起来，他开始弹起了琵琶。过了午夜，住持还没有回来，芳一便回到了房间。可刚刚躺下，摊开手脚，夜晚的余热就再度袭来。芳一还是觉得燥热，就又一次走出了房间。

没多久，从后门传来了由远至近的脚步声，不知是谁正穿过后院，朝着走廊的方向走来，接着径直走到了芳一面前——来的人并不是住持。一个粗重有力的声音叫出了芳一的名字，那叫法无情又无礼，就像是武士指使下人的语气。

"芳一！"

芳一大惊失色，一时间答不出话来。于是，那个声音再次以苛刻的命令语气喊了出来。

"芳一！"

"是！"芳一被这强横的声音吓得不知所措，慌忙间应道，"我的眼睛看不见，是哪一位大人在叫我？我一时听不出来……"

"没什么害怕的。"不速之客的语气稍微缓和了一些。

"本人就住在寺庙附近，来此有事找你。我家主公乃无比显赫高贵之人，主公这次携家臣而来，正在赤间关稍作停歇。主公今日特意来到此地参观坛浦之战的遗迹，听说你擅长弹唱坛浦之战的故事，请你定要弹唱一曲，答主公所望。你即刻拿着琵琶随我来，到我高贵主公的宅府走上一遭，可好？"

那是个一旦被武士命令，就无法轻易违抗的时代。芳一只好立即起身穿上草鞋，抱着琵琶，跟着这位完全陌生的武士一起出发。武士一边十分灵巧地拉着芳一，一边不紧不慢地向前赶路。芳一觉得拉着他的那只手如同铸铁一般坚硬。伴随着武士脚步声的还有他双腿外侧发出的铿锵有力的撞击声。芳一心想："这是身穿甲胄的证据，也许他是个巡夜的卫士吧。"

起初，芳一还对武士怀着惊恐之心。渐渐地，他平静了下来，继而又寻思着会不会有好运在等着自己。这样的念头不断在心头涌起。芳一想起了刚才武士说的"有一位无比显赫的贵客"，如此说来，想听琵琶弹唱的人，说不定是哪位一等一的达官显贵呢。

又走了一小会儿，武士突然停下了脚步。芳一仔细感觉了一下，他们好像来到了一座大门之前。芳一觉得不可思议，在町里的这片地方，他想不起来除了阿弥陀寺的山门，还能有什么别的大门了。正当他觉得奇怪之时，身边的武士对着大门的方向大声喊道：

"开门！"

话音刚落，就传来了开门的声音。芳一跟随武士走了进去，穿过一处开阔的庭院，似乎又来到了一座门前。二人站定，武士又大声地喊了起来：

"来人来人，里面谁出来迎一下！我把芳一带来了！"

接着，芳一听到里面传出一阵匆忙的脚步声，然后是一道道雨户拉开的声音，还掺杂着女人们的谈话声。听着女人们交谈的只言片语，芳一发现这里相当不简单，是座非常高贵的府宅，而那些女人大概就是府中的婢女。即便如此，芳一仍然想不通，自己为什么会被带到这里来。

还没来得及细想，芳一就立刻被另一个人牵着手引了过去，一连上了五六级台阶。上到最后一级台阶的时候，有人命令芳一把草鞋脱掉。接下来，似乎是换了一个女人伸手牵过芳一，引他走过了一大段地板光滑的走廊。

　　不知绕过了多少根廊柱，又不知经过了多少座宽大得令人吃惊的榻榻米厅堂，两人终于到达了一座宽敞的大殿之上。"原来如此，这座大殿也许就是众多达官显贵聚会的场所吧？"芳一如是猜想。此时，绫罗绸缎的轻微摩擦声，在芳一耳中简直像是林中落叶的簌簌声。他还听到很多人聚集在四周轻声言谈，他们的言语听起来像是宫廷里的贵族用语。

　　"别客气，请入座！"芳一被一个声音打断了思绪，不知什么时候，他的身前已经铺上了一个柔软的草垫。芳一跪坐到草垫上开始调琴。这时，一位老妇的声音飘到芳一耳中，她的口气听起来像是府中婢女的总管。

　　"这位琴师，现在就开始吧！弹起琵琶，唱一段《平曲》，这是我家主公最想听的曲子！"

　　"不过，"芳一心想，"就算要求唱《平曲》，可若是将《平曲》唱完，得花上几个晚上的时间。"芳一想了一下，索性壮起胆子问道：

　　"《平曲》是由很多段曲目组成的，总量相当长，要一下子把全曲唱完，得花上几个昼夜。所以小人斗胆问一下，不知大人最喜欢哪一段？小人可以从您最喜欢的一段唱起……"

　　老妇的声音立刻传了过来："那就唱坛浦之战这段吧！听说这是《平曲》中最为哀伤凄婉的一段。"

　　芳一收起了疑问，开始拨动琴弦，很快就进入了状态。他从最激烈的海战开始弹唱，琴弦拨动，只听得旋律急转，橹橹撞击的声音，战船乘风破浪的声音，箭矢凄厉划破天空的声音，兵士们喊杀的声音，步履往来奔踏的声音，大刀砍到盔甲的声音，武士被兵刃击中、落水溅起浪花的声音……嘈嘈切切，仿佛重现了战场。芳一全凭着一把琵琶和一双妙手，无比巧妙地将海战的情境弹奏了出来。在芳一的左右两旁，赞赏声四起，不绝于耳。

"这可真是个高手，果真名不虚传啊！"

"即使在都城里，也找不到弹得这么好的琴师！"

"普天之下，可能也没有人能比得上芳一了！"

这样的赞叹之声此起彼伏。芳一听到这些，心头一热，胸中涌起阵阵豪情，便使出浑身解数，更加卖力地唱弹起来。四周很快又如水一般沉静了下来。

随着曲目的推进，芳一终于唱到了那些平家早夭的孩童与红颜薄命的女人们。平家一门的女子和孩子，不论长幼，尽皆遭遇不幸，这正是整个曲目悲伤的高潮。当唱到平清盛的妻子、平氏一族的精神支柱平时子怀抱幼帝投海自尽的时候，芳一的耳边开始传来悠长与苦闷的呢喃，间或夹杂着激动的呜咽声，四周陷入了沉重的悲戚。

哭声变得愈发悲痛。芳一这才发觉，这些巨大的悲戚，都是因自己而起的，顿时吓得一阵战栗，手中的琵琶也停顿下来。过了好一会儿，哀哭声逐渐停歇，四周又恢复了寂静。正当芳一觉得自己闯了大祸，不知如何是好的时候，老妇的声音打破了此刻的沉寂：

"久仰大名，先生确实是个不世出的奇才，琴技高超绝顶，令人叹为观止。在这世上，能超过您的人想必还不存在。我家主公十分满意，特下旨于我，为您准备厚礼。主公还特意叮嘱，不如就从现在开始算起，连续六天晚上，每晚您都到这里来，让我家主公听您弹唱琵琶。我家主公巡游至此，听罢还要起驾回銮，不可耽误时间，明晚还请务必在同一时间到来。带您到主公府宅的引路人，正是今天前去贵处相迎的武士。关于此事，

怪谈

还有一点要求，要事先申告于您，且绝无回旋余地。那就是我家主公在赤间关停留一事，以及你来本府弹奏之事，无论如何都不可告诉他人！主公此行乃是机密，从未向任何无关者提及，闲言碎语一概不能外传。时候不早了，今晚就到这里吧，我这就派人送您回寺里。"

芳一拜谢罢，又被一位婢女挽手带出了府宅的玄关。最初带他前来的武士正在玄关外迎候。武士把芳一带回寺庙后门，送到后院的走廊，便向他告辞了。

芳一回到寺里的时候，天色已经渐亮，然而并没有人察觉到他离开了一整晚。住持后半夜才回到寺里，以为芳一早已就寝。因为白天没有什么事，芳一能稍事休息，关于昨晚发生的种种不可思议的奇怪遭遇，他也没有向别人提及。

这天晚上，到了午夜时分，那位武士如约而至，前来迎接芳一。芳一再次来到了头一天晚上贵人齐聚的大殿之上，为众位来宾弹唱。与昨天晚上一样，芳一的演奏再度博得了满堂喝彩。然而，他这次却露了马脚。

待天色渐明，芳一刚刚回到寺里，就立刻被住持唤去说话。住持也是为了芳一的安危着想，语气虽平和，却带着叱责之意。

"芳一啊！你是我的好友，我甚是为你担心，你双目失明，行动不便，却深夜独自出行，实在是太过危险了！为何不知会一下他人就独自外出呢？如果你告诉我一声，我便可以找寺里的小和尚陪你。你最好如实告诉我，昨晚到现在你究竟去哪里了。"

芳一哪里敢讲出实话，脑子里想的都是如何蒙混过关。他支支吾吾地回答道：

"住持大人，请您原谅……因为我这儿有一点小小的私事，白天没有处理好，所以才晚上外出去办……"

住持见芳一不肯说出实情，态度由担心变成了惊异，心想肯定是哪里不对劲。芳一的这番说辞破绽百出，定是在隐瞒着什么。他担心这个双目失明的小伙子是被恶魔缠身了，要不就是被邪灵骗去了心魂。

住持惴惴不安，但也不方便追问，便私下找到寺里的几个杂役道清原委，嘱咐他们暗中观察芳一的一举一动。一旦发现芳一在夜里悄悄溜出寺外，就尾随其后一探究竟。

不出所料，到了这天晚上，芳一又一次悄悄溜了出去，被几个在暗处留意的杂役瞧了个正着。"果不其然……"杂役们咕哝了几句，便立刻提着灯笼，远远地跟在芳一后面。

那是一个细雨霏霏的夜晚，四下里一片漆黑。正当杂役们紧赶慢赶地走出街口时，却早已不见了芳一的踪影。显然是芳一的脚步飞快，甩开了双目健全的杂役。一个盲人的步伐居然如此之快，简直不可思议，毕竟下雨的深夜里道路湿滑，连杂役们都感到难以疾行。他们到芳一平日里会去的地方挨家挨户询问，但都一无所获，没有人知道芳一到底去了哪里。

杂役们悻悻地找了很久，一直走到海边，想顺着海岸抄近路回到阿弥陀寺。突然，接下来遇到的一幕让他们目瞪口呆。他们听到从阿弥陀寺的墓园方向传来一阵阵的琵琶弹唱声。然而那边一片漆黑，只看见二三点阴森的鬼火在暗夜里孤独地游荡，一如每一个平常的黑夜——除了那琵琶弹唱的声音。

杂役们缓过神来，急匆匆地提起灯笼冲向墓园。借着灯笼昏暗的光，他们看见芳一正独自在墓园里，顶着夜雨，浑身被淋得湿透，一副失魂落魄之相。更奇怪的是他竟然端坐在安德天皇的墓碑前，把手中的琵琶弹得铮铮响，兀自卖力地弹唱着，唱的正是坛浦之战那一段。杂役们的目光向芳一四周扫去，发

怪谈

现密密麻麻的墓碑上面，竟然都燃起了一团团鬼火，如蜡烛一般。阴森的鬼火一簇一簇，四下游荡。世间哪里有人见过如此多的鬼火！杂役们早已吓得胆寒，不禁失声叫喊起来。

"芳一先生！芳一先生！您……您这是被鬼魂送了心窍啦！……芳一先生！"

但是眼前的这位盲人琴师，却对杂役们的呼喊声充耳不闻，反倒是越唱越起劲了。他用尽全力弹拨着琴弦，嗓音也愈发响亮，如癫如痴，将一曲坛浦之战弹唱到了极致。

杂役们眼见情势不妙，也顾不上害怕了，壮起胆子冲到近前，一把抓住芳一的身子，凑到芳一耳边唤道：

"芳一先生！芳一先生！您……您快跟我们回去！立刻起身回去！"

可此时的芳一，却以近乎咆哮的声调，对杂役们斥责起来：

"你们怎敢在如此高贵的大人面前喧哗，扫了贵宾们的雅兴，该当何罪？简直不可原谅！"

虽然芳一的话如此令人胆寒，但无可奈何的杂役们却禁不住笑出了声。如此看来，眼前的芳一是被鬼魂迷住了心窍，这已经是毫无疑问的了。

杂役们索性一拥而上，不由分说地架起芳一，一路连拉带拽，总算是把芳一带回了寺里。住持和杂役们赶紧将芳一身上早已湿透的衣服脱下，重新换了一身，又给他吃了些斋饭，饮了些水。过了一会儿，住持召集众人，令芳一当众解释刚才发生的一切，并安抚受惊的杂役们。

起初，芳一并不肯开口，一直瘫坐着。过了一会儿，他的神志清醒了一些，意识到自己的确不该让一直善待自己的住持担心，不能再瞒骗下去了，便从武士深夜到访开始，把所遇的事情一五一十地告诉了大家。

听罢，住持痛心地说：

"芳一！你真是个可怜的人啊！你现在的处境十分凶险。你本该早早告诉我的，可惜啊可惜，实在是不幸！只因你天赋高超的琴技，才命里注定要遭此无法想象的劫难。

"不过事已至此，想必你此时也很清楚了，你并不是到什么名门望族的府宅里去献艺助兴。你每天晚上所去的地方，正是那寺后不远处的平家墓园。夜里杂役们冒雨去寻你之时，你正坐在安德天皇的墓碑前面，而你自己却一无所知。

"从亡灵来寻你开始，不用多说，你所遭遇的一切都是幻觉。那是亡灵们的念力将你牢牢束缚，一旦你屈从了亡灵们的意志，就会落入他们的股掌之间。如若任其操控下去，你的身体就会裂成八段。即便你的琴技再高，也保护不了你的性命，或早或晚，你都会被亡灵摄去魂魄，丢了性命……可是芳一啊，今晚我还要去另一户人家做法事，给死者超度。这是不可不去的，因此我不能在寺里一直陪你。不过，在出门前，我会把一段经文作为护身符写于你的五体之上，可保你平安无事。"

赶在日落之前，住持与寺里的小和尚一起，把芳一脱了个精光。然后，他们提起毛笔，在芳一前胸、后背、头、脸、颈、手、脚，甚至足心，浑身上下都写满了《般若心经》。写完之后，住持对芳一叮嘱道：

"今晚，我出去之后，你就立刻到那后院的走廊上静坐，在那里等着。不久，那武士便会来迎接你，但要切记，无论发生何事，无论何人唤你，都不要开口回应。你的五体也不要随意挪动。记住，不要言语，只是作静思状，且当作平日里教给你的三昧[122]修行就好。如果你动了身子，或是发出声响，你的身体必定会被撕扯成八段！千万不要呼喊求救，谁也帮不了你，

122　佛教用语，梵文 samādhi 的音译，意思是使心神平静，杂念止息，是佛教的重要修行方法之一。

怪談

这一劫难，只能靠你自己来渡。不过，不要害怕，你只需记住我说的，只需按照我吩咐的行事，定会避免危难、逢凶化吉，今后也不会再有什么令你担惊受怕之事了。"

夜幕降临，住持带着小和尚去了。芳一遵照住持的叮嘱，在走廊上坐定，把琵琶放在一旁的地板上，摆出了一个入禅打坐的姿势，一动不动地端坐着。芳一心中阵阵忐忑，大气都不敢出一下，但仍集中精神，调匀气息，控制好咳嗽和呼吸的声音。如此下来，不知坐了几个时辰，不远处的街道上似乎传来了沉重的脚步声。嗒！嗒！嗒！只听得脚步声越来越近，没过一会儿，就穿过了后门，走进了庭院，又来到走廊上……嗒！嗒！嗒！脚步声就在芳一面前不远处停下了。

"芳一！"

还是那熟悉的声音，粗重而有力。但是，盲人琴师屏住了呼吸，保持端坐的姿势，纹丝不动。

"芳一！！"

第二声透出了几丝不悦。

"芳一！！！"

第三声暴躁如雷，极其刺耳。

芳一依然不动不语，稳同磐石。那声音变得更加烦躁不安。

"没人回答？！这就奇怪了，这家伙藏到哪里去了？就算掘地三尺，我也要把他找出来！"

说罢，从走廊不远处又传来一阵急促慌乱的脚步声，声音越来越近，就在离芳一近在咫尺时，忽然急促地停下了。芳一吓得心脏一通狂跳，胸口发闷，好像连呼吸都变得困难了。

忽然，那个粗鲁而低沉的声音，在芳一耳边再次响起。

"这里明明放着琵琶！可是，琵琶琴师究竟到哪儿去了？只能看见两只耳朵……原来如此，怪不得没人应答，就是想应答也没有嘴巴啊。琴师的五体不见了，现在只剩下一对耳朵了……也罢，我就把剩下的这两只耳朵带回给主公交差吧。殿下的圣意不可违抗，这双耳朵就是我奉命而来的证据了！"

就在那一刹那，芳一的两只耳朵被如同铸铁一般的手抓住，只听"呲啦"一声，耳朵就被撕裂下来，一阵撕心裂肺的疼痛传遍了他的全身。芳一痛得死去活来，却依然忍住没有发出一丝响动。不一会儿，那沉重的脚步声沿着走廊逐渐远去，离开了庭院，走出了寺门，最后消失在了街道尽头。

芳一只觉得脸颊处有黏稠而温热的东西不断流淌下来，一直流到肩膀上……可芳一早已吓得呆若木鸡，哪里还有抬手的力气……

天还未亮，住持便赶回来了。他一到寺里，便急匆匆地跑到后院去寻芳一，刚奔到走廊，就踩到一脚黏糊糊的东西，摔了个大跟头。住持大叫一声，顾不得疼痛，赶忙提起灯笼一照，坏了！让自己滑倒的黏稠东西，正是一摊血！

住持借着灯笼一看，只见芳一仍然保持着打坐的姿势，一动不动。从伤口处仍不断有鲜血滴出，顺着染红的衣角滴落……

"呀！可怜的芳一！"住持一脸错愕地低声说道，"究竟发生了些什么事啊？你怎么受伤了？！"

听到住持熟悉的声音，芳一终于知道自己已经转危为安，身心一下子松懈了，栽倒在地失声痛哭起来。他一边哭，一边向住持诉说昨晚事情的经过。

"哦……唉唉……真是劫数啊……"住持听罢，长叹了一口气。

"这一切都是我的错啊！都怪我一时大意。本来是要在你全身上下每个地方都写上经文的，可还是漏掉了耳朵。我已经原原本本都交代给小和尚了，没想到他还是漏掉了耳朵。这一

怪谈

切都怪我啊，如果我当时检查得再仔细些……唉，现在后悔也来不及了。既然事已至此，也没有别的办法了，赶快疗伤要紧……芳一！你要振作啊！赶快打起精神来，劫难已经渡过，你这一辈子再也不会被亡灵纠缠了！"

后来，经过良医的精心治疗，芳一的伤势逐渐好转了。而这一次恐怖又离奇的厄运，早已经被四处传扬，变得路人皆知。而芳一的名字，也逐渐声名远播，一些远在京城的名门望族、达官贵人们纷至沓来，特意跑到这赤间关，聆听芳一的琵琶弹唱。人们送给芳一的金银厚礼一时不绝，芳一变成了富有之人，不必再为生计发愁了。正因为发生了这个奇谈怪事，才让这"无耳芳一"的名号响遍天下，代代相传。

鸳鸯

おしどり

朝暮伴君君不见，往昔伉俪难续缘。
赤沼真孤丛中泣，空余一人孤枕眠。

十九

在陆奥国[123]的田村乡[124]，有一位叫作村允的养鹰猎户。

有一天，村允如往常一样外出打猎，可惜忙了半天也没有任何收获。回家途中，他路过赤沼地区的一条小河，当他正要渡船过河的时候，恰巧遇到了一对在水中嬉戏的鸳鸯。村允以前从来没有想过要把鸳鸯作为猎物，因为在当地人看来，捕杀鸳鸯会招致厄运。但是，他最近手气颇为不顺，整日里饥肠辘辘，已经饿得神情恍惚了。他鬼使神差般地拿起弓箭，向那一对原本无忧无虑的恩爱鸳鸯射了出去。紧接着就传来一阵翅膀的扑腾声和杂乱的哀鸣声——箭矢射中了雄鸳鸯，而雌鸳鸯则惊慌失措地扑腾着飞向了河对岸，藏到了茂盛的蔺草丛深处，不见了踪影。村允捡起射中的雄鸳鸯带回家中，将这只早已气绝的猎物烹煮后吃掉了。

123　陆奥国，日本古代令制国之一，领域大致为如今的福岛县、宫城县、岩手县、青森县、秋田县东北的鹿角市与小坂町。

124　田村乡，今福岛县郡山市中田町。

那天夜里，村允做了一个令他惊恐万分的噩梦。

在梦中，他隐隐约约见到一个美貌动人的女子走进屋里，来到他的枕边，不住地哀声哭泣。那恸哭声何其哀伤，如同撕心裂肺一般。听着这哭声，他感到一阵阵心悸，如肝胆俱裂一般，连呼吸都困难了许多。女子哭了许久，终于开口说话了，语气中满是怨恨。

"为什么……为什么啊，为什么你要杀了他？他到底做了什么罪孽之事？……多年以来，我们一直在此相依为命，过着恩爱的生活……你为什么要夺去他的性命呢？这究竟是……难道他会做什么坏事吗？你知道自己做了些什么吗？你做的事情如此残忍，如此离谱，你自己知道吗？……我的性命也已经被你夺去了！夫君离去了，我也绝不可能独自苟活下去。我今天来这里，就是为了告诉你这一切……"

女子说完，又开始痛哭起来。那不绝于耳的哭号惨烈至极，似乎穿透了村允的身体，直击他的骨髓深处，令他痛彻心扉。村允只感到阵阵寒意袭来，开始瑟瑟发抖。

过了不久，女子带着哭腔，垂泪唱起歌来：

> 朝暮伴君君不见，
> 往昔伉俪难续缘。
> 赤沼真菰[125]丛中泣，
> 空余一人孤枕眠。[126]

如此悲恸的歌声，一字一句，被女子用力唱出，让人倍感凄惨。一曲唱罢，女子用更高的声调向村允叫喊：

125　真菰，即茭白。

126　这首歌原文为：日暮るればさそひしものを、赤沼の真菰がくれのひとり寝ぞ憂き。

"啊！你一定不会懂的！你自己做了些什么，你一定不会明白的！只是……你明日来赤沼，就一定会知晓……定会知晓这一切的……"

女子说完，正当村允以为她会继续痛哭的时候，她却转过身，就这样含泪离去了。

第二天早晨，村允刚睁开眼，脑海中就浮现出了昨夜的梦境，心中再次不住地悸动。如此凄惨哀伤的梦境，他怎么会忘记呢？他想起了梦中女子最后说的一句话："你明日来赤沼，就一定会知晓……定会知晓这一切的……"

昨晚的记忆究竟只是梦境，还是真实发生过的事？面对如此真实的梦境，村允疑惑了。为了验证梦境中女子所说的话，他立刻起身，前去赤沼一探究竟。

村允来到赤沼，来到他昨天射杀雄鸳鸯的地方。他顺着河岸找去，发现昨天惊走的雌鸳鸯正孤零零地在水中游着。这时，雌鸳鸯也注意到了村允的到来。但是，雌鸳鸯并没有像昨天那样惊慌逃走。不可思议的事情发生了，雌鸳鸯好似直勾勾地瞪着村允，连眼睛都不眨一下，径直向着村允游了过来。正当村允与雌鸳鸯对视，还来不及反应的时候，雌鸳鸯竟然用自己的喙，向着自己的身躯猛力啄去，直啄得羽毛飞散，遍体鳞伤，最后竟把自己活活啄死了。村允眼睁睁地看着雌鸳鸯在他的面前殉情。

从此，村允便剃发为僧了。

阿贞的故事

お貞の話

二十

不过，这一切都不重要了，眼前的缘分，才是最值得珍惜的，

很久以前，在越后国[127]新潟町住着一位名叫长尾长生的男人。长尾出生在医生世家，为了继承父业，他从小就博览群书，长于学问。

长尾父亲的好友有一个女儿，名叫阿贞。阿贞从小就聪慧可人，于是双方父母早早就为长尾和阿贞订了娃娃亲，并且两家达成约定，只要长尾完成学医的修行，双方就正式成亲，举办婚礼。

然而，随着年龄的增长，阿贞的身子骨却变得越来越羸弱。到了十五岁那年，阿贞不幸染上了肺痨，这在当时是不治之症。

阿贞知道自己时日不多了，她希望在临终之前，能与长尾见最后一面，就找人去把长尾叫来了。

长尾来到阿贞的床前，阿贞用微弱的气息对长尾说道：

127　小泉八云用的原文为"Echizen"，即越前国，然而新潟（x1）属于越后国，译者在此进行了更正。越前国与越后国原为日本越国的一部分，7世纪末，日本从中国引入律令制，将越国划分为越前、越中、越后三个令制国。

"长尾哥哥，我们还是孩童的时候，就已经是缘定终生的伴侣了呢。原本我们两家也计划好了，今年年末就选择良辰吉日，让我们正式结为夫妻。可是，我偏偏要在这个时候辞世而去，与你阴阳两隔了，大概这是上天的旨意吧。就算我能再多活上几年，那也只是给别人添麻烦，成为大家的累赘。我这样病弱的身体，更是无法成为一个好妻子。所以，即便我想为了你而活在这个世界上，也只不过是一个任性的想法。现在，我已经将生死置之度外了，所以，答应我，请不必为我伤心……我觉得，我们一定会有机会重逢的。"

　　"是的，我相信！我们一定会再见面的！"长尾忍住悲痛，用坚定的语气安慰道，"未来的我们，会在极乐净土中重逢，到那时，我们就再也不会受别离之苦了。"

　　长尾说完，阿贞却缓缓地摇了摇头，望着他，语气平静地说："不，我说的不是来世。我一直相信，我们二人，就在今生，还有一次可以相会的宿命，这一次可以是明天，也可以是我死去被埋进土里之后。"

　　听了这一番话，长尾不由得茫然起来，他看着阿贞的微笑，脸上满是百思不得其解的表情。阿贞见了，默默叹了口气，不一会儿，又缓了缓心绪，继续说了下去，语气平静，如同在梦里听到的声音。

　　"是的，我所说的，就是在这个世上。长尾哥哥，就是你现在所生活的今世啊。如果你真的希望能够相见，那么，就一定会实现的……只是，我要重新回到这个世上，必须经历从孩童成长为少女的过程，你愿意等我吗？也许要等上十五六年，这可是很长很长的岁月啊……"

　　长尾听完后还是一头雾水，但为了让阿贞不留遗憾，便用温柔的语调轻声安慰她说：

　　"我一定会等你，这是我义不容辞的责任！不，就算任何责任、任何事情，都没有比这个更重要、更令我开心的了！我们是七生七世的夫妻，这是命中注定的啊！"

"但是，夫君，对于今生再次相会的事，你没有什么疑惑吗？"阿贞望着长尾的脸，轻声询问了起来。

"你也会迷惑吧？"长尾回答说，"就算你可能转生，但你会成为别人，名字也不再是你今世的了，我该如何才能与你相认呢？你能否留下一些凭证，或是一些记号呢？"

"这些我都没法办到啊。"阿贞叹了一口气说，"我们两个人在哪里，如何相会，只有神佛才会知悉。但是，我一直确信，只要你真心等待我，欢迎我回来的话，我一定，一定会回到你身边！请不要忘记这一点，请千万要记住我说的话啊……"

阿贞已是气若游丝，再也无力多说些什么了。她看了长尾最后一眼，便安详地闭上眼睛，停止了呼吸。

长尾从小就对阿贞满心恋慕，阿贞的过世，更是让他陷入了思念的深渊。于是，他为阿贞做了个牌位，供奉在佛龛里，每天焚香供果。

长尾一直都在思考阿贞临终前所说的那些话，时时刻刻都在揣摩话中的深意。他觉得，也许这样做会让阿贞的灵魂得到宽慰。他默默发誓，如果阿贞转世回到这个世界上，那就一定要与她结为夫妻。长尾把心中的誓言郑重地写在了一封信上，并按下了自己的手印，将信封好，藏在了佛龛里阿贞的牌位旁。

可是，本想等待阿贞归来的长尾却难以如愿，他是家中的独子，无论如何都要为家中续上香火。过了不久，长尾难以辜负家人的期望，不得不与父亲挑选的一个姑娘结为夫妻。可即便长尾结了婚，他也并未停止对阿贞牌位的供奉，供品、香火每日都不曾间断。

他把自己对阿贞的感情埋藏在内心深处，从未遗忘。但是，随着时间的不断流逝，阿贞的相貌、身影似乎也在长尾的记忆中开始变得模糊起来，就像梦境中的画面一般，越去回忆，就越发变成难以拼接的记忆碎片。就这样，时光飞逝，转眼之间，好多年过去了。

那段岁月，似乎人世间所有的不幸，都向长尾一个人袭来——先是父母相继过世，接下来，又与妻子阴阳两隔，连他幼小的独生子，都因病夭折了。这个世界上所有的至亲都离他而去，只留下长尾一个人孤苦伶仃。

为了忘却内心的忧郁，长尾离开了空寂无人的家，独自一人背起行囊，云游四方，开始了漫长的行旅人生。

那是旅途中的一天。长尾路过一个叫作伊香保的山村，这里以温泉和遍布四周的美景而闻名遐迩，被人们誉为"山间的伊香保"。长尾见此风景，便来了兴致，于是决定在这里投宿。

他来到一家看上去普普通通的客栈，一位年轻的女子出来招待，为他安置行李，找了间客房。长尾只是瞥了一眼那女子的面容，便忽然按捺不住原本平静的心情，心跳扑通扑通地加速起来，一种久违的感觉涌上心头。

因为，眼前的这个女子，竟然和阿贞长得一模一样。这难道是在做梦吗？对于这一切，长尾实在是有些不敢相信，不由得狠掐了自己一把。

女子一直在忙前忙后，生火点灯，端来饭菜，整理客房，不停地进进出出。长尾看着女子的举手投足，心中只觉得眼前这个女子，与自己年轻时为之立下誓约的女子几乎一模一样。记忆变得鲜活起来，长尾不禁陷入了一阵遐思。

长尾整理好思绪，叫住了眼前的这位女子。

"客官，您有什么事？"一阵清澈而甜美的声音传来，长尾内心一颤，往日悲苦、孤独的记忆，尽数涌上心间，长尾的心中顿时阴郁了起来。

怀着种种不解和疑惑，长尾一心想要探个究竟。于是，他鼓起勇气，向女子询问起来。

"这位姑娘，刚刚我看到你，就觉得你跟我以前认识的一个人长得实在是太像了，就像是镜子里映出来的。我刚才进来，看到你的样子，几乎吓了一大跳。实在是失礼了，我能否问问姑娘你来自哪里？另外是否方便告诉我你的芳名？"

女子刚要开口，却仿佛被谁附了身，刹那间，那个已经逝去，却令长尾无法忘怀的熟悉声音，又回来了。

"小女名叫阿贞。你是来自越后的长尾长生吧。七年前，我在新潟故去，那时候，你跟我立下誓约，如果我能重回人间，你便会娶我为妻。你把誓约写在纸上，还按上了你的手印，就藏在佛龛里面，在我的牌位旁边。我已经在此等你多时了，现在，我回来了……"

女子说完这番话，就昏倒在地了。

后来长尾与这位女子结了婚，从此生活幸福美满，那些不幸都远他而去了。但是，每当长尾问起女子，她当时在伊香保都说过哪些话时，她都完全记不得了。再问到她还记不记得自己的前世，她更是完全不知晓。

二人在邂逅的那一刹那，或许是什么不为人知的力量点燃了她的前世记忆，又让她忘却了前世那些痛苦的过往。不过，这一切都不重要了，眼前的缘分，才是最值得珍惜的。

乳母樱

乳母樱

二十一

在那之后的二百五十多年里，每年的二月十六日，这棵树上的樱花都会如约绽放

三百年前，在伊予国[128]温泉郡朝美村，曾经住着一位叫作德兵卫[129]的人。

德兵卫是乡里数一数二的富豪，在朝美村还当过村长，深受人们的尊敬，也过着幸福的生活。唯一有所遗憾的是，德兵卫年届四十，虽然早已结婚，却一直没有孩子，从未体验过当父亲的快乐。德兵卫夫妇苦于膝下无子，一直四处寻方觅法。后来得知朝美村里人人皆知的西法寺就很灵验，于是，夫妇二人常常向寺里供奉的不动明王许愿，希望能够求子成功，得偿所愿。

没过多久，愿望竟然真的实现了，德兵卫的妻子成功怀上了孩子，十月怀胎后生下了一个女儿。

---

128 伊予国，日本古代令制国之一，领域为如今的爱媛县。

129 在明治维新以前，"×兵卫"或"左（右）卫门"是日本男子的常用名。公元 8 世纪，日本设立了五个负责保卫天皇和宫廷的军事机构，即卫门府、左右兵卫府和左右卫士府。叫这类名字的人大多是府中的兵士或者其直系亲属，也有后人为纪念祖上的功绩、彰显尚武精神而取这类名字的。

女儿可爱至极，一家人十分高兴，给女儿起了个名字，叫"露"，寓意是如甘露般珍贵。不过小露的母亲乳汁不足，于是家里雇了一名叫阿袖的乳母，帮忙喂养小露。

小露在父母和乳母的照料下得以健康成长，并且越长越漂亮，多年过去，俨然一位亭亭玉立的美少女。可是，好景不长，在十五岁那年，小露不幸得了一场非常严重的大病，连医生都束手无策。

当时，将小露视如亲生女儿的乳母阿袖，见到小露病倒的样子心急如焚。她每天都默默地来到西法寺，虔诚地向不动明王祈祷，恳请保佑小露早日康复，整整三七二十一天，从未间断过。果不其然，许愿期满的那一天，小露的病情竟然奇迹般地开始好转了，没过多久就不治而愈，如获新生。

德兵卫大办酒席，宴请亲朋好友，共同庆祝小露的大病初愈，全家人无不欢天喜地。

这天晚上，正当家里高朋满座、举杯同乐的时候，乳母阿袖却突然病倒了。第二天一早，家里就叫来了医生。

可是，医生看过阿袖后，却眉头紧锁，无能为力地摇了摇头："阿袖快不行了。"

仅仅一个晚上，这突如其来的病情，就让阿袖的命数危在旦夕了。医生宣告回天乏力，并让德兵卫做好料理后事的准备。

面对这一突如其来的打击，德兵卫一家惊惶得不知所措，大家悲痛万分地聚拢在阿袖的床榻前。这时，阿袖缓缓地说出了一段不为人知的隐情。

"现在终于是将真相告诉大家的时候了。实际上，这正是我先前所许下的愿望，现在愿望已经成真了。在小姐卧病不起的时候，我不停地向不动明王祈愿，希望用自己的性命去换来小姐的康复。如今，我的心愿看来已经传达到了神明那里，小姐现在已经病愈，我的大限也即将到来了。所以请各位不要为我的死而难过……只是，我现在还有一个小小的心愿未了。其实，这也是当时我向不动明王许愿时所做出的承诺，如果愿望实现了，作为还愿和留下念想的方式，我将向西法寺呈上一棵樱树。可是，我现在已经没有力气亲自去种上这棵樱树了，所以拜托大家，请代替我，完成我对神明许下的承诺……那么，接下来就要和你们告别了。我很高兴，自己能够代替小姐而死，这是我的荣幸，请大家珍重，希望你们能够记得我……"

阿袖的葬礼结束后，一家人便去挑选了一株苗壮的樱树苗，由小露的父母一起种在了西法寺的院落里。

小树苗越长越大，很快就萌发出了新的枝叶。到了第二年的二月十六日——这天正是阿袖的忌日——开满了一树绚烂的樱花。

在那之后的二百五十多年里，每年的二月十六日，这棵树上的樱花都会如约绽放，整棵樱树上花团锦簇，花色白里透出了薄红。看这树冠的轮廓和花色，就好像那女人丰润柔美的乳房一样。

住在这片土地上的人们一直记得阿袖的传说，他们便给这棵树起了一个名字："乳母樱"。

欲擒故纵

かけひき

二十二

如果你能证明你在死后仍怀着遗恨的话，请给我们留下证据吧

大宅院里即将执行一场死刑。一个犯人被押送到了庭[130]前，又被拖拽进庭院里，并跪在地上，他的双手被捆缚在身后。过了一会儿，家臣们搬来了装满水的小桶和塞满小沙粒的袋子，围着犯人摆了一圈，四周塞得满满的。犯人看起来如同钉在木板上的楔子，被挤压得无法动弹。这时候，宅院的主人出来了，开始检查准备工作。他看了一圈，感觉比较满意，并没有对下人多交代什么。

正在这时，犯人突然对着宅院的主人大声喊了起来：

"大人，我知道自己接下来要遭受惩罚，但是我这罪，并非是有意犯下的！致使我犯下罪行的原因是大家都觉得我是个蠢货。或许我天生就是个蠢货，难以做到不去犯错，所以命里才会得到这番报应。但是大人啊，虽然一个人可能生下来就很蠢，可若是因为这样就杀了他，那就是你不对了……做出这样没有天理的事情，是会遭到惩罚的……你听到了吗？大人，如果你无论如何都要杀

---

130 这里所说的庭，就是日本常见的庭院，一般有一列垫脚石拼成的小路，两边是用砂土铺就的平坦地面。

掉我，那我肯定会来找你报仇的。为了报仇，我一定会来找你的！"

据说，当一个人被杀的时候，如果是怀着强烈的怨恨而死的，那他的鬼魂一定会产生怨念，并能够找到凶手寻仇。主人非常清楚这一点，他用平静的语气回答道：

"你在落命之时，将会怀着强烈的遗恨，并以此威胁别人，这当然是你的自由。但是，你说的那些如何能让我们相信呢？如果你能证明你在死后仍怀着遗恨的话，请给我们留下证据吧！在砍头之后，你还能证明给我们看吗？"

"当然可以！一定让你亲眼见到！"犯人恶狠狠地答道。

"那么，很好。"主人这般说着，便拔出了长刀，"那么我就要砍你的头了！在你的面前，有一块垫脚石，你的头颅掉下去之后，你咬一下这块石头怎么样？愤怒而死的你，如果灵魂得以继续威胁我们，那你就大可放马过来，找我们家中的各位寻仇了……怎么样？咬一咬这块石头证明给我们看吧。"

"哼！你觉得我不能咬吗？！"犯人愤怒地大声喊着，"咬！咬！等着我咬给你看吧！"

一道白刃的寒光瞬间闪过，掀起了一阵刀风。紧接着是一声刀刃切过筋肉的钝响，犯人的身体扑通一声栽倒在袋子上，两股鲜血从被斩断头颈的脖根处喷涌而出。头颅落在了沙地上，骨碌骨碌地向着垫脚石的方向滚了过去。正当人们觉得犯人已经断气的时候，忽然，头颅一下如弹簧般跃起，张开嘴巴，用牙齿紧紧咬住了石头的一边！头颅拼尽全力地咬住石头，但没坚持多久，就用完了力气，毫无生机地滚落了下去。

众人不敢言语，家臣们只能充满惊惧地看着主人的脸色。只见，主人一副泰然自若的表情，似乎胸有成竹。他只是把手中的刀交给身边的侍从，侍从拿起装满清水的瓢，把水均匀浇洒在刀上，从刀把到刀锋，细细清理了一遍，然后用一张柔软的纸擦拭刀刃，如此擦拭了两三次……至此，行刑正式结束。

接下来的数月间，家臣和仆人们一直处在惊恐中，他们担心犯人的幽灵会来寻仇，惶惶不可终日。他们深信，犯人生前发过如此毒誓，死后定会回来报复。如此日复一日，恐慌的人们已经变得杯弓蛇影，很多人都出现了幻视或幻听，就连风吹过竹子的声音、庭院里走动的人影，都会把他们吓得不轻。因此，他们私底下商议，这样的日子不能一直持续下去，要想办法安抚并超度那位犯人的灵魂。于是众人决定去恳求主人找高僧做场法事，供奉死者的牌位，以保平安。

一位家臣代表大家去向主人请愿，主人却一脸不屑地说道：

"没有必要，那个人临死之前确实说了要来寻仇。你们害怕他说的话，也很正常，来找我也很正常。不过嘛，即便如此，其实也没有什么可害怕的。"

家臣紧低着头，一脸发愁的样子，听到主人的话，他战战兢兢地抬起头，想看看主人的脸色如何，却看到主人充满自信的表情，心中更加疑惑。

"哎呀，这个原因其实很容易懂了！"主人看到家臣面露难色，便继续说，"这样吧，我来给你解释清楚。那个人在临死之前，心中确实积累了万千的怨念，死后定会要发泄寻仇。所以那个时候，我灵机一动，故意挑衅他，让他给我拿出证据，便是要将他一心想要复仇的怨念，转移到别处。我让他咬地面的石头，成功地分散了他的注意力，之后他的怨念就完全转移到了那石头上，忘了死后找我寻仇了。他断头后用力去咬那块石头，已经把怨念发泄在了石头上，实现了他的目的，便不会找我们寻仇了。所以，你们以后都不要为这个问题担忧了。"

原来如此，死后的犯人后来确实也没有来找过麻烦，什么意外都没有发生。从此大家心里便安定了。

镜与钟

镜と鐘

如若有人能敲破此钟，我将显现灵力，赐予此人金银财宝，从此荣华富贵

八百年前，在远江国[131]有一座无间山。一天，山上的僧人们觉得寺庙[132]里需要添上一座大钟，他们请求女施主们捐出自己的旧铜镜，用作铸造铜钟的材料，也算是积累功德了。

（即便到了今日，在日本的很多寺院里，时常还能发现堆积如山的旧铜镜，这些铜镜都是信众们以铸钟为目的捐赠的。在我所见过的寺庙里，九州博多某个净土宗的寺庙里积攒的铜镜最多，这些铜镜原本是信众们为了铸造一尊三丈三尺高的阿弥陀佛像而捐赠的。）

那时，有一位年轻的农夫之妻住在无间山上，她为了给寺里铸钟而捐献了自己的镜子。可是，过了没多久，她就后悔了，十分心疼自己捐出的镜子。因为，她想起了昔日里，母亲曾经

---

131 远江国，日本古代令制国之一，其区划范围大约为现在的静冈县西部。

132 据说是今静冈县挂川市的无间山观音寺。

反复给她讲过的有关这面镜子的事情——这面镜子，不仅是她母亲的物品，也是她外祖母的，甚至是从外曾外祖母[133]那代就开始传下来的。这面古老的镜子曾经映出过无数次笑靥欢颜，每次拿起镜子，回忆便如泉水一般涌现。

当然，尽管镜子已经捐出，但只要给寺院里捐一些钱作为镜子的替代品，这件祖传之宝还是会被送还回来的。只是，她手中的钱还不够去换回镜子。她来到寺院里，隔着栅栏，在堆积如山的几百面镜子中寻找自己的那面。她的镜子背面铸有松竹梅的精细浮雕，所以她很快就找到了。一看到镜子上那些浮雕，她就回想起当她还是一个孩子的时候，母亲第一次把镜子上的松竹梅浮雕拿给她看，她捧着镜子，爱不释手的样子。

她甚至暗自想到，要找一个机会，把镜子偷出来藏好，当作传家之宝好好珍惜。但是，这个想法一直没有机会去实现。就这样，她一直胡思乱想着，变得寡言少语、闷闷不乐，仿佛自己生命的一部分也如同这镜子一样，被割舍了出去，她魂不守舍、寝食不安。就像一句古老谚语所说，镜子是女人的灵魂（很多铜镜的背面都刻有汉字"魂"，这一神秘行为便是这个谚语的具体体现）。她总觉得谚语所说的会成真，甚至这句话背后还隐藏有更神秘的含义，但又不敢向任何人述说心中的苦楚。

这时候，为无间山铸造大钟而募集来的铜镜，终于凑够了数量，被送到了铸造场。正在熔炼铜镜的时候，怪事发生了：铸造师们发现，其中有一面镜子，无论被送入炉中多少次，都无法熔化，并且完好无损。这令铸造师们诧异不已。人们判断，为寺院捐赠这面镜子的女人后悔了，供奉铜镜并非出自本愿，

---

133 即外祖母的母亲。

镜子便反映出了她的执念，无论多少次被投入熔炉之中，镜子始终坚硬如故。

这件事情很快就在村子里传开了，这无论如何都无法熔炼的镜子究竟是谁家的呢？大家纷纷猜测着，没多久，便知道是农夫之妻的镜子了。非常可怜的是，当心中的秘密被广为所知后，她羞愧难当、气愤不已，最终无法忍受旁人的说三道四，便留下了一封遗书，自尽了。她在遗书上写下了这样的句子：

> 我死之后，铜镜自熔，大钟可铸。如若有人能敲破此钟，我将显现灵力，赐予此人金银财宝，从此荣华富贵。

大凡世间皆是如此，对于因愤怒或怨恨而死的人在临终之时所留下的愿望或誓言，人们通常是万分好奇的，并相信这些遗愿会因为一些超自然的力量而成为现实。农夫之妻死后，铜镜真的就熔化了，大钟也得以铸成。村民们想起了遗书上的话，都愿意去碰碰运气，没准真会敲破大钟，会变得荣华富贵呢。于是大钟刚一挂起，人们便鱼贯般涌入寺里一试运气，看看能否破钟生财。每个人都使出浑身力气去敲钟，但是大钟看起来质量上乘，无论如何敲击也只是发出钟鸣声，而钟身完好无损。即便如此，人们始终没有气馁，仍然日复一日地涌入寺中猛烈敲钟，即使僧人加以制止，也无济于事。只听得大钟从早到晚响个不停，令寺院众僧们苦恼不堪。

最后，僧人们终于忍无可忍，将造成困扰的大钟从山上推入山下的湖沼之中，彻底沉入了水下——这就是大钟最后的故事。后来，这个故事就变成了一个古老的传说，而这大钟，便是传说中的"无间之钟"[134]。

---

134 传说中，敲响无间之钟的人，能在现世获得幸福，但死后会坠入无间地狱。

在日本古已有之的信仰中，经常会用到一个动词，叫作"拟（なぞらえる）"。虽然不太好解释这个词的意思，但大致可以理解为，通过某种精神作用，来产生并获得奇妙的力量。为"拟"找一个合适的英语译词还真不容易，因为这个词基于信仰层面，与各种宗教活动息息相关，同时还经常在林林总总的巫术描述中使用。说到"拟"这个词的普通含义，如果查一下辞典，一般会出现 to imitate（模仿）、to compare（比较）、to liken（相似）等含义。但密宗[135]信众对该词的使用有更深层的含义，也就是说，为了产生一种奇迹般的结果，人们会通过想象，将一种事物或行为用另外的事物或行为加以替代。

例如，诸位想修建一座佛寺，却没有相应的资质和能力。但是，如果假设诸位有条件、有能力去修建这座佛寺，那么诸位也许会马上付诸实践并期待这个愿望能尽快实现。由此，这种满怀虔诚与敬意的信念就会建立起来吧。但是，只要心里怀有与之相同的虔诚与敬意，在佛像前供奉一粒石子——相比修建佛寺来说，这件事要容易得多——其所产生的功德，与建一座佛寺相比其实是相同的，至少也是接近的。

再举一个例子，对于诸位来说，将六千七百七十一卷佛经全部读完，显然是不现实的。但是你可以将经文刻在转经筒上，然后像转动辘轳一样旋转经筒，只要你心中有着读破六千七百七十一卷佛经的虔诚，就可以修得与读破千卷佛经相同的功德。

这两个例子，大致可以说明"拟"这个词在宗教层面上的含义了。

然而，这个词在巫术层面的意义，由于无法举出很多神奇的例子，所以难以完全解释清楚。但还是暂且用下面的例子来

135　佛教宗派之一，唐代时由日本僧人空海大师从中国传入日本。

解释一下。假如你做了一个稻草人——基于同样的目的，海伦修女做了个蜡人[136]——到了丑时，用一根五寸钉把稻草人钉在神社附近森林的树上，并把稻草人想象成某人的化身，那么过不了多久，那个人就会在巨大的惊恐中饱受折磨和痛苦而死。这应该可以解释"拟"这个词的一个含义了吧。

还有一个例子。假如在深夜，有盗贼潜入家中，盗去了许多贵重财物。如果当时在院子里发现了盗贼的脚印，当即在脚印上放上大捆艾草点燃，逃走的盗贼脚底就会立刻产生强烈的烧伤感，无论逃到哪里都会疼痛难忍，寝食难安，最后便会返回求饶，听从发落。这便是"拟"这一词在巫术层面的另一种含义。

而第三种含义，就是前文围绕无间之钟的各种传说，所代表的含义了。

话说，无间山的大钟被推下山崖、沉入湖沼之后，人们自然无法去破钟招财了。但是，人们始终念念不忘镜子主人生前的执念，心中还存有某种能带来荣华富贵的物件，通过想象，可以作为那座水底大钟的替代品。

在众多对大钟念念不忘的人当中，有一位叫梅枝的女子。她因与源家武士梶原景季[137]关系亲密，而在日本的传说中具有很高的地位，可以说是家喻户晓。有一次，她与景季相伴出游，旅途中景季花光了所有的盘缠，二人陷入了极大的困境。正在此时，梅枝想起了无间之钟的故事。她找来一个用来盛水的黄铜钵盂，心中默默把钵盂想象成那座无间之钟，口中大声念出"黄

136　在英国诗人罗塞蒂（Dante Gabriel Rossetti，1828 — 1882）创作的诗《海伦修女》（*Sister Helen*）中，海伦用烧蜡人的方式来诅咒别人。

137　梶原景季（1162—1200），日本平安时代末期到镰仓幕府初期的武将，身高七尺，文武双全，与其父梶原景时一同效忠于源赖朝，被平家称为"厉鬼"。小泉八云在原文中将其误记为平家（Heike）武士。

金三百两！黄金三百两！",同时敲击着钵盂。她敲打得很用力，几乎就要把钵盂敲破了。

一位与他们住在同一家客栈的客人注意到她的举动，便过来看个究竟，听说二人身处困境之后，便慷慨解囊，赠给梅枝三百两黄金作为路费。第二年，梅枝敲钵盂的故事被人编成了歌谣，至今还被日本的艺伎们所传唱：

> 梅枝手中钵，
> 敲罢黄金多。
> 诸君心中愿，
> 效仿皆可得。[138]

消息不胫而走，无间之钟再次成为街头巷尾热议的话题，无数对发财念念不忘的人，纷纷开始效仿梅枝，希望幸运也能够降临到自己的头上。在无间山附近的大井川，住着一个游手好闲的男子。他终日无所事事，好吃懒做，挥霍放荡，最终败尽了家财。走投无路后，他只得寄希望于飞来横财，便在自家院子里塑了一个泥钟，然后一边敲泥钟，一边念念有词："我要发财，我要发财！"泥土做的钟很快就被敲破了。

这时，男子眼前的地面上，忽然出现了一位披着长发的白衣女子，手中捧着一个带盖的壶，翩然站在男子的面前，开口道："您一心不乱的祈祷，我都听到了，因此小女子便在此地现身，回应您的愿望。那么，就请收下这个壶吧！"话一说完，白衣女子就把手中的壶交给了男子。男子接过壶，正在一头雾水的时候，看到女子的身影转瞬在眼前消失了。

男子大喜过望，赶忙跑回屋中，告诉妻子刚刚发生的这个

---

138 这首歌原文为：梅ヶ枝の手水鉢叩いてお金が出るならば、皆さん身うけをそうれ頼みます。

吉利之事，并将盖紧的大壶放在了妻子面前。奇怪的是，手中的壶变得越来越重，男子用尽力气才将壶搬到了桌上。

夫妇二人按捺不住兴奋之情，赶忙揭开盖子。一瞬间，二人惊呆了，只见壶里装得满满的，里面的东西不断地从壶口向外溢出……

天哪！竟然……

至于从壶里溢出来的是什么东西，那就有些难以开口了。

食人鬼

食人鬼

黑影从遗体的头部开始啃食，头发、骨头，甚至连身上的寿衣也吃了个精光

　　从前，有一位法号为梦窗国师的禅僧，独自行脚[139]到美浓国[140]时，在一座不见人烟的深山中，不小心迷了路。他在山里面转了许久，都寻不见一个人影。他四处寻找出山的道路，却总是找不到对的路，时至黄昏，天色暗了下来，他只得暂时放弃出山，改为寻找可以过夜之所，却仍然没能找到合适的地方。正当他心生绝望之时，忽然，他望见远处一座山丘上，有一座避世僧侣修建的庵室[141]，笼罩在落日的余晖下。远远望去，庵室似乎已经荒废多时，山丘底下的黑影已经逐渐升起。梦窗并未多想，趁着天色还未全暗，便急匆匆赶了过去。

　　没想到，庵室里面还住着一个年迈的僧人，梦窗便上前请求老和尚，能否让他在此借宿一晚。谁知老和尚直接回绝了他，

139　僧人为寻师求法而游食四方。

140　美浓国，日本古代令制国之一，领域为如今的岐阜县南部。

141　简陋的僧房。

并告诉他，这个山头一旁的谷底有一个村子，只要到了村子里就有地方可以吃住了。老和尚稍微给梦窗指点了一下前往村子的路，便让梦窗离开了。

梦窗沿着老和尚指点的方向走了许久，才发现在山谷深处，有一片极小的村落，散落着十二三户人家。见到有人来，村民们热情地把梦窗迎到了村长家。他刚刚走进院子里，就发现在院子对面的宽敞客厅里，竟散坐着四五十人。梦窗还未来得及多想，就被带到了远处的一间小偏房，里面早已备好了斋饭和被褥。虽然刚刚入夜，但梦窗因为白天走了太多路，身体疲惫不堪，吃饱喝足后，就直接卧在一边，进入了梦乡。即将进入午夜时，梦窗突然被吵醒了，原来，不知是谁在隔壁房间里发出了阵阵哭声。没过多久，梦窗隔着窗纸看到外面渐渐亮了起来，亮光移动到近前，只见一个提着灯笼的年轻人，轻轻走了进来，毕恭毕敬地站在他身前，双手合十，弯腰行礼，对他说出了这样的话：

"长老，罪过罪过，原本不该这个时候前来相扰，只是此时在下心中悲痛万分，千言万语，不吐不快啊！昨日，我还是家中长子，没想到家中忽生变故……您今日特意莅临寒舍，看您如此劳累，我还来此打扰，真的是诚惶诚恐……实不相瞒，家父刚刚于两三个时辰之前往生[142]。刚才您也看到了，那些在隔壁正厅里席地而坐的人，正是本村的百姓，今晚特意前来为家父守灵的。过不了多时，我们就要一同离开，前往距离此地一里之外的地方。这里还需要告诉您一件事，本村有一个习俗，就是当村里有人去世的时候，所有人都要暂离村中。我们在留下供品、祭拜逝者之后，便把遗体留在家中，大家一同离开。因为，安放遗体的屋子里，过不了多久一定会有异变发生。为

142　佛教信众对死亡的代称，即人死后精神前往极乐世界，重获新生。

怪谈

了避免牵连到您，所以请随我们一起外出暂避吧，邻村也有不错的地方可以投宿。长老是出家人，或许不会害怕妖魔鬼怪之事。若是不介意家中留下的遗体，您也可以继续在寒舍休息……不过，我觉得，若非像长老这般有着深厚修为的人，今晚恐怕是不敢留在这里的。"

梦窗听罢，立即答道：

"感谢施主的深切关怀。贫僧从远方来到府上打扰，已经给贵府添了不少麻烦，您家又忽然生变，贫僧深表惋惜。承蒙施主关怀，特来向贫僧告知令尊往生之事，贫僧深感自己使命已至，眼下虽然稍有劳顿，但无论如何都要做好僧人的分内之事。起初听施主言语，还以为是来找贫僧诵经，为令尊超度的。既然有着种种原因，那就等你们离开之后，留贫僧一人诵经好了。直至明日天明，贫僧会一直守护在令尊遗体周围。并且，听闻施主所述，若与遗体共处一室，便会产生怪异之事的传言，虽然无法解释，但对于妖魔鬼怪的业种[143]，贫僧是一丝一毫都不惧怕的，这一点还请施主明察。"

听完梦窗这番泰然自若的话语，年轻的家主不由得面露喜色，赶忙向梦窗磕头，口中满是感谢。没多久，这家人和在隔壁集合的村民们，从年轻的家主那里知道了梦窗说过的话和愿意留下来的决心，都纷纷过来对长老致谢。人们进进出出，一番往来之后，家主最后说：

"那么，我们就暂且离开了，置长老一人于此地，晚生实在心里有愧啊！可是，现在到了不得不与您暂别的时间了。按照村子的规矩，午夜之后，家中不得留人，在我们没法陪您的这段时间，请您多多保重。今夜您如若发现什么异变，明天一早，等到我们回来，定会来向您讨教！"

---

143 佛教谓恶业恶报，善业善报，如种子得果，故称"业种"。多偏指恶业的种子。

不久，所有的村民都离开了。梦窗孤身一人走进了安放遗体的灵堂。只见遗体前摆着一些常见的供品，一旁还点着一盏小灯。梦窗开始诵经，念诵超度亡灵的偈[144]文，念完后就在一旁冥想、入定。只见这禅僧默然地在遗体旁打坐，空无一人的村落陷入寂静，一点声音都听不见。

寂静的夜晚被黑暗包围，只剩下那盏几近燃灭的守夜灯。忽然间，一团朦朦胧胧的巨大黑影，悄无声息地从外面的黑夜中飘进房间。梦窗顿时感觉到一股巨大的压力从天而降，身体像是被捆缚住了一般，一丝一毫都无法动弹，嘴里也发不出一点声音，只能眼睁睁地看着这可怕的一幕发生——只见那如同幻象一般的巨大黑影中，伸出了一双漆黑的大手，将遗体轻而易举地抓了起来。忽然，一张血盆大口从黑影中张开，开始大口啃食起手中的遗体来！那吃相看起来比猫吃老鼠还要贪婪，还发出了"嘎嘣嘎嘣"的咀嚼声。黑影从遗体的头部开始啃食，头发、骨头，甚至连身上的寿衣也吃了个精光。很快，遗体就被啃食得干干净净。可是这怪物丝毫没有停手的意思，又转向摆在一旁的供品，风卷残云般地一扫而光。吃完之后，怪物在头顶盘旋了一圈，便和刚才进来时那样，悄无声息地飘出了房间，不见形迹。

第二天一早，村民们结伴返回村里，走到村长家门前，看见梦窗早已站在院门口等待多时了。村民们挨个过来向梦窗行礼，然后纷纷走进院子里，四处察看房屋的情况。奇怪的是，他们虽然发现遗体和供物都消失不见了，却面色如常，没有一个人表现出吃惊的样子。正在梦窗纳闷的时候，年轻的家主走过来对梦窗说：

"长老，昨晚看到什么狰狞可憎的景象了吧？说真的，我

---

144 偈（jì），佛经中的唱词。

们都非常担心您的安危，现在见到您平安无事，也没有受伤，我们真是倍感宽慰。如果可能的话，我们昨晚都想一起回来搭救长老。但无论如何，我们都必须遵守本村的规矩，如果谁家死了人，家中便会门户大开，村民们必须留下遗体，离开村子。如果破此规矩，那我们一定会遭受灾祸。如若遵守本村的规矩，遗体和供品就会在当晚消失，村民们也会平安无事。长老想必已经看清楚昨晚所发生的一切了吧？"

接下来梦窗就把他昨晚的所见所闻，从那巨大无形的朦胧怪影出现开始，到啃食遗体和囫囵吞食供品，最后又消失不见的经过，一五一十地给众人讲述了一遍。可是，在场的村民们听完梦窗的讲述，却依然神色自若，谁也没有感到吃惊与意外。家主又对梦窗解释起来：

"长老，您所讲述的我们都听说过。您所见到的，正和我们村自古流传的说法一模一样。"

梦窗听罢大吃一惊，便接着问道：

"贫僧在来到贵村之前，在村对面的山上曾经遇到过一位高僧，那位高僧离施主们也不远，难道他从不过来操办葬礼，为贵村的逝者诵经超度？"

"啊？什么高僧？怎么从来没有听说过呢？"年轻的家主反问道。

"就是贫僧昨天遇见的高僧啊，告诉贫僧可以来贵村投宿。"梦窗回答道，"昨天入夜前，贫僧曾前往那座山上的一处庵室投宿，可是不知为何，被那高僧拒绝了。不过他倒是给贫僧指了路，告诉贫僧如何走到贵村呢！"

村民们听了梦窗的话惊讶不已，众人面面相觑，一时哑然。最后，还是那位年轻的家主开口打破了沉默：

"长老！我们村对面的山上可从来没有住过什么高僧，更没有什么寺庙啊。我们在此世代居住，从来就没听说过在这片地界有和尚居住啊……"

　　梦窗见状，也就不再多问，更不再提起这个话题。曾经热情接待过他的村民们，此时看他的目光和神色，却是充满狐疑。他猜想村民们是觉得他被鬼怪缠身，开始说胡话了。梦窗此时便与村民们告别，又详细请教了一下出山的路，便就此离开了村子。他决定折回到那座山头上的庵室看看，想再次会会那位老和尚，确定一下自己当时究竟遇见了何方神圣。

　　顺着来时的路，梦窗很快就找到了那座小庵室。老和尚果然还在那里，他看到梦窗，先是吃了一惊，然后却毕恭毕敬地请梦窗进屋说话。梦窗刚一进屋，不知这老和尚葫芦里卖的什么药，只见他不住低头行礼，口中忙不迭地叫道：

　　"啊！实在是惭愧，惭愧！老衲真是惭愧极了！"

　　"不可，不可，昨日虽说是拒绝了弟子在此过夜，但并没有如此惭愧之处，方丈何须自责啊？"梦窗应道，"弟子更是托您的福，多亏方丈昨日指点，弟子才得以到了那座村庄，受到村里人的盛情相待。这般恩德，弟子感激不尽，特来致谢。"

　　老和尚听罢，立刻应道：

　　"老衲此身，实在是无法容留他人在此过夜。老衲深感惭愧的，并非拒你投宿，实则是因为大师修为深厚，看出了我的原形，才令老衲惭愧不已。昨夜，大师目睹的那个吃死尸和供品的鬼影不是别人，正是老衲……事到如今，再没隐瞒的必要了，老衲其实就是一个专吃人肉的食尸鬼。还请大师大发慈悲，且容老衲将自己的罪孽一一道来，并将自己变鬼的原委向大师诉说，但求忏悔。

　　"很久以前，老衲是这孤寂田舍之地的一位僧人。那时候，此地山高林密，附近方圆数里，只有我这一位孤僧。当时，这附近去世的山民，定会被送到这座山丘之上，由老衲诵经超度。有时，还有不少远道而来的人，他们要背负遗体翻山越岭，艰难跋涉。但对于老衲而言，无论诵经，还是超度，只是日复一日、一成不变的工作罢了。那时老衲心想，终日重复诵经超度这番修行，到头来只是换来些粗衣粝食谋得温饱而已。因这等想法，老衲逐渐利欲熏心，开始为自己谋划私利，脑中满是锦衣玉食、钱财供奉之事。经年累月，便积下了种种私欲妄念。所以，老衲刚一离世，就转生成了食尸鬼。从那以后，只要附近村中有了死人，老衲就一定要去啃食尸骸，这便是降于我身的因果报应。老衲别无选择，不得不去吃那户人家的遗体方能续命，正如大师您昨夜亲眼所见……

"大师，老衲有求于您，恳求您大发慈悲，为我念诵《施饿鬼食咒》，做一场法事吧！希望在大师的祈祷加持之下，老衲能脱离这恶因缘的秽界，早日升天，修成正果。"

老和尚说完这段恳切的话语，忽然身形飘散，残影也随着话音一同飘向空中，化为烟云。这处小小的庵室也随着老和尚变得无影无踪。只剩下梦窗国师一人，怅然地端坐在丈把高的荒草丛中，旁边是一座似乎属于哪位僧人的荒坟，还有一座长满青苔的古老五轮塔。

貉

むじな

猛然间，他的脸就变得像蛋壳一般光溜溜的，什么都没有了

在东京赤坂，有一条叫作纪国坂的上坡道。顾名思义，就是纪伊国的坡道[145]。至于为什么会叫这个名字，我也不知所以然，纪伊国又不在东京。[146] 在坡道的一侧，有一条古代留下来的壕沟；壕沟很深，上方有一道长满青草的土堤；高高的土堤上面，现在已经是一片庭园。坡道的另一边，则是皇宫的土墙，土墙又高又长，抬头望去，一眼看不到尽头。那是个还没有路灯与人力车的时代，这附近一到晚上就变成一片死寂，没有行人敢从这里经过。深夜晚归的行人们，一定会绕开纪国坂，宁可多绕几里路，也不敢直接从这里穿过去。

为什么大家都不敢在晚上走纪国坂呢？原来，据说在那附

---

145 纪伊国，日本古代令制国之一，又称纪州，江户时代纪州藩所在地，其区划范围包括现今的三重县南部及和歌山县。"坂"在日语中即坡道、斜坡的意思。

146 之所以叫"纪国坂"，是因为在江户时代，该地（赤坂御用地）是纪州德川家的上屋敷（纪州藩赤坂藩邸）的所在地。明治维新后，该地被政府接收并献给日本皇室，1873 年至 1888 年为日本皇宫所在地。

怪談

近，经常会有獾[147]精出没。

近几年来，最后一个在那边见过獾精的人，是住在京桥的一位年事已高的商人，从他见到獾精到现在已经有三十来年了，但他仍然记忆犹新，以下便是他讲述的故事。

那是一个夜晚，在一如平常的夜色中，商人一路急匆匆地快步登上纪国坂。正在这时，他发觉在壕沟边上，一个女子正在轻声啜泣，看上去像是要跳沟自尽。他有些担心，就想着要帮助那个女子，尽自己所能救人一命，于是一边盘算着如何安慰她，一边已经走到了女子身旁。仔细一看，那是个有着优雅气质的苗条女子，她穿着华丽的衣服，梳着整整齐齐的发髻，看起来是良家出身。

商人俯下身来，对女子搭起话来："喂，姑娘！"

"姑娘，不要再这样哭下去了……能不能告诉我发生了什么事呢？若是我力所能及的事，一定会帮忙的。"商人天性善良，绝无歹心，说出来的也是心中的真实想法。

但是，女子并没有理会商人所说的话，依旧哭泣不止。她用长袖遮住了脸，不让商人看见她的哭相。

"姑娘？"商人再一次，用尽可能温柔的语气向女子问起。

"这个啊，我刚才说的话，姑娘可听清楚了？像你这般的年轻女子，晚上最好不要在此地久留。唉，还是不要再哭了，我该怎么帮你呢？还是心里面有什么难过的事吧？不妨跟我说来听听吧。"

这个时候，女子忽然一声不吭地站起身来，却仍旧背对着

147　日语中むじな一词对应的汉字虽然为"貉"，但多数场合下对应的物种应为中文的狗獾；而日语汉字中的"狸"，对应的物种才是中文里的貉。在日本，如果特指貉，则会使用汉字"狸"。由于日语和中文对于动物的称谓和使用的汉字有所不同，此处不能按照日语里的汉字直译。

商人，抬着胳膊用长袖遮着脸，再次啜泣起来。商人见状，把手放在女子的肩膀上，继续劝说道："这个……姑娘！姑娘！请听我说啊……喂！姑娘……姑娘？"

就在商人安慰女子的时候，女子慢慢转过身来，面向商人，轻轻甩了甩袖子，伸出一只手来，朝自己脸上抹了一下。就在这一瞬间，商人定睛一看，只见这女子的脸上，没有眼睛，没有鼻子，更没有嘴巴。商人见状大吃一惊，喊了一声便转身逃走。

商人在纪国坂上不知跑了多久，一路连滚带爬地跑上了坡，眼前漆黑一片，就像堕入了深深的洞穴一般。商人只顾得逃命，连回头看一眼的勇气都没有了。过了不久，前方出现了一点如同萤火的微光。商人鼓足勇气向那微光跑去，光线逐渐变亮，原来是一盏灯笼。灯笼挂在路边，旁边则是一家卖荞麦面的路边摊。商人也顾不上小摊老板是不是好人了，一口气跑到灯下的小摊跟前，上气不接下气的"啊！——啊！——啊！"地一边喘着粗气，一边低声叫唤。

"你这是，你这是……？"见到有人来，荞麦摊老板并不慌张，还慢条斯理地问了起来，语气冷淡。

"怎么了？你这是怎么回事？遇到练手的武士砍人了？"[148]

"不是，不是武士！"商人稍稍喘了口气，"那里啊，有……啊……啊……"

"什么啊？怎么被吓成这个样子？！"荞麦摊老板继续漫不经心地问道，"那是有强盗？"

"哦！不是强盗……也没有被抢东西！"惊魂未定的商人气喘吁吁地说，"出来了……出来了一个女人，就在壕沟边上

148　在日本古代，武士会为试验刀剑锋利程度或剑术高低，或为抢夺财物，在夜晚的街头斩杀路人。

站着一个女人……那个女人对着我就这么抹了一下……然后接下来就不敢说了！"

"啊，我当是什么呢？那个女人让你看到的样子，是不是像我这样儿？"

那个荞麦摊老板一边说着，一边也朝着自己的脸上抹了一把。猛然间，他的脸就变得像蛋壳一般光溜溜的，什么都没有了。

商人顿时吓得不省人事，灯，也灭了。

辘轳首

ろくろ首

二十六

他猛然发现刚才还在隔壁熟睡的五个人居然都没了头颅

　　这是大约五百年前发生的故事。在九州菊池氏[149]的家臣当中，有一位叫矶贝平太左卫门武连的人。矶贝家是武门世家，武连自然也继承了祖先的才能，自幼天赋异禀，武艺高强，臂力过人。早在少年时代，他便精通剑道、弓道和枪术，水平甚至远超他的师父。同时，他又胆大心细、文武双全，是个不可多得的全才。之后，他在"永享之乱"[150]中战功累累，获得了主君极高的恩赏。但是，形势急转直下，随着菊池家的覆灭，武连也不幸失去了主君，沦为无主武士。以武连的才干，转投其他大名的门下简直轻而易举。但是，他的英名皆因自己侍奉的主君而得，生性不喜表露心声的他，只得将对昔日主君的忠诚深埋于心。于是，武连决意斩断凡尘浊世之缘，他毅然剃度出家，

149　菊池氏聚居在九州岛，曾世袭肥后大名。九州岛临近朝鲜半岛，远离京畿，岛上的诸势力大都有着很强的独立性。

150　"永享之乱"，即发生在永享十年（1438 年）的镰仓公方（关东将军）足利持氏反叛室町幕府足利义氏的事件。

成为一名法号回龙的行脚僧，云游四海。

但是，在一身法衣之下，回龙的内心深处，昔日的武士之魂依然在烈烈燃烧。当年在刀光剑影中尚能微笑的那种临危不惧的气度，并没有因成为僧人而淡去。他仍旧毫不畏惧任何艰难困苦，不论是雨露风雪，还是严寒酷暑，都阻碍不了他的脚步。就连那些令普通僧侣望而却步的边陲之地，他也愿意前去教化，弘扬佛法。但是在那个暴虐当道的乱世，即便身为僧侣，独自远行也难以安然无事。

在第一次行脚途中，回龙来到了甲斐国。那是一天傍晚，他独自行走在群山之间，艰难跋涉。这时，他发现自己来到了一片远离村庄荒无人烟的深山里。眼见天色将晚，他便决定以星空为被，在山中野宿。没走多远，他就在路边发现了一处草丛，觉得那里不错，于是便横躺下来，准备枕草而眠。回龙一向吃苦耐劳，笑迎艰险，对他来说野宿根本不算什么。如果寻不到舒适的休息场所，即便是裸石，在他眼里也能成为一床锦绣被褥；即便是松树根，在他心中也能成为精致的玉枕。他有着坚硬如铁的身躯，无论是什么样的雨露霜雪，都不会给他带来任何阻碍。

话说，回龙躺下没多久，一个男人就从他身旁的山路上经过。这个男人手持斧子，背着一大捆柴火，原来是一个樵夫。看见回龙躺在地上，樵夫愣了一下，停住脚步一言不发地盯着他看了好一会儿，才用非常惊讶的语气问道："这位先生，您居然一个人躺在这种地方休息？您到底是什么人呀？这一带经常有危险的鬼怪出没，不，不是出没，鬼怪就住在这一带呀！您就不怕遇见那些千变万化的妖魔鬼怪吗？"

"哦！这位朋友，"回龙见有人来，马上来了精神，语气轻松地回答说，"我云游四方，是个不居一所的云水僧。您说的那些会变化的妖魔鬼怪，若是狐妖、狸精之类的，我是不会害怕的。为了潜心修行，我经常独自身处空寂荒野，早已习惯了静卧野山。况且我一心向佛，只求日夜修行，早已将生死置之度外了。"

听了回龙这一番话，樵夫答道："原来如此。这位出家人，您敢在这种地方休息，一定有过人的胆识。但是，这附近经常会有一些凶险的传闻。就像有句谚语说的那样：'君子不立于危墙之下'，您是否真的要住在这里，还请您再认真考虑考虑。要不然，您可随我一起到我家里。虽然家中只是寒舍陋室，更无上好的斋饭招待，但起码还有茅草屋檐一片，让您安睡一晚是没有问题的。"

听完樵夫所说，回龙觉得此人亲切善良，又如此盛情相邀，便爽快地答应了。只见樵夫在林中宽阔的步道旁拨开一丛灌木，眼前出现了一条弯弯曲曲延伸到远方的小径。樵夫走在前面带路，二人时而爬上布满尖石的陡峭断崖，时而跨过如蛛网般盘根错节的树根，刚觉得可以松口气，眼前又出现了怪石嶙峋的险路。走了一会儿，地势趋缓，二人已经来到了山峰顶部的开阔之地。举目望去，只见头顶挂着一轮明月，月光如水般清澈。不远处能够看到一间茅草小屋，窗户里灯影婆娑。

樵夫带着回龙来到了家中后院。后院备有引水的竹筒，里面流淌着涓涓清泉，二人用清水把脚洗得干干净净。只见后院还有一处菜园，远处则是层林叠翠的杉树林和竹林。再往更远的地方张望，还可以隐约望见一道瀑布从高处落下，在月光的映衬之下，闪烁着粼粼水光，如同璀璨的星河，又好似一条洁白的长缎在夜空之中摇曳。

回龙跟着樵夫来到家中，只见狭小得仅能容下一处火塘的屋内，有男女四人正围坐在火塘旁烤手。四人见到回龙进来，全都毕恭毕敬地低头施礼，不住地向他问候。回龙也有些纳闷："这荒郊野岭、远离人烟之处，几个人看起来都是贫苦百姓，居然如此懂得礼数，这究竟是为什么呢？一定是他们中有人结交过讲礼仪、识大体的人，他们都是跟着人家学来的吧。"

过了一会儿，四人都开始管樵夫叫起"主人"来，回龙更加纳闷，便忍不住向樵夫问道："刚才您的谈吐着实不凡，言谈举止礼貌得体，还有您的家人，更是非常讲究礼数，很郑重地迎接我的到来。我看您不像是一般的樵夫，难道您曾经是位身份高贵之人？"

樵夫听了便面露微笑，一边笑一边答道：

"哎呀，您看人可真准啊。如您所说所见，我现在的生活虽然困苦不堪，但以前确实是身份显赫之人，享受了半生荣华。后来却惨遭横祸，家道中落，全部身家都化为乌有。这一切皆因我而起，都怪我一时失足，毁了自己的大半生。实不相瞒，我曾经是一位大名的家臣，颇受主公器重。可是我平日贪酒好色，一时冲动犯下恶行，致使家道断绝、妻离子散，还牵连了很多无辜人的性命，真是恶有恶报。最后我只得隐姓埋名，四处躲藏，来到这深山老林，成了一介山民。唉，现在我已经悔过了，发誓要补偿过去犯下的罪孽，重整家道。虽然我终日祈祷，也不足以赎罪，但是，至少我还能够重塑善心，力所能及地去帮助这些迷途的旅人，希望能够以此洗清自己身上的业障[151]，这就是我内心的所思所想。"

回龙听罢樵夫的一番话，觉得他能对自己敞开心扉，还能痛改前非，是个有觉悟的人，内心甚是欣慰，便回答道：

"谁年轻的时候没做过蠢事啊，以后大多都会良心发现，重新积德行善，这是世间常有之事。经文有云：越是大恶之人，一旦痛改前非，就越能成为大善之人。您原本就有善根，今后大可不必顾虑，定能时来运转。我今晚会为您诵经祈福，愿您消除业障后能够早日转运。"

151　佛教用语，指妨碍修行正果的罪业。

回龙与樵夫相谈甚欢，不知不觉已经聊至深夜，便彼此道了晚安。樵夫带着回龙进了里屋，那里已经备好了床铺。不一会儿，家中的人都睡去了，只剩回龙在独自打坐，借着窗外纸灯笼的微光默念佛经。直到夜深人静之时，他才念罢佛经、做完祈福。在就寝之前，回龙想再看一眼外面的夜景，便推开寝房的窗子向外张望。夜色很美，星朗无云，没有一丝风。皎洁的月光在地面勾勒出清晰的树影，庭院里晶莹剔透的露珠如星光般闪烁，蟋蟀和铃虫在鸣奏交响曲。夜色愈发深沉，不远处瀑布的低吟也愈发清晰。听着潺潺的水声，回龙不由得感到有些口渴，他想起之前在院中看到过引水的竹筒，便打算去捧些水喝。他不想打扰到家中熟睡的人，便蹑手蹑脚地拉开寝房的门。借着昏暗的灯光，他猛然发现刚才还在隔壁熟睡的五个人居然都没了头颅！

　　回龙见此场面，不由得大吃一惊，难道遇上了歹人行凶？！他愕然呆立在原地，但是一瞬间便回过神来，因为他发现周围完全没有血迹喷溅的痕迹，再仔细一看，无头的断颈处，更不见任何刀斩的痕迹。回龙细细地思量起来，"难道是遇上了会幻术的妖怪，在我面前做出了这些幻象？还是说，我这是被诱拐到辘轳首的老窝里了……《搜神记》中曾有这样的记载：'若是看到无头的辘轳首躯体，只要将躯体移动到别处，离开躯体的头颅，就再也无法与躯体相连了。如果头颅回来后，发现躯体不在原地，头颅就会像球一样上下猛跳三次，惊恐地喘息，不一会儿就会气绝而亡了。'[152] 话又说回来，眼前的这一幕，若真是辘轳首，那定是想加害于我，我便按着古书所说的去做，又有什么关系呢。"

152　辘轳首的原型是中国晋代干宝所著志怪小说《搜神记》中的"落头民"。三国时吴国大将朱桓的婢女，每夜卧后，头辄飞去，以耳为翼，将晓复还。书中记载的方法并非移动躯体，而是以被褥蒙住躯体，或将铜盘盖在脖颈处，以阻碍头返回躯体。

决定这么做之后，回龙便提起樵夫的一只脚，将躯体拖到窗户旁，用力推出窗外。然后他走到后门查看，只见房门紧锁，旁边的窗户则敞开着。那些头颅，定然就是顺着这窗户飞出去的。回龙悄悄打开门闩，来到后院里，屏住呼吸，蹑手蹑脚地向一片树丛走去。只听得树丛之中一片窸窸窣窣，还夹杂着交谈声。回龙小心翼翼地借着树影潜行，终于找到了一棵适合隐蔽的大树，便躲在树后站定，暗暗观察。果不其然，只见五颗头颅上下盘旋舞动，有说有笑，时而还翻找藏在地面和树上的虫子，大快朵颐。过了不一会儿，樵夫的头颅停下咀嚼，开口说道：

　　"啊啊，说起今天来的那个行脚和尚，那家伙长得可真是膘肥体壮啊！要是把那家伙吃了，咱们的肚子可就能填得满满的了……哎呀，刚才都怪我说了傻话，居然让那家伙为宽恕我的魂灵，去念诵什么佛经。只要那家伙在念经，我们就很难近身了。更何况，他是在为我念经祈祷，那时我就更没法碰他了。但是，既然现在天快亮了，想必他已经睡着了吧。喂，你们谁回屋去给我打探个究竟，看看他有没有睡着。"

　　一个年轻女子的头颅立刻腾空而起，朝着屋子飘然飞了过去，看上去如同蝙蝠一般轻盈。可是，没过片刻，女子的头颅又迅速飞了回来，一副大惊失色的样子，气急败坏地喊道：

　　"大事不好了！那行脚的臭和尚不在屋里！那家伙不见了！而且，他把大人您的躯体也带走了！不知道藏到哪里去了！"

　　听到这个消息，樵夫的头颅立即现出了狰狞扭曲的表情，在月光的照射下显得毛骨悚然。只见他两眼怒目圆睁，须发根根立起，恶狠狠地把牙齿咬得吱嘎作响，从嘴唇间迸出了一声痛苦的哀嚎，愤怒的两行眼泪止不住地往下流淌。只听他厉声喝道：

　　"呜哇！我的身子被人挪过了，我的头再也无法接回身子，恢复原样了！这样的话，我就必死无疑了……这都是那臭和尚干的好事。臭和尚！我死之前一定要抓住你，把你吃得一干二净，把你碎尸万段！可恶啊，一定要把你一点不剩地吃光……啊啊！臭和尚，他就在那里！在那棵树后的阴影中藏着呢！哎呀，快看！就是那个肥头大耳的卑鄙混蛋！"

话音未落，樵夫的头颅便率领着另外四颗头颅，向着回龙扑了过来。不过，身手不凡的回龙可绝非等闲之辈，他伸手拔起旁边一棵小树，在身前抡得虎虎生风，旋转如盾，突刺似枪，可攻可守。那几颗头颅无论如何一番一番地猛攻过来，全被回龙纵横无尽的招式一一化解。头颅们无论怎样上下翻飞，都始终不得近身。没过多久，其中四颗头颅逐渐招架不住，四散逃走，只剩下樵夫一颗头颅。虽然大势已去，但无论回龙如何击打，樵夫的头颅都不肯退缩，仍然一次又一次恶狠狠地飞扑过来，最后，一口咬住了回龙法衣的左袖。回龙就势一把抓住头颅的发髻，拳头如雨点般落下，而头颅则始终紧咬不肯松口。终于，在回龙凌厉的攻势下，头颅发出一声长长的呻吟，便安静下来，不再动弹了。头颅死去了，但牙齿仍然死咬着衣袖不放，回龙使出浑身力气去掰嘴巴，也无法将头颅从袖子上分开。

回龙索性让头颅一直挂在袖子上，径直返回屋中，只见刚才那四颗头颅伤得鼻青脸肿，满脸是血，但已经与躯体重新连接起来，回到了人的模样。那四个辘轳首正瑟瑟缩缩地挤坐在一起，见回龙从后门走进屋里，顿时吓得屁滚尿流，口中大声喊叫起来："那个臭和尚！那个臭和尚来了！"四个辘轳首连滚带爬地起身夺路而逃，全都从前门跑出，一溜烟似的钻入林中，不见了踪影。

东方既白，天色微明。回龙心知，大凡妖魔变化之力，只限于暗夜才能肆虐。此时，他低头细细打量那仍然紧咬在衣袖上的鬼怪头颅，只见头上的血泡与泥土混在了一处，五官早已血肉模糊，看上去狰狞至极。回龙却毫无惧色，仰头大笑道："哼！

这怪物的头颅，倒也是此地的土特产了！"回龙打点了一下本来就不多的行李，便再次踏上旅途，不紧不慢地走下山去。

回龙继续赶路，不久，便到达了信浓国[153]的诹访町。他阔步走在诹访町的干道之上，袖上的头颅也跟着脚步晃来晃去，这可吓坏了往来的路人，女子们无不惊得花容失色，孩子们则哭叫着四散奔逃。此番场面引发了人群的大骚动，自然也惊动了町里的捕快，几位捕快将回龙逮捕，投入了牢狱。捕快们认为，这一定是回龙行凶杀人，在砍下人头的一瞬间，被反咬住了袖子。但是，在审讯的时候，回龙却只是笑而不答。于是，在牢狱中度过一夜之后，第二天，回龙被押送到了衙门上。

"你身为出家之人，竟然在袖子上悬挂人头，还在光天化日之下大摇大摆地招摇过市，将自己的罪证故意显露出来，居然不以为耻！究竟何故，还不如实招来！"判官厉声喝道。

回龙听罢，先是沉默片刻，然后便放声大笑，接着说道："这个头颅，并不是贫僧要挂在袖子上的，而是头颅自己咬上去的。贫僧知道自己给路人添了麻烦，但自以为并没有犯下罪过。实在是因为，这并非人头，而是鬼怪的头颅。打死一只鬼怪头颅，与杀人砍头不同，头上并不会留下刀刃的伤痕。贫僧实属防身自卫，并非故意行凶。"

接下来，回龙便把自己如何遇见辘轳首，又如何脱险的事情经过，详细地讲给了在场的官员。当讲到自己如何大战五颗头颅时，他不由得仰天大笑起来。

可是，官吏们并没有笑出来。其中一个性情如钢的酷吏，认为回龙所讲之事完全是一派胡言，简直是在当堂侮辱他们。于是他们便中断了审讯，当即下令要治回龙死罪。正在这千钧

---

153 信浓国，日本古代令制国之一，其领域为如今的长野县。

一发之际，有一位年长的官吏对审判提出了异议。这位老者在整个审讯过程中一言不发，听罢其他官吏七嘴八舌的意见之后，便站起身来，不慌不忙地对众人说道："各位大人，还是先验一验那个人头吧，仔细查验一番再做决定也不迟。如果这出家人所说不虚，这人头就是最好的证据。来人，把这人头呈上来！"

随后，回龙脱下法衣，下人将死不松口的头颅连同法衣呈给了官员们。老者把头颅拿在手中，翻过来又转过去，查得十分仔细。没过一会儿，他就有了发现，只见在头颅的脖颈处有一片像字一般的红痕。老者便把这红痕指给同僚们看，然后提醒众人，这颈部完全没有刀刃切过的创面，看上去根本不像是利器砍下的，简直就像叶子从树枝上自然脱落下来一般光滑无痕。老者接下来又发话了：

"出家人所言不虚，现在老夫已经明白了，这头颅正是辘轳首。在一部叫《南方异物志》的书中曾记载'飞头蛮，项有赤痕'。[154] 这头颅确如书中所言，颈部带有红色印痕，虽然看起来如同字迹一般，但绝非人为涂写。诸位，据说古往今来，甲斐国的山中就一直有通晓变化的妖怪出没，老夫也只是有所耳闻，未曾亲眼所见。话说，出家人……"这时，老者忽然顿了顿，转身面向回龙，说道，"大师，您真乃刚强仁义之士啊！出家人很少有您这种胆识魄力。您看起来是个僧人，可气质上更像是个武人。在下斗胆问一句，您以前是否出身武门呢？"

"大人明察，不胜感激。贫僧在出家遁世之前，乃是弓矢

---

154 《南方异物志》，中国唐代房千里著，原书已佚。《本草纲目》引该书内容曰："《南方异物志》云：岭南溪峒中，有飞头蛮，项有赤痕。至夜以耳为翼，飞去食虫物，将晓复还如故也。《搜神记》载吴将军朱桓一婢，头能夜飞，即此种也。"在日本画家鸟山石燕的《画图百鬼夜行》中，"辘轳首"画像标注的汉字即"飞头蛮"，而日文假名则使用"ろくろくび"，即"辘轳首"的读音。可以说，小泉八云和鸟山石燕所理解的日本妖怪"辘轳首"，与出自中国的"飞头蛮"是同一种妖怪。

怪談

随身之人。无论敌方是人，还是魔，我都不曾畏惧过。我从前是九州菊池氏的家臣，名唤矶贝平太左卫门武连，在场的各位大人，或是你们家主君，可否有人听说过我的名号？"

回龙报上了名号，大堂内顿时响起了一片赞叹之声，果然有很多人都曾听过回龙的本名。回龙仿佛一下子从犯人变成了百年知己。众人簇拥上前，纷纷对回龙表达自己的崇拜与欣赏之情。没过多久，在官吏的陪同下，回龙被邀请至领主的馆舍。领主大喜，立即设宴款待，更是准备了厚礼相赠。到离开诹访再次开始云游为止，回龙深得领主的恩典，于这虚妄浮世中，以僧侣之身，在出家人所允许享受的范围里，得以收获喜悦与福报。后来，回龙重新上路，而那颗头颅，则轻描淡写地被他称为旅行中的土特产，依旧任其挂在袖上荡来荡去。不忘初心的回龙，继续悠然自在地云游四方。

那么，那颗辘轳首后来怎么样了呢？关于它的下落，还有这样一段传说留了下来。

离开了诹访大概一两天之后，回龙在一处人迹罕至的僻静之地，遇见了一个拦路的贼人，那贼人要他脱下身上的法衣才肯放他走。回龙听了便脱下法衣递了过去。那贼人伸手接过来，忽然发现衣袖上还挂着东西。尽管那贼人自认胆大包天，但定睛一看法衣上挂的东西，登时吓得魂飞魄散，赶忙扔下法衣，朝身后大跳了一步，大叫起来：

"呀！呀！你是个什么和尚啊？！怎么下手比我还狠啊？虽然我也杀过人，但像你这样，把人头挂在衣袖上走来走去的，我长这么大还是头一回见。和尚，看来你我倒是同道中人，我还有点崇拜你了呢！顺便说啊，这个人头还真有用处，我留着吓人也不错。怎么样，和尚，要不然你把这人头卖我如何？我拿我身上的衣服换你这身法衣，再给你添五两银子，你看怎么样？"

"你要是真想要，我倒是可以把这身法衣连同人头都给你。但是，我事先声明，这可并非一个人头。你从贫僧这里买下的是一个妖怪的头颅，以后若是遇上了麻烦，可别怪贫僧诳你。"

"你这小子，我越来越觉得你这和尚有意思了。你不光挺能杀人，还挺能开玩笑呢！我这里说正经事呢，你看啊，衣裳在这里，钱在这里，把这人头递给我吧……我可没时间跟你开玩笑啊。"

"你拿去吧。我可没有跟你说笑。要说哪里怪奇可笑，你居然肯出不少钱买这头颅，这才更好笑呢。你怕不是犯傻了吧？"

言罢，回龙哈哈大笑，扬长而去。

话说，那贼人拿到了法衣与头颅，随后一度自称"妖僧"，在街道上大摇大摆、为非作歹。可是，有一次当他来到离诹访不远的町里，在当地听说了有关辘轳首的种种传闻，便忽然感到阵阵恐惧，开始对头颅充满敬畏。后来，那贼人便决定要将头颅送回原地，更要连同辘轳首的躯体一同下葬。他费了好一番周折，终于找到了深藏于甲斐群山之间的那座寂寥的小屋。只见那里早已空无一人，连那妖怪的躯体也遍寻不见了。没有办法，他只好把头颅单独葬在了小屋后院的草丛中，并在上面立起一座石碑，还为超度辘轳首的亡灵而念诵《施饿鬼食咒》，真如僧人一般做了场法事。据讲述这个故事的日本作者说，时至今日，那刻着"辘轳首之冢"字样的墓碑依然立在原地。

被埋葬的秘密

葬られた秘密

二十七

这个秘密，随着多年后和尚的圆寂，便一同被永远地埋葬了

古时候，在丹波国[155]曾经住着一位富裕的商人，名叫稻村屋源助。源助家有一个女儿叫阿园，从小就聪慧伶俐，深受大人们的疼爱。源助觉得，女儿从小只是跟着个教书先生学习，实在有点可惜，便派了几名可靠的仆人把阿园送到京都，让她向都城的上流女子们学习才艺仪举。阿园完成了学业，回来便遂了父亲的心意，嫁给了家中故交的一个儿子——一位名叫长良屋的年轻商人。夫妻俩情投意合，阿园还生下一子。可是，好景不长，婚后刚满四年，阿园却身染重病，不久撒手人寰。

在阿园的葬礼结束后的当天晚上，阿园年幼的儿子忽然对大人们说："刚才母亲回来了，就在二楼的房间里。母亲笑眯眯地看着我，但一句话也不说。我害怕，就跑开了。"家里的大人们听闻，赶紧前往安放阿园遗体的房间中查看。拉开房门一看，众人大吃一惊。原来，借着佛龛前微弱的灯火，人们看

155　丹波国，日本古代令制国之一，其领域大致包含现在京都府中部及兵库县东隅、大阪府高槻市一部分、大阪府丰能郡丰能町一部分。

见明明已经去世的阿园，居然正站立在她的梳妆台前；梳妆台下面的抽屉里，还整齐地摆放着阿园的衣裳、梳子等生前的用品。阿园的身影，从头至肩都能看得清清楚楚，然而腰部以下的身体则变得透明起来，如同正在黄泉徘徊的灵魂一般，又好似水中的倒影。

人们害怕极了，立刻离开房间，来到楼下商量起来。正在这时，阿园的婆婆开口对众人说："女人啊，都喜欢梳妆打扮，留恋金银饰物，阿园也一样。她一定是想回来看看自己生前的这些脂粉和饰物吧？我听说，如果不把逝者生前的随身之物送到寺院供奉陪葬的话，逝者就会回来看呢。我们赶紧把这孩子的衣衫束带拿到寺院去，这样的话，这孩子的灵魂或许就能安然离去了。"

大家觉得老人的话很有道理，就迅速照办起来。第二天一大早，大家便把梳妆台和抽屉收拾一空，从首饰到衣裳，再到随身物品等等，全部送到了寺里。可是，让人意想不到的是，当天晚上，阿园又回来了，和前一晚一样，一直痴望着自己的梳妆台。下一个夜晚，再下一个夜晚……阿园每天夜晚都会回来，令全家人都无比不安，甚至恐慌起来。

无奈之下，阿园的婆婆只得来到檀那寺，找到寺中住持，将事情的经过一五一十地讲了出来，并寻求让幽灵安息的办法。这家寺院修的是禅宗，住持法号大玄，是一位得道高僧。大玄和尚听罢，便对老人说："这必定是因为梳妆台里或是那附近，有什么令你儿媳心中不舍的东西。"

"可是，抽屉里的物品早就收拾干净了啊！已经什么都不剩了。"阿园的婆婆回答道。

大玄和尚说："好吧。那老僧便随夫人到贵府走上一遭，且带我到那房间中查看一番，再定夺方法也不迟。切记，只要我在房间之中，除非我开口招呼，否则任何人都不可进来。请嘱咐给你的家人，一定照我的吩咐去做。"

日暮时分，大玄和尚如约来到家中。阿园在二楼的房间早已收拾妥当。和尚独自进入房间，开始打坐诵经，子时之前，一切正常。但是，子时刚过，阿园的身姿就忽然显现在梳妆台前，她表情凝重，似乎带着重重心事，好像有什么东西令她依依不舍。她一直盯着那梳妆台，全然无视身边和尚的存在。

起先，大玄和尚照例念诵经文，过了一会儿，便开始叫起阿园的戒名，并说道："老僧来到此地，是为了帮助你。我看你似乎在尘世之间尚有牵挂，不知是何物让你如此挂念。老僧可以帮你寻找出来，不知你意下如何呢？"

只见那阿园化作的幽灵，稍微顿了顿首，好像是在回应。和尚随即起身，拉开了梳妆台最上面的一层抽屉，里面早已空空如也。接下来是第二层、第三层、第四层……和尚打开了所有的抽屉，连同一旁的衣柜，里里外外，连后面和地面都细细地查看了一遍，依然什么也没有发现。但是，阿园仍旧和之前一样，心事重重地凝视着梳妆台，似乎心中仍有留恋。

"到底，是在留恋什么东西呢？"和尚冥思苦想，忽然，心中一个念头闪过，难道是抽屉里铺的衬纸下面藏着什么玄机？和尚便逐一揭开抽屉里面的衬纸，第一层仍然一无所获，和尚不肯放弃，接下来是第二层、第三层……终于，在最下面一层抽屉的衬纸下面，和尚找出了一封信。

"啊，莫非，这就是令你挂念的东西吗？"大玄和尚问起阿园。只见阿园徐徐转身，安静地朝向和尚，眼神迷离地注视着和尚手中的那封信。

"那我就把这封信烧了？"和尚问道。只见阿园安静地向和尚低了一下头，似乎是在行礼致谢。

"好，好，待明天一早我回到寺里，就立即烧了这封信。除了老僧以外，不会让第二个人知道此事。"和尚对阿园立下誓言。只见那幽灵听闻，微微一笑，露出了释然的表情，身形便倏然消失了。

当大玄和尚从二楼下来的时候，天色已经微微发亮，家人们都在焦急地等候着和尚的消息。

"不用再担心了。你们家的儿媳，以后不会再来显灵了，你们就放心吧。"和尚对众人言道。

结果，真如和尚所说，从此阿园就再未出现过。

那封信自然是被烧掉了。那是阿园在京都学习期间，某人为她写的一封情书。但是，知道阿园藏有这封信的，只有大玄和尚一人。这个秘密，随着多年后和尚的圆寂，便一同被永远地埋葬了。

雪女

二十八

雪女

从那之后，再也没有人见过小雪了

　　在武藏国[156]的一个村子[157]里，曾经住着两个樵夫，分别叫茂作和巳之吉。这个故事发生的时候，茂作已经是个花甲老人，而他的学徒巳之吉还是十八岁的年轻人。

　　每天，这一老一少都会照例去往离村子二三里远的林中砍柴，前往森林的路被一条大河阻隔，河边有渡船可以过河。渡口所在的地方曾经架过很多次桥，但这里经常洪水肆虐，每次发大水，好不容易架起的桥就会被冲毁。后来，这里就不再架桥了，只留下渡船过河。

　　那是一个寒冷的傍晚。茂作和巳之吉从山里归来，途中突然遇到了风雪。顶着纷飞的雪片，二人勉强来到了渡口，却瞧见渡船早已停到了对岸，船夫也不知躲到哪里去避雪了。这样

156　武藏国，古代日本令制国之一，其领域为如今的东京都、埼玉县全境、神奈川县的横滨市与川崎市全境。

157　即今东京都多摩地区东部的调布市。

的天气是无法游到对岸的，幸好渡口还有小屋可以躲雪，两人迅速钻进屋中，不由得暗自庆幸。

小屋里面既没有火盆，又没有能烧柴的火塘，整个屋子也就两块榻榻米大，连窗子都没有，除了一个入口，四面就是墙了。茂作和巳之吉把门关紧，又找了一些东西将入口漏风的地方堵住，用斗笠盖着脸，便躺下休息。起初，二人还并未感到有多冷，只是觉得这风雪来得如此迅疾，或许用不了多久就会停下。

年长的茂作刚躺下没多久便睡着了，年轻的巳之吉却一直干躺着，外面狂风的哭号和不停拍打门板的吹雪使他难以入眠。河水奔流的声响愈发震耳，水面汹涌起来。河边的小屋如同大海中的一叶扁舟，在风中不住地摇晃。风雪越来越大，很快就变成了暴风雪。过了午夜，天气越来越冷，巳之吉在蓑笠中瑟瑟发抖，但渐渐地，他被这彻骨的寒冷折腾得疲倦不堪，终于沉沉地睡了过去。

不知睡了多久，巳之吉忽然感觉到有簌簌的雪落在脸上，顿时惊醒了过来——睡着的时候明明还在屋子里，怎么脸上会落下雪花呢？他猛然睁开眼睛，原来不知何时，小屋的门已经被推开了，寒风夹着雪片灌了进来。巳之吉顺着门口望去，借着积雪反射的月光，他看见一位全身素衣的女子站在小屋门口，站在还在入睡的茂作身旁，不停地"呼呼"喘息着，呼出的气息急促，在寒气中形成一道白烟。正在这时，女子忽然走到巳之吉跟前，弯下了身子。巳之吉想张口发声，却不知为何，嗓子里根本发不出声音。白衣女子靠得越来越近，她的脸几乎和巳之吉贴在了一起。巳之吉与女子四目相接，只见女子目露寒意，不由得感到恐惧。但是，她的面庞却美丽至极。巳之吉此时已浑身动弹不得，心中紧张万分。

女子对着巳之吉的脸端详了一番，忽然微微一笑，用微弱的语气开口说道：

"我想和你四目相接，就像我对你旁边那个人所做的那样，我刚刚看过他了。可是，当我再看你的时候，不知为什么，觉得你好可怜啊。你应该还很年轻吧。巳之吉，你真是个可爱的男孩儿。我不会对你做什么的！但是，今晚你所看到的事情，绝对不要告诉任何人！就算是你的亲生母亲也不可以！无论你告诉了谁，我都会一清二楚的。如果你告诉了别人，我就会杀了你。听明白了吧？今天我说过的话，你一定要牢记。"

　　女子还没说完，便转过身去，悄无声息地从门口走出去，消失在了风雪中。就在她刚刚走出去的瞬间，巳之吉被定住的身体便一下子恢复了自由，他赶忙跳起身，追出去查看四周。可是，女子的身影早已消失得无影无踪，一点痕迹都没有留下。只有仍在肆虐的暴风雪，不断地涌向飘摇的小屋，顺着门口灌了进来。

　　巳之吉只好把门关上，又找出一些柴火将入口周围漏风的地方塞紧。他坐在屋里百思不得其解，实在是想不通刚才发生的事情，也许是风把门吹开的？又或许，自己刚才是在做梦？把门外的积雪或是什么东西的反光，错看成了一个白衣女子？巳之吉胡乱猜测了一番后，便想要叫醒一旁的茂作。他喊了几声，老人没有回应。巳之吉害怕起来，在黑暗中伸过手去，想要摇醒老人，却一把摸到了老人如同冰块般僵冷的脸。原来，茂作的身体早已冻僵，死去多时了。

　　天色微明，暴风雪也停歇了。过了不久，太阳慢慢升了起来，到别处躲避风雪的渡口船夫回到小屋，发现了茂作已经冻僵的尸体和不省人事的巳之吉。船夫赶忙对巳之吉施救，还好，巳之吉苏醒了过来。虽然寒风已经过去，但昨晚的恐惧在巳之吉心中挥之不去，他依旧觉得冰冷彻骨。回去之后，巳之吉大病一场，一连多日卧床不起。实际上，茂作老人的死，使他的内心遭受了极大打击，但是，关于那个白衣女子的事情，他始终没有向任何人提起，尽管那个白色的身影，仍时常在他的脑海中闪现。

大病初愈，巳之吉重操旧业，照例每天早上到森林里，晚上背柴回来。那些柴薪，则由巳之吉的母亲帮他卖出去。

接下来的故事，发生在第二年的冬天。

一天黄昏，巳之吉在回家的路上，偶然遇到了一位姑娘。姑娘看上去像是在独自远行，从巳之吉的身后追了上来。姑娘模样清瘦，却气质不凡。巳之吉和她打了声招呼，姑娘爽快地答应了一声。那声音，就像小鸟的鸣叫一般沁人心脾，听起来让人万分舒畅。

巳之吉便和姑娘同行，二人一路上闲谈起来。姑娘名叫小雪，双亲刚刚过世，所以孤身一人前往江户，那里有几家穷亲戚可以投靠，应该可以帮她找一个婢女的活计。

聊到这里，巳之吉已经被眼前这位陌生的少女迷住了，他目不转睛地看着姑娘，愈发觉得这姑娘实在迷人，心中涌动出一股好感，令他如沐春风。

巳之吉含蓄地问起小雪，可有心上人了，小雪一脸羞涩地笑着答道："还没有呢。"

接着，小雪也问起巳之吉来，问他是否已经有了妻子，如果现在还未婚娶，那有没有即将成为妻子的恋人。巳之吉赶忙回答说："如今家中还有年迈的老母亲要照顾，自己尚且年轻，目前还没考虑娶妻的事情。"

说完这些有意无意的话语之后，二人陷入了一阵短暂的沉默。他们又并肩走了一段路，虽然都没有言语，但就像一句古老谚语所说的那样："如若有心，双眼就会如口般言语。"二人相视一笑间，已然眉目传情。没过多久，他们便走到了巳之吉住的村庄，此时，两人早已经情投意合了。巳之吉邀请小雪到家中暂歇。小雪有些腼腆，正当她犹豫不决时，二人已经走到了巳之吉家门口。

巳之吉的母亲见他领回来一位年轻的姑娘，高兴得合不拢嘴，连忙出来迎接，并为小雪准备了一桌饭菜。小雪深得巳之吉母亲的喜爱，母亲主动对她说："姑娘要去江户那边呀，可那儿是什么情况我们都不清楚，姑娘不介意的话，倒不如在这里暂住几天。"可小雪并未答应。过了一段时间，母亲又来相劝，如此三番，小雪自然就留了下来。不久，小雪便嫁给巳之吉，顺理成章地成为家中的一员。

小雪聪明能干，总是得到左邻右舍的夸赞，没多久，村子里都知道了巳之吉有个好媳妇。又过了五年，巳之吉的母亲去世了。老人临走前留下的遗言里，充满了对儿媳妇的赞赏和喜爱。小雪给巳之吉前前后后一共生了十个孩子，这些孩子无论男女，每一个都长得相貌清秀，肤色如雪般白皙。

然而，日子久了，同村的百姓渐渐发现了小雪身上异于常人的地方，觉得非常不可思议。寻常百姓家的媳妇，生完孩子，再经过年复一年的风霜，早就开始变老了，可小雪生了十个孩子，容貌却依旧和刚来村子时一样，皮肤如水般光滑、娇嫩，仿佛从未变老。

一天晚上，孩子们都睡着了，小雪躬身凑在灯光前，做起了针线活。巳之吉在旁边打量起小雪，忽然想起了什么，便对小雪提起了一件往事。

"那个，你脸上被灯火映照的轮廓，和低头做事的样子，让我想起了自己十八岁时遇到的一件怪事。那个时候，我曾经遇见了一位相貌动人、肤色白皙的女子，就像现在的你一样。实际上，那个女子和你长得几乎一模一样。"

小雪没有抬头，一边继续做着针线活，一边回应道：

"那你说说，你是在哪儿遇见了和我长得一样的人？"

巳之吉便将那渡口小屋中恐怖的一夜和盘托出，连同白衣女子如何笑着弯腰凑到自己身上，茂作老人如何在睡梦中冻死的事情，都一一告诉了小雪。说完这些，巳之吉没有停下来的意思，继续讲个不停。

"其实，就算是在梦里，也见不到和你长得那么相像的女子了，我后来觉得，那女子应该不是人。当时我见到那个女子，简直要被她吓坏了，因为她浑身雪白，白得就像没有颜色一样。说真的，那时候我到底是在做梦，还是真的看到雪女了，到现在我也没弄清楚。"

小雪好像一下子想起了什么，忽然扔下手中的针线，猛然起身过来，弯下腰，倚在巳之吉身上，紧紧盯着丈夫的眼睛，用凄厉的声音叫喊了起来：

"那就是我呀……就是你眼前的我呀！没错，就是小雪我呀。那时我说过，只要你把事情说出去，我就会取你性命。如今这句话还是有效的，你违背了对我的承诺。只是我想起那边正在睡觉的孩子们，看在他们的份上，我暂且饶了你的性命。从今往后，你必须好好把这些孩子养大成人，一旦孩子们过得不好，你一定会遭到报应的！"

话还没有说完，小雪的声音便随风飘荡在空中，变得越来越弱了。不久，她的身姿便幻化为一团朦胧的雾气，顺着房梁从天窗飞了出去，在空中抖动了几下，就消失不见了。

从那之后，再也没有人见过小雪了。

青柳的故事

青柳の話

二十九

为了这前世的缘分、今世的夫妻，我希望来世仍能够与夫君长相厮守

　　文明年间（1469—1486），能登国[158]有一位大名叫畠山义统，在他的家臣中有一位名叫友忠的年轻武士。友忠生在越前[159]，年幼之时便是侍童，长大后直接到了大名居住的藩邸任职，在大名的监督下习武修行。后来，他的学问日益精进，成了文武双全的高手，深得大名的信任。友忠从小待人接物就拿捏得恰到好处，不仅如此，他还长得十分端正，才貌双全，深受同僚武士们的钦佩与喜爱。

　　二十岁的时候，友忠接到了一封密令，命其出使京都的大大名[160]细川政元家，这细川政元是畠山义统的亲戚。并且，友忠获准在出使途中路过老家越前时，可以回家看望守寡的母亲。

　　出发之时，不巧赶上了暴风雪，山野被大雪覆盖，白茫茫的一片。友忠的坐骑虽然是匹健硕的良马，但在风雪中仍然步

158　能登国，日本古代令制国之一，其领域大致为如今的石川县北部的能登半岛。

159　越前国，日本古代令制国之一，其领域大致为如今的福井县岭北地方及敦贺市。

160　大大名，即领地多、实力强的大名。

履艰难，耽误了行程。道路一直延伸到山间，这里距离前后的村庄都很遥远，路上早已寻不到人家了。

　　已经是出行的第二天了，友忠一整天都没怎么下马，人困马乏到了极限。眼看天色暗了下来，但他依旧连一户人家、一间旅馆的影子都没有看见。友忠有些焦虑，可是并没有更好的办法，只能硬着头皮继续赶路。寒风卷挟着暴雪猛烈地吹在友忠身上，那匹马似乎也要用尽体力了。在这紧要关头，友忠忽然间发现眼前不远处的小山丘下，有一株大柳树，树影下隐隐约约有一户人家。友忠一下子看到了希望，此时也顾不上礼节问题，赶紧策起已经疲倦不堪的马，一路赶向那户人家求助。为了抵挡暴风疾雪，屋子的防风门早已紧锁起来，窗子也被雨户封住了。友忠用力把房门敲得咚咚作响，没过多久，一位老妪打开了房门，见眼前站着一位相貌英俊的行旅武士，便露出心疼的神色，对友忠说：

　　"哎哟！可苦了你啦，这么年轻的小伙子，在这么大的暴风雪中还一个人赶路啊……哎呀，赶快请，快进屋吧！"

　　友忠下了马，先将马牵到屋后的草棚下，这才走进屋里。只见家中还有一位老翁和一位少女，他们正在劈竹烧火。见友忠进来，老翁和少女便招呼他到火塘边烤火取暖。没过多久，两位老人为远道而来的客人热好了酒、备好了食物，邀请友忠过来吃饭，顺便问起了他路上的见闻。相谈正欢之时，友忠注意到那位少女正躲在屏风后面。少女衣着朴素，头发也散乱不整，但面孔清秀美丽，友忠一见到她，便被她动人的美貌吸引住了。但是，令友忠百思不得其解的是，如此美丽的女孩，为何会居住在这如此偏远的山坳，她不想去看看外面的世界吗？

　　席间，老翁对友忠说：

　　"武士大人，从这儿到下一个村子，还要走上好远。外面还在下大雪，风会把人吹透的，道路也十分难走。如果继续外出赶路的话，那实在是太危险了。我们家虽然有些寒酸简陋，也没有什么可以招待您的好东西，但您要是不嫌弃的话，可以暂时留下来，等雪停了再走。您的马我们也会好生照顾的。"

友忠见老翁如此热情，便欣然接受了他的建议。其实，友忠确实也想住在这里，因为这样就可以有机会多看看那位美貌的少女了。想到这里，友忠就心花怒放。

没等多久，虽说是些粗茶淡饭，但也算是精心烹制的一盘盘料理被端到了友忠的面前，少女也从屏风后转出来，准备为他斟酒。只见少女穿着粗布衣裳，虽然朴素简单，但手织的衣物，配上一头垂肩长发，再加上微笑时露出的洁白玉齿，显得十分端庄可人。

当少女俯身为友忠斟酒时，友忠被她那优雅姿势惊住了——她的举手投足根本不像出身寒门的姑娘，倒像是个大户人家的女儿。友忠觉得眼前这位少女简直美到了极点，自己生平所遇到的女孩，没有任何人能够与她相比。他不由得神摇目夺地凝视着这位姑娘，被她的美貌和优雅气质深深吸引。这时候，老妪注意到了友忠的眼神，就顺着说起了家中的少女。

"武士大人，这姑娘名叫青柳，从小就是山里长大的孩子，也不懂什么待人接物的礼仪规矩，是个不懂事的孩子。若有怠慢之处，还请阁下无论如何多多包涵。"

友忠听了连忙否认道："没有没有，有这样可人的姑娘斟酒上菜，晚辈实属荣幸。"说完，眼睛还是痴痴地望着青柳，这话也让少女羞得低下了头。友忠看得入了迷，连桌上的酒菜都不曾动过。老妪见了眼前这场面，赶忙劝道：

"武士大人，您刚才在外面受尽了风寒，身子想必还挺冷的，趁着酒还温，先喝一点暖暖身子吧！是我们山里的粗茶淡饭不合您的胃口吗？您不嫌弃的话还是吃点吧，酒也喝点吧。"

友忠回过神来，赶忙向二老敬酒，接着就开始大吃大喝起来。虽然收敛了许多，但友忠还是无时无刻不在惦念着眼前这位可爱的少女，便跟少女攀谈了起来。二人相谈甚欢，连少女说话的声音，都令友忠神魂颠倒。他觉得这少女的声音如同天籁，就和她的容貌一样无与伦比。

虽然老人们说这少女是山里面的孩子，可友忠却是将信将疑。想必少女的双亲一定出自商贾之家，或者身居高位，只因落了难，才让这少女流落到了这里。不然，以她如此优雅的言谈举止，简直就是大家闺秀，怎么看都不像是苦寒家庭出身的样子。友忠越想越兴奋，酒过三巡后更是来了兴致，不由得高声咏唱和歌一首，也正好探一探少女的心意。

> 何处去寻芳？天涯路漫长。
> 可叹天未明，怎奈花不放。[161]

少女听罢，并没有任何犹豫，立刻不假思索地返歌一曲。

> 日出朝色亮，衣袖映霞光。
> 留得君心在，从此天涯望。[162]

友忠把自己对姑娘的赞美融入到了和歌当中，而少女的回应更是令他喜上眉梢，不仅接受了对她的赞美，还用同样的和歌大方回应，其中更是充满了绵绵情意。友忠深感自己从未见过如此才貌双全的女子，这哪里是一个山里面长大的孩子，这

---

161 这首歌原文为：尋ねつる花かとてこそ日をくらせ、明けぬになどかあかねさすらん。

162 这首歌原文为：出づる日のほのめく色をわが袖に、つつまば明日も君やとまらん。

怪谈

简直就是一位大家闺秀啊！这样的女子如果能够成为自己的心上人，那此生就别无所求了！这时，友忠的内心有个声音正在不断地提醒着他："这可是天赐良缘啊，一定要珍惜这眼前的幸运啊！"此时的友忠已经被少女深深吸引，他顾不上那么多了，当即对二老直截了当地请求说，可否把女儿许配给他！接着，友忠便一五一十地道出了自己的姓名、家族血统，以及现在正在担任能登大名的家臣，具体官居何职等等，把自己的身世背景介绍得清清楚楚。

二老听了先是沉默半晌，紧接着便对友忠作揖，以表感激与惶恐之意。但接下来，老翁却低下了头，叹了口气，轻声说道：

"武士大人，您是身份高贵之人，前程似锦，一定会出人头地。但我们可是出身寒门，跟您相差十万八千里啊！承蒙大人您的抬爱，我们一家人自是感激不尽。可是，小女毕竟是生在如此贫贱的山野村夫家里，没有教养，更没有学问，无论怎么说，家中小女都配不上武士大人您啊！不，连口中提及此事都不配啊……但是，既然她得到大人如此厚爱，您若不嫌弃她出身山野、不懂礼仪的话，那便把小女留在身边充当伺候您的婢女，供大人差遣，我们也会很乐意的。我们希望今后，小女能照顾好大人，大人也能好生关照小女，那样我们便心满意足了。"

天蒙蒙亮，暴风雪终于停了，太阳从万里无云的东方升起，外面已是日光拂面的清晨了。青柳用衣袖为心上人遮住冬日里炫目的晨光，但友忠已无法在这里停留了，他必须继续赶路。只是，与已成为爱侣的青柳分别，对友忠来说，是一个无比痛苦的抉择。在打点好行囊，准备继续出发的时候，友忠恳切地向老翁说道：

"承蒙关照，此番恩情，晚辈没齿不忘，他日定会报答。晚辈还有一事相求，望二老成全，我愿娶青柳为妻，恳请二老能够应允。此次若是一别，不知何时才能相见，我实在于心不忍。

青柳与我已是两心相许，我愿带青柳跟我一同上路，万望二老能够成全我们二人。我定将二老视为父母一般，今后好生孝敬。出门仓促，准备不周，我这里备了一些薄礼相赠，只是些作为盘缠的金子，略表心意，还望二老笑纳。"

友忠一边说着，一边拿出了包裹好的一锭金子，放在了老翁的面前。老翁却连连低头鞠躬，接着又推了回去，对友忠说：

"您可真是太客气了。我们在这深山僻静之地，留着金子也没有地方花，您接下来还要走很远的路，外面天气这么寒冷，您还是留着金子，在路上当盘缠吧。我们在这荒郊野岭，想买东西都没有去处，即使我们想用钱，也无处可用啊。至于小女，就托付给您了，无论走到何处，她都是您的人了。是留是走，由您斟酌。希望带着她不会给您添麻烦，只要不碍您的事，还可以让她做婢女照顾您的起居。您能好好对待小女，我们老两口就深感宽慰了。我们年纪大了，别无所求，只要你们二人恩爱一生就好了，这比什么金银财宝都更重要。我们已经老了，早晚都要与小女分别，您能带小女走，也是我们三生有幸，今后家中小女就拜托您了。"

友忠再三把手中的金子推给二老，他们却一再拒绝，由此可知，两位老人并非贪财之人。友忠更是觉得二老高风亮节，肯将女儿的一生托付给自己，便更加坚定了要带上少女一同出发的决心。友忠扶着少女上马，向二老深深鞠躬，说了好多深表感谢的话语，并向二老说明，这一次只是暂别，他们会常回来孝敬二老的。

"女婿，"老翁对友忠说，"不必再感谢我们了，应该是我们感谢您。我们相信你一定会温柔对待青柳的，只要是为了小女好，干什么我们都心甘情愿。"

怪談

（日本的原作，讲到这里却忽然很不自然地中断了大部分内容。因此，后半部分发生的事情出现了一大段奇怪的空白，完全无法与结尾衔接起来。原作中，关于友忠的母亲、青柳的父母双亲以及大名藩主等人物的事情，均未再次提及。显而易见，原作者在写到这里时，应该是倦怠了，便三言两语轻率地交代了结果，急于将惊奇的结尾表现出来。在这里，我无法擅作主张，对原作省略的部分进行补充，或者将文章结构欠缺的部分进行调整。但我多少还可以对一些细节加以说明，无论如何都得插入一部分解释，否则整个后半部分就不能成立了。友忠带着青柳到了京都之后，似乎是引起了麻烦，在这之后，二人搬到何处去生活，原作者没有提及。）

话说回来，武士这个阶层，若是没有事先得到自家主君的许可，是不可擅自成婚的。友忠也是如此，尤其是在担任密使的任务中，更是不可能得到婚娶的准许。如果不采取什么措施掩人耳目的话，以青柳如此引人注目的美貌，甚至可能会带来杀身之祸，或者，有可能被别人从自己身边夺走。到了京都，为了尽可能避开左右奸佞之人的耳目，友忠一直对外隐瞒着青柳的身份。可是有一天，细川大名的一位家臣，正好偷看到了青柳的身姿，并暗中发现了友忠与她的关系，便将事情禀告给了细川。当时，细川正值青壮年，又十分贪恋女色。他听说此事后，便当即差人把青柳带到自己的宅府。束手无策的青柳，连一刻周旋的余地都没有，只得被差役带到了幽深的宅府之中。

得知青柳被带走后，友忠的悲伤无以言表，他彻彻底底地感受到了自己的无力，可自己只是一个远国大名的小小使者而已，也只能默默哀叹。而且，细川还是一个比自己的主君更有势力的大名，在这里，只要是此人想办的事情，就没有实现不了的，自己根本不可能去挥刀相向，解救青柳。友忠觉得自己十分愚蠢，都是因为自己没有遵守武士的律令，才遭到不幸。他深刻地意识到了事情的严重性，除非是青柳趁人不备侥幸逃出来，与自己一同远走高飞，否则别无他法。但这一线希望，其实也和绝望无异了。

友忠左思右想，苦无良策，最后决定给青柳传书一封。他非常清楚，自己的举动十分危险，因为无论信上写了什么内容，都有可能被传到细川手中。而向宅府中的女眷私传情信，是件违背法度的事情，一旦事发，后果更是不堪设想。不过，即使危险，友忠也仍然下定决心要送出这封信。友忠在这封信上写了首诗，是一首来自中国唐代的七言绝句[163]，他相信，青柳一看就会明白自己的心意。全诗虽然只有二十八个字，却代表着友忠绵绵的思慕之情，以及爱人被夺走的深深苦痛。

> 公子王孙逐后尘，
> 绿珠垂泪滴罗巾。
> 侯门一入深似海，
> 从此萧郎是路人。

在这首诗被递入府中的次日傍晚，友忠被叫到了细川大名的御前。友忠当即觉得不好，自己的秘密恐怕已经被泄漏了，如果细川读到那封信，肯定会重罚自己，甚至让自己切腹自尽。但是，如果自己就这样死去的话，青柳从此便彻底入了侯门深处，再也无法与自己团聚了。想到这里，友忠早已把生死置之度外，如果真是要他切腹自尽，至少在拔刀时也要把细川的首级割下来陪自己上路。友忠暗想着，不由得握紧了双刀，一路向宅府

---

163 即崔郊的《赠去婢》。

飞奔。

谒见大名的时候，细川正襟危坐，两旁的文武重臣个个衣着正式，众人端坐在高堂上方，如同木雕一般，一动也不动。友忠上前跪拜行礼，顺便偷偷观察了一下四周，只见周遭的氛围就像疾风暴雨降临之前一样，虽然安静，却预示着大事即将发生。这场面让友忠大气也不敢出一下。然而令人意想不到的事情发生了，只见细川大名突然站起身从高堂上走下来，一把抓起友忠的手，口中反复念诵起"公子王孙逐后尘"的诗句来。友忠大惊，心想事情肯定已经瞒不住了。他赶忙抬起头来，却看到细川满脸和善，两眼闪烁着盈盈泪光……片刻之后，细川开了口：

"友忠！既然你们二人如此情深意浓，我就代替我的亲戚能登大名，也就是你家主君，许了你俩这门婚事罢！这些都是特意来贺喜的宾客，婚礼的仪式现在就可以开始了。客人已经到齐，彩礼也都备好了！"

细川大名向身后示意了一下，那一刻，正殿远处的一间厢房拉开了纱帐，在那房间里，前来贺喜的家臣与家眷们汇聚一堂，如同众星捧月一般。被大家簇拥在中间的正是青柳，此时她已经穿戴好新娘的衣裳饰物。友忠远远地看见了心爱的青柳，她正在静待自己的迎娶。友忠上前牵起了青柳的手，在一片充满喜庆的祝福声中，二人隆重地举行了婚礼。上到细川政元，下到臣子家眷们，众人都拿出了珍贵的贺礼，赠予二位新人。

转眼间，友忠夫妇已经一起生活了五年，夫妇二人恩爱有加。可是，一天早上，不幸发生了。青柳还像往常一样一边做着家务，一边和友忠闲聊，却忽然发出一声痛苦的呻吟，接着脸色发青，昏了过去。一会儿，青柳又醒了过来，但此时已经气若游丝，她喃喃地对友忠说：

"啊，刚才我痛苦呼喊，让您担惊受怕了，还请夫君原谅。因为这痛苦实在来得突然……今生我能够和夫君结为夫妻，我想这一定是前世修来的姻缘。为了这前世的缘分、今世的夫妻，我希望来世仍能够与夫君长相厮守。只是，今生的这段缘分就要结束了，我马上就要与夫君告别了。我只有一个愿望，希望夫君能够为我念经超度！"

"你这是在说些什么？！别说这些丧气的话！"友忠大吃一惊，不由得高声喊了起来，接着又对青柳说，"只是轻微扭伤了一下吧，你先躺下来，稍事休息一会儿，很快就会好起来的！"

"不，不是，"青柳带着幽怨的语气回答道，"我真的就要走了。这不是什么病，我心里很清楚。事到如今，已经没有什么隐瞒的必要了。我其实不是人，我的灵魂是树的灵魂，我的心也是树的心……我的命啊，是一棵柳树的命。此时此刻，正有人在残忍地砍着我真身的树干，我不得不离你而去了。就算是哭泣，也没有力气了。请夫君快一点、快一点为我念诵佛经，快——啊——"

青柳的话还没说完，又发出了"呜——"的一声痛苦呻吟。她低下头，用袖子把自己美丽的脸庞遮住。紧接着，只见青柳的身体像沙子一样逐渐坍塌，身形变得如影子般虚无缥缈，一直往下，往下，最后全身塌陷到了地上，身体逐渐消失了……友忠赶忙过去想把她抱起来，却无济于事，地上只剩下青柳身上的衣裳和头上的簪子，青柳的身体、身形和影子都已经消失不见了。

友忠伤心欲绝，于是剃发为僧，成为云游四方的行脚僧。他游遍各个藩国，每至一处神佛庙宇，都一定会为青柳的在天之灵诵经祈福。有一次，在参拜途中刚好路过了越前国，友忠

怪談

便想着顺路去一趟青柳父母住的老屋拜访。然而，到了那座山谷之中，四下里却只有一片冷寂，原本应该是房屋所在的地方却是空空如也，完全不曾有房屋存在过的痕迹。但是，在那里友忠倒是发现了三个树桩，能够看出，其中两个粗大的是老树，另一个细小的则是小树。这些树看起来都应该是几年前被砍下的，这正是代表着青柳一家的三棵柳树啊！

友忠在这三棵被伐去的柳树前面立了墓碑，并刻上经文，为青柳和她父母的在天之灵诵经祈福。

十六樱

十六桜

每年的正月十六，就算这一天大雪纷飞，十六樱依然会如期开花，无惧冰雪

在伊予国和气郡，有一株远近闻名的樱树，人们都管它叫"十六樱"[164]。为什么要起这样一个名字呢？原来，这株樱树每年都会如约在阴历正月十六这一天开花，并且只盛放一天。按照樱树的一般习性，应该是到了春天才会开花，可这株樱树却每年都会在大寒之时盛放，令人诧异。原来，这株"十六樱"并不是靠自己的生命力才能在寒冬开花的，传闻，在这株樱树中，寄宿着一个人的灵魂。

那个人是一位来自伊予的武士。这棵树，就长在武士宅府的庭院里。每年的三月末至四月初，这棵树便会如约开花，与普通的樱树无异。武士小的时候经常在树下玩耍。武士的父母、祖父祖母，及至祖祖辈辈，在这一百多年间，都一直备受这株樱树的荫泽。每年到了一树芳华的时候，大家便到此赏花咏樱，

164　十六樱的古树位于爱媛县松江市龙稳寺，已在战乱中被焚毁。那里现存的十六樱是由古树的植株培育的变异品种。

怪談

并在纸笺上写下和歌，系在开花的枝条上。时光飞逝，武士已到了晚年，他的子女们也都已经先走了一步，不在人世间了。这世上，除了这株樱树，似乎再也没有什么人和事值得他留恋了。然而，某年夏天，这株能够让他得以寄托内心思念的樱树，突然枯死了。

老人为这株樱树的死去悲痛不已。看到这样的情景，善良的邻居们为他找来一株新的樱树苗种在院子里。老人对这些好心人千恩万谢，但他只是表面上欣喜，其实内心依然感伤。因为，那株老樱树曾经为他家族的几代人带来了无限的欢乐，对老人来说，那是他内心深处至高无上的寄托。如今失去了这最后珍视的东西，此种悲痛，是任何事物都无法抚慰的。

老人冥思苦想，终于想到了一个好办法，可以救活枯死的樱树。那天正好是正月十六，老人独自一人来到庭院中，向那株已经枯死的樱树庄重行礼。礼毕，老人说道："无论如何，拜托了，请再一次盛放花朵吧。我将以身相抵，为你的重生，献上我的性命。" [165]

说罢这番话，老人便来到树下，铺上一张干净的白布，端坐在上面，行武士之礼，切腹自尽了。老人为了樱树的重生而慷慨赴死，他的魂魄则转生在了樱树上。这一天风雪交加，这株樱树却奇迹般复苏了，一片片绯云般绚烂的樱花，在雪中绽放开来。

即使到了现在，每年的正月十六，就算这一天大雪纷飞，十六樱依然会如期开花，无惧冰雪。

---

[165]　借助神佛的加持，人们可以舍弃自己的生命，并将自己的生命献给他人、动物甚至草木。这在日本被称为"以身替命"，日语写作"身代わりに立つ"。——小泉八云注。

安芸之介的梦

安芸之介の夢

三十一

回望岸边，莱州岛慢慢变成一个遥远的黑点，最后永远地消失在了海平面上

话说很久很久以前，在大和国十市郡，生活着一位名叫宫田安芸之介的乡士[166]。

安芸之介家中的庭院里，有一棵巨大的古杉树，炎炎夏日的时候，安芸之介便会在古杉树下乘凉休息。在一个炎热的下午，安芸之介请来两位同样是乡士的朋友小聚，众人在古杉树下举杯畅饮，谈笑风生。酒过三巡，安芸之介感到有些困倦，片刻间，竟困得睁不开眼睛了。安芸之介不得不对两位好友说声失礼，先让自己去小睡一会儿。没多久，安芸之介就醉卧在这棵树下呼呼大睡了。

酣睡之间，安芸之介迷迷糊糊地感觉到外面有动静，不知是哪里的藩主大名，带着无数的随从，队列豪华而有排场，正从附近的山道上下来，向安芸之介家走来。他赶忙起身，出门张望一番。这大名出巡的队列，看上去既壮观又豪华，如此阵仗，

166　乡士，指日本幕府时期拥有私人土地并从事农业生产的武士阶级。属于特权阶级，相当于英国的 yeoman（自耕农）。——小泉八云注。

怪談

安芸之介以前从未见过。

　　走在队列前头的是几位年轻的随从，他们穿着华丽的衣裳，拉着官车，官车高耸的华盖上飘着蓝色丝绢，在阳光的照射下，车身通体色彩夺目、华丽异常。队列走到了安芸之介家门口附近，便停了下来。过了不一会儿，一位衣着华丽的官差从队列中走出来，一看便是大官。只见这人径直向安芸之介走来，到了跟前俯身便拜，接下来毕恭毕敬地开口说道：

　　"恕在下冒昧打扰。在下是常世国的大臣，奉我主国王陛下之命，前来宝地拜访，国王找公子有要事相商，万望公子能随我前往王城一趟。无论如何，圣意不可违，接迎公子的官车已经备好，正在外面等候，还请公子上座。"

　　听了这番话，安芸之介一头雾水，根本来不及反应，眼前的场面也令他惊讶万分、一时语塞。与此同时，他的身体像是不受意识控制一般，不由自主地依着大臣所说的话，一步一步跨上了官车。见安芸之介上了车，几位臣子便向不同方向打出手势，随从们拽住用丝绢做的手绳，将巨大的官车拉动起来，车子向南驶去。就这样，旅程开始了。

　　令安芸之介吃惊的是，车子没走多久，就来到了一座巨大的中国式的城楼前，随即队列停了下来。一位大臣从队列中走出，高声唤道："公子已到，特此禀告！"说罢，便走进城门消失了。

　　片刻，两位身着紫色丝袍、头戴高冠的贵人从城门里走出，一看便是身居高位的大员。两位贵人向安芸之介拜了一拜，便伸手将他搀下了官车，直接引进了城门。一行人穿过了庭院，来到一座东西宽达数里的宏大宫殿之前，贵人带他走进了宫殿，来到一处宽敞华丽的接待室。两位领路的贵人将安芸之介请到上座之后，便站在稍远的地方等候。

　　接着，一位身穿礼服的宫女端着茶点走进来，待安芸之介用过茶点之后，两位穿紫色丝袍的贵人再次上前鞠躬作揖，一边行着宫中礼节，一边用十分尊敬的语气轮流向他说起了事情的原委。

"此番，我等恭迎公子前来此地，是有一言相告。国王陛下圣明，想招公子为婿，特此传旨，今日便要办下婚礼，并封公子为内亲王。闲话叙过，稍后将带公子拜见国王陛下，国王已在殿中等候多时了。不过，麻烦公子在此先换上典礼用的礼服，再行拜见。"

说完，两位贵人走进旁边的一处隔间，隔间里摆放着一个巨大的镶金衣柜。二人打开衣柜，从中挑选出华贵的衣冠束带，帮安芸之介穿戴打扮。一番打理之后，安芸之介果然有了些内亲王的样子。一切收拾妥当，接下来就是拜见国王的时刻了。安芸之介被引到大殿正中，只见常世国的国王头戴黑冠，身着黄袍，端坐在玉座[167]之上。玉座之下，分列左右的文武百官不计其数，他们如同寺庙的僧侣一般，纹丝不动，肃然而立。镶嵌在华丽朝服上的宝石明珠，如群星般璀璨动人。

安芸之介小心翼翼地迈着步子，不敢发出一丝声响，他寂静无声地走在大殿的通道上，面向国王，按照宫中惯例，向国王行三拜之礼。

国王语气平和地说了声"平身"，接着对安芸之介说道：

"今日，请你来此的理由，想必你已经知晓了。此番，朕决定将一位公主许配于你。那么，现在就开始举办婚礼吧。"

国王的话刚一说完，丝竹之声随即响起，美丽的宫女们排成长列，从帷幕中缓缓舞动而出，将安芸之介领到了待嫁新娘的闺房。

这是一座宽敞的后宫。宫里早已高朋满座，前来参加婚礼的宾客络绎不绝，宫里站满了人，几乎没有立足之地。在宫女

167　帝王的御座。

的簇拥下，安芸之介一步一步迎向公主，坐到新郎的座席上，之后夫妻二人对拜，并一同接受众人的祝福。新娘美丽至极，如同天女下凡，身上的礼服颜色鲜艳明快，就像夏日的天空一般。婚礼欢喜的气氛一直持续到结束。

　　仪式完成之后，二位新人被带到侧殿，安芸之介在殿内再一次接受了无数达官贵人的祝贺与数不过来的随礼。

　　婚礼之后，过了好几天，安芸之介再次被召唤到国王的大殿上。这一次，他受到了比婚礼还要隆重的礼遇，席间，国王满怀恳切地对他说：

　　"本王领土的西南部有一座岛，名唤莱州。这一回，我要任命你为这岛上的太守。这座岛上的臣民性情忠良恭顺，但是，岛上的规章律令尚未建立，时至今日还未能与我这常世国的律令步调一致。岛上的风俗也有待整治。因此，希望你能担负此重任，尽力改良岛风，教化岛民，开民智，具良知。前往莱州一事已经安排妥当，即刻便可出发。"

　　于是，安芸之介与公主离开了王宫。在他们前往港口的路上，无数达官贵人与宫廷的侍卫随从一路护送，一直送到了海滨。二人乘上国王敕令建造的宝船出发，顺风时扬起船帆，由海路平安抵达莱州。岛民们早已听到了消息，争相前往海岸，一同欢迎太守的到来。

　　安芸之介很快就适应了新环境。他才智过人，事必躬亲，太守之职对他来说游刃有余。初任太守的三年间，虽然要忙于制定章程律令，但幸好有贤良辅佐，任何困难都迎刃而解，令他乐于其职。在诸多律令得以制定并加以严格实施之后，除了岛上自古传承的古老仪式与典礼需要太守亲自到场之外，实际并无大事需要他亲力亲为了。岛上气候温润、物产丰饶，瘟疫与贫困从未降临到岛民头上，整个岛上土地肥沃、政通人和，岛民皆善良牢靠、家境殷实。人们路不拾遗、夜不闭户，自是无人违犯律令。安芸之介随后经营莱州二十年之久，也就是说，加上制定律令的头三年，一共统领莱州长达二十三年之久。其间，安芸之介夫妇二人安居乐业，过着神仙眷侣般的生活，没有任何悲伤的事情发生在他们身上。

然而，到了第二十四年，一个巨大的不幸就降临在了安芸之介的头上——为他生了五男二女的公主，罹患重病过世了。岛民们无不悲痛万分，安芸之介为公主举办了一场盛大的葬礼，把她厚葬于一处名唤盘龙岗的山丘之上，并立下了一座大气而精致的墓碑。安芸之介痛失爱妻，终日以泪洗面，悲痛万分，甚至失去了活下去的动力。

办完公主的丧事之后，一位王宫派来的使者从常世国来到了莱州。使者首先向安芸之介转达了国王的哀悼之意，之后开始诵读国王的圣旨。

"常世国国王敕令：命莱州太守即刻返回国都。子女七人皆为王孙，于常世国自会悉心养育，王孙之事无须挂念，钦此。"

安芸之介只得接受圣令，并遵照旨意，立即开始操办还都之事。他提前处理好所有的公务，与辅弼和其余信任的官员们共同举办了一个简短的交接和告别仪式。之后，安芸之介便被护送到了海港，由此乘上宝船，踏上了返回王宫的旅途。

宝船缓缓驶出海岸，进入了一片蓝色的海天之间。回望岸边，莱州岛慢慢变成一个遥远的黑点，最后永远地消失在了海平面上……

"啊！"忽然，安芸之介大喊一声，睁开了眼睛。他坐起身四处打量，发现自己还在家中庭院里的古杉树下。

安芸之介猛然醒来，一时间头昏目眩，脑子也迟钝了。缓了好久，他揉揉眼睛，定睛一看，只见两位好友仍然坐在一旁举酒共饮，谈笑风生。安芸之介大吃一惊，不敢相信眼前发生的一切，只见他紧紧盯着两位好友，大喊起来：

"哎呀！这简直太不可思议了！"

其中一个朋友转过身来，一边笑一边问道："安芸，你小子刚才是做梦了吧？什么事儿不可思议呀？"

随后，安芸之介便把自己刚才梦中的故事——如何在常世国的莱州岛生活二十四年之事，一五一十地讲述给了二位好友。

二人听罢，惊讶万分。因为，从安芸之介去树下打盹，再到醒来，前前后后不过五六分钟的样子。

其中一位好友说：

"原来如此。你小子真是做了一个不可思议的梦。不过，就在刚才你睡着的时候，我们也注意到了一件不可思议的事情呢！一只黄色的小蝴蝶，一直在你的脸上飞来飞去。我们俩都亲眼看见了。那只蝴蝶就落在你睡觉的这棵大树旁边。蝴蝶刚刚落在地上没多久，便有一只不知从附近哪个洞穴里爬出来的大蚂蚁，一下捉住蝴蝶，拖到了洞穴里。但是呢，就在你快醒的时候，那只蝴蝶竟然又从洞穴中飞了出来，和起初一样，在你的脸庞周围转圈飞舞了一小会儿。我们正看呢，那蝴蝶忽然就消失不见了，也不知道飞到哪里去了。没多久你就醒了。"

另一位好友也接过话茬说道："兄弟，那只蝴蝶没准是安芸阁下的魂魄呢。我之所以这么说，是因为我看到那蝴蝶最后飞到了安芸的口中……不过就算那只蝴蝶是安芸阁下的魂魄，这梦里发生的事情还是没法解释呢。"

一开始发话的朋友继续说道："既然蝴蝶已经失去线索，也许，我们可以从蚂蚁那里搞清真相。蚂蚁是一种非常奇妙的昆虫，我听说它们经常会一些变化之术。不如我们现在就到这棵古杉树下一探究竟，树下应该是有蚁穴的。"

"也好！我们就查看一下蚁穴，探个究竟吧！"安芸之介听了好友的一番言语，自己也心动起来。说罢，他便回房找出锄头，与众人掘开蚁穴。

眼前的画面令众人大吃一惊，只见在古杉树盘根错节的树根周围，住着无数的蚁群，令人啧啧称奇的是，蚁穴如同道路经络一般纵横无尽，向着地下四处延伸。不仅如此，蚂蚁们还在洞穴中筑起了如同房舍家宅一般的空间。有趣的是，它们还用草屑、土块、植物根茎将空间搭建捏合成一座座小建筑物，看起来就像是村镇的微观模型一般。其中，有一座建筑物大出周围其他建筑物很多，看起来非常显眼。只见，在大建筑物的正中央，有一只长着黄色翅膀的黑头大蚂蚁卧在那里，大蚂蚁的周围，围绕着不计其数的小蚂蚁，形成了一圈圈层层叠叠的蚁群。

这时，安芸之介一下子惊叫起来：

"呀！这正是我在梦中见到的国王。"安芸之介定了定神，继续说道，"哦！这便是常世国的宫殿，太奇妙了！那么，在宫殿西南方向的某个地方，应该有莱州。就在那条大树根的左边……呀！找到了，找到了！这也太不可思议了！如此说来，盘龙岗的山丘之上，一定也有公主的陵冢。"

安芸之介一边说着，一边在已被锄头掘开的蚁穴中寻找。最后，终于发现了一座小丘。仔细一看，在这微小的土丘之上，隐隐约约还能看到一块石塔形状的小石头，棱角已经被水磨得发圆。安芸之介在这土丘里面仔细寻找，最后，发现了一只雌蚁的遗骸，已经被包裹在黏土里面了。

傻阿力

力 ばか

三十二

母亲向上天祈祷，希望阿力在下辈子转生的时候，能够变得更幸福

　　从前，有一个男孩的名字叫阿力，因为他的力气很大。但是，街坊邻居却都"傻阿力、傻阿力"地叫他，因为无论他的实际年龄长到多大，心智却永远停留在幼童的状态。但也正因为这样，周围的街坊邻居都对阿力很有好感。即便他曾经在蚊帐里划火柴玩，把自家房子烧得精光，看到大火还拍手叫好，人们也不会怪罪他。

　　阿力到了十六岁的时候，已经是个壮实的小伙子了，可是他的心智仍然停滞在两岁小儿的状态，仍旧和一群小童在一起玩耍。那些稍大点的孩子都不愿意带他玩，因为阿力总是记不住歌谣和游戏的内容。阿力最喜欢的玩具是一把扫帚，他经常把扫帚当成马来骑，经常一边大声叫着，一边在我家门前的小坡上来回疯跑。他的吵闹声令我难以忍受，我只好让他到别的地方去玩。每当这时，他便会规规矩矩地鞠个躬，露出悲伤的表情，把扫帚拖在身后，转身离开。其实，这孩子平日里很听话，只要不给他玩火的机会，他就绝对不会去做任何坏事。阿力在

我们町里的生活中所扮演的角色，其实和小狗、小鸡并没有什么区别。我都记不起最后一次见到他是什么时候了，但这对我来说也无关痛痒。

就这样过了好几个月，忽然有一天，忘记是因为什么，我一下子想起阿力来了。

"阿力最近怎么样了？"我向一位年长的樵夫老爷子打听道。老爷子专门为这附近的人们送柴火，我还记得阿力以前经常帮他搬运柴火。

"你说傻阿力呀？"老爷子回答道，"哎呀，你还不知道吗？那孩子怪可怜的，已经去世了……嗯，已经有一年了吧。好像是忽然得病走的，听医生说，是脑子里面得了什么病。不过，关于阿力，其实还有一件奇事呢！"老人顿了顿，接着说道：

"阿力死的时候，他的母亲在他的左手心里，用汉字写了一个'力'，也就是他的名字，接着又写了个'傻'字。然后母亲一遍又一遍地做起加持祈祷，也就是说，他的母亲向上天祈祷，希望阿力在下辈子转生的时候，能够变得更幸福。

"接下来没想到的是，大概三个月之前吧，麹町[168]的一户贵人家里，生了一个男孩。这孩子左手的手心里，生下来就带着字，这写的是什么字呢？你可听好了，正是'傻力'二字！字迹非常清楚！所以，这个贵人就猜测，这孩子肯定是因为谁的祈祷而降生的，因此，他便四处寻找能解释这俩字意思的人。后来，一个卖菜的人说，在牛进町曾经有个叫'傻阿力'的孩子，去年秋天不幸死了。贵人听闻这个消息，便差遣了两个家丁去找出阿力的母亲。

"费了一番工夫，家丁们终于找到了阿力的母亲，把事情的前前后后告诉了她。阿力的母亲一听高兴坏了，因为这位贵

168　麹町，地名，位于日本东京都千代田区的西部。

怪谈

人出身名门，是当地的大户人家。但是，家丁们又说，家中夫人看到孩子的手心里生下来就带个'傻'字，十分不悦。家丁又问起傻阿力的墓在何处。'阿力就安葬在善导寺的墓地里。'母亲刚一答完，家丁又请求说：'能把阿力坟头上的土分给我们一点点吗？'

"阿力的母亲就把他们领到了善导寺，带他去看阿力的墓。家丁们取了一捧坟头上的土，用风吕敷[169]裹了起来，小心翼翼地带回了贵人的宅院里。临走的时候，还给了阿力的母亲十元钱。"

"可是，要那坟头上的土干什么呢？"听到这里，我问樵夫老爷子。

"你问得好，"老爷子回答说，"你想想啊，他们绝对不愿意让孩子手心里一直带着字长大成人吧？更何况还是那么难听的名字。要消除手上的字迹，就只有找到孩子前世下葬的地方。因为只有用坟头上的土才能把手心里的字迹擦掉，除此之外，就别无他法了……"

---

169 风吕敷，日本传统上用来搬运或收纳物品的包袱布。日语中"风吕"意为"洗澡"。相传大将军足利义满建造了一座浴室，他要求来洗澡的达官贵人自备一块布，将各自衣物包裹起来以示区分。后来，此法流入民间，百姓洗澡时用澡堂提供的布包裹衣物。这种布因能包裹各种形状与大小的物件而普及。

向日葵

日まわり

三十三

即便日神睡去，向日葵依旧向往着他，就像追随着朝阳升起一样

在我家屋子后面长着树木的小山丘上，罗伯特和我正在寻找仙人圈[170]。罗伯特已经八岁了，长得聪明可爱，还特别伶牙俐齿。那时的我刚过七岁，所以，无论什么时候我都是他的跟屁虫，把他当成大哥哥。那是八月里阳光灿烂的一天，闷热的空气中弥漫着阵阵松香。

我们没有找到仙人圈，却在郁郁葱葱的夏日草丛中，捡到很多大个儿的松塔。我给罗伯特讲了一个来自威尔士的故事。在很久以前，有一个人没见过仙人圈，他无意之中走了进去，在里面睡了一觉，便消失了七年。他的朋友们历尽千辛万苦，终于把他从魔法中解救出来，可他却变得不能说话，也不会吃东西了。

"那些家伙，他们就喜欢吃针尖。"罗伯特说。

"谁啊？"我问道。

"就是那些精灵。"罗伯特回答说。

---

170 仙人圈，指草甸上呈环状生长的蘑菇群落，欧洲人曾经认为是精灵跳舞留下的痕迹。

这是我有生以来第一次听到这样的事情，不由得又惊又怕，吓得我当时不敢再继续说话了……这时，罗伯特忽然又大声叫喊起来："哎呀！弹竖琴的乐手来啦！喂！啊呀！他正朝我们家走呢！"

我们冲下山坡，跑去听人演奏竖琴。

但是，眼前的这位竖琴师，完全没有一位乐师应该有的样子，和画书上经常出现的那种白头发的乐师形象也完全不沾边。他是一个有着浅黑色皮肤、身材粗壮、头发乱糟糟的男人，身上穿着编织粗糙的松垮衣裳，在他那一双敏感微颤的黑眉毛之下，是一双倔强、闪烁着光芒的黑眼睛。说他是个乐师，倒不如说更像是一个烧砖工或者流浪汉。

"这家伙，会不会用威尔士语唱歌呢？"罗伯特在一旁悄悄嘀咕起来。

我早就连嘴都懒得张了，真是失望透顶。乐师把他的竖琴——那只巨大的乐器，立在我家门口的石阶上，用肮脏的手指拨弄了几下琴弦，然后，好像在生气似的，用力从喉咙深处往外咳了一下，清了清嗓子，接着就唱了起来：

> 相信我，就算你的青春魅力是如此可人，
> 令我今日深情凝望……[171]

那节奏、那形象、那声音……无论哪一方面，他一开口就让我一阵反感。歌声听起来可怕而不入流，令人胸口发闷。"唱的都是些什么啊？像你这样的家伙，根本不是唱歌的料！"我甚至想对他喊出这些嘲讽的话来。因为在我的小小世界里，曾

---

171 这首歌原文为 "Believe me, if all those endearing young charms, which I gaze on so fondly to-day... As the sunflower turns on her god, when he sets, the same look that she turned when he rose." 是爱尔兰诗人托马斯·穆尔（Thomas Moore, 1779—1852）创作的，最初发表于 1808 年的《爱尔兰旋律精选》（*A Selection of Irish Melodies*）。文末的两句歌词是该曲的结尾。

经有一位最可爱、最美丽的人为我唱过这首歌。而这首歌，此刻正被眼前这个粗鄙的男人厚颜无耻地唱着，我心中隐隐作痛，我觉得自己遭到了侮辱，我站在那里默默生气。

可是，气愤的情绪只持续了片刻，当乐师唱出"凝望"[172]这个词的一瞬，饱含气力的浑浊噪音，忽然毫无征兆地急转，变成了绝妙的颤音。我刚刚意识到了音色的变化，然而，更令人惊讶的是，他的歌声紧接着又发生了变化，噪音如同管风琴的低音一般，饱满、朗朗动听而又特点鲜明。

听着这动人的歌声，我的喉咙里涌出了一股从未体验过的情感，将我的身心紧紧包裹起来。难道，这个人有什么魔法？掌握着什么秘诀吗？他明明看起来就是个带着一副愤怒表情的流浪汉呀。啊！世界上还有这么出众的歌手啊！正在我胡思乱想的时候，这位歌手的身姿，竟然在我的眼中变得模糊、弥散起来。然后，家、草地，所有映入我眼中的物体形迹，都在我的眼前震颤了起来，就这样摇动着，摇动着……但是，我却开始本能地害怕起这个人来——不，应该是憎恨起来。这家伙居然弹唱得这么好，我居然会如此感动！想到这儿，我又羞又气，能感觉到自己的脸已经涨得通红……

"看你，被他唱哭了啊。"罗伯特同情地对我说。

被他这么一说，我感觉更不好意思了。正在这时，乐师收了六便士的硬币，他没有道谢，就在我们眼前迅速离开了……

"不过，我觉得这人肯定是个吉普赛人[173]。吉普赛人可都是些坏家伙。他们可都会魔法……哎，我们回树林里玩吧！"

我们重新回到山丘上的松林里，阳光温暖地铺洒在草地上，

---

172 此处在小泉八云原文中用的是"to-day"，即歌词的结尾，强调的不是这个词的含义，而是词的位置，故翻译时用了同样处于结尾的"凝望"一词。

173 吉普赛人是对罗姆人的一种讹称。罗姆人以神秘的形象著称，历史上多从事占卜、歌舞等职业，但也因为流浪与贫穷的生活所演化出的特殊生活方式与求生方法而长期遭受歧视和迫害。

怪談

我们坐了下来，看着远处的村子和大海。我们只是坐在那里，已经不像刚才那样玩耍了。这也许是因为那个会魔法的吉普赛人刚刚为我们施了咒语，魔法还在强有力地笼罩着我们吧。

终于，我开了口："喂，那家伙是个妖怪吧？或者，是个精灵？"

"不对！"罗伯特回答说，"那家伙只是个吉普赛人。反正，只要是个吉普赛人，那就肯定是个坏人。吉普赛人，他们可是会拐骗像你这样的小孩子呢……"

"他要是来到这片山丘，那可怎么办啊？"

此时，四周忽然变得一片死寂，我害怕起来。

"哼，那家伙才不会来呢。"罗伯特答道，"只要阳光还在，他就不会来的。"

这是发生在昨天的事情。我在高田村附近找到了一株向日葵。日本人和我们一样，也是如此形容这种花的。相隔四十年的时空仿佛在此相会了，那位乐师的琴声和歌声，再一次响在我的心间。

> 即便日神睡去，向日葵依旧向往着他，
>
> 就像追随着朝阳升起一样。

我仿佛又回到了威尔士那个铺满温暖阳光、树影婆娑的山丘。一瞬间，罗伯特也回来了，他的面庞如女孩一般清秀，头上垂着金色的卷发，倏然站在我的身旁。我们两个人又开始找起了仙人圈……可是，罗伯特在很久以前，就因海难去世了，现在已经与我天人相隔，成为异域之人了……人，是会为了友情而甘于献出自己生命的动物啊。

蓬莱

蓬莱

蓬莱其名便是海市蜃楼自身，而海市蜃楼，即无力触碰的幻境之意

　　"水天之间，辽寂如原；天水上下，云蒸霞蔚。时已至春，朝日初升。极目而望，空余邈远海天。远眺群青之中，波涛拍岸，激浪花百千，泛银光波粼。由岸至海，静而无动，一片毛蓝之色。碧水中蒸蒸日上，碧空里苍茫云起，远眺而无际无涯，如穹窿高远而不测，若归墟之大壑无底。天高则空色渐深，飞檐若新月钩悬，琼楼玉宇，千万广厦，隐现太虚幻境间。长夜漫漫，待晨光初绽，多少故国荣华，重归旧梦心田。"

　　以上我所尝试描写的，其实是一幅挂画。这幅绘制在素绢上的画，正挂在我家隔间的墙上，是一幅日本画，题为《海市蜃楼》。所谓"海市蜃楼"，是幻影的意思。但是，这幅画卷当中的广厦楼宇，却是有形的。上面可以看到蓬莱仙境中光辉的殿门，向内望去，则能够看到龙宫上新月状的飞檐。这虽然是日本画家的作品，但沿用的是源自两千一百年前中国的画风。

　　在那时的中国古书当中，关于蓬莱，曾有着这样的记载：

蓬莱，无死无苦，更无凛凛寒冬。花开不凋，果实不落，"珠玕之树皆丛生，华实皆有滋味，食之皆不老不死。"[174]另外，相传在蓬莱，还有"相邻子""六合葵""万根汤"等灵草妙药，可以治愈四百零四种疾病。更有一种可以令死者回魂的灵草，名唤"养神子"，需要用喝了便能长生不老的灵水浇灌，才能生长。生活在蓬莱的人们用极小的木碗吃米饭，但木碗中的饭食，除非吃饭的人已经饱腹，否则绝对不会减少一粒；他们还用极小的酒盏饮酒，除非饮酒的人已经陶然入梦，否则酒盅里面的琼浆绝对不会减少一滴。

　　在秦代的传说之中，除以上记载外，还介绍了很多故事。但是，我始终无法相信，写下这些传说的古人，他们真的亲眼看过蓬莱幻境吗？我之所以这样说，是因为这世上毕竟不可能真的有令人永远饱腹的仙果，更不会有让死者复生的灵草、不老的神泉、吃不光米饭的木碗和饮不干的酒盏。悲苦或死亡从来不曾降临蓬莱，这也是虚妄之言；从无冬天的传说，更是荒谬。蓬莱的冬天也是寒冷的，寒风彻骨，龙宫的飞檐上也会积满白雪。

　　尽管传说不可信，但蓬莱仍然有着很多不可思议的事情。其中令我感到最不可思议、最难能可贵的，便是蓬莱的大气。蓬莱的大气唯此地独有，正因如此，蓬莱的日光显得比别处的洁白很多，如同乳液一般。并且，光线无比清澄明亮，又极尽柔和，绝不会让人目眩。这样的大气，并非来自我们人类的世纪，而是可以追溯到极其遥远的史前时期。离现在究竟有多遥远呢？仔细想来，却越想越惶恐了。

　　这大气来自如此遥远的太初，并非像现今这样由氮与氧化合而成。也就是说，这里的大气并非由空气形成，而是由一种"精

174　此句是中国战国时期的著作《列子·汤问》对蓬莱的描述。

气"所形成的。与我们今天思考、对待世间万物的观念完全不同，太初之时的先民，他们千万亿人的灵魂，所产生的精气混合在一起，形成了一个巨大的透明体。也许，这种说法可以成立吧。只要呼吸了这样的大气，无论是什么人，都能够将这些灵气摄取到自己的血液之中。然后，那些灵气会给人们体内的感觉带来变化，重新塑造出时空的观念。于是，人们按照灵魂之所见而看见，灵魂之所感而感知，灵魂之所思而思考。并且，这种感觉上的变化，如同睡眠一般，潜移默化、安静柔和地发生着。经过了这种感觉上的变化，再来重新审视蓬莱这个地方，大概会是如下的这番解读吧。

"蓬莱，不知邪恶为何，故人心不老。心若恒如赤子，则蓬莱之人，从生到死，唯有神降不测之时，才会掩面不语，直至悲痛消逝。除此之外，则终日笑意盎然。蓬莱之人，无论长幼，皆亲如一家，和睦相处，互信不疑。云蓬莱女子之心，如鸟雀般，自在轻盈；轻语呢喃，亦若鸟雀，婉转轻鸣；少女嬉戏，衣袖轻舞，恰似轻舒羽翼，振翅欲飞。在蓬莱之国，除悲苦之事，人们互不隐瞒，因此，更无羞愧之事。另外，因无人偷盗，故门不上锁，无须担忧，更是夜不闭户。蓬莱之人，虽然并非不死之身，但亦皆为神仙之躯，国中一切，除龙宫宏大，万物精巧玲珑，奇妙珍奇，神仙们皆用极小的木碗吃饭，极小的杯盏饮酒……

"如此奇闻异见，如若说是因为人们呼吸了灵妙的大气，倒也未必是全部的缘由。故去的人们在这个人世间所留下的唯一神力，便是人们对于理想的憧憬与自古至今薪火相传、代代不灭的希望之光。也就是说，正是因为心存希望，这些神奇之事才会在蓬莱之人的心中、在他们无私生涯的质朴之中、在女人如水的温柔之中，成为实际显现出的具象。"

从西洋吹来的邪恶阴风，如今正在蓬莱岛上肆虐。那曾经灵妙的大气也正在渐渐消散。现在，只有一点点残影，还能散见于日本山水画家所描绘的风景之中，如同一片细长光亮的云带，成为片片残云，成为缥缈云丝，只是在世间无定飘浮着。如今的蓬莱，仅仅在这如同衣带的云下残存，除此之外的地方，则影迹不存了。须知，蓬莱其名便是海市蜃楼自身，而海市蜃楼，即无力触碰的幻境之意。而如今，这幻境正在逐渐消散，只限于绘画、诗歌、梦境之中，而在别的地方，早已经不复存在了。

叁

虫界的研究

蟲の研究

本章译自小泉八云的散文集 Insect Studies，为全文翻译。该部分原是 Kwaidan 一书的附录，介绍了日本的昆虫文化，及小泉八云由观察昆虫而引发的所思所想。小泉八云对日本的昆虫文化颇有研究，写过不少关于日本昆虫的文章。

蝶蝶

三十五

只限一日，与妻子的相遇，那是两只蝴蝶的宿命

一

庐山在中国久负盛名，深受中国学者喜爱。我觉得，在日本文学之中，至少我自己也要享受到庐山之于中国学者的乐趣。相传，庐山被一对仙女姐妹所喜爱，两位仙女每隔十天就会下凡来一次庐山，为众生收集和讲述一些蝴蝶的故事。顺便说一下，在中国，关于蝴蝶的怪谈奇闻非常多，我想对它们有更多的了解。遗憾的是，我根本读不懂汉语，不，就算是日语，我都不可能完全掌握其精髓。最近我刚刚开始一点点地翻译日语诗歌，其中，引用了很多来自中国的蝴蝶故事。因此，我陷入了坦塔罗斯的磨难[175]。当然，我这种生性多疑的人，是不会有什么仙女来给我讲故事的，这一点我自己很清楚。

比如说，我想知道这样的事情。古时候，有一个中国少女，

---

[175] 坦塔罗斯（Tantalus）是古希腊神话中的宙斯之子，因作恶多端而遭受惩罚。人们常把一个人所受的巨大磨难和人生挑战说成"坦塔罗斯的磨难"。

她的身上充满了花香，总是能吸引成群的蝴蝶。那少女身上的香味如此怡人，令她更加美丽动人。我想知道那少女身上更多的故事，无论什么都行。我还知道一个有关唐玄宗的故事，他让蝴蝶帮助自己挑选爱妃，这个故事我也想知道更多。唐玄宗总是在奢华的庭院里摆酒宴，有众多的绝世美人恭候于此。在宴席中，只要放出笼子里的蝴蝶，那些蝴蝶就会飞到最美的女子身旁，唐玄宗就会把这名女子选为宠妃。但是，杨贵妃是个例外，她不是由皇帝用蝴蝶选出的，所以随后就逐渐落入不幸之中。

我在日本，还听说了中国学者庄周的名字，他在梦中化成蝴蝶，梦里还清晰记得自己变成蝴蝶的所有感受和体验。关于那位学者的体验，我也想知道更多。庄周的灵魂化成了蝴蝶，在空中悠然地上下舞动，当庄周苏醒来的那一刻，他作为蝴蝶的记忆和感情，应该还会在心中留存，所以，他当时应该无法像人那样站立吧……最后，我还想了解一些记载了蝴蝶幻化成皇帝或是重臣的典故的史料，这都是非常有趣的文献。

关于蝴蝶的日本文学，除了一些特别类型的诗歌之外，其他似乎大都出自中国。日本的美术、歌谣、风俗、美学等，起初都深受中国的影响和启发。日本的诗人与画家们经常给自己赋予蝶梦、一蝶等雅号，这些在中国都是有先例的，也是可以证实的。就算时至今日，蝶花、蝶吉、蝶之助等常见的艺名，也经常被艺伎们使用。除了作为艺名，蝴蝶也常常被用作普通人的名字。这些名字虽然基本上限于女性使用，但偶尔也有例外。我在这里想举个例子，在日本的陆奥国，有一个古而有之的习惯，人们把全家排名最末的姑娘称作"手儿奈"，这个词在别的地方早已不用了，但非常奇妙的是，手儿奈这个词在陆奥的方言里是蝴蝶的意思。另外，在日本的古典时代，这个词还有着"美人"的意思。

日本人关于蝴蝶的奇怪信仰，究其起源，多数还是发祥于中国。但是，这些信仰也有可能是中国从更古老的信仰中继承而来的。我觉得其中最有意思的，莫过于生者的灵魂幻化为蝶，在空中飞舞的信仰。从这种信仰之中，能够延展出很多有意思的幻想。比如说，蝴蝶飞入客房，停在帐子的阴影处，那就意味着你最爱的人会来看你。虽说蝴蝶是人的灵魂所幻化的，但人们通常并不会对蝴蝶有恐惧感。不过，有时，如果蝴蝶成群地出现，也会引起人们的恐惧。日本历史中有过类似的记载。平安时代的豪族平将门曾经发动过一次著名的叛乱[176]，当时京都就出现了大群的蝴蝶，人们认为这是凶兆，无不惊骇。也许，那些蝴蝶是那些预感到自己将会战死疆场的人在赴死之前，灵魂经历莫大动摇而幻化的。

然而，在日本人的信仰当中，蝴蝶不仅能够由生者的灵魂幻化而成，也能够由逝者的亡灵幻化而成。其依据就是，人的灵魂从躯体离开后，才会幻化成蝴蝶的样子。依照这个道理来看，蝴蝶飞进家中的时候，一定要妥善地处理，不能取其性命。

日常观看的戏剧中，也时常会体现出这种信仰，或者与此信仰相关的种种不可思议的暗示。比如说，有一场著名的戏剧，名字叫作《飞来的蝴蝶簪》，剧中有一位叫蝴蝶的美人蒙受了不白之冤，最后被逼得含冤自尽。一个要为她报仇的男子，长年寻找仇敌而不果，最后，去世女子遗留下的发簪化成了蝴蝶，飞到了仇敌家的屋顶，这才让男子得以为其报仇。大概就是这样的一个情节。

日本的婚礼上经常会出现很大的折纸蝴蝶（分为雌蝶和雄蝶），不用说，这当然不是亡灵幻化而成的意思。那只是一个

176　平将门是日本平安时代中期的关东豪族、武将。939年起兵对抗朝廷，自称"新皇"，震动京都。940年被平贞盛讨伐，中箭身亡。

象征，表示对相爱的二人永结连理的美好祝愿，希望夫妇如同蝴蝶一般，在庭院里成双飞舞，永不分离。这倒是与魂灵无关了，只是一种百年好合的美好祝愿罢了。

二

我摘录了一些咏叹蝴蝶的俳句[177]，以帮助读者更好地理解日本人在美学层面的关注点。我准备了一些小画片——用十七个日文组成的彩色草图。我没有对其内容进行精心挑选，只是罗列了一些美丽的幻想或文雅的建议，诸君应该还是能够看出其中的变化吧。或者，诸君未必会对这些俳句特别感兴趣，日本俳句一定要慢慢品读才有味道。为了评估这些作品的更多可能性，我不辞辛苦地不断研究，一点点发现新的乐趣。一些草率的评论声称，任何关于十七个音节的俳句的严肃研究都"将是荒谬的"。但是，克拉肖[178]为迦拿婚礼上的神迹[179]所创作的不朽名句是什么样的呢？

纯洁水神一见到主耶稣，脸蛋就红了。[180]

只有短短十四个音节，以及不朽的文字。日本十七个音节的俳句，也会达到与此相同，不，应该是更加不可思议，更加具有情感的境界，而且不止一两首，也许，会有上千首。然而，下面列举的俳句并没有什么惊艳之处，挑选它们时不单是从文学价值考虑的。

177　俳句，日本的一种古典短诗，以三句十七音为一首，首句五音，次句七音，末句五音。

178　克拉肖（Richard Crashaw，1613—1649），英国诗人。

179　《圣经》中记载，耶稣和他的门徒一同参加了一场在迦拿举行的犹太婚礼，耶稣在婚礼上展现了将水变成酒的神迹。

180　原句为"Nympha pudica Deum vidit, et erubuit."

脱ぎかくる　羽織すがたの　胡蝶かな　　　　乙州
（脱下的外褂，那样子，像是蝴蝶吗？——乙州）

鳥さしの　竿の邪魔する　胡蝶かな　　　　一茶
（在捕鸟网的竹竿上，舞动不休的，是蝴蝶吗？——
一茶）

釣鐘に　とまりて眠る　胡蝶かな　　　　蕪村
（停在吊钟上，安静睡去的，是蝴蝶吗？——芜村）

寝るうちも　遊ぶ夢をや　草の蝶　　　　護物
（就算已经睡着，也会做着玩乐的梦，草中的蝶。——
护物）

起きよ起きよ　我が友にせん　寝る胡蝶　　　　芭蕉
（醒来吧醒来吧，我的朋友，正在安睡的蝴蝶。——芭蕉）

籠の鳥　蝶を羨む　目つきかな　　　　一茶
（那是笼中鸟，艳美蝴蝶的，目光吧。——一茶）

蝶とんで　風なき日とも　見えざりき　　　　暁台
（蝴蝶飞舞，在无风之日，清楚得见。——暁台）

落花枝に　かへると見れば　胡蝶かな　　　　守武
（在落花的树枝间，若隐若现，那是起舞的蝴蝶吧。——
守武）

散る花に　軽さ争ふ　胡蝶かな　　　　春海
（与散落的花朵，一同轻舞，那是蝴蝶吧。——春海）

蝶々や　女の足の　後や先　　　　素園
（蝴蝶啊，女子的双足，前后交织着起舞。——素园）

蝶々や　花ぬすびとを　つけて行く　　　　丁壽
（蝴蝶啊，跟在偷花人的后面，飞走了。——丁寿）

秋の蝶　友なければや　人につく　　　　可都里
（秋天的蝴蝶，没有了同伴，就跟在人的后面。——可
都里）

追はれても　急がぬふりの　胡蝶かな　　　　我楽
（就算被追赶，亦不急着飞走的，是蝴蝶吧。——我乐）

蝶は皆　十七八の　姿かな　　　　三津人
（蝴蝶啊，都是十七八岁的，身姿吧。——三津人）

蝶とぶや　この世のうらみ　なきように
（蝴蝶飞舞的姿势，简直是对这世间，没有憎恨一般。）

蝶とぶや　この世に望み　ないように　　　　一茶
（蝴蝶飞舞的姿势，简直是对这世间，没有期盼一
般。——一茶）

波の花にとまり　かねたる　胡蝶かな　　　　文晁
（无法停歇在，浪花之上的，是蝴蝶啊。——文晁）

睦まじや　生れかはらば　野辺の蝶　　　一茶
（若有来生，我们愿做，田野间的蝴蝶。——一茶）

撫子に　蝶々白し　誰の魂　　　　　　子規
（粉色的花上，白色的蝴蝶，是谁的魂呢？——子规）

一日の　妻と見えけり　蝶二つ　　　　蓼太
（只限一日，与妻子的相遇，那是两只蝴蝶的宿命。——
蓼太）

来ては舞ふ　二人静の　胡蝶かな　　　　月化
（来时无声，二人静舞，如同蝴蝶一般。——月化）

蝶を追ふ　心持ちたし　いつまでも　　　　杉長
（追逐蝴蝶的心境，无论何时，只想一直心怀恒久。——
杉长）

　　除了这些咏叹蝴蝶的诗篇，在日本文学中，还有一些比较
罕见的类似题材，接下来不妨为诸君讲述一个散文的例子。这
篇我尝试意译的散文，出自一本叫作《虫谏》的稀奇古籍，文
章以与蝴蝶的谈话为内容，实际上却是充满教育意义的寓言——
以讽刺浮沉于人世间的道德性为目的，充满隐喻。

　　"春日之下，清风拂面，鲜花盛放，草影婆娑，人心喜乐，
满怀愉悦之心。蝴蝶展翅轻舞，古往今来，无数文人墨客，作
华夏诗词，或作日本诗句，咏叹蝴蝶者众。

　　"如此美好时节，蝴蝶啊，这正是你荣光闪耀的时节，你
如此美丽，也许是世间至美。所有的虫儿都会嫉妒你——没有
虫儿不羡慕你的美艳。不仅是虫儿向你投来嫉妒的目光，人类
对蝴蝶也满是羡慕和赞美。中国庄周梦蝶的故事，正是化作你

的模样。日本一个叫佐国的人，相信死后的灵魂会化作你的身姿，并创造出一个灵魂的实体，不仅是虫儿和人类对你产生羡慕的念头，连没有灵魂的事物，都会变成你的模样——看看大麦，那穗也好似蝴蝶一般。

"所以说，你的自尊心得到满足，你会觉得：这世界上的一切，没有比自己更出色的了！哈哈，你的内心独白已经被我读懂了。你对自己过于满足了吧。我是有证据的，那就是在无论什么样的风中，你始终让身体在空中轻浮。所以，你始终没有停止不动、凝神静观的时候。而且，你还会如此认为——'这世界的一切，没有比我更幸福的了！'

"但是，你应该想一想你的生涯，这实在是非常值得回忆的。因为你还是有一点粗鄙的过去。哪里粗鄙？告诉你，当你降生之后，在很长的一段时间之内，你都不可能对自己的身姿满意。那时的你，仅仅是一条可怜的菜虫，一条浑身是毛的幼虫。你贫苦至极、衣不蔽体，外表看来好生可怜。那个时候，谁都不会喜欢上你。的确，你有充足的理由令自己羞愧。你羞愧极了，便藏身在自己收集来的树枝、树叶和草屑里，你做了个小窝，隐匿在枝叶之上——每个人都叫你"蓑虫（蓑衣虫）"，这段成长期的罪孽是难以宽恕的。在美丽的樱花与柔软的绿叶之间，你的存在创造出了令人印象深刻的丑陋，人们从远方满怀期待而来，特意来赞颂樱树的美丽，但看到你的丑陋姿态时，却败兴而归。不仅如此，你还做过更加令人憎恶的事情。你明知贫苦的男女生活不易，他们在烈日下种植萝卜，充满艰辛困苦，你却呼朋唤友到萝卜叶上聚餐，还到这些穷人种的其他蔬菜上聚餐。因为贪欲，你们掠夺这些蔬菜的叶子，把一切都啃成丑陋的形状——对穷人们的痛苦没有任何同情……是啊，你们多么富有生命力啊！这就是你们的行为方式。

"现在我拥有了一副美丽的身体，我把过去的老同伴视为草芥，我遇到他们之中的某一位时，我总是假装不认识。除了大富大贵者，我不需要别的朋友……啊，过去的事情已经忘记了，不是吗？

　　"事实上，很多人都已经忘记了过去，只是沉迷于你优雅的身姿和纯洁的翅膀，中国的诗歌和日本的诗歌都在歌颂你，大家闺秀们甚至无法正视你过去的丑陋，现在则满心欢喜地凝视你的美丽，任你停留在发髻上，期待你降落到精巧的团扇上。但是，我又想起，在中国古代，还有关于你的一些并不可爱的故事存在。

　　"昔日唐玄宗，后宫佳丽三千——在如此多的美人之中，挑选极致的丽人出来，无论对于什么样的男人来说，想必都并非易事。于是，这些美人被同时聚集在一个地方，你可以在她们之间自由飞舞，你停留在哪位美人的发髻之上，哪位美人便会被庄严地招入后宫。在那个时代，皇后是后宫至高的存在——这本是清晰的法则，但正是因为你，唐玄宗为这片大地带来了巨大的负面影响。你的精神世界轻浮而善变，在如此多的美女当中，总会有人怀着一颗纯洁清澈之心，但你不会去发现内在的美，你只会去找寻那些有着靓丽外表的女人。因此，万千佳丽放弃思考如何成为内心正直的女性，而只是挖空心思让自己在男人眼中更加夺目。这就导致了唐玄宗郁郁而终的可悲下场。所有这一切都始于你轻浮而随意的灵魂。实际上，事物真正的性格，是很容易从其他行为中发现的。比如说，有一棵树，比如常青的柏树或松树——没有枯萎掉落的叶子，一直都是四季常绿的外表——这种有着坚硬内心的树木有着可靠的性格，但它们的外形看起来仍然是粗粝的，不讨你的欢心，所以你从来不去拜访它们。你只钟爱樱树、海棠、芍药、黄蔷薇，因为它们有艳丽的花朵，你也只会去向它们献殷勤。如此行径其实并不美好。这些树确实拥有艳丽的花朵，却无法生出可以果腹的果实，只有钟情于奢华与炫耀的人才会执迷于此。这正是你的翅膀和优美的身姿，能得到人们喜爱的理由——

正因为如此，你才会备受人们青睐。

　　"春日时节，你于深宅大院之中嬉戏，在樱花盛开的美丽巷子里徘徊，自言自语：'这世上如我般欢悦者，如我般良友相伴者，不会再有了吧。而且，仿佛所有人都会议论纷纷，说我最爱芍药——金色的黄蔷薇是我唯一的爱人，无论什么样的要求，我都会服从。是吧，这正是我的骄傲和乐趣所在。'……虽然这么说，但芳华易逝，这些优雅华丽的花朵很快就会凋谢。之后便是炎热的夏天，花朵不见了，只剩下绿叶，不久，秋风渐起，连叶子都会像雨滴一样纷纷扬扬洒落下来。'避雨的大树也会漏雨。'这句谚语中的不幸遭遇正是你的命运。你开始想要找回老朋友，想回到根切虫[181]和蛴螬[182]之间，请求它们让自己回到从前的巢穴里——但现在你身披翅膀，再想要进入洞穴，已经变得不可能了。天地之间，已经没有你的藏身之所了。所有的灌木也都枯萎了，连一滴润口的露珠都无法得到——除了殒命之外，别无他法，这全都是因为你的轻佻——啊！这真是可悲的结局啊。"

　　三

　　正如我所说的，绝大多数关于蝴蝶的日本故事都源于中国。但有一个故事大概是出自日本本土，对于那些相信远东不存在"浪漫爱情"的西方人来说，这是个值得一读的故事。在东京郊外有一座宗参寺[183]，在寺院墓园的后面有一间老旧的小屋，孤零零地立在那里，里面住着一位名叫高浜的老人。老人和蔼可亲，深受街坊喜爱，但大家都觉得他有点古怪。人们觉得，只要不是出家人，就要结婚养家。但是高浜既没有过着佛家生活，

181　根切虫，鳞翅目夜蛾科昆虫，又名地老虎、土蚕，是一种农田害虫。

182　蛴螬（qí cáo），金龟甲的幼虫，别名白土蚕、核桃虫，生活在土壤中。

183　宗参寺，位于今东京都新宿区弁天町。

　　　　　　　　　　　蟲の研究

也没有结婚，更是没人知道他过去是否谈过恋爱，因为他已经孤身生活五十多年了。

某年夏天，老人生病了，他知道自己时日不多，便托人去找已是寡妇的弟妹和她的儿子——一位二十岁左右、非常惹人喜爱的年轻人。二人闻讯后立刻赶了过来，费尽心思照顾老人，使他安稳地迎来了自己的临终时刻。

那是一个闷热的午后，高浜在寡妇和她儿子的照料下睡着了。刚好在那一瞬间，一只硕大的白蝴蝶飞进房间，停在了高浜的枕头上。高浜的侄子用团扇将蝴蝶赶到远处，但蝴蝶很快又飞回到枕头上，然后再次被赶出去，蝴蝶又一次飞回。侄子第三次驱赶蝴蝶，他把蝴蝶赶到院子里，赶出院门，赶进与寺院相邻的墓园里。但是蝴蝶仍在前面不停地拍着翅膀，闪转腾挪，就是不愿离去。年轻人感到疑惑，这究竟是蝴蝶，还是妖魔的化身呀，为何行迹如此不同寻常？他再度追去，一直追到墓地深处，直到看见蝴蝶飞向一座坟墓——一座女人的坟墓。这时，蝴蝶忽然消失不见了。年轻人无法解释眼前发生的这一切，只好漫无目的地寻找起来。他查看了墓碑，发现上面刻着"秋子"的名字，与一个并不相识的姓氏刻在一起，并刻有享年十八岁的字样。这个坟墓看起来大概已有五十多年的光景了，上面的苔藓层层叠叠。不过，墓前摆着鲜花，水槽也是满的，看得出被打理得很好。

年轻人回到病房后，得知伯父已经停止了呼吸，十分惊讶。死者离世的样子看起来并没有什么痛苦，脸上还带着微笑。

年轻人向母亲讲述了他在墓园看到的事情。
"啊！"寡妇叫出了声音，"那一定是秋子啊！"
"母亲，秋子是谁啊？"外甥问道。

寡妇答道："你的好伯父年轻时就和邻家的女儿——也就是秋子这个可爱的女孩订婚了。可是，就在婚礼前的几天，秋子却因为肺病去世了。你伯父万分悲痛，在埋葬了秋子之后，便发誓绝对不会再婚，并在墓地旁建了这间小屋。是啊，他随时都可以去坟墓祭扫。这一切都发生在五十多年前。在这五十年间，无论冬夏，伯父都会去墓地为秋子祈祷，祭扫坟墓，摆放供品。只是你伯父不喜欢被别人说三道四，所以他一直什么都没说。没错，秋子在你伯父临终前来过，那个白蝴蝶就是她的灵魂呀。"

四

我差点忘了提及被称作"蝴蝶舞"的日本古代舞蹈，在这种舞蹈中，舞者会扮成蝴蝶，过去常有人在皇宫表演。不过，我不清楚这类舞蹈如今是否还会有人偶尔表演。据说这种舞蹈非常难学，正式表演需要六位舞者，她们必须做出独特的姿态和动作——依照传统迈开舞步，摆出姿势，持续一整套动作——然后演奏手鼓、太鼓、小横笛、大横笛，用西方的潘神[184]也不曾知晓的多种乐器交替演奏，相互之间节奏缓慢，旋律迂回流淌。

184　潘神（Pan），希腊神话中的牧神，擅长吹笛。

蚊

三十六

那是一种如同穿越了千百万年生死黑暗的记忆，想要从遥远的、光明无法到达的另一个世界挣脱禁锢一般

　　为了保护我的身体，我最近正在读霍华德[185]博士的一本叫《蚊》的书，因为我经常被蚊子叮咬。我的房子附近有五六种蚊子，但只有一种让我非常头疼。这种蚊子有着银色的斑点和线条，是一群如同小针一样的家伙，非常不容易对付。如果被这小针刺到，那疼痛就如同被电击或灼伤一般猛烈。只听着它们"嗡嗡"飞来的声音——那是一种如针般的音色，就能够感受到接下来被袭击过后，将会是怎样的痛楚。那就如同，能够让人们记住其气味的东西一般都令人刻骨铭心。

　　我最近发现，这种蚊子跟霍华德博士所说的白纹伊蚊，或者叫亚洲虎蚊非常相像，连习性也差不太多。例如，比起夜间，它们更喜欢在白天出没，并且，午后是它们最猖狂的时候。我还发现，这种蚊子是从我家后院不远处一个寺庙的墓地飞过来的，那是一处很古老的墓地。

185　霍华德（Leland Ossian Howard，1857—1950），美国昆虫学家。他于1901年出版著作《蚊》（*Mosquitoes*）。

霍华德博士在他的著作中提到，如果想要把家附近的蚊子消灭掉，需要找到滋生蚊子的水源，并向水中洒入少量的石油或煤油。每周洒一次油，按照每十五平方英尺的水面倒一盎司的量。如果是更小一点的水面，按照这个比例适当调整……顺便想介绍一下我家附近的情况。

这些让我烦恼的强敌是从寺庙的墓地来的，在这座古老墓地里的无数墓石前，到处都有积水的水坑，这些水坑一开始只是为竖立石塔所挖出的椭圆形的小穴。只有一些花大价钱造的墓没有水坑，但这样的墓前都会有一座上面刻有家徽标记的巨大条石做成的水槽，里面也蓄满了水。还有一些十分简陋、没有水槽的坟墓，只有供在墓前的茶碗或饭碗里才会存着水。对于逝者而言，水是不可或缺的。除此之外，因为要为逝者献花，所以这里的每一座墓前，都放着可以插花的竹筒或瓶子。因为要插花，所以里面当然是有水的。墓地里还有一处用来取水的井，有佛缘的人来扫墓的时候，一定要为这些存水的水槽、茶碗续上新水。所以，蚊子也就大量滋生起来。并且，只要是稍微有些深度的水坑里，水几乎很难干涸。一年十二个月，其中有九个月的时间，墓地里能够存水的地方，多少会有一些积水，不会变干。东京这个地方，雨水也是很多的。所以，如果要把墓地里成百上千的积水处和花瓶里的水全都换成新的，自然是难以实现的。

这些让我烦恼万分的强敌，它们正是从这些几乎从不干涸的水坑、水槽和插花的竹筒、花瓶中诞生的。蚊子大军从这些逝者之水中，成百万地不断滋生。如果按照佛教的说法，寄居在这些蚊子体内的灵魂，是由于前世的恶业而转生成了食血恶鬼，这成了它们的命运。也许这些蚊子正是死者的化身也说不定。

回到刚才洒煤油的问题上来。无论是哪里的蚊子，只要在它们所栖息的积水的表面上铺满煤油，那里的蚊子就会被全部消

蟲の研究

灭。孑孓会因窒息而死亡，雌性的成虫只要到水面上产卵，也会尽数死去。霍华德博士的著作还提到，美国有一座五万人口的城市，消灭掉全城蚊子的成本，似乎只需要不到三百美元……

在这里，我有一个很大的疑惑。如果现在的东京市政厅——在追求学术和进步的路上不惜一切代价的东京市政厅，能够张贴布告，告知市民在全市墓地的所有水面上，在一定时间内，洒上一层煤油的话，市民们会如何反应呢？对于有着禁止杀生的信仰的人来说，就算是肉眼看不到的生灵也不应被残害，他们又怎么会屈服于这样的布告呢？赞成这种方式的人应该不会太多。不仅如此，东京的所有墓地里至少有百万个积水处，与上千万的竹筒、花瓶，每隔七天就去洒入一次煤油，这所需的劳动力和费用之巨是不难想象的。这是一件不可能完成的工程。如果想要把这个城市从蚊子大军的侵扰中解救出来，唯有破坏掉老祖宗从往昔到现在留下的墓地，除此之外，就别无他法了。如果做了这样的事情，就跟破坏寺庙一样不得人心了。每一所寺庙都有着独一无二的美丽庭院，庭院中有小池，亦有镌刻梵文的石碑。还有小桥，有葱葱郁郁的植物和微笑的佛像。这样美丽的庭院，有谁会舍得让它从这个世上消失呢？如果这样的话，扑灭白纹伊蚊，就等同于破坏祭祀列祖列宗的诗意之美了。这么想来，这确实是一个多此一举的支出。

不仅如此，我们迟早有一天也会去往另一个世界，也会希望自己能够被埋到某一个古风寺庙的墓地里。埋在这样寺庙地下的逝者们，对于明治时代的时局、转变、崩溃的世界毫不介意，他们都是故去的古人。

我也想死后被埋在这样的墓地里，我觉得，离我家后院不远的那个老墓地就是最适合的地方。那里的一木一石有着令人惊叹的珍奇之美，超出今日之人所想象的极致，是凝聚了古老世界的梦想而建成的。就连院落里的光影，都不像是今世的产物，不像是今世空中的太阳投下的光。无论是蒸汽机、电力、磁力，还是煤油这些现代的产物，都不应该与这里发生任何联系。

　　这里的古典之美，会让人忘记今日世界的一切。那座巨大的梵钟敲响时的音色也仿佛不属于这个世纪，它能够呼唤出遥远过去的情感，那是一种古雅的回响。我盲目地陷入这种感情之中，甚至有些恐惧。这是铭刻在身体深处的恐惧。当那梵钟响起，如同惊涛一般的声音传到耳中的时候，我的灵魂深处潜藏的意识会抬起头来，让我感觉到内心深处的阵阵悸动。那是一种如同穿越了千百万年生死黑暗的记忆，想要从遥远的、光明无法到达的另一个世界挣脱禁锢一般。每次听到那钟声响起，我都会有类似的感觉。

　　今后的我，无论何时都想在能够听到这钟声的地方住下去……而且，我也开始意识到，自己可能也会面临转生成食血恶鬼的命运，一想到这里，我的脑海中就会勾勒起自己的来生——一边唱着那微弱却如同针刺的歌声，一遍悄悄地飞去见自己认识的人，去叮咬他们。我还想在那个盛花的竹筒之中，从那竹筒的积水中，再一次获得转生。

蟻蚁

三十七 ——

神或许是不存在的，但是，塑造与分化所有生物形态的力量，似乎又比诸神更严谨

一

　　昨夜的风雨已经停歇，今晨的天空，晴朗湛蓝，光线通透得炫目。清爽的空气中，满是松枝的香气，那是从被烈风吹断的无数松枝中，飘散出来的馥郁松香。附近的竹林中，能够听见如同诵读《妙法莲华经》一般婉转的鸟鸣。大地被南风吹拂，变得如此清静悠然。夏天来了。漫长的夏日终于降临了，如同用日本绘具描画的一般，稀见的蝴蝶开始舞动起来，耳边响起了嘒嘒的蝉鸣声，蚂蚁则耐心地在修缮先前崩塌的住处……这时的我，忽然间想起了一首俳句：

> 无处可去啊，
> 蚂蚁的栖息之所，

在五月雨中。[186]

   ——加藤晓台[187]

  但是，我家院子里的大黑蚁，看起来却不需要同情。它们在一棵高大的枯树上筑巢，那里起风时木屑狂舞，下雨时水流如柱，但它们表现出了一种难以想象的力量，忍受住了风雨的洗礼。它们在台风降临之前，会钻入隐匿在地下的"町"中，只是紧锁住"町门"，并不会做什么特别的戒备。第二天早上，待风雨停歇之后过去一看，只见大伙都精神如常地忙碌着。看到它们这样一种状态，我不禁想要为蚂蚁写一篇随笔了。

  其实，如果有可能的话，在这篇小文的开篇，我想捡拾一些日本古典文学的元素添在文章里面——比如，那些有着深深哀伤的情感，或者有着深刻哲理的内容。可是，关于这个题目，在日本友人帮我搜集的资料中，有重要价值的除了少数诗歌之外，剩下的都来自中国。这些中国材料大都是奇谈故事，但其中有一篇我觉得非常具有引用价值。别的故事都无法与之相比。

  在中国一个叫台州[188]的地方，有一个非常虔诚的男子，他长年虔诚地信仰一位女性神灵。有一天早上，他一如往常地开始为女神祷告，忽然一位身着黄衣的美人来到他面前。男子大吃一惊，便询问女子有何贵干，为何不打招呼就闯入屋中。

  那位女子答道："我不是凡间的女子，我是神仙，是你长年虔诚信仰的女神。为了证明你的虔诚不是徒劳的，我今日特地在此显灵……你能和蚂蚁说话吗？"

---

186 这首俳句原文为：行衡無き蟻の住家や五月雨。在日本，五月雨原指梅雨，后引申为断断续续、反复无常之意。

187 加藤晓台（1732—1792），日本江户中期的俳句诗人。

188 小泉八云用的原文为"Taishu"，可能是台州、泰州或者其他地方。

       蟲の研究

面对这样的问题，男子答道："实在不能。小人乃是贫贱无学之人，并非富有学识之人，就算是身份高贵的人们之间的谈话，我也只是略懂一二罢了。"

听了这一番话，女神的脸上浮现出了一丝浅笑。她伸出一只手，拿出一个香盒般的小盒子，打开盒子，将手指伸入盒中浸了一下，手指像是沾了一些油状的东西，然后，涂抹到了男子的两耳上，并开口说道："那么，你就找一找蚂蚁吧！如果你找到了蚂蚁，就在它们旁边仔细听一下它们的谈话，你会发现你能听懂蚂蚁的语言哦。但是，请务必不能做伤害、玩弄蚂蚁的事情，你要牢记这一点。"

正在男子纳闷的时候，女神一转眼便消失不见了。

男子立刻开始找起了蚂蚁。他来到后院，俯下身去，只见门口附近一块毫不起眼的柱础[189]上正好有两只蚂蚁。男子迅速凑上前去，侧耳倾听起来。令人吃惊的事情发生了——他真的能听懂蚂蚁说的话！

"怎么样？我们要不要去更暖和的地方？"一只蚂蚁问道。

"为什么还要去更暖和的地方？这里不好吗？"另一只蚂蚁反问道。

"这里的地面太阴湿了，有点冷呢！"最先开口的蚂蚁回答说。

"这里可埋着宝物呢！所以，老天爷不能让这里的土地太暖和！"两只蚂蚁一边说着，一边离开了。

男子在旁边听完这些，赶快跑进屋子里找了一把铁锹。他沿着柱础向下一挖，果然发现了好几个装满了金银的陶壶。男子因为挖出宝物而变成了富翁。

之后，这个男子还想再去听蚂蚁说的话，却什么也听不到了。

---

189 柱础是一种中国传统建筑构件，俗称磉盘，或柱础石，它是承受屋柱压力的垫基石，凡是木架结构的房屋，可谓柱柱皆有，缺一不可。

原来，女神的油只有一天的效力，男子听懂蚂蚁语言的时间也只有一天。

故事说完了。我在这里要坦白一下，其实我自己也和这位中国信徒一样，原本是个没有学问的人，自然也听不懂蚂蚁的语言。但是，一位叫"近代科学"的仙女，却能够用她手中的魔杖点醒我的眼睛和耳朵，这样，在很短的时间之内，我的耳朵便能够听到之前听不见的声音，眼睛便能够看见之前看不清的物体了。

二

说起来那些并不信奉基督教的国家，它们比欧美更容易产生出重视伦理道德的文明。如果我说这样的文明超过了我们，那么在有些社会环境中，这会被看作一种"背德行为"。与此类似，接下来我要讲述的蚂蚁的故事，同样也会令一部分人怒目而视。但是在这世间，一定存在着很多要令我抬头仰视的贤明智者。那些人的关注点并非基督教的祈祷与祝福，而是昆虫和文明。从某种意义上来说，最近出版的《剑桥博物志》给我带来了很大的激励。书中有一段大卫·夏普教授写的关于蚂蚁的内容：

> 根据观察，这种昆虫在生活中会呈现一个非常显著的现象。它们在很多方面，远远超过了我们人类的想象，它们完全掌握了社会化共存的生活方法。另外，它们还会发展出让社会生活更加便捷的各种产业，并且，在学习能力上所表现出来的艺术性，甚至要领先我们人类一步。这个结论是不可回避的。

假如有一个通晓诸多学识的人看到这位专家简练而平实的

蟲の研究

论调，我觉得，他大抵是不会反对甚至诘难的吧。毫无疑问，现代学者对于蚂蚁和蜜蜂，应该已经不会落入感伤主义的弊端了，而是从社会进化的层面，去认同这些昆虫在某种程度上甚至达到了"超越人类"的发展程度。

赫伯特·斯宾塞[190]先生认为，无论从经济层面，还是伦理层面看，蚂蚁都要比人类先进许多。其证据是，蚂蚁的生活是彻头彻尾以利他为目的发展的。虽然没有人因为斯宾塞先生的浪漫主义倾向而抨击他，但他要比夏普教授走得更远一些。夏普教授则通过周到细致的观察认为，人们对于蚂蚁的赞赏，也许多少有一些过誉了。夏普教授认为：

> 蚂蚁的能力与人类不同。比起个体的繁荣，蚂蚁更看重种族的繁荣。个体其实是建立在可以为集体利益而牺牲的基础之上的，或者说，个体是被集体利益分化的一部分。

说起这段文字所包含的意义，其实，无论在何种社会状态之下，如果个人的进步要为集体的繁荣作出牺牲，那么这个社会还是有很大改良余地的。站在今日人类的立场上，这个观点也许是正确的。这么说的理由在于，人类还没有进化到一个很高度的阶段，并且人类社会从人的进一步个体化中收获了很多。

但是，就社会化的昆虫——蚂蚁而言，这段文字里所隐含的批评，还有很多值得质疑的地方。赫伯特·斯宾塞认为："个人的进步，基于个人和社会的协同而不断适应，并且能够引导社会的繁荣，因此会让整个民族得到持续性发展。"换句话说，个人价值只在社会关系下存在。这是理所当然的，个人为社会

190　赫伯特·斯宾塞（Herbert Spencer，1820—1903），英国哲学家、社会学家、教育家，他把进化论的适者生存学说应用在社会学，尤其是教育及阶级斗争中，被称为"社会达尔文主义之父"。

所做出的牺牲是不是积极的，取决于作为社会一员的个人能够为社会带来什么样的贡献，或是造成什么样的损失……

　　但是，正如目前我们所看到的，在蚂蚁的社会生态中，我们最关注的是它们的伦理状态。并且斯宾塞说，道德进化的理想是"国家并不区分利己主义和利他主义，而是将它们互相融合折中"。如果实现了这个理想，人们之间的非议就会消失。换句话说，就是非利己行为所带来的愉悦感，将成为这个国家唯一有用的愉悦感。

　　另外，根据斯宾塞所述，蚂蚁社会的活动是"将个人的安宁和福祉放在一边，无论如何都要建立集体的安宁和福祉；个人生活只是为了适应社会生活而在必要范围之内受到关注，而饮食和休息只是为了维持活力"。

三

　　读者们想必已经很清楚了，蚂蚁这家伙会从事园艺和农耕行为，对于栽培蘑菇是相当熟练的。另外，根据现今所掌握的信息，蚂蚁可以饲育五百八十四种不同的动物。不仅如此，它们还能挖掘隧道、穿越坚硬的岩石；还能为了幼虫的健康，在遇到气候变化时找到应对的方法。此外，其寿命之长，远超一般的虫类，可以说是实现高度进化的一个物种了，它们经过了漫长的岁月而生存至今。

　　但这并不是我要表达的观点。我想说的是蚂蚁之间严肃的礼仪，还有伟大的道义之心。在人类的德行之中，我们最叹服的"理想"，与蚂蚁的伦理相比，从先进性上讲还要落后很多，可以说还有数万年的差距……

　　当然，这里我所说的蚂蚁，指的是蚂蚁这个物种中最高等的那种，而不是说所有蚂蚁。现在据我们所知，蚂蚁大概有两

蟲の研究

千多种，而且不同的蚂蚁，其社会组织化的先进程度是不同的。要从生物学角度研究某个物种的社会现象，只有将已经实现最高度进化的某一种蚂蚁的生活作为研究对象，才具有研究的意义和代表性。

关于蚂蚁长寿所带来的有价值的经验，近年来，有很多类似的作品都介绍过。也许，不能否认蚂蚁是有个性的生物。这种小动物如果遇到了从未遇过的困难，它会试图克服，并且会在这种完全没经历过的环境中产生相适的智慧，这也许可以证明，它是具有独立思考能力的。特别是，这种事情确实是经常发生的。也就是说，蚂蚁只是没有纯粹利己行为的个性而已。

说到"利己"这个词，在这里只是很普通的字面意义，并没有什么引申含义。贪欲的蚂蚁、好色的蚂蚁，除此之外，七宗罪[191]里的任何一个罪孽——哪怕是任何一个微小的罪过，在蚂蚁身上都不可能存在。与此相同，风流的蚂蚁、观念论者的蚂蚁、诗人的蚂蚁、在哲学中冥想的蚂蚁也是不可能存在的。无论是哪一种人类的精神，在蚂蚁身上都是不可能实现的，蚂蚁的精神是绝对务实的。人类实现了今日这种社会体制，但是还达不到蚂蚁这种完全从实际出发、纯粹出于务实的习性。并且，这种至上的务实精神，是无法产生道德过失的。验证蚂蚁是否拥有宗教观念，也许有些困难，但是，可以确定的是，这种观念对于蚂蚁来说是无用的。因为它们无法产生道德的弱点，所以就不需要精神层面上的引导。

关于蚂蚁社会的特征，或者说关于蚂蚁道德的特质，我们的认知还处于一种朦胧的状态，只是建立在想象的层面上。并

191　天主教教义中的七种原罪，罪行按严重程度递增依次为傲慢、嫉妒、愤怒、懒惰、贪婪、淫欲和暴食。

且，即使是想象，也是基于我们人类的社会，以及人类的道德，在现在很多未能深入涉及的领域，努力地展开想象的空间，从而打开新的认识。接下来，可以想象一个这样的世界——这个世界里满是人类，人们不分昼夜地辛苦劳动着。并且，劳动者好像都是女性。那些女性，无论是谁，面对劝说和欺骗都不为所动，只是摄入维持自身活力所需的食物，除此之外，一粒一滴的饮食也不会过多摄取。然后，她们还处于一个特别的体制中，在这个体制中，只要有一丝一毫的怠慢，就会导致体制机能的错乱。人们在这样一个特别的体制之下存活着——所想象的就是这样的一个世界。

这些妇女劳动者们，每天所从事的工作，包括修路、架桥、制造各种材料，还有建筑、园艺、农耕、饲养上百只家畜、制造各种化学物品、贮藏粮食，还要抚育后代。这些劳动完全是为了国家，市民将所有的物品都视为公有财产，没有任何人考虑"私有财产"的事情。并且，这个国家唯一的目的，就是养育和训练国民的子弟——且全部是女子。它们的幼年期漫长，幼儿在很长一段时间内的生活都无法自理，且衣不遮体，哪怕有一点点气温变动，都必须加以呵护，因为它们非常弱小。幸运的是，它们的保姆熟知保健规则，换气、消毒、排水……湿度和病菌的危险，保姆也可以感知到，正如我们用显微镜观察一样——保姆无论做什么都颇有心得，它们理解所有的卫生问题，无论是哪一位保姆，对于自己身边的卫生状况，都不会产生任何过失。

在这种无休止的劳动之中，无论哪一个劳动者都不会邋里邋遢的。每一名个体都会经常化妆，将自己打理得整洁得体。不过，无论哪一位劳动者，在它出生时，手腕上都会附着最精致的梳子和刷子，可以随时用双手整理打扮，不需要在额外的化妆间或梳妆台上浪费时间。如此这般，经常把自己的身体打理得干干净净，这些劳动者也会为了自己的孩子，将家里和院子里打扫得一尘不染，把家里打理得井井有条。只要不发生地震、火山喷发、洪水或者外来战争，擦拭灰尘、打扫地面、打磨物品、消毒等工作就会每日毫不间断地保持运作着。

四

说到这里，还有很多不可思议的事实。

这个不断劳役的世界，正如同维斯塔[192]的世界一般，但又高于那个世界。其实，这个世界有时候也会有雄性出现，但那只限于特殊时期。那些雄性，与劳动者，或者说与劳动本身毫不相干，没有任何雄性想要和劳动扯上关系。我们推测，除非是遇上非常时期，需要它们共同面对危机，否则这个现状就不会发生改变。另外，劳动者们也并没有想要与雄性交流的意愿。

为什么会这样？因为，在这个如此奇妙的世界里，雄性是既不能战斗又不能劳作的低等品种，作为一个不可或缺的麻烦制造者，只是被容忍着存在而已。不过，在雌性之中存在一个特殊阶级，它们作为这个种族的主母而被选出。这是一个被允许的特例，只有在一个短暂的时期内，主母能够成为雄性的配偶。被选为主母的雌性，则不会参与劳动，而是执行接纳丈夫的义务。劳动者与雄性约会的事情是无法想象的，这不单是因为这种无聊的约会意味着时间的浪费，也不单是因为劳动者对所有雄性都存在一种蔑视态度，更重要的原因在于它们是不需要结婚的。

的确，在劳动者中，有时会存在不需要雄性即可生育后代的"孤雌生殖"现象。然而，它们只是基于规则，遵循道德的

192　维斯塔（Vesta），罗马神话中的炉灶、家庭女神。在她的神庙中燃烧着永远不能熄灭的圣火，有六位贞女祭司轮流守卫，她们除非生病，否则一般不能离开神庙。

本能而身为雌性。所有的温柔、忍耐以及我们称之为"母性"的东西，虽然也会在它们身上闪现，但就如同佛教传说中的龙女一般，它们真正的母性已经消失了。[193]

在防御食肉动物，也就是国家敌人的时候，劳动者们皆持有武器，在此基础上，它们还被强大的武力所保护着。稍稍看一下那些兵士（至少是某一个团体）即可发现，它们的体格要远远大于劳动者们，看上去就像是其他的种族。守卫这些劳动者的兵士数量甚多，甚至达到了百倍有余。这些兵士看上去真的有如勇女烈妇一般，不，更准确的说法是，这些兵士是半女性，它们能够承担繁重的工作，因为它们的体格本来就是为战斗和牵引重物而生的，只有在那些需要气力而非技巧的工作中才能发挥作用。

"为什么不是雄性，而是雌性分化出了军队和劳动者呢？这并不是一个容易回答的问题，我也无法解释清楚。也许，是自然经济学决定了这一切吧。通过对自然界的观察，我们可以发现，在很多物种中，相比雄性，雌性的体格更加健壮，也更加富有精力。也许，在这种情况下，完全由雌性组成的种群能够拥有更强大的生命力，更加迅速有效地发展出特殊的战士阶层。不难想象，精力充沛的雌性，将产子所耗费的全部精力，用在了发展攻击力或是劳动能力上，这是似乎是它们实现分化的一个原因。"

纯粹的雌性，也就是被群体选出、拥有"母性"的雌性，数量是极少的。这样的雌性会受到女王的待遇，一天到晚都能得到无微不至的侍奉，几乎没有任何心愿需要表达。除了繁衍

193　《妙法莲华经》中有龙女变成男子而成佛的故事。

蟲の研究

子孙的义务之外，它们决计不会为生存而烦恼，只是没日没夜地接受照料，终日畅享美食甘露——唯有它们才享会有这样的待遇。

为了繁育下一代，它们像王者一样吃喝玩乐，并且，生理的分化宽容着它们声色犬马的放纵行为。这些雌性几乎不需要外出，如果没有强有力的护卫陪伴，它们绝对不会招致不必要的疲劳与危险。反正从一开始，它们也不会有想要外出的想法吧。在它们的周围，整个种族在以令人炫目的方式运转着，并且，整个种族的智慧、辛劳、节俭，都是为了它们的母亲和孩子们的安宁和幸福。

但是，母亲的配偶——那些作为麻烦制造者的雄性，从地位来看，却并不在整个种族的底层。就像前面提到的，这些雄性只在特殊的时节才会造访，它们的一生也极为短暂。它们虽然有机会享有与尊贵女王结婚的礼遇，却无法彰显自己的出身。因为它们并非出身名门，而是由处女生下的，也就是孤雌生殖而产下的孩子，只会偶然产生一丝隔代遗传所遗留的印迹而已，并非高等的存在。

但是，在这个社会之中，无论是哪一种雄性，它们的数量都极为稀少——作为丈夫而被选中的更是寥寥无几。并且，这些少数派一旦完成了自己的任务，基本上都会立即死去。自然法则的意义，存在于这个非凡的世界当中，正如罗斯金[194]所说，不努力地生活便是罪恶。这一点与它们是完全相符的。

也许在最初，雄性也是劳动者或战斗者，但因为后来实在没有起到什么作用，所以它们的地位就不再重要了。如同过去

194　约翰·罗斯金（John Ruskin，1819—1900），英国作家和美术评论家。罗斯金同情劳动者，他对社会的评论使他被视为道德领路人或预言家。

阿兹特克人为祭祀泰兹卡特里波卡[195]而选拔献祭者一样,献祭者被允许二十天的新婚旅行,但最终还是要被掏出心脏,奉献出自己的生命。而它们这些雄性的命运何等悲惨,丝毫不输给阿兹特克的献祭者们——"我们只有在今晚能够成为女王的夫君,婚礼结束后,我们就不再有活下去的权利了。对我们而言,婚礼就意味着死亡。为了今后数代子孙的延续,我们泪流满面,甚至不指望年轻的寡妇们为自己哀叹。"

五

不过,如果真要写一部《昆虫世界的罗曼史》,以上所讲述的故事也只不过是序章而已。

在这与文化相关联的种种惊人发现中,最令人吃惊的事情,恐怕就是发现了性的抑制。在社群化较为发达的某个蚂蚁物种当中,大多数的个体都缺乏与性相关的行为。如果进入到更高等的蚂蚁社会之中,就会发现性生活只会维持在蚁群繁衍所需的程度。

但是,从生物学的角度所带来的事实,却不像伦理学的角度那样令人吃惊。也就是说,在性机能方面进行实践性的抑制或者调节,实际上是一种自发行为,至少是这个物种的自发行为。

最近,人们发现了一种神奇的蚂蚁,它们能够通过特殊的营养方法,让幼年个体发展它们的性本能,或是抑制它们的性本能。它们能够把本能中最强有力,同时又是最难以抑制的性本能,完全控制住。这种以防止种群灭绝为必要的限度,对性生活进行严格控制,只是它们从生存经济学角度上被允许的个例(即

---

195 泰兹卡特里波卡(Tezcatlipoca),阿兹特克神话中的创世神之一,统辖第一太阳纪(阿兹特克人的历史观由五个不同的"太阳"组成,每个太阳纪代表一个时期)。

使是个例，也足以令人惊叹了）而已。利己的快乐（普通层面上的利己）能力，与其他能力一样，因为生理的改变而被抑制。

另外，获取食物也会直接或间接地建立在种群利益之上，仅仅满足最低限度的需求，而非无节制地暴饮暴食。即便像是食物或睡眠这样不可或缺的需求，也只是维持在健全活动的最低范围之内，允许满腹和熟睡。个体只是为了共存社会的利益而存在、行动、思考。于是，这个共存社会，在世间万物的法则所允许的范围之内，它们把拒绝自己被爱情或是饥饿所支配的利他行为，视为自己的名誉而甘愿为之行动。

对于我们大多数人类来说，如果没有某种宗教信条存在的话——相信未来的报应，惧怕未来的惩罚，那无论什么样的文明都不可能存在。我们就是在这样的环境中一步步成长起来的，一直接受的便是这种教育——一旦这个世上没有以道德观念为根基的法律，更没有强有力的执法部门的存在，人们就会只追求自身的利益，由此便会剥夺他人的利益，那么，强者便能毁灭弱者，怜悯和同情就会消失，全社会的组织架构都会分崩离析……

这种教育承认人类的本性是存在缺陷的，也蕴含着明显的真理。但是那些在千万年前首先阐释这个真理的人，其实根本没有想到，居然还存在着一个完全没有利己性的社会形态。毫无宗教信仰可言的大自然，为我们提供了充足的证据——存在这样一种社会，在那里，积极行善所带来的愉悦感使人们无须"义务"这一概念，与生俱来的道德感使人们无须各种道德规范。生活在那里的主人翁们，生来就不会有利己之心，且善心强大，无论对于多么幼小的个体来说，培养道德只是浪费时间而已。

对于所有进化论者来说，这样的事实只是基于我们人类道德的理想主义价值观做出的判断而已。并且，进化论者还会暗示我们：现代人类社会所说的德行，或者比亲切、克己等行为更为向善的品格，在一定的环境下是会被取代的。

进化论者不得不直面这个问题——一个没有道德观念的世界，是否比人人都被道德约束的世界更美好？他们不得不扪心自问：人类社会存在的宗教戒律、道德规范、伦理原则，是否恰恰能够证明我们仍然处于社会进化的初级阶段？并且，这些疑问又唤起了新的疑问——生活在地球这颗行星上的人类，到底会在什么时候达到超越理想的伦理状态呢？也就是说，现在被我们所称为"恶"的事物，逐渐走向萎靡，不再存在；现在被我们所称为"善"的事物，则逐渐变成我们的本能。

现在，比较高等的蚂蚁社会已经达成了这一成就，伦理概念与法则已经完全不需要了。这种纯粹利他主义的社会状态，我们人类究竟什么时候能够实现呢？

近代思想的巨匠们，已经多少注意到了这个问题。在他们之中最伟大的人，似乎也肯定了这个观点，并作出了答复。赫伯特·斯宾塞相信，人类最终可以和蚂蚁文明进行伦理层面的比较，并达到一种与之接近的文化状态。他是这样说的：

"假如说，在低等生物之中，存在着生物本性发生变化，由利他行为变成了利己行为的例子。那么，同样的事情发生在人类之间，当然也是有可能的。但是，关于这一点，社会性昆虫为我们提供了各种各样的生动实例，那些例子告诉我们，为了群体的利益，个体能够做出很多令人惊讶的举动，甚至牺牲自己的生命也在所不惜……

"蚂蚁或蜜蜂，并不具有我们所理解的'义务'观念，同样，它们也并不具有我们所理解的'牺牲'观念，但类似的事情在它们的日常生活中不断上演，简直令我们难以想象……（这些事实）为我们展示了在其他环境下，如同我们人类奋然追求利己的目标一样，它们也会奋然追求利他的目标。这种利他的本能在有机组织之中诞生，这种可能性是存在的，同样也有事实来证明。当然，为了满足这个有机组织的要求，必须为他人的安宁和幸福做出行动并加以维持。

"在未来，利己主义将自始至终地受到利他主义的影响，但这种状态还远远不是终极真理。与之相反的是，利他主义成为愉悦的一大源泉，比起利己获得的满足感，这种愉悦感会达到更高的境界……如此，利己主义和利他主义终于达到了折中调和的阶段，达到了合而为一的状态。"

六

当然，上述预测是基于将昆虫社会里的各种分工，呈现在不逊于社会分化层面的组织分化上。但这并不意味着，这种生理变化一定会在未来某个时候影响甚至改变人类的本性。数量众多的半女性劳动者和女军人，为了少数被选出的懒惰的主母而辛勤付出，对于我们人类来说，这样的未来是无法想象的。即便在《未来的人口》这一章，斯宾塞也没有试图详细阐释相关论点，即生理变化对于高道德种族的产生是不可或缺的——尽管他在一篇关于完善神经系统的综述中提出，人类生育率的显著降低表明，道德提升意味着大规模的生理变化。

如果我们有充分的理由相信，对于未来的人类来说，满足群体利益所产生的愉悦感，能够成为人生全部的愉悦感。根据昆虫生物学已经证明的理论，我们也可以合理地想象一下，在其他层面，无论是生理层面还是道德层面，会不会存在进化的可能性呢？

我也不知道。

我很尊重赫伯特·斯宾塞，并将他视为古往今来最伟大的哲学家而加以崇拜。这里，我要对他表示万分抱歉，因为接下来要写的内容会与他的观点相左。明智的读者可以想象到，这是受综合哲学[196]的启发。接下来的思考，文责全部归于本人，如果表述有误，那么我将承担一切罪责。

斯宾塞所预测的道德突变，需要借助生理的变化，而且需要承受相当大的牺牲才能得以实现吧。昆虫社会所显现的伦理状态，是在数百万年之间，持续抵抗了最强烈的欲望，经过拼死固守的努力才能够达到的状态。同样，我们人类或许也经历了与强烈欲望的对抗，最终才将其克服，达到如今的状态。

斯宾塞认为，人类最艰难的时代尚未到来，那个时代将面临人口不断增长带来的巨大压力。我认为，在这种长时间的压力下，人类的智慧与同情心将会大幅增长吧，人类将变得更加睿智，抛弃掉多子多福的观念。但是，我们被告知，生殖能力的衰退，不足以保证人类社会能够达到至高无上的状态，只会减轻人口压力，而这正是人类最大的痛苦之源。人类不断追求更完美的社会均衡[197]状态，但永远无法达到极致——除非人们发现了一些解决经济问题的方法，就像社会性昆虫通过抑制性生活来解决问题一样。

假如人类发现了更好的手段，或者能够将现在消耗在性生活上的精力转移到某种更高级的行为中，并得到发展，那么大多数人都可以在童年抑制自己的性发育。这种假设如果成立的

196　斯宾塞自称自己的哲学为"综合哲学"，从力学、生物学、社会学等方面系统论述了实证主义的哲学观点。

197　斯宾塞首先提出并全面阐释了"社会均衡"理论，他认为只有通过社会分工才能达到均衡状态。

蟲の研究

话，人类难道不会像蚂蚁那样，进入一种同质异形的状态吗？并且，这难道不会导致在未来的民族中，女性在进化上比男性得到更长足的发展，无明显性别的大多数个体占据人类的最高阶层吗？

考虑到即使在今天也有很多根据非利己的动机（其中当然包含了很多宗教性的动机）而宣誓独身生活的人，那么，在人类实现了比现在更高进化的未来，为了人类共同的幸福而甘愿牺牲自己大部分的性生活，也不是无法想象的事情。在这样的利益之下，只需一些无关紧要的优势——假如人类像蚂蚁一般用极为自然的方式战胜了牺牲性生活的障碍——人类寿命将得到惊人的大幅延长，这会是相当重要的大事件。突破了性别限定的高等人种，也许能够实现一千岁寿命的长生梦想。

我们已经能够感受到生命的短暂，不仅如此，不断加速的新发现使世界日新月异，知识也在不间断地膨胀。随着时间的流逝，我们会为自己短暂的生命而叹息，每天都会愈发感觉到时间的短暂。科学永远无法发现炼金术士渴望的长生灵药。

宇宙的力量不允许我们戏弄它，对于它赐予我们的每一项优势，我们都要付出相应的代价。不费力气，一无所得，这是永恒的法则。长寿，或许就是蚂蚁付出某种代价后得到的报酬。说不定，在某颗比地球还要古老的行星上，某个物种已经付出了那种代价了，它们用某种我们难以想象的方式，将生育后代的特权赋予特殊阶层，并在形态上与其他的阶层加以区分……

七

但是，即便昆虫生物学的事实给未来人类进化的方向带来了诸多暗示，那么对于道德和宇宙法则之间的关系来说，这些事实是否也能彰显出某些重大的意义呢？很显然，我们不会承认，在所有领域都被人类道德经验非难的动物，有能力实现最高级的进化。无私的力量，才是最强大的力量，这至高无上的力量永远不会赋予残忍与荒淫。神或许是不存在的，但是，塑造与分化所有生物形态的力量，似乎又比诸神更严谨。

生命的形态"你方唱罢我登场"，如同天上的无数星辰般形形色色，要证明它们有着共同的发展轨迹，这无疑是困难的。但另一方面，在宇宙整体的演化过程中，那些反对人类私欲的伦理制度，倒确实是被整个演化过程所肯定的。

蟲の研究

肆

骨董

骨董

本章选译自小泉八云的文集 Kottō（1902），该书副标题为『被杂多蛛网覆盖的日本奇事珍谈』。在汉语中，骨董一词是古董的旧称，写作『骨董』的记载最早见于宋代。而时至今日，日语仍然将古董写为『骨董』。小泉八云在该书封面上标注了汉字『骨董』，故翻译时沿用该名。

幽灵瀑布的传说

幽霊滝 の 伝説

三十八

「喂！御胜！」

「喂！御胜——」

　　从前，在伯耆国[198]黑坂村[199]附近，有一处瀑布被称为幽灵瀑布。至于为什么叫这个名字，我也不清楚。在瀑布下的水潭旁边，有一座祭祀氏神[200]的神社，当地人将这里的氏神奉为瀑布大明神。神社的前面放了一个木造的功德箱，关于这个功德箱，还有一段令人毛骨悚然的故事。

　　大约三十五年前，一个天寒地冻的冬夜里，在黑坂村一家不知名的纺麻厂干活的女工们，结束了一天的工作，围坐在纺麻间里的大围炉旁一边取暖、一边兴趣盎然地讲着怪谈故事。大家都很有兴致，各种各样的怪谈故事层出不穷。大概说了十多个故事后，她们中间已经开始有人感到不舒服，甚至毛骨悚然了。但有一位年轻的姑娘却仍然兴致盎然。为了追求更多恐

198　伯耆国，日本古代令制国之一，其领域大致为如今的鸟取县中部及西部。

199　黑板村，位于今天的鸟取县日野町。

200　在日本的神道教信仰中，生活在同一个村落等小区域的人们，共同信奉的本地神明，被称作氏神。

怖所带来的刺激和快感，她向大家提议说："那个那个，我提议，今晚谁敢一个人去幽灵瀑布那边？"

听到了这样的提议，在座的其他人都不禁"哇"的大叫一声，接下来就是一片喧哗，还有人哄笑起来。

"谁要是敢去，我就把今天纺的麻料全部送给她……"提建议的姑娘用戏谑的口吻说道。"我的这一份也可以给哟。"坐在她旁边的另一个妇人，也开始跟着起哄，"我也给，我也给！"第三个人也随声附和起来。"大家都赞成！"第四个人也出现了，这回则是以肯定的语气说出的。这时候，一位名叫安本御胜的木匠夫人从围坐的人群中站了起来。御胜把她两岁的孩子裹在暖和的毯子里，背在身上把孩子哄睡着了，随后说道："如果大家真能把今天纺出来的麻料都给我，那我现在就去幽灵瀑布走上一遭！"

御胜的话换来了满堂的惊讶和嘲笑。但是，她又认真地重复了一遍，大家看她不是在开玩笑，态度也就逐渐变得严肃起来。纺麻女们每个人都亲口做出承诺，她们七嘴八舌地对御胜说，如果她真的敢去幽灵瀑布的话，自己一定会将今天所纺出的麻料全部送给她。

"可是，御胜是不是真的去了幽灵瀑布，我们怎么知道呢？"刚才第一个提建议的年轻姑娘继续追问起来。

"是呀是呀！要不然这样好了，让她把瀑布旁边神社里的功德箱给我们带回来，这不就是最好的证据嘛。"这时候，在这群纺麻女中，一位平常被大家唤作奶奶的老妇提出了她的建议。

御胜嚷道："好好好，我这就去把功德箱带回来。"

于是，御胜背着还在熟睡的孩子，就这样急匆匆地跑到街上了。

那天晚上夜色凝重，外面寒霜缭绕，天空却依然晴朗。御胜紧着脚步，急匆匆走过空无一人的街道。彻骨的寒冷紧紧地包裹着御胜，也笼罩着整个村子，无论是大户人家，还是寻常百姓，都一样感到寒冷。她咬紧牙关坚持走了下去，不久就出了村子。村庄外面，街道变成了崎岖不平的小路，两边的水田已经尽数冻结，仿佛铺陈在路边的凹凸丑陋的镜子。凄清寒冷的夜晚，只有星光相伴，些许光线洒在御胜身上。

走了小半个时辰，道路逐渐变得狭窄弯曲，并开始向下弯折，成了一条细小的下山小道。越往下走，小道就越艰险，御胜身上的星光也不见了，四周变得愈发漆黑。对于这条小道，御胜并不陌生，这便是通向瀑布的下山道。稍往下走去，拐了几个弯，耳边就传来了瀑布飞流直下的哗哗声。再稍向下走一段，便来到了瀑布底。走到这里，小道豁然开朗，刚才若有若无的哗哗声，陡然变成了震耳欲聋的轰鸣声，瀑布在御胜面前隆隆作响。她抬头一望，眼前的一团漆黑中，一缕细长的白影从山崖之上绵绵垂落，那是瀑布在夜色中反射出的白色流光。她朝水潭边望去，隐隐约约看到了放在神社前的功德箱。御胜来了精神，立刻跑到神社近前，当她伸手去拿功德箱的时候……

"喂！御胜！"这时，突然从垂落深潭的瀑布中传出了一阵喊声，满是警告的语气。御胜被这突如其来的喊声吓得胆战心惊，呆立在原地，不敢动弹。

"喂！御胜——"尖刻的叫喊声再一次从瀑布中传来，比刚才的声音更加凄厉恐怖，语气从警告变成了愤怒……

但是，御胜毕竟是个好强的女人。她并没有被声音吓到崩溃，而是迅速调整了情绪，她咬定牙根，一把抱起眼前的功德箱，转身一口气跑出好远，将瀑布甩在了身后。随着瀑布的哗哗声越来越小，那个恐怖的叫喊声再也没有传来了。但她仍然感觉似乎有瀑布的白影在眼前晃动。

御胜一刻也不敢停歇，上气不接下气地拼命跑着，一直跑到村外的小路上，这才敢停下脚步休息。此时的御胜又怕又累，只顾得上大口喘息。休息片刻，她定了定神，装作若无其事的样子，迈着快速而又稳健的脚步往黑坂村方向走去，没过多久，便回到了村子。她快步走到纺麻厂前，用力地敲响大门。

有人过来打开了门，御胜抱着功德箱气喘吁吁地走进了屋子。屋子里顿时炸开了锅。不论老幼，所有的女人们先是瞠目结舌，接着又大声叫嚷起来，屋子里一时间充满了阵阵骚动。御胜讲起了她这一路的遭遇，大家屏息凝听。当御胜说到幽灵瀑布里有个恐怖的声音曾两次喊出她的名字的时候，屋子里再次吵成了一团——有人半信半疑；有人对御胜的遭遇表示担心；有人赞赏御胜，称赞她是勇敢好强的女人；还有人说，当真要履行诺言，这就去取来今天纺出的麻料……

正当大家七嘴八舌之际，年长的奶奶开口了：

"御胜啊！你呀，怎么把身上的孩子给忘了！可别把孩子给冻坏了！快！快！赶紧到围炉这边来，给孩子暖和一下……"

"是，是，都到这个时候了，孩子大概也饿了！"御胜恍然大悟，"我这就给他喂奶吃。"

"哦……哦……可怜的孩子……"奶奶一边帮着解开裹在孩子身上的毯子，一边对御胜说道。

"哎呀！你呀！这是怎么回事？！你的后背，怎么湿漉漉的？"话音未落，奶奶的声音变得颤抖而沙哑，随即，大声叫喊起来，"是血！那是血呀！"

从解开的毯子中滑落到地面上的，是一件沾满了鲜血的婴儿和服，而从那和服中露出来的，只是一双早已僵直的小手和一双同样僵硬的小脚——不知什么时候，那孩子的头已经被摘掉了！

骨董

茶碗中的幽灵

茶碗 の 中

三十九

那人就像烛光透过纸灯罩一样，一下就透过了墙壁，消失在了眼前

元和[201] 三年一月四日，说起来，离现在已经有二百多年了。有一位官居佐渡守[202] 的大名中川氏，携部下们到民间进行新年巡礼。他们一行人来到了江户治下的本乡白山，在附近找了一家茶馆休息。中川的随从中，有一位名叫关内的年轻若户[203]，一路上干渴得嗓子直冒烟，他赶忙找了一个大茶碗，接了满满一碗茶水。正当关内端起茶碗，准备喝的时候，他不经意地瞄了一眼茶碗，看见澄清透亮的黄色茶水中，竟然映出了一张别人的脸。

关内大吃一惊，赶忙转身看看四周，以为有人站在他身旁搞恶作剧。可是，他的身旁一个人都没有。茶碗里出现的面孔，从发髻的形状看来，应该是一位年轻的武士。不可思议的是，这张脸就这样在碗中映着，看上去如此真实，而且是一个俊美的少年，面容就像女人一样温柔，两眼和嘴唇还在微微动着。

201　元和是日本后水尾天皇年号，时期为 1615 年至 1624 年。元和三年为 1617 年。

202　佐渡守，日本古代官位，所属级别为正六位下，不指具体职务。

203　若户，武士的随从中身分低下、没有骑马资格的人。

肆　骨董

这可真是奇怪的事情啊。关内又惊又怕，赶紧将茶水泼了出去，想检查一下这只茶碗，看看到底有什么玄机。

但看起来，这只是一只非常普通的廉价茶碗，碗内也没有任何花纹或图案。关内又随手拿起另一只茶碗，重新倒满了茶水，可是茶水里，还是出现了刚才的人脸。关内大骇，赶忙又泼掉茶水，重新倒了一碗，而那张陌生人的脸，竟然又不可思议地出现在了茶碗之中。而且，这一次，这张脸仿佛浮现出了愚弄和嘲讽般的笑容。

关内惊恐到了极点，但已经顾不上那么多了，他鼓起勇气，赶忙对着茶碗喊道："你到底是什么人，我根本就不认识你，不过我不会怕你的！"说罢，他端起茶碗，闭上眼睛，一口气把映着陌生面孔的茶水喝了下去，然后转身走了出去。

随后一路上，他也没觉得有什么不适之处。

当天夜里，关内在中川宅邸的门房中值守。一个陌生来客忽然出现，静悄悄地走向房间深处，几乎没有一点声音。关内大吃一惊，只见来客是一位身穿高贵服饰的年轻武士。武士不紧不慢地端坐在关内面前，先是简单致意，然后对他说道："本人式部平内，今日初次见面，不知你是否还记得我？"

武士的声音极为微弱，但依旧清晰地传入了关内耳中。关内觉得对面的人很眼熟，仔细端详了一下，顿时心惊胆战起来！眼前的这位，不就是今天在茶碗里见到的，后来又被他吞下肚子的那张脸吗？那张有着英俊面庞，又有着诡异笑容的脸。此时，眼前这位来客，也泛着同样的笑意，和白天在茶碗里的表情一模一样。武士的嘴角上挂着笑，却目不转睛地盯着关内，笑容逐渐变成了一种带着明显挑战和侮辱之意的嘲笑。

关内又惊又怕，还被对方的表情气得咬牙切齿，他强压下怒火和恐惧，故作镇定，冷冷地回答道："不，在下并不认得你！"

尽管关内被吓得不轻，可是他仍然装作若无其事的样子，

骨董

反问对方："我俩认不认识并不重要，重要的是，你来此有何贵干？！府中戒备森严，你又是如何潜入的？[204] 请务必告知我详情。"

"呵呵，你真的不认识我吗？你再好好想想。"

来客满嘴都是讽刺的语调，一边说着，一边向关内步步逼近。"不是吧，原来你真不认识我啊。可是，今天白天，你不是还加害于我，一口把我吞掉了吗？"

关内被逼得步步后退，正在慌乱之际，他随手摸到了别在腰间的短刀，于是猛然拔出短刀，向来客的喉咙刺了过去。

但是，什么东西都没有刺到。闯入者连声音都没有发出，就轻轻地避开了刀锋，闪向了墙壁的方向，身体居然就此穿墙而过，如同影子一般消失在房间里。而穿过的墙上，什么痕迹都没有留下，那人就像烛光透过纸灯罩一样，一下就透过了墙壁，消失在了眼前。只有幽灵能做到这些。

关内吓得一夜没有合眼，第二天赶忙将昨晚发生的事情报告给了上级。众人听后都感到非常惊讶，但也觉得太过诡异。昨晚出事的时候，整个府邸里谁都没有看见有外人出入。另外，中川的家臣们也表示，他们中没有任何人听说过一个叫式部平内的名字。

又过了几天，关内不当班，就回到了家里与父母住在一起。到了后半夜，佣人忽然跑来向关内禀报，说有客人来访，因有要事相商，所以半夜前来打扰。

关内虽心生疑窦，却又不敢怠慢，便取了刀向外走去。出了玄关一看，只见三位带刀的武士正站在门外。三位武士一见

204　在封建时代，日本大名的府邸昼夜有人巡逻，守备非常森严，只要不是守备懈怠失职，在无人引导的情况下要想潜入府邸，近乎难于登天。——小泉八云注。

关内出来，赶忙上前毕恭毕敬地行礼。礼毕，其中一位武士开口说道：

"吾等名唤松冈文吾、土桥久藏和冈村平六，乃式部平内阁下的家臣。昨夜家主特意去拜访你，你却拿短刀意欲行刺家主。家主身受重伤，只能静养，目前正在泡温泉养伤，次月十六日方能归来。到时定会寻你复仇……"

关内哪里能等到对方把话说完，忽然起手拔刀，飞身近前，对着三位来客一通乱砍。但是，再次发生了令人惊惧的一幕——刀就像砍在影子上一样，三位武士同时朝隔壁的土墙跳去，居然像影子一样，径直穿过了土墙，没有留下一丝痕迹……

故事到这里就戛然而止了，接下来会有什么样的事情发生，也许在某个人的脑海中还记得结局，但故事已经如此传了百年，那知道结局的人也已经尘归尘、土归土了。

也许，应该是这样或那样的结局，不同的故事已经在我的想象中发生了许多次，但是，能够让我的西方读者们满足的结局，却一个也没有出现。我甚至觉得，在关内喝掉了幽灵之后，事情会迎来怎样的发展，还是交由广大读者想象，也许会更好一些吧。

骨董

常识

四十

我终日以杀生为业，就不是个拜佛悟道之人，怎么能有缘见到菩萨显灵呢

很久很久以前，在京都近郊的爱宕山上有一间小庙，里面住着一位博学多识、终日参禅诵经的僧人。小庙处在远离人烟的寂静之地，倘若没有人来供应日常物资，生活是很不方便的。幸好，附近有一些虔诚的山民，每月都会带来大米和蔬菜，照料僧人的日常起居。

在这些乐善好施的善男信女之中，有一位猎户，他时不时地会进山寻找猎物。有一天，猎户带了一袋大米去庙里施给僧人，刚一进来，就被僧人叫住了。

"我一直有些话想要跟你讲。今天你既然来了，我就跟你说说。"僧人顿了一下，继续对猎户说道。

"其实啊，我最近遇到了一件特别奇妙的事情，那件事为何会在我的面前发生，贫僧也是百思不得其解。但是，你也知道，贫僧这些年来一直在诵经、修三昧，每日不敢有丝毫怠慢。包括各位施主的恩赐，贫僧觉得自己也是修了些功德的。但万万没有想到，如此奇迹竟能够发生在贫僧身上。"

"到底是什么事啊？"猎户稍微有些不耐烦。

"就是啊，最近几天，每到夜里，就在这座山上，我亲眼见到了骑着白色巨象的普贤菩萨显灵啦……我看施主，不如你跟我在寺里住上一夜，一定也会有缘一睹菩萨显灵的。"

"哦？真有此事？我特别想一睹普贤菩萨显灵，但是像我这样以杀生为业的人，真的有资格见到吗？我自觉心中有些罪孽，这种好事不会降临到我头上吧？"猎户如是答道，"如果不介意的话，我倒是很想与方丈一同拜见菩萨显灵。"

猎户说完，就随僧人住在了寺里。只是，猎户一直是将信将疑的态度，如此奇迹，居然每天晚上都会发生，僧人还打包票说今晚一定能够一睹菩萨显灵，这种事情是真的吗？起初猎户只是怀疑，但越想越觉得哪里不对。寺里还有一个沙弥，负责日常的钱粮出纳，今天正好也住在寺里，猎户找了一个机会，单独去向沙弥询问。

"听方丈说，每天晚上，普贤菩萨都会在此山显灵？可有此事？你也跟着一起拜过菩萨了？"

"啊，是呀，我们都拜过六回啦！"沙弥回答道。

沙弥看起来不像是在说谎，不过这反倒加深了猎户的疑虑。不对，这个沙弥何德何能，也会有缘目睹菩萨显灵？他看到的到底是什么呢？哎呀，算了吧。再怎么想现在也不会得出答案。猎户整理了一下思绪，就按照与僧人约定的时间，开始了这一天的漫长等待。

快到午夜时，僧人过来嘱咐猎户，告诉他菩萨一会儿就要显灵了，让他做好准备。三人挤在小庙门口，雨户也被拉开了。僧人跪伏在门前，沙弥则跪伏在他的左手边。只有猎户在他们二人身后，跪也不是，伏也不是，不断好奇地直起身子张望。

时间到了九月二十日晚，夜空中云朵低垂，强风吹起，云朵疾掠过星汉，夜色渐暗。三人不知等了多久，正当猎户快要睡着的时候，突然，东方的天空亮起了一道白光。不，那不是阳光，此时离日出尚早。正在猎户思量之时，只见白光化作一道星芒，难道是普通的流星？猎户又一次心生疑窦，但星芒却朝着他们飞来，越来越耀眼。转眼间，星芒变成了一团圆形的白光，白色的光团越来越近，渐渐现出了一头白色巨象的身形来。

不一会儿，只见一头长着六根牙齿的雪白巨象出现在他们上空，周身散发出神圣的光辉。巨象在空中缓缓降下，白色的光芒如同月光泻地，照亮了整个小庙。骑在上面的正是普贤菩萨，他周身笼罩着明亮的光晕，仿佛撕破了黑暗的夜空。

与小庙相比，这头白色巨象的身形显得硕大无朋。面对如此场面，僧人和沙弥伏地不起，一心不乱地诵起了经文。可就在此时，猎户却不慌不忙地从二人身后起身，拿起放在身边的弓箭，忽然张弓搭箭，把弓拉得如同满月一般，瞄着普贤菩萨的尊体，倏地射出了一发箭矢！

一刹那间，箭矢贯胸而入，连箭羽都快要没入胸口了。天空中顿时传来一声雷鸣般的巨响，神圣的光晕消失了，四周陷入黑暗，菩萨和巨象的身影也消失在了黑暗之中，只剩夜风呼啸而过。

"这……这……你……好大的胆子，你这个混账东西！"僧人满怀悔恨与绝望，一边哭号，一边对猎户怒吼了起来，"作孽啊！你这是罪大恶极！你到底都干了些什么啊！你到底都干了些什么啊！"

然而，猎户听了僧人的责骂，却不为所动，既没有表现出后悔的情绪，又没有流露出任何愤怒的表情，而是一副若无其事的样子。待僧人骂够了，他便接过话茬，非常和缓地回应道：

"方丈，您先冷静一下，听我讲上几句。方丈您长年累月积德行善，不断修行，称得上是功德无量，自然也配得上一睹普贤菩萨显灵。但是您想想，普贤菩萨真的能在这个管账的沙弥和我这个粗鄙的匹夫面前显灵吗？如果是只在方丈一人面前显灵，那自然是有可能的。像我这样目不识丁的猎户，每天所做的事情就是杀生和做买卖。我虽然听闻，三千世界处处有佛，但是像我这样的凡夫俗子是没有机会一睹菩萨真容的。方丈，您是洁白无垢的得道高僧，您拜佛、开悟，是您修行应得的。但是，像我这样的人呢？我终日以杀生为业，就不是个拜佛悟道之人，怎么能有缘见到菩萨显灵呢？我和这个管账的沙弥，两个人都像方丈您看到的那样，今晚都看到了菩萨。我想说的就是这一点。方丈，我们看到的这个，根本就不是普贤菩萨显灵。根据我的经验，这很可能是什么妖怪变成了菩萨的模样，如果你们一直没有防备，说不定哪天就会被妖怪所害。天亮之后自有分晓，拜托方丈，暂且忍我到天明。到了天明，我自会向您证明我所言不虚。"

太阳刚刚升起，一行人就跑到了昨晚出现幻象的地方进行调查，在那里发现了一道细长的血迹。于是，众人顺着血迹追去，大概追了几百步，就发现血迹在一个洞口消失了。他们顺着洞口挖了一下，果然从里面挖出了一只已经死去的貉。

僧人确实有着高深的学识与虔诚的信仰，但即便如此，也会轻易被貉精欺骗。但另一方面，猎户虽然没有读过什么书，也没有什么信仰，却在自身成长的环境中，得到了一种非常强韧的、被称作"常识"的生活经验。借助"常识"的力量，猎户经受了各种危险和骗局的考验，并能够在欺骗和迷惑中从容不迫，化危机于无形，消弭种种风险。

骨董

生灵

生霊

四十一

只有被人极度憎恨的时候，才会被生灵附体啊

很久以前，在江户的灵岸岛，住着一位叫喜兵卫的商人，他经营着一家规模不小的陶瓷店，当地叫濑户物店 [205]，日子过得非常殷实滋润。长年以来，喜兵卫一直雇用一位名叫六兵卫的人做店里的掌柜，这位六兵卫掌柜聪慧勤奋，店里的生意也日益兴隆。但由于买卖越做越大，即便六兵卫长了三头六臂，也渐渐忙不过来了。于是，他向老板请求，希望给店里多雇一个有经验的伙计，来协助自己。

老板答应了这个请求。正好，六兵卫有一个侄子，曾经在大阪的一家陶瓷店实习过，今年二十二岁，也到了干活赚钱的年纪，六兵卫就决定叫侄子过来帮忙。

他这侄子也是勤恳能干，马上就给六兵卫帮了大忙。他在做买卖方面显露了过人的天赋，比起已是商场老手的六兵卫叔

205　在日本，"濑户物"特指陶瓷。濑户是日本陶器的起源地，拥有日本六古窑之一的"濑户烧"。产自濑户的陶瓷非常著名，行销日本各地，"濑户物"便逐渐成了陶瓷的代名词，销售陶瓷的店铺便被称作"濑户物店"或"濑户物屋"。

父都毫不逊色，赢得了各方赞许。他的才能使商店的生意比过去更好了，身为老板的喜兵卫看到这些，自然是喜上眉梢。

可是好景不长，在商店刚刚干了七个月，这个年轻人居然得了不知名的怪病，身体状况急转直下，甚至到了命悬一线的地步。六兵卫寻遍了江户一带的名医，但是谁都查不出病因。医师们都无法开出药方，只是猜测说，这病看起来好像是因为情绪而发作的，怕不是这年轻人内心有什么忧愁才一病不起。

六兵卫心想，侄子这个岁数，说不定他是看上了谁家的姑娘，但是羞于开口，就郁郁成疾了。于是，他来到卧床的侄子身边，询问了起来：

"侄儿啊，实际上我一直在想，你正是到了该成家的年纪，是不是因为喜欢上了哪位我们不知晓的姑娘，才会朝思暮想、一病不起啊？如果真是这样，今日你大可以将心中的难言之隐，清清楚楚地告诉我。你远离父母来到此地，我就如同你亲生父亲一般。如果你有什么忧愁或是悲痛之事，我都会替你父母尽责，想办法帮你解决的。如果是钱的问题，那就更不用疑虑了，要多少钱尽管说。如果不够，我还会想办法筹集。只要你能康复，回到以往无忧无虑的样子，就算找喜兵卫老板借钱，我也会去做的。"

大病中的年轻人，听到叔父如此深切的关怀，却是一副为难的表情。他沉默了半晌，终于怯生生地开了口：

"感谢叔父的关照，您这深切的话语，我今生难忘。但是，我并没有喜欢上谁家姑娘，我还没有考虑过喜欢谁的事情。其实我这种病，不是求医问药能解决的，也不是钱的问题，这样的怪事不知道该如何解释。实际上，我在这家店里遇到了麻烦，才使我变成了这副行将就木的样子。不管我去什么地方，不管是白天还是黑夜，不管是在店里，还是在卧室，只要是在我独处的时候，就会被一个女人的影子纠缠，这让我痛苦不堪。从很久之前开始，我就没有睡过一个安稳觉了，只要一合眼，那个女人的幻影就会如同幽灵一般出现，紧紧地掐住我的喉咙，想把我活活掐死。所以，每一天晚上，我都没有睡着过，才变成了这副样子……"

"你啊，为什么不早点跟我说这件事？"六兵卫焦急地问着。

"唉，因为我想，就算告诉你，也是没有用的。"侄子叹了一口气，继续说，"我所说的幽灵也好，幻影也好，并不是死人的鬼魂幻化而成的，而是还在人世间的大活人……这人，叔父您也是认识的。我害怕啊，我只要说了出来，定会遭受责难的。"

"那这人到底是谁啊？"六兵卫急了起来，大声追问道。

年轻人发出了微弱的声音："就是……就是我们的老板娘，也就是喜兵卫老板的夫人……夫人总想索我的性命。"

听了这番话，六兵卫感到惊讶万分。他相信侄子所说的并非虚言，以侄子的人品，决计不会造谣诋毁他人。但为什么会出现活人化作的生灵，即使是阅人无数的六兵卫，也是毫无头绪。一般来说，所谓生灵，多数是出自无法实现的单相思，或是出自对某个人强烈的憎恨，在当事人不知情的情况下，就会让自己产生的怨灵，突如其来地附在对方身上。但是，这还是很难解释现在的情况，喜兵卫的夫人已经是五十多岁的人了，再说，自己年纪轻轻的侄子怎么会被人憎恶呢？——只有被人极度憎恨的时候，才会被生灵附体啊。但是，从这年轻人的日常品行来看，他讲究礼数，做事勤勉可靠，真的是没有什么招人恨的地方啊。

对于这个难题，六兵卫实在是找不到原因，他决定将事情告诉老板喜兵卫，然后再看看怎么办。

听了六兵卫的一番讲述之后，喜兵卫深深地叹了一口气。四十多年的共事，六兵卫掌柜深得老板的信任，他所说的不像是谎言。于是，喜兵卫立刻把夫人叫了过来，当场把病人说过的话转告给了她，并谨慎地询问事情的原委。话还没说完，夫人脸色大变，开始不住地啜泣。她哭了很久，忽然严肃起来，一字一句地回答说：

"那个新伙计所言不虚，他被生灵附身，应该是真事。但是，说真的，我自己也说不清楚，为何会如此怨恨这个年轻人。正如您所见所闻，这年轻人做起买卖来很有一套，他的所作所为，让店里的客人都很舒服，甚至都挑不出什么差错。因此，在店里，您给了他很大的权力，连家中的学徒和女工他都能随意差使。但是，唯一能继承我们这份家业的人，也就是我们的儿子，将来很容易就被这年轻人抢占了风头。这伙计招人喜欢，又会做事，人们都看在眼里，没准他会有野心，骗了我们的儿子，占了我们的家业，又夺去我们留给儿子的家产，将这买卖据为己有……不，他已经开始行动了。我现在要是不做些什么，将来这买卖就不再属于我们家了。我始终认为他在打我们家的主意，妄图取代我们的儿子。如此一来，我便觉得，这年轻人不但可怕，而且面目可憎。所以，我总是诅咒这个年轻人早点去死，甚至……我还想过要亲手杀了他……我也知道这样无端生恨实在是不应该，但我总是不由自主地去这样想，根本就控制不住自己的憎恶之心，只得夜以继日地诅咒他，所以我的怨念就幻化为生灵。他所见到的怪奇之事，他对六兵卫所说的，并无虚妄。他病成这个样子，应该都是我犯下的罪孽。"

"你怎么能做出如此荒唐的事情啊，真是害人害己……"听完这番话，老板喜兵卫喃喃地说，"直到今日，他病成这个样子，都不曾对旁人透露此事。论这孩子的品行，是不该遭受如此灾厄的。而你却疑神疑鬼，生了怨灵出来，把这年轻人折磨成如此模样……也罢，我想到了一个办法，我们把店铺多分个门面出来，让他们到郊外的町里开个分号，就让他和叔父六兵卫一起去打理新店。这样一来，你就不会再怀有疑虑和怨念了吧？"

"这样的话，我就不会再看到他的脸，不会再听到他的声音了。只要能让他远离我们家，我就能抑制住那份憎恨之情。"妻子回答说。

"那就这么办。"喜兵卫提高了语气，"你如果还像以前那样继续憎恨他的话，这个年轻人一定会一命呜呼的。要是让这个对我家有恩，又与我家无冤无仇的年轻人丧了命，你就会成为罪人，成为凶手！像这样优秀的伙计，你让我上哪儿找去呢？"

疑惑解消了，喜兵卫立刻到近郊的町里寻找土地，着手创办分店事宜。不久之后，六兵卫便带着他的侄子到分店去忙活了。纠缠侄子的生灵，也随着憎恶之心的消失而一同不见了，侄子又恢复成了那个机灵能干、身体健康的小伙子。

死灵

死
霊

我就是刚刚从冥界之途返回来的野本弥治右卫门！

越前国有一个代官[206]叫野本弥治右卫门，在他过世时，他的几个属下串通一气，企图欺瞒主公的家人，私吞他留下的遗产。于是他们编造借口，称主公生前欠下巨款，为偿还负债，需要将家中全部的财宝家具抵押出去。他们还伪造了一份证明书，大意是旧主的债务已经超过了其资产总和，无法偿清。属下们将这份伪造的证明书呈报到宰相[207]手中之后，引得宰相大怒，立即下令将野本的遗孀流放，逐出越前国。当时，就算是代官本人已经过世，只要其生前犯了罪，他的家人们也要继续背负罪名。

但是，当野本的遗孀刚刚接过流放令时，家中的一个婢女

---

206 代官，江户时代幕府直辖地区的地方官，其职责是代替主君管理地方民政和司法工作。

207 宰相，古代日本对太政大臣的俗称。太政大臣是律令制下的最高官位，定员一人，位阶正一位或从一位。由亲王一品或诸王、诸臣中正从一位者充任，位居三公之首，辅佐天皇，总理国政。小泉八云用的原文是 Saishō，即日语中宰相的罗马音，故翻译时仍采用宰相这个俗称。

身上，突然发生了奇怪的变化。只见那位婢女的身体一下子变得僵硬起来，伸出手在空中乱抓，好似想要抓住什么，然后陡然痉挛起来，全身不由自主地剧烈抖动着。

一阵抽搐过后，婢女看似恢复了正常。可正在此时，她忽然站起身来，挺直腰板，向着宰相的差役和主人生前的那些属下，厉声喝道：

"在场所有的人！你们可都听好了！你们现在所听到的每一句话，都不是这女子说的，而是老夫我——弥治右卫门亲口说的！我就是刚刚从冥界之途返回来的野本弥治右卫门！我的悲愤痛彻骨髓，我不能这样一走了之，所以我特意回来了！这悲愤让我气得还魂，我就是为了你们这些恬不知耻的混蛋们而来的，你们这些不懂得感恩的畜生！我生前对你们的恩义，你们都忘了吗？！居然打起了你们旧主遗产的主意，毁坏你们旧主的名誉！那么，从现在开始，就在我眼前，你们几个畜生就跟官差和我的家人当面对质吧！找一个人做公证，把我家的账本统统拿来对账，再把这些账本交给目付[208]带回去仔细审查。"

从一个婢女的口中，突然说出这些石破天惊的话，在场的人无不大吃一惊，面面相觑。并且，婢女发出的声音和态度举止，和已经故去的野本弥治右卫门完全一样。那几个心中有鬼的属下早已吓得面如土色。宰相派来的差役听了婢女的这番话，看到如此状况，亦是宁可信其有，不可信其无，于是下令查账。代官家中的账本，即刻便被一本一本悉数找出，摆在了婢女面前。

婢女开始一丝不苟地核对起账目，一分一厘都不肯放过，仔仔细细地查看，将账目核对得清清楚楚。她先将总额算出，接着逐个找出动过手脚的地方，用笔标出来，做好记录。令人啧啧称奇的是，连这婢女的笔迹，都和野本弥治右卫门本人的

208　目付一职出现在日本战国时代，是指在战争中负责检视敌人首级、监视己方部队和敌人动向并向主君通报的人。在江户时代，目付则主要负责监督家臣的行为。

笔迹完全一样。

结果，这次对账验明了野本一方并未有任何负债。不仅如此，还发现了他在去世之时，地方公库仍有盈余，属下们作假账本并栽赃的事情也由此败露，成为无可争辩的事实。

将账目全部对完之后，婢女再次发出了和野本弥治右卫门完全相同的声音，铿锵有力地说道：

"那么，事已至此，真相已经查清了，接下来再发生什么，已经和老夫无关了，我这借来的身体，也应该还给人家了。此刻，我要回到我原本应该去的地方了。"

话音刚落，婢女扑腾一声栽倒在地上，接着便呼呼大睡起来。婢女一直昏睡了两天两夜，那睡相就像死人一样。

等到婢女睁开眼睛，从沉睡中醒来的时候，人们发现，她的声音和行为举止，又恢复成了她原本正常的样子。只是，从被野本弥治右卫门的亡灵附身开始，直到她睡去，这期间所发生的一切事情，婢女都记不起来了。

这件离奇的事情很快就被上报到了宰相那里。宰相不但撤销了流放令，还给了代官的家人一笔丰厚的抚恤金，之后，又追授野本弥治右卫门各种荣誉。野本家族长期得到朝廷的恩赐，从此便大富大贵起来。另一方面，那些贪婪的属下们，都受到了各自应有的惩罚。

痴女阿龟的故事

おかめの話

她安详地端坐在棺木之中，完全不像已死之人，更没有死去的痕迹，仿佛只是睡着了

在土佐国[209]的名越，名流权右卫门的千金，名叫阿龟[210]，她深爱着自己的丈夫八右卫门。结婚时，阿龟二十二岁，八右卫门二十五岁，正当好年华。阿龟对夫君照顾得无微不至，二人终日形影不离，简直羡煞旁人。在大家看来，阿龟一定是个爱吃醋的女人，所以才会如此黏着夫君。不过，八右卫门并不在意，更是从未做过让阿龟难过的事。夫妇之间情投意合、相互扶持，连小小的吵闹和摩擦也从未有过。

但很不幸的是，阿龟的身体并不是很好。结婚刚刚两年，阿龟就不幸染上了当时在土佐地区流行的传染病。眼看着身体一天天垮掉，最后只能让当地的名医诊治续命，但仍然收效甚微。

一旦染上这种病，人就会渐渐变得不吃不喝，身体始终乏

209　土佐国，日本古代令制国之一，其领域为如今的高知县。

210　小泉八云用的原文为 O-Kamé，即日语おかめ的罗马音，对应的汉字有阿龟、阿多福等。其原意是日本的一种传统面具，造型是脸部扁平肥胖的女子；也用来称呼长着这种相貌的女子。

累不堪，终日昏昏欲睡，可是一旦睡着了又会被梦魇笼罩。即使日夜都被悉心看护，但阿龟的身体状况仍然每况愈下。她也非常清楚，自己所剩时日不多，离大去之期不远了。

有一天，阿龟叫来夫君，准备交代后事。

"我得了这种不治之症，这段日子多亏夫君无微不至的照顾，对夫君的感激之情，无以言表。像你这般温柔待我的人，到哪里都找不到第二个了。但是我，还有一件事情放不下，那就是我无法做到离你而去，实在是舍不得你啊……你看看，我还不到二十五岁，已经拥有了这个世上对我最好的夫君，可是，我却无福消受，即将死去……不！不行，我不能就这样放弃，这样医生也会放弃我的……我还想再活两个月、三个月……可是，今天早上我照了照镜子，我发现，这一天终于到了。今天……"

"今天怎么了？！"夫君急切地问道。

阿龟一边小声啜泣，一边有气无力地说了下去：

"就是今天，我知道自己大限已到。因此，我叫你过来，交代我的遗愿，我想让你帮我实现，这样我就可以心满意足地去那个世界了。"

"嗯，没关系，有什么要求尽管说吧！"八右卫门说道，"只要我力所能及的事，我一定会尽心尽力为你办的。"

"嗯。其实，这件事，并不是你乐意去做的事情。"阿龟摇了摇头，继续说，"你现在还这么年轻，我提出这样的愿望，可能会有些过分。但是，这个愿望一直在我心中，像烈火一样燃烧着。如果我至死都没有说出来的话，我是不会瞑目的……唉，夫君，在我死了以后，家里或迟或早，肯定会再让你重新娶妻的。所以，我们就此立下约定吧，在我死后，你不能再娶……我希望你能够接受我的约定。"

"什么啊，就这事儿？"八右卫门大声说道，"你的愿望就是这个吗？如果就这事儿的话，我完全没有异议。好的，就这么定了。除了你，我谁也不会娶的！"

"啊！"阿龟挣扎着从病榻上坐了起来，高兴地说，"听了这些话，你知道我有多高兴吗……"话刚一说完，她就闭上了双眼，停止了呼吸。

阿龟去世后没多久，八右卫门的身体也开始变得虚弱起来。一开始，大家都觉得他是因为忧伤而变得体弱，村里人也说："那个男人，想必是一直对他去世的妻子念念不忘吧！"可是，日复一日，八右卫门的脸色变得越来越青，身体也瘦弱无力，到后来，整个人都变了一副模样——与其说还活着，倒不如说像个幽灵一般，瘦成了皮包骨头，气息也变得微弱，眼看都不成人样了。

家人叫来了医生，经过一番诊断之后，医生认为，八右卫门得的并不是普通的疾病，可是却判断不出原因，只是感觉像是内心疲敝所引发的病症。八右卫门的父母心急如焚，时常到病榻之前询问儿子的情况，但每次都问不出个所以然来。父母便找机会劝他病愈后再娶，却被他断然回绝。儿子坚信，人死之时，一旦对着神佛立下了誓约，便决计不能违反了。

接下来的日子里，八右卫门的病情日益加重，连家人都觉得离他的大限之日已经不远了。就在这一天，始终觉得儿子心中另有隐情的母亲，再一次来到病榻之前，希望他能说出真相。母亲泪流满面，反复哀求着自己的孩子，即使八右卫门之前一直不肯袒露心迹，但还是无法拒绝母亲的苦言相劝，他最终心软了。

"母亲大人，这件事情，不仅是对于您，对于任何人我都难以启齿。我之所以不愿说出隐情，实在是觉得这事太匪夷所思，难以让人信服。其实，阿龟现在还无法进入轮回，无论给她多少供奉，都是没有用的。也许，正是因为我没能陪她走向那十万亿佛土[211]，她才无法转世，依然留在这个世界徘徊。阿龟，

---

211 十万亿佛土，佛教用语，指西方极乐世界。

她每天晚上还会回来和我在一起，就睡在我身边。从葬礼那天开始的每个晚上，她都会回到我的身旁。我也会时常问自己，阿龟真的已经去世了吗？我的心里一直都有这个心结。无论如何，她的模样举止依然是生前的样子……只是，她说话的时候，声音微弱细小，几乎无法听见。阿龟要求我，不要将她返回阳世的事情告诉给任何人。也许，她是希望我也能够随她而去，好陪她一起轮回吧。如果我孤身一人，我自是不会独活。但是，身体发肤受之父母，我必须要为双亲尽孝心。我能够和母亲大人道出原委，正是觉得要为您尽孝，才说出了这些本来难以开口的话……嗯，每天晚上，只要我打瞌睡的时候，她就一定会出现。到了第二天早晨，只要寺庙的钟声敲响，她便会离开，不知去了何处。"

八右卫门的母亲听完儿子的诉说，不由得大惊失色。她赶忙跑到了檀那寺，把儿子的遭遇一五一十地告诉了寺庙的住持，希望住持能够为儿子驱除幽灵的纠缠，让儿子转危为安。住持是位年长的得道高僧，神通广大、法力深厚。他听罢之后并不惊慌，语气平缓地对八右卫门的母亲说道：

"这样的事情，并不是头一次遇见了，老僧觉得令郎还有救。但是，他现在情势危急，已经是命悬一线了。依老僧判断，令郎的面色，恐怕已经浮现出将死的气息了，如果阿龟再回来纠缠的话，恐怕，他就见不到明天的太阳了。无论如何，必须尽快处理，救人要紧。只是，此事先不要告诉令郎。接下来要做的第一件事，虽然麻烦，但十分重要，请立即将您家中的亲人悉数找来，叫到寺里集合。为了令郎的安危，我们必须掘开阿龟的坟墓，当场开棺查验。"

很快，两家的亲戚都被召集到了寺庙里。在得到全体家人的开棺许可后，住持与众人一同来到阿龟的墓前。在住持的带领下，僧人们掀起墓石，掘开墓穴，将棺木提了出来。在棺盖打开的一瞬间，在场的所有人先是目瞪口呆，接下来便是唏嘘不已。

　　只见阿龟的容颜还和生病之前一样姣好，嘴角仿佛还挂着一丝笑意。她安详地端坐在棺木之中[212]，完全不像已死之人，更没有死去的痕迹，仿佛只是睡着了。正当住持下令将阿龟的遗体从棺木中取出的时候，人们的神情一下子从惊讶变成了恐惧，所有的人顿觉毛骨悚然。

　　因为，阿龟明明已经安葬了很长一段时间，但当有人触碰她的遗体时，发现她的皮肤居然仍有余温，仿佛血液依然畅通流动，就跟活着的时候一样。

　　人们把遗体送到了寺庙正堂。随后，住持提笔在遗体的额头和手足上，写下了蕴含着住持功力的梵文字符。最后，为了超度阿龟的灵魂，在遗体重新入土之前，住持为阿龟的灵魂做了施饿鬼[213]的法事，让她安然告别阳世，进入轮回之中。

　　从此，阿龟再也没有回到过丈夫的身边。八右卫门的病也逐渐好转，身体一天天壮实起来，终于恢复了元气。

212　日本古时的棺材为桶状，逝者以坐姿进入棺桶下葬。

213　施饿鬼，日本佛教的一种法事，一般是为了化解饿鬼或无名死者的痛苦，超度被无尽的饥饿所折磨的鬼魂，也可以使亡者的灵魂回到正途，避免落入饿鬼道中。

蝇的故事

蝿の話

四十四

去世的人如果落入六道轮回中的饿鬼道，会转生为昆虫，回到阳间徘徊

那是发生在二百年前的故事。在京都住着一位名叫饰屋久兵卫的商人，他的店开在岛原道稍稍往南的寺町街上。久兵卫雇着一位出生在若狭国[214]、名叫小玉的女佣。

平日里，小玉深受久兵卫夫妇的照顾，她对夫妇二人心存感激，也尽心尽力地为他们服务。不过，小玉和别的女孩子不太一样，她不爱打扮，也没有穿漂亮衣服的念头。虽然别人送过她几件漂亮的和服，但无论什么时候，她总是穿着平常干活时的和服。

不知不觉，小玉在久兵卫家已经工作了五年。有一天，久兵卫在跟小玉闲聊的时候，问起了她这个有些敏感的问题："你平时怎么不注意形象，穿衣打扮那么随意呢？"

小玉被问得有些难为情，不禁满脸通红，赶忙向老板解释起来：

214　若狭国，日本古代令制国之一，其领域大致为如今的福井县的岭南地区。

"在我很小的时候，父母就过世了。我没有兄弟姐妹，操办父母的后事都落在了我一个人身上。那个时候，我没有钱请人做法事，只得暗暗许下心愿，只要我攒够了钱，就立马把父母的牌位供奉到常乐寺里，并请僧人主持法事，为双亲超度。我既然下了决心，就一定要实现，因此我在花钱和着装方面都十分节省。也许是我的生活实在是太吝啬了吧，都让您注意到了，真是够难为情的。但是，托您的福，我已经攒到了一百元银钱，足够达成心愿了。从今往后，在老板面前，我会把自己打扮得更体面一些。因为这些原因，先前我完全没有注意到自己这不修边幅的邋遢模样，非常失礼，太抱歉了，恳请您的原谅。"

对于小玉坦率的回答，久兵卫颇为感动，他马上对小玉说："真是个孝顺孩子啊！既然如此，那从今往后，只要你高兴，想穿什么衣服就穿什么衣服吧。"

这次交谈结束不久，小玉便将父母的牌位供奉到了常乐寺，并请寺庙的僧侣操办法事。前前后后，一共花出了七十元。小玉把余下的三十元积蓄，交给老板娘代存起来。

可是，好景不长，到了第二年初冬，小玉突然罹患恶疾，没过几日，便卧床不起。在元禄十五年[215]的正月十一日，小玉就过世了。久兵卫夫妇为这个女孩儿的离去感到非常悲伤。

在小玉离世后的第十天，久兵卫的家里忽然进来一只个头很大的飞蝇，在久兵卫的头上嗡嗡地来回盘旋。无论是何种蝇类，都不应该在正月这样寒冷的时节中出现。况且，像这么大的飞蝇，即使在阳光充足、气候温暖的季节，也是难得一见的。久兵卫见状，感到非常惊讶。

215　元禄，日本第113代天皇东山天皇的年号，时期为1688年到1703年。元禄十五年为1702年。

如此大的一只飞蝇，不停地在久兵卫头上嗡嗡环绕、上下飞舞，令他不胜其烦。信佛的久兵卫不忍心伤害飞蝇，便小心翼翼地捉住它，将其放生到室外。可没过多久，飞蝇又飞进了屋里。久兵卫只能再次抓起它，放了出去。一会儿，飞蝇又回来了，如此反复了三次。久兵卫的夫人在一旁目睹了全程，先是觉得不可思议，后来又觉得这只飞蝇的来历并不简单。

　　"这会不会是小玉的化身啊？"夫人开口说道，"听说，去世的人如果落入六道轮回中的饿鬼道，会转生为昆虫，回到阳间徘徊。"

　　久兵卫笑了起来："哈哈，此话当真？好，既然这么说，我们就在这只蝇子身上做个记号，没准就弄清楚啦！"

　　这一回，久兵卫捉起飞蝇，小心翼翼地在它的翅膀上剪了个小小的豁口，然后，把飞蝇带到离家很远的地方放生了。

　　第二天，飞蝇果然又回来了。久兵卫十分不解，为何这只巨大的飞蝇一而再、再而三地到他家里来呢？这事情颇为奇异，并不简单。他再一次捉起飞蝇，在它的翅膀和躯干上涂了一点胭脂，并将其带到比上次更远的地方放掉了。

　　过了两天，身上带着胭脂的飞蝇，又一次从外面飞了回来，在屋子里上下飞舞。

　　这一次，久兵卫不再怀疑了。

　　"原来如此，这一定是小玉。她一定是需要些什么，才会在此徘徊。这孩子，她究竟想要什么呢？"

　　久兵卫疑惑半晌，夫人忽然恍然大悟，急切地对丈夫说：

　　"我还替小玉存了三十元的积蓄。夫君，这孩子没准是想让我们用这银两，把她的牌位与父母供在一处，请僧人做法事超度她的灵魂。小玉这孩子啊，平时就经常提到后世来生这些事情。"

　　夫人的话音刚落，一直停在障子上的飞蝇忽然掉落在了地上，久兵卫赶忙弯腰去捡，却发现，这只蝇子已经死了。

夫妇二人立刻动身前往寺庙，将小玉生前的积蓄交给了寺里的住持。二人还将飞蝇的遗骸收纳进一个小盒子，一并带到了寺庙。

住持自空上人听说了飞蝇的故事后，不住地称赞久兵卫夫妇积德行善的品行。自空上人为了让小玉的在天之灵从饿鬼道中转生，便对着飞蝇的尸骸，念诵妙典八卷经文，超度了小玉的灵魂。装着飞蝇遗骸的小盒子，也被埋在了寺里，上面立起了卒塔婆，以纪念小玉短暂而善良的一生。

雉鸡的故事

雉子の話

很久以前，在尾州的深山里，住着一对年轻夫妻，他们在山里有一块偏僻的农田。

一天晚上，妻子做了一个梦。四五年前去世的公公对她托梦说："明天，我会遭遇危险，如果可能的话，请帮帮我。"

第二天早晨，妻子告诉了丈夫昨晚梦到的事情，夫妻俩便讨论了起来。已经过世的老人，究竟有什么事情想要托付呢？二人想了各种各样的原因，但老人梦里留下的话到底是什么意思，仍然没有讨论出结果来。

吃完早饭，丈夫到田里干活，妻子留在家中织布。没过多久，外面突然传来了一阵喧闹的叫喊声。妻子被吓了一跳，赶忙跑出门口查看，只见这里的地头[216]带着一伙随从在打猎，正朝着自己家走过来。

妻子还在张望的时候，一只雉鸡忽然飞过她的身旁，直接

216　地头，日本封建时期的领主或庄园主。

扑扇着翅膀飞进了屋里。看到眼前发生的这一幕,妻子立刻想起了昨晚的那场梦。

"大概,这只雉鸡是公公的化身吧?"妻子在心中暗想。

"好吧!我一定得把它救下来!"

妻子想罢,立刻跟在那只雉鸡后面,急匆匆进了屋。这是一只羽毛漂亮的雄雉鸡,妻子一把将雉鸡抓住,丢进家中的空米缸里,并用盖子盖住。

刚把雉鸡藏好,几个地头的随从就闯进了屋里,大声问她是否看到过有一只雉鸡跑了进来。妻子表现出一副软硬不吃的态度,断然否认。但其中一名猎人坚持认为自己看到了雉鸡从门口飞进来。于是,一行人开始在屋子里搜查,家里几乎被搜了个遍,但幸运的是,谁也没有打开米缸查看。

找了半天,众人依然是一无所获。可能是雉鸡钻到房子附近的哪个洞穴里了吧。众人这般猜着,便放弃了寻找,出门离去了。

丈夫回到家后,妻子急切地将今日所发生的事情一五一十地告诉了他。

"就算我把它捉起来,它也不挣扎。而且,它非常安静地躲在米缸里。我觉得啊,它一定是咱爸。"妻子补充说。

丈夫听了,径直走到米缸边,打开盖子,把雉鸡从缸里捉了出来。雉鸡仿佛是认识他一般,一直安稳地停在丈夫手上。雉鸡有一只眼睛坏了,它用另一只眼睛直勾勾地盯着丈夫。丈夫看后,对妻子说:

"父亲也是一只眼睛失明,失明的是右眼,这只雉鸡也是右眼坏了。这下子可以确定了,真的是父亲啊。你看,连看我的眼神都和父亲一样……真是可怜啊,父亲现在一定在想,自己转生成鸟,活得也憋屈,与其被猎人捉去下酒,倒不如被自己亲儿子吃掉呢……这么说，你昨晚梦到的事情，还真的发生了呢。"

丈夫说完，忽然转过身来，面向妻子，露出了邪恶而又狰狞的笑容。他当着妻子的面，突然一把扭断了雉鸡的脖颈。

面对丈夫如此残忍的行为，妻子顿时"啊"的一声哭喊起来："你！你这是在干什么？！你这个混账，简直是恶鬼！如果不是恶鬼，怎么能做出这种事情？！……我怎么瞎了眼，成为你这种恶鬼的老婆？！我倒不如死了算了。"

妻子扔下这句话转身就走，连草鞋都顾不上穿，飞也似的跑出了屋外。在她飞奔出去的一瞬间，丈夫一把抓住了她的衣袖，妻子使出全力甩开了丈夫的手，一口气跑远了。她一边跑一边大声哭泣，赤着脚，不知跑了多远，一直跑到了地头的宅院里。妻子的眼泪不住地往下流，她找到了地头，将自己昨天晚上的梦境，和今天把雉鸡藏在家中米缸里，以及丈夫嘲笑自己做的事情，并亲手杀死雉鸡等种种遭遇，原原本本地诉说给了地头。

地头听了，赶忙说了些安慰的话，他的家人也纷纷请求能够让这位女子得到庇护。接下来，地头命令手下，即刻前去逮捕她的丈夫。

第二天，丈夫被带来接受审判。他对自己杀了雉鸡一事供认不讳。起诉得以成立，地头当即宣判道：

"像你这般作恶多端的家伙，简直是穷凶极恶的大罪人！这样毫无人性的禽兽如若继续留在我们村子的地界，定会毁了本地的声誉。在我治下的百姓，每一个人都是老实本分的，都无比重视孝道，你这样的家伙断不可继续在此地生活下去。"

最后，丈夫被逐出了地头管理的村子，并被警告如若再回到这里，必将处以死罪。而对于这位女子，地头则赏给了她一些土地，并为她介绍了一位好人与她喜结连理、组建新的家庭。

忠五郎的故事

忠五郎の話

四十六

如果公子不嫌弃的话，今晚我们共饮此杯之后就结为夫妻

从前，在江户小石川有个叫铃木的旗本[217]武士。铃木家的宅府就位于江户川沿岸的中桥附近。在铃木家做事的家丁里面，有一位叫忠五郎的足轻[218]，是个相貌清秀的年轻人。他待人亲切和善，又颇有些才干，深受同伴们的喜欢。

这四五年间，忠五郎一直在铃木家做事，他品行端正，从没有出现过任何差池。不过最近，他的好朋友——另一位足轻发现，每天一到晚上，忠五郎都会偷偷从宅府中溜出去，到了东方微露鱼肚白的时候，才悄悄返回院中。

一开始，大家都觉得这是忠五郎偶尔为之的私事，谁都没有对他本人提出过质疑，因为他并没有因此事耽误日常工作。而且，人们都以为他夜间外出，是因为儿女情长之事，不便相问。可是，日子久了，人们发现，忠五郎的脸色越来越差，身体状

217　旗本，日本幕府时期的一种家臣制度。在江户时期，旗本主要为德川家族的直属家臣，拥有自己的武装，是保卫主君的直属武士团体，构成幕府军队的骨干。

218　足轻，日本幕府时期的下等步兵，在非战时期多从事杂役、务农等工作。

况也每况愈下，变得形容枯槁。同伴们觉得此事非同小可，便想查个究竟。接下来的一天晚上，忠五郎照例要溜出宅府的时候，一位年纪稍长的同僚过来，把他叫去谈话。

"忠五郎，你最近每天夜里都离开宅府，到了第二天早上才回来，我们同伴之间，早就知道这件事了。只是我们看到，你最近的脸色很难看，我们都担心你交友不慎，弄坏了身子。你要是一意孤行，不肯道出实情的话，我们会把此事禀告给领班。不过，说归说，大家有着同僚之谊，都是多年的朋友，你离开宅府半夜外出的事情，我们自然要替你担待。所以我觉得你需要如实向我们道明原委。"

如此这么一问，忠五郎显得非常为难，又摆出一副惊诧的样子。他沉思了片刻，便迈开步子，往庭院的方向走去，这位同僚也紧随其后。二人来到一处僻静的角落，忠五郎方才停住了脚步，开口道出了原委：

"我会一五一十地告诉你实情。但是，请你一定要为我保守秘密，如果这件事情被他人所知，那定会降下灾祸，让我永世不得翻身。"

忠五郎顿了一顿，接着说道："我是为了一段恋情而深夜外出的，从第一次晚上出去到现在，已经五个月了。那时候还是初春。那天我回家探亲，回来的时候天已经黑了。路上，我发现离外墙大门不远的河岸边，站着一位女子。我看她的一身装扮，应该出自富贵人家。如此的深夜里，一位穿戴讲究的女子孤身站在河边，实在是有些怪异。我当时并不想惹上是非，便只是从她身边经过，不曾上前搭话。

"哪承想，那女子径自站在我的身前，拉住我的衣袖，我看了她一眼，真是一个年轻貌美的女子。她先开了口：'那个，实在是不好意思，公子能否陪奴家走到桥那边，我有些话想要告诉公子。'这女子的声音无比悦耳、温柔，听得我不禁飘飘然起来。她开口说话的时候，我看到她那张嫣然浅笑的温柔脸庞，心里禁不住充满了怜爱，对于她的请求，我简直是无法拒绝。

"我们并排走到桥头的时候，那女子又羞答答地对我说：'其实奴家早已注意到公子平日出入宅府时的飒爽英姿，实在是一见倾心，如若让您这样的男子成为奴家的夫君，那奴家今生就别无所求，愿意与公子相伴到老。'听了这一番话，我当时真不知该如何回答她，只是心里一通胡思乱想，觉得这应该是个不错的姑娘吧。说着说着我们就走到了桥旁，女子还是牵着我的衣袖不放，径自带我走下了河堤，来到了河沿，这时女子对我低声耳语：'请随我来……'

"这时候，我就被她拉到河里。您也知道，那里水深，再往前去便是深渊。我突然害怕起来，正当我要收回步子的时候，女子微笑起来，并挽住我的手说：'跟我在一起，公子大可不必慌张。'正说着，我刚一触碰她的手，立刻全身瘫软无力，任凭她摆布了。那感觉好似在梦中，梦见危急之际想要逃跑，而手足却不听使唤一般。不知过了多久，我只记得被女子牵着手，一步一步随她走进深渊……我的眼睛和耳朵仿佛被塞住一般。

"当我渐渐有了知觉后，发现自己来到了一座辉煌的大殿之前。女子还在我的身边与我并排行走，但四周并没有被水浸湿过的痕迹，更没有寒冷的感觉。四周干爽温暖，景色优美异常。这里究竟是什么地方？我又是如何来到这里的？我无论如何也弄不明白。女子牵起我的手向前走去，穿过了好多房间，每一个房间都通透宽敞、漂亮大气。我们来到了一间大概能有一千张榻榻米大的宽敞大厅，一直走到了大厅尽头的凹室前。我看到了一排摆放整齐的烛台，和一桌丰盛的酒菜，桌边摆放着精美的坐垫，却看不到客人来访的身影。

"女子将我请至上座，她自己靠在我旁边，微笑着问我：'看吧，这就是小女子的家。如果能和公子一起生活在这里该有多好，公子您何不愉快地接受呢？'此时此刻，我觉得，这世上再也没有比这微笑更美好的事物了。我飘然欲仙，如坠梦中一般，赶忙回答说：'无论如何都想！'

"这时，我想到了浦岛的故事[219]，便猜想这会不会就是天女下凡呢？但是与她面对面时，我还是有所忌惮，不敢问出这个问题。正当我犹豫时，不知不觉间，很多侍女出现在我们面前，她们端着各种各样的美酒珍肴，令我目不暇接。女子接下来说道：'如果公子不嫌弃的话，今晚我们共饮此杯之后就结为夫妻，这就算是我们的喜宴了。'

"既然话已至此，我们随后便立下了七生七世、永结连理的誓言。过了一会儿，酒宴结束，我们就去了已经预先布置好的洞房，春宵一夜，如胶似漆。

"后来，我被女子摇醒，睁眼一看，已是东方既白了。那时候，女子对我说：'你如今已是我的夫君了。但是，因种种缘由，我不会对外说出此事，你更不可对外人说起我们之间的事情。其中的实情，暂不便告知于你，你也不要问我。请暂且回府吧，我现在不能继续留你，若强留你至天亮，那我夫妻二人定会有性命之虞。夫君请勿怪罪我。今夜你可再来与我相会。每晚，你只需按照我们初次见面的时辰准时来到桥边等候，我定会相迎。我俩成婚的秘密，我们夫妻二人一定要彼此遵守，如若泄露给他人，那我俩定会一生相隔，不复得见了。'

"我当时一边想到了浦岛的宿命，一边依着女子所说的话，与她立下了誓言。之后我便再次随她穿越了那些尽管华美却空寂无人的房间，走出了这片大殿的玄关。女子在玄关口紧握着我的手，四周瞬间变得漆黑，我又失去了知觉。待我脚下站定，我发现自己又一次站在了桥下的河沿上。当我返回主公的宅府

---

219 一位叫浦岛太郎的年轻人在龙宫住了几天，回家后发现人世间已经过了百年。详见本书《浦岛太郎的故事》。

骨董

时，刚好赶在清晨寺院鸣钟的时辰之前。

"当天晚上，我按照先前她定的见面时间，再次来到了桥下，发现女子已在那等待多时。就像头一天夜晚一样，我再次与她沉入深渊……度过同样不可思议的春宵一夜。从那时起，每天晚上我都照例与她幽会，早晨回来，从没耽误过。想必她现在也一定在原处等我。若今晚她等不到我，我不仅会失去一切，更怕性命难保。我刚刚再三思量，现在我必须去与她会面。别嫌晚生啰嗦，今晚我所陈之事，请您一定不要透露给任何人。"

这位年长的足轻，听到这一番诉说之后不由得大惊失色，更加担心忠五郎会出事。这些话有板有眼，无论如何，都不像虚妄之语。话里话外，细细想来，意味深长又毛骨悚然。也许，忠五郎现在的状态，还是因为被什么东西迷了心窍。人若是即将陷入灾祸，之前必然会被某种魔道之力迷乱心窍、产生幻觉。如果他真是如此，那么与其冲动地去制止他，不如先沉住气，打探个究竟。随意插手，反倒会害了他性命。这位年长的同僚在心中如此盘算了一番，便语气平和地应道：

"不会不会，只要小兄弟你平安无事就好。今天你所说的一切，我绝对连一个字都不会对外人说起的——当然，你还是先去和那女子相会吧。不过可别大意了，要揣着些戒心行事。我看你最近心神不宁、气色不佳，我担心你可能被某种魔道所蛊惑，你一定要平安无事啊。"

忠五郎听了前辈的忠告，只是报以微笑，便匆匆走远了。

可是，刚过了没多久，忠五郎就一个人悄然回来了。

"怎么回事？你们见面了吗？"年长的足轻问了起来。

忠五郎的回答有些令人意外："没有，她不在。"他顿了顿，接着答道，"她不在我们平时相见的老地方，这还是头一遭。我估计以后再也见不到她了。还是因为我不好啊，把这秘密泄露于你。我破坏了誓言，我真是愚蠢至极啊！"

年长的足轻不停地安慰他，但毫无效果。忠五郎心神无主，此时哪里肯听别人劝说，只是在不停地埋怨自己。突然，忠五郎"咕咚"一声倒在了地上，口吐白沫不能言语。接下来，他像是得了疟疾一般，浑身剧烈地颤抖起来。

到了早上，寺院的晨钟响起，忠五郎吃力地想要起身，却再次栽倒下去，不省人事。人们请来医生为他诊治。医生诊了脉之后，表情大骇。

"啊呀！这位公子的血管里好像没有血啊！"医生定了定神，再次细细地检查了忠五郎的身体，大惊失色地喊了起来，"这公子的血管里，流淌的尽是水啊！无论如何，这条命怕是难救了！这是遇到了什么事情才会变成这样啊？！"

为了救忠五郎的性命，宅府里上上下下用尽了所有的办法，却依旧无济于事。在太阳即将落山的时候，忠五郎还是撒手尘寰了。这时，那位年长的同僚，才把发生在忠五郎身上的事情，一五一十地告诉了众人。医生听罢，开口说出了令所有人大吃一惊的话来。

"哎呀！果然不出我所料，我早就看出是这种情况了！"医生顿了顿，接着说道，"像这种被魔道迷了心窍的人，无论什么药、什么疗法都是无济于事的。因为我知道，被那女子夺了性命的，忠五郎可不是第一个啊！"

"什么？那个女子到底是何方妖孽？你可知道她的来历？"同僚们纷纷问道，"难道是狐狸精？"

"什么啊！这个妖孽从很久很久以前就在这条河上现身作恶了！这家伙啊，最喜欢吸吮年轻男子的血了！"

"那是蛇女？还是龙女呢？"

"不是，不是，到了白天，你们到那桥下去看，就有机会看到它。那可是一种长相特别恶心可憎的动物啊。"

　　"那到底是什么动物……？"

　　"是蟾蜍啊！长得又大又恶心的癫皮蛤蟆啊！"

平家蟹

平家蟹

在谈及一个民族在精神领域的演变和发展时，自然环境对想象力的影响也是一个非常重要的因素

　　如果一个国家在信仰、思想、风俗、艺术等层面，与自己的国家相比，几乎没有任何共同之处，那么在我们看来，这个国家的国民的所作所为便会非常奇怪。但是，这个国家从国土的自然条件，到生息在这片土地上的动植物，都有着自己独特的、不可思议的一面。我觉得，一个国家在自然层面上的独特性，或多或少都会增强它的异国特征，使其在表面上呈现更加明显的异域风情。即使在思想和感情层面上客观存在的民族差异，其实也可以和草木虫鱼一般，从进化论的角度加以解释。另外，在谈及一个民族在精神领域的演变和发展时，自然环境对想象力的影响也是一个非常重要的因素。

　　我之所以有这样的思考，是因为前段时间，我收到了一个来自长州[220]的箱子，里面装满了外形奇特的螃蟹。这种螃蟹的形

220　长州，长门国的简称。长门国，日本古代令制国之一，其领域大致为如今的山口县西北半部。

　　　　　　　　　　　　　　　　骨董

态，仿佛是我们平素在脑海中对于日本风物的想象所具象化的。螃蟹的外壳，如同被日本工匠精心雕琢过一般，呈现出浮雕的效果——就像一张面具，一张有着奇怪而狰狞表情的人脸面具，被凹凸有致地刻在了蟹壳上面。

在我这里的这些螃蟹，目前只有两种，但无论哪一种，都经过了干燥和打磨处理。用这种工艺处理过的螃蟹，在赤间关的很多商店都有出售。这些螃蟹在坛浦一带的海岸都可以捕捉到。不过，就在坛浦这个地方，七百多年前，昔日的贵族平家与他们的仇敌源氏展开一场激烈的海战。海战以平家被灭族而告终。读过日本历史的诸君，应该都知道二位尼[221]的故事，她在这场惊天悲剧的高潮到来之时，咏唱着悲歌，怀抱着幼帝安德天皇，投海自尽。

在这片海岸能够捕获到的这种奇怪的螃蟹，被称为"平家蟹"。为什么会起这样一个名字呢？根据当地的传说，人们相信，这种螃蟹正是溺亡于这片海域的平家士卒的亡灵化身而成的。在死前一瞬间还在挣扎的他们，将愤怒苦闷的表情留在了螃蟹的甲壳上，至今仍然能够看得清清楚楚。但是，为了体味到这个传说中的浪漫色彩，诸君请一定要将其和描绘坛浦之战的古画结合起来看——佩戴着沉重的铁制头盔、怒目圆睁的铠甲武士们，在古老工艺描绘的画卷上栩栩如生——看到这些，便能够和螃蟹的甲壳联系到一起了。

我家里的两种螃蟹，体型较小的，俗名就叫"平家蟹"，它们被认为是由平家普通武士的亡灵转生而成的。体型较大的，又被称为"大将蟹"或是"龙头"，它们所戴头盔的造型，像是从未在西洋纹章里出现过的怪物，上面是亮闪闪的犄角和盘

---

221 二位尼，原名平时子，是日本平安时代末期的女性，平氏政权开创者平清盛的正妻。

绕的金龙。这种大螃蟹则被认为是平家大将的亡灵所转生的。

　　我的一位日本朋友给我画了两张平家蟹的画，图案很是精细。但是，我告诉他，无论是他画的"龙头"，还是螃蟹背壳上的原始图案，我都看不出任何像头盔的东西。

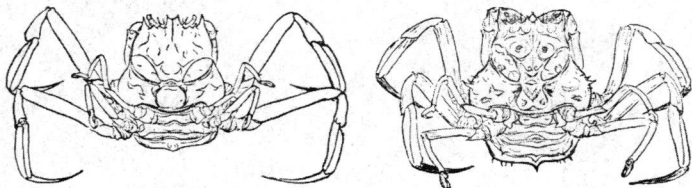

　　"你能看出来吗？"我问道。

　　"当然，"他肯定地回答，还画了幅草图，"就像这个样子。"

　　"好吧，我能看出来头饰的部分了。"我勉强回应道，"可你画的轮廓不是照着实物来的，那脸就像月亮的脸一样索然无味。看看真正的螃蟹背壳上那可怕的图案吧！……"

一滴露珠

露の一滴

四十八

——
佛
谚

生命如露水。
露のいのち。

　　在我的书斋窗户上的竹格子里，总会挂着一滴微微颤动的露珠。

　　那微小的凸面上，映照的则是清晨的模样，是天空、田野，还有远方的树木，还能看到小小的人家，孩子们在家门口嬉戏，一切都变成了上下颠倒的微观图像。

　　那些人眼看不到的世界、目光无法触及的遥远之物，都能映照在这一滴露珠之中。在那露珠里面，同样也会有着另一个人眼看不到的世界，一个无限而又神秘的世界。而且，这一滴露珠，无论内外，都在无休止地运动着。原子和原子之间，恒久存在着我们无从把握的运动。露珠触碰到日光，顿时变得五彩斑斓。看到那些颜色之间的变幻，我甚至能够感受到一阵战栗。

　　佛教，就像这一滴露珠所呈现的那样，存在着一个被称作灵魂的概念，也就是另一个小宇宙的象征。再说，对于那些双眼看不到的究极元素，人类假想出一个露珠般的物体，上面也可以映照出虚幻的天空，映照出大地，映照出生命，蕴藏着永恒的难以言说的震撼，并赋予了它灵魂的力量，期待着求神拜佛，便会得到神奇的因果回应。难道不是这样吗？

这一滴小小的发光露珠，不久就会随着表面奇幻斑斓的颜色，与倒转的镜像一同消失得无影无踪。同样，过不了多久，无论是我们身边的人，还是我们自己，最后都会如露珠一般蒸发，消失在这个世界上。

消失的露珠与消逝的人生之间，到底有着什么样的差别呢？也许，只是一个词的差别。但是，这一滴露珠，最终究竟去向了何处？

也许是被太阳的力量蒸发成了微小的原子[222]，上升，而后下落，与云、与尘土融为一体，与河、与大海汇集一处。不久，便会再次从天而降，然后只是为了这样一次次循环，继续从陆地、河流和大海之中升腾。或化成乳白色的雾，或凝成冷白色的霜，成为霰，成为雹，成为雪。于是，再一次，映衬出宏大宇宙的样子与色彩，同时，又好似胚胎里的心脏一般，有着红色脉搏的阵阵跳动。这样的露珠一滴接着一滴，周而复始，不断产生新的露珠，产生雨，产生树的汁液，产生血。就算是泪水，也同样是亿万微小原子重新结合而生的。

继续向无穷无尽的往昔远行。当我们的太阳还没有开始燃烧起来的数十亿年前，那些微小的原子也会在某一个露珠之中游走，也会映照出宇宙的某一个角落里曾经存在的世界吧，映照出那些天空和大地的颜色。哪怕星辰斗转、时光流逝，就算我们今天所处的宇宙从虚空中消逝，那些元素仍然会带着不可思议的力量，重新组合在一起。或许还会变成露珠，在一个又

222 在小泉八云的文章中，"原子"指的不是物理学上的原子，而是古希腊哲学家德谟克利特提出的哲学概念"原子论"中的"原子"，即世界的本原。

一个清晨，在下一个世界的某颗行星上，映衬出朝阳下的美丽万物。

即便是我们这些由微粒合成的、以"自我"自居的人，也是一样的。在由日月星辰所创造出来的前一个世界里，构成我们身体的原子就已经存在了，颤动、跳跃，映衬出世间的姿态。在我们现今的这个世界里，夜空中闪烁的无数星星，就算有一天它们的光芒都会熄灭，构成这些星辰的原子也一定会再次结合，或许还能够产生有着"心灵"的星球。如此，再一次，在思想之中，在情感之中，在记忆之中，在不断停歇的世界之中，孕育出生生不息的人们。他们的欢喜，他们的悲伤，都会映衬在这球体之上，不住地颤动。

我们的所谓"个性"，最终会归于何处呢？我们独一无二的特性，究竟会走向何方呢？换句话说，我们的观念、感情、记忆——我们各异的希望、恐惧、爱憎，这一切的一切，最终，都会走向哪里呢？在这亿万滴露珠之中，每一滴中所蕴含的原子，不断地产生颤动与反射，让这些无限小的差异恒久地存在下去。

在生死之海中浮沉的一团团雾蒙蒙的灵魂，想必也是由无穷无尽的粒子所组成的，应该也有着无限小的特质。我们的个性，在这永远的秩序之中，就像一滴露珠表面上颤动的波澜一般，可以归结为一种微小原子的运动，它们的意义是相同的。但恐怕，无论是什么样的露珠，它表面的颤动与映照出的画面是不可能完全相同的。即便如此，无论向何处去，露珠依然反复凝结落下，再次凝结再次落下，它们表面依然还描绘着颤动的画面。在迷茫之中迷茫下去，也算是将死亡看作虚无了。

这世上其实并不存在虚无。为什么这样说呢？那是因为假若一切归于无，那"自我"又从何而来呢？在过去的世界，无论化成何人何物，我们以别的形态凛然存在着；在今天的世界，我们以我们现在的样子凛然存在着；到了未来的世界，无论化成何人何物，我们还将以别的形态凛然存在下去。人格、个性——那些只是梦中见到的幻影。唯有生命是永无止境的，能够在世间所看到的，只是这个生命的颤动。太阳、月亮、星辰，大地、天空、海洋，心灵、人类，空间、时间——这一切的一切，皆是影子。影子会出现，影子也会消失。只是，制造这些影子的造物主，今后还会永远地制造下去。

风俗

土地の風習

四十九

到底是何人，会在如此黑暗的地方敲木鱼念经呢？

　　有一位修禅宗的老僧经常来我家做客。他对于包括插花在内的日本古老技艺，似乎无所不知、无所不晓，是一位远近闻名的有生活趣味的高僧。不过，他对许多民间的旧信仰，却是持反对态度；对占卜、解梦等所谓预测未来之事，更是完全无法接受。面向普罗大众，他只是劝导他们一心向佛。由此，他深受檀家的爱戴。在禅宗僧侣里，对于世间的多种信仰，持有如此怀疑态度的人倒是极其罕见。不过，虽说是时常怀疑，但我这位友人倒也不是绝对排斥。我这么说是有证据的，前些日子我们见面时相谈甚欢，正好聊到了死人，他便给我讲了一个让我汗毛倒竖的故事。

　　"我呀，对于什么幽灵、怪物这些东西，从来都不信。经常有檀家的施主跟我说，看到了什么幽灵，或是做了什么不可思议的梦。但是只要我细细询问，大概就是这种'哈哈，原来如此，是那样啊'的反应，发现那些事情根本经不起推敲。"

老僧顿了顿，接着讲道：

"不过呢，我这一生，倒也是经历过那么一次难以解释的事情。那个时候，我在九州，还是个初入佛门的沙弥。因为年轻，所以什么活儿都要我干，当时是让我托钵化缘，去讨斋饭。

"一天晚上，我在山间行脚，正好来到一处很小的村子。那里有一座禅寺，我便照例想到寺里投宿一夜。可是不巧，住持去了几里远的外村操持葬礼，他请了一位老尼姑过来帮忙看守寺院。可是那老尼姑却拒绝收留我，说是住持外出期间，寺院无法接受投宿。而住持外出，不过上七天是不会回来的。那边有一个习俗，如果谁家遭遇了不幸，僧人便要去他家诵经七日，为死者超度。

"没办法，我只能接着请求说，我不要斋饭，只求一榻被褥过夜即可。我这样反复请求着，老尼姑碍于情面，便为我找来被褥，铺在正堂的须弥坛[223]旁。我刚一躺下，就累得睡着了。

"到了午夜，天气突然寒冷异常，我一个激灵醒了过来，却听到身旁传来'咚咚'的木鱼声，里面还混杂着念经的声音。我睁开眼睛，正堂内漆黑一片，就算是眼前有人凑过来揪我鼻尖，我都无法看清他的模样。到底是何人，会在如此黑暗的地方敲木鱼念经呢？实在是蹊跷啊。可是，那个声音一开始还感觉近在咫尺，后来听起来却变得愈发遥远、愈发缥缈。我还以为是自己听错了，难道住持已经回来了，正在哪间禅房里勤勉修行吗？我这样猜想着，不知什么时候又睡着了。木鱼声也好，诵经声也罢，再没吵醒过我。我一觉呼呼睡到了天亮。

"早上起来，洗脸、穿衣之后，我便立即去寻老尼姑。一番千恩万谢后，我顺便壮着胆子问起了昨晚发生的事情。'昨晚，是住持回来了吗？'我刚一说完，老尼姑便不耐烦地答道：'不，

---

223 须弥坛，又名金刚座、须弥座，源自印度，是安置佛像、菩萨像的台座。

没回。我昨晚不是告诉你了吗，要七日后才能往回返。'

"我便接着斗胆说道：'失礼了，失礼了，我昨晚听到了不知哪位高僧在念经敲木鱼的声音，还以为是住持已经回来了呢。'老尼姑听后，抬高了声音说：'啊，那个呀，那个不是住持，是檀家的弟子。'

"我没明白，便接着追问那人是谁。'嗨！当然是逝者了！'老尼姑一副司空见惯的样子，表情淡定地对我说，'只要是有檀家去世了，便会发生这样的事情。逝者敲木鱼念经，都会到寺里来。'"

病

病気のもと

五十

小玉啊，大概是在梦里，为自己的小猫寻觅各种玩具和猎物吧

我很喜欢猫。无论是在东洋还是西洋，无论是在什么时期，也无论是在哪里生活，如果把我喂养过的各种各样的猫写成文章，估计能写出一本大部头的书。但是，我并不会写一本全是猫的书，我只是想从自己内心的角度，写一篇关于小玉的故事。

现在，小玉就躺在我的椅子旁边，一边睡觉，一边发出一种特别的声音。那声音，也会给我带来一份特别的心情。听起来，感觉就像母猫呼唤小猫时所发出的声音，只是在喉咙里细微地颤动。有时还会发出一声温柔的"喵"，那是在不受干扰的状态下，受到爱抚时所发出的声音。看到横躺在地上一直在睡懒觉的它，此时却好像在做与小猫玩耍的梦，前爪仿佛在抚摸着什么，珍珠色的猫爪，不住地上下挥动。

我家管这只猫叫小玉，并不是因为这只猫有多么好看。不，当然还是很好看的，但其实作为一只母猫的名字，小玉这个称呼在日本各地是很常见的。起初，小玉是作为礼物被朋友送到

我家的，当时它还很小，是一只三花小猫。在日本，三花猫并不常见，有些地方的人相信三花猫能带来好运，相信它们驱魔的本领跟捉老鼠一样强。

小玉今年已经两岁了，在我看来，小玉应该是混入了一些外国猫的血统，看起来比普通的日本猫美丽许多，体型也相对纤瘦，所以尾巴显得很长。这条长尾巴，在日本人看来，却算得上一个缺点了。也许，小玉的祖先在德川家康的时代，是随着荷兰或西班牙的贸易船来到日本的吧。但是，无论祖先是从何而来，从小玉的习性来看，它仍然是一只日本猫。比如说，小玉很爱吃米饭。

小玉在第一次生小猫的时候，就成了一个非常负责任的母亲。对于照顾自己的孩子，它实在是耗费了太多的精力，以至于后来因为抚育小猫过于劳累的关系，小玉如同生了大病一般，瘦了一大圈，看起来十分可怜。但它始终尽职尽责，教会了小猫们如何清洁自己的身体，也教会了小猫如何玩耍嬉戏。无论是跳跃、摔跤还是捕猎，它都要亲身示范，一点一点地教给小猫们。

最开始，小玉把自己的长尾巴作为玩具给小猫玩耍，后来，就开始琢磨去寻找别的玩具了。不光是田鼠和家鼠，连青蛙和蜥蜴也会捉回来，有时还会捉到蝙蝠。有一天，甚至捉来了一只小的七鳃鳗，这一定是小玉在附近的稻田里下了苦功夫才捕回来的战利品。

天黑以后，我通常会在我的书斋门口的楼梯间里，为它留一扇开着的小窗，这样它就能跳到厨房的屋檐上出去捕猎了。有一天晚上，小玉从那个小窗口丢进来一只大草鞋，给小猫当玩具。这应该是小玉从附近的一处草甸里找到的。从那片草甸出来，它还要叼着草鞋翻过一丈高的栅栏，爬上屋子的外墙，登上厨房的屋檐，再钻过小窗上狭小的格子，回到楼梯上。小玉和它的孩子们玩着草鞋，从晚上一直折腾到第二天清早。原本就沾满污泥的草鞋，被它们玩了一夜，自然是弄得楼梯上到处都是泥了。像小玉这样经历了初产、当了母亲之后还能如此开心地玩耍、精力旺盛的猫，其实是并不多见的。

但是，第二次生小猫的时候，好运气却没有持续下去。那时候，小玉会经常到离家很远的村子里，寻找它的猫朋友玩耍。然而，有一天晚上，小玉在前往那里的途中，不知是遇到了什么坏人的粗暴袭击，受了重伤，回来时神情恍惚、无比虚弱。它此时已经怀了身孕，不久，肚中的小猫无一幸免，产下的尽是死胎。我以为，小玉这次要挺不过去了。还好，小玉给我们带来了惊喜，它很快就痊愈了。但是，在这之后的很长一段时间内，我们都看得出，小玉总是因为丧子而心生烦恼，一副若有所思的样子。

根据我以往的经验，大凡动物的记忆能力都比人们想象的要弱很多，经常是稀里糊涂就忘记了不久前发生的事情。但是，动物本能的记忆，也就是说，动物经过不知几百万年的生存与发展，身体所积累的经验记忆，却是异常鲜明，甚至超越人类，几乎不会出错。

比如说，回想一下大猫让溺水小猫恢复呼吸的惊人技能。或者，想想猫第一次看到毒蛇等危险敌人时的反应，即使从未被同类传授过类似经验，也会闪转腾挪得游刃有余。还可以想一下，猫对小动物及其习性的丰富知识，对草木的药理知识，以及捕猎和战斗之时，那种极富策略性的方式。它们所具有的这些知识，其实是相当广泛的。而且，对于这些知识和经验，它们有着几乎全部的记忆。但是，这都是建立在过去的生活知识基础上的，一旦过上了养尊处优的日子，那些记忆便会逐渐淡忘。

小玉其实并没有清楚地记得自己孩子死去的事情。只是知道自己现在应该处于哺育幼猫的阶段。因此，在夭折的小猫被埋葬在院子里之后的相当长一段时间里，它还会四下恍惚地寻找、呼唤自己的孩子。我对朋友也经常谈及此事，说起自己也会经常打开壁橱、打开柜子，向小玉证明它的孩子已经不在了。

　　如此反复了很多遍，最终，小玉仿佛终于理解了，也接受了无论自己怎么找，孩子都不会出现的事实。取而代之的是，小玉经常在梦中与自己的孩子嬉戏，所以才会在睡着的时候还能发出那么温柔的声音。小玉啊，大概是在梦里，为自己的小猫寻觅各种玩具和猎物吧。也许，在遥远的记忆深处，在那个隐隐约约的小窗边，在梦境中，它的口中还衔着那只准备和孩子一起玩耍的草鞋吧……

草云雀

草ひばり

笼高刚好两寸，宽有一寸五分。笼子上有一个可以旋转的小轴，通过笼子上的小木窗，勉强可以用指尖碰到。就是这样一个小小的笼子，在里面爬行、跳跃、飞舞，都足够宽敞了。总之，这样一只小东西，想要观察它的时候，若是不透过笼底的茶色纱网细心窥视，一定是无法看清的。我总是喜欢站在亮处，借着光线，手中转着笼子，仔细寻找它躲在何处。然后，就会发现它躲在天井的一隅，总是倒着身体，紧紧抓着笼子，一动也不动。

想象一下，有一种仅比普通蚊子大一点点的蟋蟀，它有着一对比自己的身躯还要长、不透过光线就无法看清楚的细长触角。在日本，它被称为草云雀[224]。在集市上，一只草云雀大概可以卖到十二钱，比起与它等重的黄金可贵得多。这样如同蚊子一般大小的虫子，一只居然能卖到十二钱！

---

224 草云雀，在中国俗称金蛉子，属蟋蟀科，是一种鸣虫，在中日民间都有饲养的习俗。

骨董

白天，大多数的时间它都在睡觉，或是看起来像是在沉思。除此之外，就是趴在切成片的茄子和黄瓜上享用大餐了。这些茄子和黄瓜片，每天早上都要换新的……我始终把这位"老先生"的身子弄得干干净净的，饵料也给得足足的，这可是相当耗费精力的一件事情。诸位看到这里，得知我对这样一只又奇怪又渺小的动物如此尽心照顾，会不会觉得我做的事情很傻呢。

　　但是，每天到了日暮，这位"老先生"的小小灵魂便一下子觉醒了。接下来，一种难以言喻的奇妙乐声，就响彻在房间里。首先是极其微小的电铃声，震颤着发出细弱的声音，如同银铃的颤音一般。随着四周的环境逐渐暗了下来，声音也变得清脆起来。有时候，整个家中都会如同演奏仙乐一般高扬婉转；有时候，又会如同游丝一般细小绵长，一缕缕细鸣转为静默。但是，无论声音高低，音色皆婉转妖娆，始终如一。整个夜晚，这个小家伙都会不住地演奏与歌唱，直到天色将明，远处传来寺庙的晨钟声。

　　然而，如此婉转动人的歌唱，其实是有关恋爱的鸣唱。为了前路未曾得见、更未曾知晓的恋情而讴歌，这是一曲不知结果的爱情之歌。原本，这种小小的昆虫，在这个世上的生命便十分短暂，不知何时才会有机会寻得伴侣……说实在的，它这一生可能都不会有机会寻到了。

　　回望它们的短暂生命，就算是前几代的先祖，在每一个奏响小夜曲的晚上，守着田野的边缘，想必也不一定会明白这些不朽恋曲的含义吧。反正，它们都是生在不知哪家昆虫店里，在素烧的泥胚上孵化而出，变成小小的虫子。我家的这位"老先生"也是，往上好几代都是笼中的宠物。即便如此，它仍然能够和几百万年以前的祖先一样，唱着同样的歌，奏着同样的曲。而且，它似乎明白每一节曲调的意义，不仅如此，连一点点的错误都不会犯，唱的旋律总是准确无误。

当然，没有谁教过它如何鸣唱，这是首被记忆到本能里的歌曲。遥远祖先的灵魂，从被点滴雨露沁润的青草婆娑中，传出悠扬的带有张力的鸣叫声，那是它们数千万的同类朦胧的记忆之歌。那时，它们因那首歌而相恋，然后死去。但是，我的这位"老先生"，现在却完全无视即将到来的死亡，而只记得追求爱情。它只是在不停地呼唤着雌性的同伴，即使笼中的它唤不到自己的新娘，它还是在不停地唱着。

　　现在看来，这位"老先生"的求爱，其实是对回不去的往昔，所表现出的一种无意识的爱慕。这种昆虫，向着往世的尘泥而鸣唱，向着沉默与众神，为了时间的一去不返而鸣唱……人世间的恋人也是如此，自己其实并不知晓自己的命运，只是做着和小虫类似的事情。人世间的恋人们，将这种迷惘称为理想。如若对理想加以诠释，那便只是一个种族经验的阴影，也就是本能记忆的幻影罢了。

　　我们生活在现世之中，对于未来的理想，几乎没有与之交涉的机会……这个小家伙也有它的理想，至少是有一些理想的痕迹。但是，无论是在什么情况下，这只虫子的小小愿望可能都无法实现了。任凭它如何鸣叫，如何哀声倾诉，都不会有同类来回应了。

　　但这并不是我一个人的罪过。我曾经想过给它配一只雌虫，可是我注意到，只要雌虫一靠近它，它就收起鸣叫，立即沉默了。但是，每天夜晚，只要听到如此不计报酬、美丽又哀婉的声音，我的内心便少去了很多负罪感。但鸣叫声停下之后，最后又会变成一种苦痛和良心的苛责。

　　在内心反复斗争之后，我还是决定买一只雌虫。但是，因为已经不应季了，不管雌雄，我连一只草云雀都没能买到。卖虫的商人笑笑说："这时候应该都进鬼门关了吧。"（当时已经是十月二日了。）那个卖虫的商人并不知道我家的书斋里有上等的暖炉，我总是将室温保持在华氏七十五度[225]以上。我家里的草云雀，到了十一月末还在鸣叫，我想让它活到大寒之时。与我家这只是同一代的小虫们，这时候应该都已经死去了，给多少钱想必也无济于事，现在已经连一只雌虫都找不到了。我之前还想过，要将它放生，让它自己去找雌虫，但是院子里的天敌实在太多了——蚂蚁、蜈蚣，还有可怕的土蜘蛛。即使它的运气再好，应该也活不过一个晚上。

昨夜——十一月二十九日——我走到桌边，忽然有一丝不寻常的感觉。不知为什么，总觉得屋子里空落落的。这时，我猛然发觉，家中的草云雀不知从何时开始，已经静默许久了。我安静地走到了笼子旁边，在一片已经干瘪得像灰石头一样的黄瓜旁边找到了它——已经僵冷地死去了。看起来，应该有三四天没有喂食了。明明如此，它却在死去的前一天晚上，发出了比以往更加响亮、足以令人吃惊的鸣唱。我当时还傻呵呵地自言自语道："'老先生'今天可真来劲儿啊……"我现在觉得，当时的想法可真够愚蠢的。

我有一个叫阿秋的学生，非常喜欢昆虫，总是来给它喂食。但是阿秋要回老家休假一周，照顾小虫的任务就落在了女佣阿花身上。阿花并不是个很用心的人，她并不是忘了喂小虫，而是忘了买茄子。如果没有茄子的话，把黄瓜和洋葱切碎，也是可以代替的，但阿花并没有想到这些。我批评了阿花，她也诚恳地表达了悔意。但是，那如同仙境的音乐还是被画上了终止线。悄然而来的静寂，如同在斥责我一般，屋子里也感觉一下子冷了起来。

真是愚蠢啊……我为了那还没有半个麦粒大的小虫，斥责

225　约为二十四摄氏度。

了年轻的女佣，给她带来了不愉快的感觉……虽然我也觉得自己有些过分，但那个渺小的生灵就这样悄然逝去，我一想到这里，内心就会感到痛楚。当然，这只是一个生灵的愿望——就算是只蟋蟀——关于它喜欢什么，想要做什么，我一直在替它考虑，以至于不知不觉成了一种习惯。直到小虫殒命，关系被切断后，我才发现自己对那鸣唱已经有了深深的依恋。

在那个归于安静的夜晚，我感觉到自己的身体已经离不开那声音的妙趣，脑海中依然回荡着小虫的鸣唱。仿佛，那渺小的生命，紧紧抓住了我的喜好和自私的快乐，如同凡人对诸神的取悦一般；又如同小小笼子里的小小灵魂，与我躯壳中的小小灵魂，在这个世界的大海中交融，永远合为一体……当那小虫的守护神，也就是我，在不同的梦境中展开想象的交织之时，那个小生命却在白天，在夜晚，忍受着饥饿，忍受着口渴……即便如此，到了它生命的终点，小虫依然为我卖力歌唱。等到它生命的完结，我竟然发现了它最后的惨状——"老先生"吃掉了自己的腿……神啊，请宽恕我们吧，尤其是女佣阿花，请原谅她吧。

可是最后，它饱受饥饿，临死前不得不吃掉自己的腿。作为唱歌的天才，它受到我们的崇拜，却换来了如此悲惨的结局，但这并不是最坏的事情。我们所在的世间，也有着这样的"人形蟋蟀"，为了唱歌，不得不吃掉自己的心脏。

食梦貘

夢 を 食 う 貘

五十二

短夜中，貘亦无暇食梦。

短夜や貘の夢食ふひまもなし。

——古老的日本情诗

　　这种动物的名字叫作"貘"，也叫作"白泽"，它有一个特殊的本领，就是能够吞食梦境。关于貘，很多博物志中都有着各种各样的记载。我手里的一本古书是这样介绍的：雄貘，马身狮面、象鼻犀目、牛尾虎足。[226] 雌貘与雄貘的外形差异较大，但具体的区别，却没有记述。

　　昔日，在汉字还很兴盛的时代，日本人经常会在家中悬挂一张貘画[227]，这是当时的一种习惯。人们相信，与貘这种动物本身一样，貘画也会带来同样的力量和效果。关于这种习惯，我手里有一本古书，里面写着这样的一段内容：

　　据《松声录》记载，黄帝到东方的海岸狩猎时，遇到了一头外形是兽的模样，却能通晓人语的貘。黄帝云："天下太平之时，我等将如何处置怪物？退散恶鬼，需貘之力，可将貘之

226　唐代诗人白居易曾作《貘屏赞》，其中有"貘者，象鼻犀目、牛尾虎足"之句。

227　日本人称之为"白泽图"。鸟山石燕的《今昔百鬼拾遗》中就有"白泽图"，图注中有"黄帝东巡，白泽一见，避怪除害，靡所不遍"的汉字。

绘悬于宅中。如此，若妖怪现形，亦无从害人矣。"[228]

接下来，书中列出了一份长长的恶鬼罗刹名录，还写着它们即将现身时的前兆：

> 鸡下软蛋时，现恶鬼"台风"；
> 群蛇相缠时，现恶鬼"神通"；
> 犬耳背后行走时，现恶鬼"太阳"；
> 狐言人语时，现恶鬼"骛骏"；
> 人之衣裳现血迹时，现恶鬼"幽鬼"；
> 米缸言人语时，现恶鬼"勘定"；
> 深夜惊魇梦时，现恶鬼"临月"。

这本古书还讲述了这样的事情："无论何时，若遇此等恶魔，可念貘之名，则恶魔立时可堕入地下三尺。"

但是，关于恶鬼的问题，我是没有什么资格妄议的。那可是属于中国鬼神学的领域，还是一个不为人知的可怕世界。而提到日本的貘，其实与中国的并没有什么关系。日本的貘，一般只是作为能够食梦的异兽而被人熟知。另外，说到日本人崇拜这种动物，其中最典型的一个例子，就是在王侯将相们所使用的漆器枕头上，一定会写有一个金色的"貘"字。枕着这个枕头入睡，上面写的字就会发挥效力，使人安然入睡，不会被噩梦烦扰。如今，这样的枕头已经很难找到了，就算是貘（或者叫"白泽"）的绘画也成了稀世古董。但是，古往今来，那句向貘祈祷的"食梦貘，食梦貘"，现今还仍然残留在人们的

---

228 北宋张君房编《云笈七签》卷一百引《轩辕本纪》曰："帝巡狩，东至海，登桓山，于海滨得白泽神兽，能言，达于万物之情，因何天下神鬼之事，自古精气为物、游魂为变者凡万物一千五百二十种，白泽能言之，帝令以图写之，以示天下。"

日常对话之中。如果各位在梦魇中被惊醒，或者是做了不吉之梦，只要睁眼醒来，立即将这句话念上三遍，貘就会吃掉噩梦，逢凶化吉。

最近，我曾见过一次貘。那是一个酷暑难当、闷热异常的夏夜，不知为何，那天我的身体十分不适，忽然从睡梦中睁开双眼，时辰尚是丑时。一头貘忽然从窗户钻了进来，对我问道："有什么东西可以吃吗？"

我心中大喜，立即回答说："有啊！食梦貘呀，请听我讲讲我梦里发生的故事吧。"

"在一间点着很多盏灯的大屋，四周都是高大的白墙，我就站在那个大屋里。但是，空无一物的地面上，竟然看不到我的影子！我四处张望了一下，在不远处的一床铺盖上，居然躺着我的遗体。究竟是什么时辰死的，死因又是如何，我却完全记不起来了。铺盖边上坐着六七个女子，但没有一个认识的。她们看起来既不太年轻，也不算老，都穿着丧服。我想，原来如此，她们都是来为我守夜的啊。她们没有人动弹，也没有人言语，就这样一直端坐着，四下一片死寂，没有一丝声音。我当时觉得，看样子已经是后半夜了。

"正在这时，我忽然觉得大屋里的空气中充满了一种无法形容的窒息感——啊，说是一种意志层面上的精神压迫也可以，总之，我注意到，有一种肉眼看不见的、不知是什么令人麻痹的力量，静悄悄地在屋中弥漫着。只见当时，守夜的人们互相交换了一下眼色。她们想必也是有些害怕了。其中一个人快速站起身来，无声无息地离开了屋子。接下来，另一个人也起身离开了，直到所有的人一个接着一个，像影子一般倏然离开。最后，屋子里就只剩下了我和我的遗体。

"灯火依然通明，然而，弥漫在屋子里的那种恐惧感与窒息感却越发浓烈起来。守夜的人们见势不妙之后，都已经逃离此地了。我当时却觉得自己尚有逃离的时间，不妨在屋中等待片刻，应该也并无大碍。明明是恐惧已经近在眼前，我却被好奇心止住了脚步。我想着再检视一下自己的遗体，就走上前去看了一下——这一看不要紧，令人不可思议的是，那遗体看起来很长，比我的个子要高出许多，看上去非常可怕——不知道怎么形容，总之就是躯干很长，长得一点都不自然。

　　"我正在察看的时候，那尸首的半边眼皮竟然微微地动了一下。一开始，我还以为是烛光闪烁带来的错觉，我便万分小心地凑到遗体前，想仔细看个究竟。

　　"'这人可不就是我嘛！'我一边看一边想，'但是，这事可是越来越奇怪了。'遗体的脸，看起来居然在慢慢变长。'这不应该是我吧！'我俯下身去，仔细地想了想，'不过，应该也不是别人。'我又思量了一番，可是，心中忽然愈发恐惧了起来。这尸首的眼睛，难道真的睁开了吗？

　　"可怕的事情发生了，他真的睁开了——那眼睛，确确实实地睁开了——我刚刚看到了睁开的眼睛，还没来得及思索，那尸首突然飞身起来——从铺盖上紧瞪着我，飞起向我扑来——这尸首忽然怪叫起来，接下来是啃咬、拉拽、用力地抓着我，任凭我怎么用力挣扎都不放开。我吓得魂飞魄散，死命挣扎起来，几乎已经没有力气了。而那尸首的眼睛、那怪叫声、那紧抓住我的不快感几乎让我呕吐。我被吓得气息颠倒，正当我感觉自己的身体就要被这死尸撕开之际，我忽然发现自己的手中竟然多了一把斧子。我赶忙抢起斧子，使出全身力气，向这个怪叫的家伙猛力砍去，砍了一斧，又砍了一斧，斧子砍在那尸首身上，就像砍木头一样，血肉像木屑一般溅得到处都是——终于，那家伙被我砍成了一堆看不出形状、恐怖至极的血肉碎块，在我的眼前摊了一地——我从未见过如此恐怖的遗骸惨状……

"食梦貘，食梦貘，食梦貘，请您快快吃吧！食梦貘，请吃掉我的噩梦吧！"

"不！我不可以吃好的梦。"听了我的恳求，貘回答说，"你这个可是能带来好运的梦呢。如此好的梦境，别人可是难得一梦了。那把斧子——是的，你拿的那是一把妙法之斧，可以退却自我的心魔。这对于你来说，可是一个大吉之梦。我相信佛法，一切自有安排。"

话音刚落，貘便钻出窗外离开了。我在窗口目送着它——月光照亮了屋顶，貘就像一只大猫，在一栋接着一栋的房顶上跳来跳去，悄无声息，没多久就飞奔得无影无踪了。

伍

来自东方

東の国から

本章选译自小泉八云的散文集 Out of the East（1895），该书副标题为「新日本的退想与研究」。本章选出的两篇文章均被美学大师朱光潜评为「最美丽的」文字。

浦島太郎的故事

浦島太郎の話

这是一个令人难忘的故事。

每年夏天，尤其是在风和日丽的天气，每每来到海边，这个故事总会浮现在我脑海中。经由不同的作者加工创作，这个故事在日本有着许多不同的版本。

最早记录这个故事的，是收录了公元 4 世纪至 8 世纪日本诗歌的《万叶集》[229]，这也是该故事的最佳版本。著名的学者阿斯顿[230] 曾将该版本改写成了一篇散文，张伯伦[231] 则将其改编成了

229　《万叶集》，日本最早的诗歌总集，收录了公元 4 世纪至 8 世纪中叶的长短和歌。一般认为《万叶集》经多年多人编选传承，约在 8 世纪后半叶由大伴家持完成。其后又经数人校正审定才成今传版本。小泉八云原文将收录诗歌的年代误记为公元 5 世纪至 9 世纪，翻译时更正。

230　阿斯顿（William George Aston，1841—1911），英国外交家、日韩语言历史学者，担任驻日外交官二十余年，翻译了众多日本图书。

231　张伯伦（Basil Hall Chamberlain，1850—1935），英国学者、日本文化研究者，曾先后在日本帝国海军学院、东京帝国大学任教三十余年，翻译了众多日本图书。他是小泉八云的好友，小泉八云在他的介绍下在东京帝国大学教授英国文学。

散文和诗歌。在我心目中，张伯伦在《日本童话系列》[232] 中翻译的版本，最适合英国人阅读的，因为它是专门为儿童写的，不仅配图精美、色彩丰富，而且图片都是由日本画师绘就的，保留了原汁原味的风格。虽然我手上也有这本书，但我还是想用自己的语言将这个故事讲给你们听。

故事发生在一千四百一十六年以前，主人公是一位名叫浦岛太郎的渔夫。

有一天，太郎从住之江[233] 海岸出发，像往常一样出海捕鱼。那时正逢夏季，海面平滑如镜，天空上飘着几缕白云，太阳晒得人昏昏沉沉，海天交相辉映，将万物染成一片蔚蓝。放眼望去，远处的山峰仿佛也是蓝色的，与天空融为一体。微风拂过，令人无比惬意。

浦岛太郎懒洋洋地坐在船上钓鱼，也不控制方向，船想飘到哪里就飘到哪里。他的船十分奇特，既没有上漆，也没装上舵，也许读者们从未见过这种船。但一千四百年后，在日本沿海的古老渔村里，人们依然在使用这种船。

浦岛太郎左等右等，终于感觉有什么东西咬钩了，便立刻收起鱼线。结果拉起来一看，原来是一只海龟。

海龟一直被人们视为龙王身边的神圣之物，拥有千年的寿命，有的甚至可以活到万年。所以，杀死海龟在当时是大不敬的行为。太郎默念了一声阿弥陀佛，赶紧轻轻地将海龟口中的鱼钩取下来，将它放回大海。[234]

---

232 《日本童话系列》（*Japanese Fairy Tale Series*），日本出版家长谷川武次郎（1853—1938）为外国读者出版的系列英文图书，于1885年首次出版。后小泉八云和张伯伦均是该系列图书的译者。小泉八云翻译的部分即本书《日本童话》一章中的五个故事。

233 住之江，大约为现在的大阪市住之江区。

234 在另一个版本的故事中，浦岛太郎救了被一群孩子欺负的小海龟。

東の国から

浦岛太郎又等啊等啊，却还是没有钓到一条鱼。天气十分炎热，身边的一切又是那么安静。他只觉得一阵困意袭来，便在小船上睡着了。

浦岛太郎做了一个梦，梦见一位美丽的姑娘从海面升起。在张伯伦版本的故事中，你可以看到这位姑娘的画像——姑娘一袭红蓝相间的和服，长长的黑发如同瀑布般，一直垂到脚跟，正是那时候王公贵族女儿的打扮。[235]

姑娘身姿灵动飘逸，脚踏碧波而来。她走到睡着的浦岛太郎跟前，轻柔地拍了拍他，将他唤醒，随即说道：

"公子不要惊慌。家父乃海中龙王，因为感念你放了那只海龟的恩德，便让我前来接你。请公子随我一起，前去父王的岛上宫殿一游。那里终年都是夏季，百花齐放。公子若不嫌弃，小女子愿嫁与公子为妻，从此永居龙宫，琴瑟和鸣。"[236]

浦岛太郎打量着天仙般的姑娘，心中愈发惊讶。眼前的姑娘比他见过的所有人类女子都要美丽，让他不禁心驰神往。随后，他和龙女一起划起双桨，两人在晚霞的映衬下，一起朝远处西边的海岸而去。

海面风平浪静，一片湛蓝，两人轻轻地划着船，很快便来到了传说中终年都是夏季的岛上，进入了龙王的宫殿。

（在《日本童话系列》这本书中，这里没有用文字描述，取而代之的是一整页图，图中描绘了这样的场景：暗蓝的波浪尽头，是一片宽阔低垂的海岸；在一片郁郁葱葱的树木中，龙宫拔地而起，造型和那时候天皇的宫殿十分相似。）

235　在有的版本中，美女是海龟变化而成的。

236　在日本广泛流传的版本中，龙女的名字叫作乙姬。

仆人们都是海里的生物幻化而成的，它们身着礼服前来迎接，将浦岛太郎当成龙王的女婿来招待。

后来，龙女和浦岛太郎在龙宫举行了一场盛大的婚礼，两人结为夫妻。龙宫上下都沉浸在一片喜庆的气氛中。

婚后，浦岛太郎生活在龙宫，置身于一个前所未见的神奇世界中，每天都充满了惊讶和欣喜。惊讶的是那些形形色色的来自深海的龙王仆人，欣喜的是岛上终年都是夏季，走到哪里都是阳光明媚、生机勃勃。就这样，三年过去了。

虽然在龙宫享尽荣华、大开眼界，但浦岛太郎每每想起家中盼他归来的父母，心中便难过不已。后来，他终于按捺不住满腔的思乡之情，便请求龙女让他回家看看，跟父母交代一下事情的前因后果。他向龙女保证，等探望完父母，他一定马上赶回龙宫，与她长相厮守。

龙女闻言，只是默默地流着泪，泪珠一滴接着一滴，半晌才停下来。随后，她对浦岛太郎说道："既然夫君执意如此，妾身自然不会反对。我只怕你一去不回，从此我们夫妻俩便永生不得相见了。这里有一个小盒子[237]，请夫君随身带上。夫君到时再按照我告诉你的方法，就能顺利返回龙宫。但是，夫君切不可打开这个盒子，无论发生什么事都不要打开！一旦你打开这个盒子，就永远都回不来了，就再也见不到我了。"

龙女说完，便递给他一个用丝绸包裹的小巧漆盒。（直到今天，这个盒子仍被供奉在神奈川县一座沿海的寺庙[238]中。除了漆盒，庙里还珍藏着浦岛太郎的钓鱼线，以及他从龙宫带来的奇珍异宝。）

浦岛太郎安慰了伤心的龙女，向她保证，自己绝不会打开

---

237 在日本广泛流传的版本中，这个盒子被称作玉手箱。

238 这座寺庙即现在京都府伊根町的浦岛神社。

東の国から

盒子，就连盒子上的绸带也不会解开。在夏日的阳光下，他踏上平静无波的大海，离开了龙宫。终年都是夏季的海岛变得越来越模糊，仿佛是他的黄粱一梦。渐渐地，故乡熟悉的蓝色山峰又出现在他眼前，在北方的海平面上，渐渐地，变得越来越清晰。

浦岛太郎又一次回到了故乡的海湾，但是，当他环顾四周，看清眼前的景象时，顿时变得惊慌失措起来。

原来，这里的确是自己的家乡，但是已经面目全非了。父辈们的屋子早已不在远处，仿佛销声匿迹了一般。虽然也有村庄，但村里的房子都是他从没见过的样子，不仅如此，这里的草木田野，甚至是村民的长相，都是陌生的。记忆中所有的地标都已经消失不见，神社也被迁往了一个新的地方，附近山坡上的草木荡然无存。唯一不变的，是耳边小河潺潺的流水声，以及远处耸立的高山，其他的一切都不是他记忆中的模样了。浦岛太郎寻找着昔日的住宅，却一无所获。路过的渔民都好奇地打量着他，却没有一个是他认识的。

这时，迎面走来一位拄着拐杖的老者。太郎便向他打听，浦岛家搬去了哪里。老者听了十分惊讶，又让他重复问了几次，突然惊叫道：

"你说的是浦岛太郎？你是从哪里来的？怎么会知道他们家的事？浦岛太郎！他已经淹死四百多年了，他的家人还专门立了一块碑来纪念他。浦岛家族的人都葬在那里，现在，那座墓园已经荒废许久了。你问浦岛太郎！你怎么这么蠢，居然问我他们家住在哪儿？"老者说完，蹒跚着离开了，嘴里还嘲笑着他的无知。

浦岛太郎来到村中，找到了老者说的那片荒废的墓园。令人惊讶的是，他竟然在那里找到了自己的坟墓！除此之外，父母以及一干亲戚的坟墓也都在那儿。这些坟墓都十分陈旧，上面长满了苔藓，字迹模糊得都快辨认不清了。

浦岛太郎拼命地告诉自己，他一定是被鬼迷了心窍，才会碰见这么离奇的事。他只身一人回到海滩，身上还带着龙女送他的盒子。太郎心思着，这幻觉到底是怎么回事？会不会跟这盒子有关？难道是这盒子里藏了什么秘密，才使他陷入幻觉的？他越想越怀疑，最终还是将龙女的嘱咐抛到脑后，解开了绸带，将盒子打开了。

就在那一瞬间，盒中慢慢升起一缕白色的轻烟，就好像夏天的云彩，飘向南边的大海，随即便消失不见，再看盒子，里面空空如也，什么都没有。

浦岛太郎顿时反应过来，幸福已经离他远去，自己再也不能回到龙女的身边了。他的内心顿时被绝望笼罩，不由得失声痛哭起来。

过了一会儿，浦岛太郎感觉自己的身体似乎发生了某种变化——一股寒意从全身袭来，他的牙齿竟然开始脱落，脸上布满了皱纹，原本乌黑的头发也变得雪白。不止如此，他的四肢也变得干瘪，浑身软弱无力，所有的生命力在迅速地流失，仿佛一下子老了四百岁。

《日本书纪》曾记载：

雄略天皇二十二年[239]，在丹后国[240]余社郡，住着一个姓浦岛的男孩，乃仙人转世，后来乘着一艘小船，去了极乐世界。[241]

从此以后，从五世纪到九世纪，一连三十一代天皇统治期间，

239　雄略天皇，日本第 21 代天皇，456 年至 479 年在位，雄略天皇二十二年为 477 年。小泉八云原文误记为"二十一年"，翻译时更正。

240　丹后国，日本古代令制国之一，原为丹波国一部分，713 年从丹波国分离成国。其领域大致为现在的京都府北部。

241　《日本书纪》原文为："（廿二年）秋七月，丹波国余社郡管川人水江浦岛子乘舟而钓，遂得大龟，便化为女。于是浦岛子感以为妇，相逐入海，到蓬莱山历睹仙众。"

再也没有关于此人的记载。直到《古事谈》记载：

淳和天皇天长二年 [242]，浦岛曾一度返回家乡，后来便杳无音信，没人知道他去了哪里。[243]

242　淳和天皇，日本第 53 代天皇，在位时期为 823 年至 833 年，824 年改年号为天长，天长二年即 825 年。

243　《古事谈》，日本镰仓时代的故事集，成书于 1212 年至 1215 年。书中原文为："淳和天皇御字（统治天下之意）天长二年乙巳，丹后国余佐郡人水江浦岛子，此年乘船到故乡。"

石佛

石仏

唯有逝去生命的不灭情炎能使燃烧殆尽的太阳重燃

一

在官办学院[244]后面的山脊上，有一串沿着山坡向上修建的梯田，再往上是一片古老的乡村墓地。不过，这处墓地已经废弃了。如今，黑发村的村民会把遗体埋葬在一个更偏僻的地方，我想他们的田地已经开始蚕食旧墓地的边界了。

由于课间有一小段空闲时光，我决定去山脊上看一看。在攀爬的路上，无害的小黑蛇扭动着身子，色如枯叶的硕大蚱蜢，从我的影子里"嗖嗖"飞过。还没走到墓地门口的残破台阶，田间小径就彻底消失在粗粝的野草之下了。墓地里根本没有路，只有杂草和墓石。幸运的是，山脊上视野很好：广阔青翠的肥后平原尽头，半圆形的亮蓝色群山倚着地平线上的光，更远处，则是永远喷着烟的阿苏火山。

---

244 即熊本县第五高等学校（1949 年与他校合并为熊本大学），小泉八云曾在此任教。

鸟瞰之下，这所建于 1887 年、由带窗户的建筑群组成的学院，就像个微缩的现代城镇，彰显了 19 世纪的实用主义建筑风格。即便把这些建筑放在肯特、奥克兰或者新罕布什尔[245]，它们也能很好地融入当地，丝毫不会显得与时代脱节。不过，山上的梯田和在田间辛勤劳作的农民说不定是五世纪的。在我倚靠的墓上，刻着音译自梵文的文字。在我旁边，有一尊坐在石莲花上的佛陀，仿佛是坐在加藤清正[246]时代。它冥想的目光从半闭的双眼中斜落下来，凝视着学院和其中喧闹的生活；它的笑容仿佛一个受到伤害的人的宽恕的笑。它的表情不是雕刻家加工的，而是被苔藓和泥垢扭曲了。我还注意到，它的双臂缺失了。我说了声"见谅"，试图刮掉附在它额头小突起上的苔藓，同时想起了《妙法莲华经》的古经文：

> 尔时佛放眉间白毫相光，照东方万八千世界，靡不周遍，下至阿鼻地狱，上至阿迦尼吒天[247]。于此世界，尽见彼土六趣众生，又见彼土现在诸佛，及闻诸佛所说经法。[248]

二

太阳在身后高悬，眼前的景色仿佛是在一本老旧的日本绘本中。日本的旧式彩绘中通常没有阴影。肥后平原上同样没有阴影，绿色一直铺展到地平线上，在那里，山峰上的蓝色幽灵如同飘荡在耀眼的辉光中。然而，这广阔平原的色彩并不单调：它由深浅不一的绿色捆扎、拼合而成，纷繁的色彩如同被刷子

245　三者分别是英国、新西兰和美国的地名。

246　加藤清正（1562—1611），日本安土桃山时代、江户时代武将和大名，初代熊本藩主。

247　阿迦尼吒天，佛教中色界天二十二层天的最后一层。

248　出自《妙法莲华经·序品》。

大笔涂抹一般，亦与日本绘本中的景象那么相似。

初次翻开日本绘本，会带给你一种超乎寻常的印象和惊愕之感，会让你这么想："日本人感知和观察自然的视角真是稀奇古怪啊！"这种惊愕之感会愈发强烈，你会发问："日本人的感觉有可能与我们全然不同吗？"是的，这是很有可能的。不过，请你再多看一会儿。一旦这么做了，你便会认同这两种看法，同时感悟出第三种也是最终的看法——你会觉得日本画比描绘同一场景的西洋画更贴近自然之真，它唤起的自然之感是西洋画无法带给你的。事实上，它蕴含着你要探寻的所有领域。然而，在探寻它们之前，你还会问自己另一个谜团，多多少少类似这样："这一切都生动得不可思议，这些难以言表的颜色正是自然的本色。但它们为何看上去如此鬼魅呢？"

当然，最主要的原因是日本画中缺少阴影，这种在色值辨识和运用方面令人惊奇的技巧，能避免你猛然间漏掉它们。然而，画中场景并没有被描绘成只照亮了一侧，而是整个画面都被照亮了。现实中的确存在这一刹那的风景，不过西洋画家很少关注它们。

不过据我观察，昔日的日本人独爱月影，并将其移入画中，因为月影有着幽玄之美，不会干扰整体色彩。他们不欣赏白日下破坏万象之姿的黑影。正午的风景被影子染得一片斑驳，而月影只是给美景披上一层薄纱——只是加深了色调，就像在夏日云朵下飘忽不定的浅浅幽暗。对于日本人来说，内在世界与外在世界一样充满光明；在心理上，他们观照的人生是没有阴影的。

后来，西方人闯入了日本佛教的平和生活，他们看到日本画后大肆购买，直到帝国颁布法律[249]来保护残余的珍品。当没有更多古画可买时，新画似乎能够降低已被购入的画作的价格。

---

249 1871 年，日本明治政府颁布《故器旧物保存方》，要求保存古字画、古籍、古陶器等古旧器物。

于是，西方人说道："噢，都这个时代了，你不能一直这样描绘和观察事物，你知道，这不是艺术！你必须真正学会观察阴影。付钱让我教你吧。"

于是，日本为学习如何在自然、人生、思想中看到阴影而送上谢礼。西方人教导他们：神圣太阳的唯一作用，就是制造那种廉价的阴影；高价值的阴影是西方文明的成果，日本应报以钦佩和接纳之情。随后，日本惊叹于机器、烟囱、电线杆的影子；惊叹于矿山和工厂的影子，以及那里工人们内心的影子；惊叹于二十层高的楼房的影子，还有楼下饥饿的乞丐；惊叹于使贫困倍增的庞大慈善机构的影子；惊叹于使恶习增多的社会变革的影子；惊叹于骗子、伪君子和燕尾服的影子；惊叹于据说是为了审判异端而创造人类的外国的神的影子。随即，日本变得严肃起来，拒绝学习更多的阴影了。这对世界来说是幸运的，日本回到了最初无与伦比的艺术之路；这对日本来说是幸运的，她找回了自己美丽的信仰。但日本人的人生中依旧残留着一些难以去除的阴影。在日本人看来，这个世界不再像过去那样美丽了。

三

就在墓地的另一边，在一小块被树篱围起来的田地上，一位农夫和他的牛正在黑土上用神话时代的犁耕地，他的妻子在用一把比日本帝国还要古老的锄头帮忙干活。人和牛都以一种奇怪的虔诚态度辛勤劳作，仿佛被劳动是生命的代价这种认知无情地驱使着。

我以前经常在上世纪的彩色版画中见到这类人，也在更古老的画卷和彩绘屏风中见过，真是一模一样啊！数不胜数的其他风尚已经过时了，农夫的斗笠、草鞋和蓑衣却留了下来。而农夫的身份要比他的装束更加古老，无法比拟地古老。毋庸置疑，他所耕种的这片土地已经把他吞没了千万回，但每一回，土地都会还给他拥有全新力量的生命。农夫也因这周而复始的重生而满足：他没有更多要求了。山形变，河道改，星空移，而他从未改变。然而，尽管如此，他却是变化的创造者。铁船、铁道、石头宫殿由他的劳动累积而成；大学和新知识，电报、电灯、连发枪，科学机器、商业机器、战争机器，都是用他的双手换取的。他是万物的施与者，他也得到了回报——永远劳作的权利。因此，他耕耘了数千年，播种人类的新生命。他将会继续这样辛勤下去，直到世界上所有的工作被做完，直到人类的终结。

这个终结会是什么样的？是好是坏？或者对于我们人类来说必定是个不解之谜？

西方智慧给出了这样的回答："人类的进化是不断趋向完美和终极幸福的过程，进化的目标是平衡，邪恶会一个接一个消失，直到只有美好存在。那时，知识会得到最大程度的发展，心灵将绽放出最奇妙的花朵，人生的所有错误罪恶以及灵魂的所有苦闷挣扎都将结束。除了永生，人将在所有领域成为神，每一个人都将延续千百年。在许多比诗人的梦更美好的人间天堂里，一切生活中的欢乐都将成为常态。那时既无统治者，也无被统治者了；既无政府，也无法律。万事万物的秩序都将由爱决定。"

但这之后呢？

"之后？噢，这之后，由于力量的持续和其他宇宙律令的存在，崩坏即将来临：一切结合必会屈服于瓦解。这是有科学证明的。"

于是，所有可能赢得的东西都将失去，所有应该做的事情都将破灭，所有应当克服的事必定将克服；所有可能为了美好而承受的痛苦，必将毫无意义地再次承受。就像从未知中诞生了过去不可估量的痛苦，所以，走进未知必定会终止未来不可估量的痛苦。那么，我们进化的价值何在？生命——在黑暗间闪

東の国から

现的幽灵的意义何在？你的进化只是脱离绝对神秘而进入寂灭的过程吗？当那个戴斗笠的农夫在最后的红尘岁月，破碎归于他耕作的泥土之时，一百万年的劳作又有何用呢？

"并非如此！"西方人答道，"在某种意义上，寂灭是不存在的。死亡只意味着改变，之后将在另一个宇宙重获新生。所有致使我们瓦解的事物，同样能使得我们更新。宇宙分裂为星云，必定重新凝聚成另一群世界。然后，或许你的农夫会牵着他那头有耐心的牛再度出现，直到土壤被紫色或堇色[250]的太阳照亮。"

的确，但复生之后呢？

"那么，将是再一次进化，再一次平衡，再一次瓦解。这是科学的教导，是无尽的法则。"

但是，重生能算作新生吗？它难道不是无限地老去吗？因为毫无疑问，必将永存之物，定然已经是永存的了。正如没有终结，也就没有初始；即便时间是一种幻觉，在亿万颗太阳下也不会有什么新东西了。寂灭不是死亡，不是休息，不是痛苦的结束，而是最骇人的嘲弄。你也不知道让我们逃离这永恒的痛苦漩涡的方法。那么，你能使我们比那位穿草鞋的农夫更聪明吗？这一切他都知道。当他还是个小孩子时，他就从在寺庙学堂教他写字的僧人那里学到了这些，包括他的一次次轮回、宇宙的诞生和毁灭、生命的统一。在佛陀到来之前很久，东方人就已经知晓了你在数学上的发现。至于是如何知晓的，谁又能说得清呢？或许有一些记忆在上一个宇宙的残骸中流传下来了。但不管怎么说，你的观点已经非常陈旧了：你的研究方法是新的，但仅仅对验证古老的宇宙理论有用，却使原本就复杂的永恒谜团更加复杂。

250　堇色，紫罗兰花的颜色。

对此，西方人回应道："并非如此！我已经领悟到那塑造和消解世界的永恒活动的节奏；我已经洞悉是痛苦法则演化出了所有意识存在者，演化出了思想；我已经发现并宣布了减轻悲痛的方法；我已经将努力的必要性和人生的最高义务教给了众人。毫无疑问，人生义务的知识是对人最有价值的知识。"

也许吧。但正如你所宣称的那样，关于必要性和义务的知识要比你古老得多。或许在这个星球上，也可能在其他时空——某个被诸神遗忘在轮回中的销声匿迹的星球，那个农夫在五万年前就知道这些了。如果这就是西方智慧中的终结，那么那个穿草鞋的农夫与我们有着同样的知识，即便佛陀仅仅把他视为无知者——"在生死之间不断轮回之人。"

"他不知道，"科学回答道，"他最多只是相信，或者自认为相信，即便是他最聪明的师父也证明不了。不过我已经独自证明，并给出了确凿的证据。我证明了伦理必将革新，虽然这被指责为将导致毁灭。我定义了人类知识的极限，但我也为那有益而又最崇高的怀疑奠定了永远不可动摇的基础，因为它是希望的实质。我说过，即便是人类最微不足道的思想和行为，也可能被永久记录下来——用无形的震动来记录自我，并传递给永恒。尽管我也许只能留下古老信条的空壳，但我在永恒的真理上建立了新的道德基础。"

西方的信条，没错！但不是这个古老东方的信条，你尚未考量过它。既然这个农夫的大部分信仰都是你为我们证明的，那么还有什么是他不能证明的吗？况且他拥有的信仰还超越了你的信仰。他也被教导行为和思想远比人的寿命长久，但远不止这些。他被教导每个生命的思想和行为，都会被投射到个体之外，创造出其他未出生的生命；他被教导要抑制住自己最隐秘的愿望，因为它们有着不可估量的潜力。所有这些都是用朴素的言语的思想编织成的，就如同他褰衣上的蒿草。假使他自

東の国から

己证明不了这些，那将如何？然而，你已经为他和全世界证明过了。事实上，他只知道一个关于未来的理论，但你提供了无可辩驳的证据，证明它不是建立在梦境之上。既然你过去的所有努力都只是用来证实他单纯头脑中的少数信仰，那么，你未来的努力也只是在证明他的别的信仰——那些你尚未费心验证的信仰的真实性，这种假设是愚蠢的吗？

"比如说，地震是由一条大鱼引发的？"[251]

不要嘲笑日本人！就在两三代人以前，我们西方人对于这类事情的观念也是很粗糙的。不！我指的是古代的教导——行为和思想不仅仅是人生的插曲，也是人生的创造者。实际上正如佛经中所说："诸法意先导，意主意造作。"[252]

四

这里，我想起了一个奇怪的故事。

在百姓的共同信仰中，现世的不幸是前世业力的结果，而现世的过失将影响来世。奇怪的是，这种观念被各式各样的或许比佛教还要古老的迷信强化了，但它们都没有与完善的佛教教义相抵触。这其中，最引人注目的大概是这种迷信——即使是我们内心最隐秘的邪念，也会对他人的生活造成可怕的影响。

我的一位朋友现在住的房子，过去经常闹鬼。对此，你是永远也想象不到的，因为那房子异常明亮又十分漂亮，而且相当新。房子没有阴暗的角落，周围是一圈宽敞明亮的花园——没有一棵可供鬼怪躲藏的大树的九州风格的花园。然而，房子在大白天却频频闹鬼。

251　在日本民间传说中，大地是由一条巨大的鲇鱼（地震鲇）支撑的，鲇鱼翻身便会引发地震。

252　出自《法句经·双品》。

首先，你得知道在东方，灵魂附体分为两类：死灵和生灵。死灵单指死者的灵魂，同大多数国家一样，死灵在这里也遵循着古老的习惯，只在夜晚出现。但是，活人的灵魂——生灵在任何时间都可以出现，它们有着杀戮的能力，因而更加可怕。

我正在说的这栋房子里就有一个生灵在闹鬼。

修建这栋房子的人是个富裕且受人尊敬的官员，他把房子设计成了自己的颐养天年之所。房子竣工后，他在里面塞满了华美的物品，屋檐下挂着叮叮作响的风铃。屋内的壁板是用珍贵的木材制作的，表面没有涂漆，而是让技艺精湛的画工画上了象征着四季和好运的彩绘——绚烂的樱树和梅树，雄踞松树顶端的金目猎鹰，身形苗条的小鹿在枫树荫下觅食，还有雪中的野鸭、飞翔的白鹭、盛开的鸢尾花、水中捞月的长臂猿。

房子的主人是个幸福的人，然而他还是有一件伤心事——他没有子嗣。因此，在妻子的同意下，他按照古老的习俗，领进家里一位能为他生孩子的陌生女子——一位从乡下来的年轻女子，并向她许下了慷慨的报酬。当女子为他生下儿子后，她就要被送走，然后雇一个奶妈来喂养孩子，丝毫不为孩子的生母感到惋惜。这一切都是事先商定好的，有旧俗可循。但是，当孩子的生母被送走时，所有报酬都没有兑付。

没过多久，富翁就病倒了，而且病情一天比一天严重，家里人都说屋子里来了个生灵。许多名医竭尽所能救他，但他还是越来越虚弱。最终，医生们也承认他们无力回天了。他的妻子向氏神献上供品，并祈祷丈夫平安。然而氏神回应道："他难逃一死，除非他从一位被他亏待的人那里得到宽恕，并用公允的措施弥补过错，因为你们的房子里有生灵作祟。"

听到这些，病人想到了那个女子，顿时觉得良心受到了谴责，于是派仆人把女子接回家里。但女子已不知身在何方，消失在了帝国的四千万子民之中。他的病越来越重，寻找也是徒劳无功，很快几个星期便过去了。最后，家门口来了个农夫，声称知道那女子去的地方，如果能提供旅费的话，他愿意远行去寻找她。然而，病人听后大声喊道："不必了！已经太迟了！她内心是永远不愿宽恕我的，她不会宽恕我的。"说完他就死了。

后来，寡妇、亲戚和小儿子都抛弃了这栋新房，外人住了进来。

奇怪的是，人们都在非难孩子的生母，将闹鬼之事归咎于她。

起初，我感到很诧异，并不是因为我对这个故事的是非曲直有了明确的判断——我实在难以做出判断，因为我无法了解故事的全部细节。尽管如此，我还是非常不理解人们的责难。

为什么呢？很简单，因为没有证据能说明生灵是被故意送去的，这根本不是巫术。生灵去往那里的时候，对自己宿主的情况并不知情。（有一种巫术据信能投送东西，但不是生灵。）现在，你明白为什么我认为对那个女子的责难是不可思议的了吧。

但是，你很难猜到问题是如何解决的。这是一个宗教问题，涉及的概念完全不为西方所知。生出生灵的女子从未被人们指责为女巫，人们从不认为生灵能由她的所知创造出来，甚至同情她，认为那只是她的怨气。人们责难她只是因为太气愤了——她没能牢牢控制住腹中的怨恨——她应当知道，心底不加抑制的怨恨会带来可怕的后果。

我不要求任何人认同生灵存在的可能性，除了作为一种强烈的良知。但是，这种能影响行为的信仰无疑是有价值的。此外，它还具有暗示性。有谁真能向我们保证，心底的邪念、被压抑的怨气、被掩饰的憎恨，不会在孕育和滋养它们的意志之外施加任何力量呢？"于此世界中，从非怨止怨，唯以忍止怨，此古圣常法。"[253] 在佛陀的这句话中，难道就没有比西方伦理的认知更深刻的含义吗？这种观念比佛陀所处的时代要久远得多，用我们的话说就是："无论你何时做了错事，不要怨恨，那么

---

253 出自《法句经》第一双品。

世间便会少却很多邪恶。"但这管用吗？我们能确信不怨恨就足够了吗？仅仅因为受冤屈者不采取行动，怨气在头脑中释放出的报复念头就会消解吗？任何力量都会消亡吗？或许，我们所知晓的力量只是改变了形态，而那些我们尚未知晓的众多力量也同样如此。其中就包括生命、感觉、意志——所有这些构成了无限神秘的"我"。

五

"科学的职责，"科学回答道，"是将人类经验系统化，而非将鬼魂之说理论化。时代已经宣告，即使在日本，人们也是支持科学立场的。如今下面的人[254]学的是什么？是我的学说，还是那个穿草鞋的农夫的信仰？"

石佛和我一起俯视着学院，当我们凝视之时，佛陀的微笑——也许是因为光线的变化——在我看来它的表情似乎已经变成了嘲笑。尽管如此，它仍在注视着强敌的堡垒。在三十三位教师对四百位青年的教学中，没有关于信仰的教学，只有关于事实的教学——只教授由人类经验系统化确定的成果。我确信，如果我向那三十三位教师中的任何一位（除了一位七十岁的汉文教授）请教佛陀的事情，我将得不到任何答案。毕竟他们属于新一代的人，他们认为这类问题只适合与穿蓑衣的人讨论，而且在明治二十六年[255]，学者应该专注于人类经验系统化的成果。然而，人类经验的系统化并没有让我们明白"我们从何处来""我们到哪里去"，或是最难的问题——"为什么"。

"佛陀已经解释了生存法则因何而来，毁灭亦然。这便是吾师大沙门的真理。"

254　指学院的学生。

255　明治二十六年，即 1893 年。

我自问道，在这片土地上进行的科学教育，是否最终会抹去佛学教育的记忆呢？

"关于这一点，"科学回答道，"一种信仰有没有存在的权利，要看它的力量是否能接受和利用我的启示。科学既不肯定它不能证明的东西，也不否认它不能理性反驳的东西。对于不可知的理论，它承认这是人类心智的必然性，并对此感到怜悯。在你的理论与我的事实平行发展之时，你和那个穿蓑衣的农夫还可能继续讨论，一旦两者相交，你们的讨论便要终结了。"

于是，我试图从佛陀深奥的嘲笑中寻找灵感，在平行线中阐发理论。

六

所有的近代学科和科学教育，都趋向于最终信念——那是不可知的东西，即使是古印度思想中的梵天，也是难以祷告的。我们中的不少人都能感觉到，西方信仰终将永远消失。当我们心智成熟时，我们只能依靠自己的资源，就像最溺爱的母亲终究也会离开她的孩子一样。在那遥远的未来，她将完成全部工作；她将充分发展我们对某些永恒的精神法则的认知；她将使我们人类最深切的同情心完全成熟；她将用寓言和童话，用优雅的谎言，为我们做充分准备，好让我们有足够的知识面对生存的可怕真相——没有神明的爱，只有人间的爱；没有全能的上帝，没有救世主，没有天使守护神；我们没有避难所，只有靠我们自己。

然而，即便是在那不可思议的未来，我们也只会步履蹒跚地走到数千年前佛陀的启示门前："你们要做自己的明灯，皈依自己，勿皈依他人。佛陀只是老师，你们要像守护明灯一样坚守真理。你们要坚守真理，做真理的皈依之所。勿在自己身边寻找皈依之所。"

这些话语令你感到震撼吗？然而对人类来说，从天之助和天之爱的漫长美好的梦境中醒来后的空虚前景，永远不会是最黑暗的，东方思想所预兆的前景更加黑暗。相较于里希特的梦——死去的孩子徒劳地寻找他们的父亲耶稣的梦，科学能够留给我们更加震撼人心的发现。实际上，在对唯物主义者的否定中，包含着一种自我慰藉的信念——对自我终结与永恒忘却的自信。但是，现在的思想家没有这种信念。克服了在这个小小星球上可能遇到的一切困难之后，也许我们还需要继续学习，因为还有比任何世界体系都要大，比全宇宙难以想象的数百万星系还要大的障碍等着我们去克服。我们的任务才刚刚开始。除了能得到难以述说和想象的时间的帮助外，我们将永远得不到别的任何帮助，甚至是鬼魂的帮助。或许，我们不得不认识到，我们无法逃离的无尽生死轮回，正是我们自己创造的，也是我们自己追寻的——将三千世界合而为一的力量是往世的业障；——永恒的悲哀不过是欲壑难填的永世饥渴；——唯有逝去生命的不灭情焰能使燃烧殆尽的太阳重燃。

陆

佛国的落穗

佛の畠の落穗

本章选译自小泉八云的文集 Gleanings in Buddha-Fields（1897），该书副标题为『对远东之手与灵的研究』，主要介绍了日本人的佛教信仰。

人偶之墓

人形の墓

五十五

孩儿失去双亲啊，好比海边的千鸟。

每夜每夜的哭泣，拧干打湿的衣袖。

　　万右卫门在屋里哄着一个孩子，让她吃了点东西。这孩子约十一岁，生得聪明伶俐，又温顺可怜。她的名字叫伊根，意为"生机勃勃的稻谷"。但这孩子身量单薄、弱不禁风，似乎与这名字不太相配。

　　在万右卫门温和的劝说下，这孩子才开始将自己的故事娓娓道来。她换了一副音调，所以，我猜她要讲述的应该是一段离奇的经历。这女孩平时说话时，嗓音总是一成不变地尖细甜美，也没有感情上的起伏，就像炭火上喷气的水壶。在日本，很少能见到一个女孩或女人能用这样淡定、平和却又能穿透人心的声音，来讲述或催人泪下、或惨无人道、或骇人听闻的故事。通常，这意味着说话者是在极力控制着自己的感情。

　　"我家一共有六口人。"伊根说道，"父亲、母亲、年迈的祖母、哥哥和我，还有一个年幼的妹妹。我父亲是一名裱糊匠，会装裱屏风和字画。母亲是一名剃头匠。哥哥在篆刻店里做学徒。

　　"父母的手艺十分出色，家里收入不菲，母亲甚至比父亲挣得还多。我们一家人丰衣足食，日子过得幸福美满。直到有一天，父亲病倒了。

"那时正值酷暑。父亲一向身体不错，我们所有人都以为，他的病不会有什么大碍，养养就会好的。哪里想到，父亲第二天就撒手人寰了。母亲强打起精神，还是像往常一样招待着理发的客人。但是，母亲毕竟不是铁打的，父亲的死又那么突然，最终还是将她击垮了。在办完父亲丧事后的第八天，母亲也去世了。这一系列惨剧让我们猝不及防，备受打击。邻居告诉我们，我们必须立刻赶制出一个'人偶之墓'，否则家里还会有人死去。哥哥虽然答应了这件事，却没有立刻行动。可能是因为他并不相信那一套，具体原因我也不清楚。但是，人偶之墓最终也没有建成。"

"什么叫人偶之墓？"我好奇地打断了她的话。

万右卫门答道："我猜你肯定见过不少人偶之墓，只不过当时不知道它们是什么罢了。它们看起来就像小孩的坟墓。据说，如果哪家在同一年里连死了两个人，很快就会有第三个人接着死去。民间有'三坟'的说法。所以，如果一家人有两人在同一年死去，就得在这两座坟的边上，再搭上一座坟，棺材里放入一个稻草扎的小孩，还要在坟上立一个刻有戒名的墓碑。至于这戒名，要请墓地所属寺院的僧人来写。人们相信，建了这人偶之墓，就能避免惨剧的再次发生。伊根，你继续说吧。"

女孩继续说道："经过这场变故，我们家就只剩下四口人——祖母、哥哥、还有我和小妹妹。哥哥那时已经十九岁了，父亲去世之前，他刚刚结束了篆刻店的学徒生涯，学成归来。我们都认为，这是上苍对我们一家人的眷顾。哥哥作为家里唯一的男丁，便成了一家之主。他是做生意的好手，又交友广阔，所以养家不成问题。第一个月，哥哥就赚了十三元钱，对于干篆刻这行的人来说，已经是一笔很大的收入了。

"但好景不长，一天晚上，哥哥一回来就病倒了，直喊头疼。

仏の畠の落穂

此时，距离母亲去世已经四十七天了。那天晚上，哥哥什么都吃不下。等到第二天早晨，他又发起了高烧，连床都下不了。我们尽心尽力地照顾着生病的哥哥，晚上也守在他的床边。但是，哥哥的病情仍未见好转。在哥哥生病的第三天早晨，他居然迷迷糊糊地跟已故的母亲对起了话，把我们都吓坏了。此时，离母亲去世的日子刚好是七七四十九天，也就是亡灵离开生前居所的日子。哥哥口中念念有词，好像是母亲在召唤着他一样，嘴里说着：'好的，母亲。好！我马上就来！'他又对我们说，母亲在扯着他的袖子，想带他走。他用手指着一个方向，告诉我们：'母亲就在那里！就在那儿！你们看得到吗？'我们告诉他，什么都没看见。哥哥说道：'哎呀，你们动作太慢了，母亲已经藏起来了，她就躲在地毯下面。'

"整个早上，哥哥嘴里都念叨着这事。最后，祖母站起身来，在地板上狠狠跺了几脚，大声责备母亲道：'你这样做可是大错特错啊！想你生前，我们都待你不薄，从来没有说过你一句坏话。现在，你怎么能把自己的亲儿子带走呢？你知不知道，他现在可是家里唯一的支柱。你知不知道，如果你把他带走，就没有人供奉祖先了。你知不知道，如果你带走他，我们这个家就断了香火，后继无人了！你怎么这么残忍！卑鄙无耻的人！'祖母气得浑身发抖，骂完之后，又一屁股坐下，放声大哭。小妹妹也跟着哭了起来。但是，哥哥还是一个劲儿地说，母亲在扯着他的袖子。夕阳西下，哥哥也咽了最后一口气。

"祖母流着泪，抚摸着我和妹妹，给我们唱了一首她自己作的歌。那首歌至今还留在我的记忆中：

孩儿失去双亲啊，
好比海边的千鸟。
每夜每夜的哭泣，

拧干打湿的衣袖。[256]

　　"第三座坟墓，终是建好了，但不是人偶之墓，而是哥哥的坟墓，也是我们家族的末路。失去了所有的依靠后，我们一直寄居在亲戚家。后来，祖母也在一个冬夜里离开了人世。当时，大家都没有察觉，直到第二天早上，我们才发现，祖母已经悄无声息地离开了我们，就像睡着了一样。之后，我和妹妹也被分开了。父亲生前的一个编草席的朋友，收养了妹妹。那家人对她如视己出，甚至还把她送进了学堂念书！

　　"这真是太不可思议了，简直让人难以置信啊。"万右卫门低声说道。顿时，我们都陷入一阵沉默。伊根伏了伏身子，向我们道谢，便起身离开了。趁伊根换鞋之时，我便坐到她之前的位置上，想问万右卫门一个问题。她觉察到我的动作，飞快地朝万右卫门比了一个我看不懂的手势。万右卫门见了，便阻止了我的动作，不让我坐在他身旁。

　　万右卫门解释道："她希望，你能先铺上垫子。"

　　"为什么？"我惊讶地问道，我赤着脚，感觉伊根刚才跪坐的地方还是暖暖的，让人觉得十分舒适。

　　万右卫门回答："这孩子认为，如果不铺上垫子，直接坐在别人还留有余温的位子上，就会被那人一生的悲苦给缠上啊。"

　　但我并不相信这些，还是直接坐下了。我俩顿时都笑了。

　　"伊根，"万右卫门说道，"你的悲伤，小泉先生没有拒之千里，而是选择接受了。他也愿意去了解和体会别人的苦痛。你无须为他担忧，伊根。"

---

256 这首歌原文为：親のない子と濱邊の千鳥、日ぐれ日ぐれに袖ぬらす。千鸟可以指任意一种鸟，这里特指海鸥。日本人认为，海鸥的悲鸣是在表达忧愁和孤寂。日本服装的长袖常用来拭泪，或者遮掩脸上悲伤的神情。"拧干衣袖"，意思是将被泪水打湿的袖子拧干，日本诗歌中常用来表达哀思。

佛の畠の落穂

胜五郎的转生

勝五郎の転生

五十六

你一点都想不起来自己的前世吗？

　　那是去年的十一月，胜五郎正和姐姐阿穗在稻田里嬉戏玩耍。忽然，胜五郎问了一个奇怪的问题："姐姐，你还未出生在咱们家之前，是哪里的人呀？"

　　阿穗回答："既然没有出生，我怎么知道这种事呢？"

　　胜五郎听了这话，一脸无法置信的表情，惊叹道：

　　"姐姐的意思是，你对出生前的事一点记忆都没有吗？"

　　"难道你记得吗？"阿穗反问道。

　　"确实如此，"胜五郎回答道，"上一世，我名叫藤藏，是程洼村久兵卫的儿子。你一点都想不起来自己的前世吗？"

　　"啊！"阿穗惊叫道，"我要把这事告诉父亲母亲。"

　　胜五郎闻言，立即哭了起来，喊道：

　　"姐姐，你可千万不要告诉他们啊！这件事最好不要让双亲知道。"

　　阿穗想了一会儿，回答道：

　　"好吧，这一次我会守口如瓶。但是，下一次你再调皮捣蛋，到处闯祸，我就把这件事告诉他们。"

从那以后，阿穗就抓住了胜五郎的小辫子，俩人只要一吵架，她就吓唬弟弟说："好吧，那我可要把那件事告诉父母了。"这一招屡试不爽，最后总是弟弟举手投降。但是，纸总归包不住火，终于有一天，阿穗又用同一招威胁胜五郎时，被父母亲偶然间听到了。父母以为胜五郎肯定又闯了什么祸，就把阿穗叫来，向她问个明白。阿穗没办法，便老老实实招了。源藏夫妇，以及胜五郎的祖母津谷听闻此事，都觉得十分不可思议。于是，三人唤来胜五郎，连哄带骗，软硬兼施，让他解释这件事。

胜五郎一开始还踌躇不决，后来还是坦白了。

"我全都告诉你们。我的前世是程洼村久兵卫的儿子，当时的母亲名叫志津。我五岁那年，父亲久兵卫不幸去世了，母亲又改嫁给一个叫伴四郎的人。幸运的是，继父对我非常好，简直把我当作亲生儿子一样看待。但第二年，也就是在我六岁那年，我染上天花，不治而亡。一年之后，我轮回转世，投胎到现在母亲的腹中，才重回这人世间。"

胜五郎的父母和祖母听到这样的奇闻，不由得目瞪口呆。为了弄清这件事的来龙去脉，他们便决定找程洼村伴四郎问个明白。但是，他们每日忙于生计，实在是抽不开身，也就没有立刻出发。

胜五郎还有一个四岁的小妹妹，叫作阿常。母亲阿静每晚都要给她喂食，所以胜五郎便跟着祖母津谷住。祖孙俩常常挤在一张床上，无所不谈。一天晚上，他们又在一起聊天，趁着话匣子打开了，祖母便问起他前世得病死后，究竟发生了什么事。

胜五郎说道："四岁之前发生的一切，我都记得清清楚楚。但之后不知为什么，越来越健忘，好多事都记不起来了。但是有一件事，一直深深地烙印在我的记忆中。

"我染上天花不治而亡后，尸体被放在一个坛子中，埋在一

佛の畠の落穂

座小山丘上。[257] 他们在地上掘开一个洞，就把罐子扔了进去。我记得非常清楚，当时罐子发出'砰'的一声响。后来不知怎的，我的身体好像离开了墓穴，又回到了家中，落在了生前用过的枕头上。[258]

"不一会儿，来了一位跟我祖父年龄相仿的老者，把我带走了。这人姓甚名谁，是人是鬼，我都一概不知。我跟着他一起走，感觉自己浑身轻飘飘的，不像是走路，更像是在飞。我们动身后，一路奔走，周围的天色却一直都没有什么变化，既不是青天白日，也不见夜幕笼罩，好像一直都是黄昏。我也没有任何寒冷或温暖的感觉，肚子一点都不饿。

"印象中，我们一路长途跋涉，不知走了多久，但是我耳边却一直模模糊糊地传来家里人说话和为我念佛祷告的声音。我还记得，家人设了佛坛，奉上的贡品牡丹饼还冒着腾腾的热气，那些热气，仿佛都飘进了我的鼻子中。家乡有死者为大的风俗，祖母每次准备供品，必定保证新鲜热乎，还不忘招待做法超度的僧人。我想，这真是再好不过了。

"后来，我只记得兜兜转转，老者带着我，走过村外那条路，来到了我现在的家乡。我们在一所房子前停住了，老者指着它说道：'你已经去世三年，该是重新投胎做人的时候了。你将会降生在这户人家。放心，你会有一个慈祥的祖母，这里是一户好人家。'说完这些，老者便离开了。我还记得，那时咱们家门前还种着一棵柿子树。

"我正要进门，听见里面传来说话声。只听有个人在说，父亲挣的钱太少了，母亲为了贴补家用，不得不去江户谋生。

257　从日本远古时代起，人们就有将死者埋在大坛子里的习俗，通常用的是叫作"瓮"的红色陶器。虽然大多数死者被埋在一种与西方形制不同的木质棺材里，但这种坛子仍在使用。——小泉八云注。

258　这里的意思不是说头枕在枕头上躺着，而是灵魂在枕头上方徘徊，或者像昆虫那样落在枕头上。人们常说，脱离躯体的灵魂会在屋顶休息。下一句话中提到的老者的幽灵，似乎是神道教的理念，而不是佛教的。——小泉八云注。

我暗想，还没出世，就要与家人分离，我可不能投胎到这家，就站在花园中，迟迟不进去。幸运的是，母亲考虑再三，还是决定不去江户了。当天晚上，我径直穿过门，进入屋中，在灶台边停留了三天后，便投进了娘胎中。我还记得，自己刚出生时，身上一点痛感都没有。祖母，这件事你可以告诉父亲、母亲，但千万不要让外人知道。"

后来，祖母便把胜五郎的话告诉了源藏夫妇。从那以后，胜五郎心里没了包袱，也就不再忌讳在父母面前说起自己的前世，还经常跟他们说："我很想去程洼村看看，拜祭一下前世的父亲久兵卫。"源藏心想，这孩子的话如此离奇，按他的说法，上一世的胜五郎应该已经死去多年了，最好还是打听一下，程洼村是不是真的曾经有个叫久兵卫的人，再做决定。但是，一个男人去打听这些事，似乎太奇怪了，不太合适。所以，源藏便把这件事交给母亲津谷，让她在今年的一月二十号带着胜五郎前往。

津谷带着胜五郎，一路打听，终于来到了程洼村。她指着附近的房舍，问胜五郎："你还记得是哪一家吗？是这家还是那一家呀？""不，"胜五郎在前面一路疾行，回答道，"离我们家还远着呢。"后来，两人来到一处房屋，胜五郎忽然激动异常，大喊道："就是这家！"随即便把祖母抛在了后面，冲了进去。祖母跟在他身后，向周围人打听，这户人家主人姓甚名谁。有人答道："这家主人名叫伴四郎。"祖母又打听，这伴四郎的妻子叫什么名字。那人又回答："女主人名叫志津。"祖母见这人的回答与胜五郎所说分毫不差，又惊讶地追问，这家人是不是有一个儿子，名叫藤藏。"没错，"那人回答，"但是，那孩子六岁便夭折了，距今已有十三年了。"

祖母闻此，才相信胜五郎所言句句属实，忍不住泪如雨下，好不心疼。随即，她来到主人家，将胜五郎所说的前世之事原原本本地告诉了他们。伴四郎夫妇听到这种不可思议的事，不由目瞪口呆。夫妻俩将胜五郎抱在怀中，痛哭不已。他们说道，这孩子上一世六岁就夭折了，如今的相貌比起前世更加俊秀。就在这时，胜五郎环顾四周，发现家对面有一家烟草铺子，便指着铺子说道："以前那里没有这家铺子。"又补充道："那棵树也是后来栽在那儿的。"伴四郎夫妻一听，便知道胜五郎所说句句属实，心里顿时打消了所有的疑虑。

辞别伴四郎夫妇后，祖母便带着胜五郎，当天就回到了中野村的津谷家。后来，胜五郎的父亲又几次带着儿子拜访了伴四郎，并让儿子如愿拜祭了前世的生父久兵卫。

有一次，胜五郎说："我乃诺诺大人[259]，你们要善待我。"又有一次，他告诉祖母："我这一世恐怕只能活到十六岁。但我们要谨记御岳[260]大人的教诲，死亡乃自然定理，无须畏惧。"父母问他："你愿不愿意出家，修行佛法呢？"他回答："我不要出家。"

从此以后，村里人便给他起了一个别名，叫程洼小僧，不再唤他胜五郎了。每次有人来看他，胜五郎总会十分羞涩拘谨，躲在房里就是不出来。所以，几乎没有人跟他面对面交流过。以上所讲的内容，都是他的祖母讲给我听的。

我曾问过他们一家人，之前是否行过善举，因此积下了功德，才使得天赋异禀的胜五郎投胎到他们家中。源藏夫妻都说，他们从未行过大德。倒是胜五郎的祖母，每日早晚都会念佛，每逢僧人上门化缘，一定会给两文钱。除了这些琐碎的小事，确实也没有什么大善之举了。

259　诺诺大人，日语为ののさま，读作 Nono Sama，是日本儿童对死者的灵魂、佛陀，以及神道教的神明的称呼。"向诺诺大人祈祷"是儿童的祈祷短语。根据神道教的理念，祖先的灵魂会化为神明。——小泉八云注。

260　御岳，琉球神话中神存在的地方，可能是接待来访之神的场所，也可能是祭祀祖先神的场所。

柒

日本童话
日本お伽噺

本章所选故事是小泉八云应日本出版家长谷川武次郎之邀，为西方读者翻译的日本民间故事，这些故事于 1898 年至 1922 年陆续出版。

土蜘蛛

土蜘蛛

土蜘蛛

五十七

他们循着地上的血迹追出寺庙，来到一处荒废花园的洞口，只听得洞中传来一阵阵令人毛骨悚然的呻吟

古籍中曾记载，日本曾有土蜘蛛[261]出没，且数量不胜枚举。

坊间甚至传说，直至今日，土蜘蛛仍未绝迹。白天，它们看起来跟普通的蜘蛛无异，但是每逢夜深人静，人们坠入梦乡时，它们就会现出庞大无比的原型，出来作恶。据说土蜘蛛还拥有妖力，能够化成人形来欺骗人类。这里要讲的就是一个发生在日本的非常有名的土蜘蛛的故事。

从前，在某个偏远的乡村，有一座闹鬼的寺庙。由于妖怪盘踞，所以没有人敢住在这儿。许多英勇的武士都曾来到这里，前仆后继，试图斩杀妖魔。但进入寺庙之后，他们竟都杳无音信了。

后来，一位勇敢稳重的武士前往寺庙夜巡。他对同伴说道："明天早上，如果我还活着的话，就会敲响庙里的鼓给你们报信。"

261　土蜘蛛，日本传说中的怪物，是一种体形巨大的蜘蛛，经常在山中出没，掘土居于洞穴。

柒　日本童话

- 346 -

随后，武士便只身一人，打着灯笼进入了寺庙。

夜幕降临，武士藏身于供桌下，供桌上摆着一尊落满灰尘的佛像。一开始并无异状，也没有传来什么奇怪的声音。到了午夜，一只土蜘蛛闯了进来，它探出半边身子，露出一只眼睛，竟还口吐人言说道："有人类的气味！"然而武士没有发出任何响动，土蜘蛛一无所获，便离开了。

随后，又进来一位僧人。僧人手拂三味线，弹得出神入化。武士心想，这琴声如此魅惑人心，绝非人类可以弹奏得出。他随即拔刀现身。僧人看了看他，突然大笑起来，说道："施主是否也认为小僧是土蜘蛛？非也，小僧只是这座庙里的出家人，为了驱散邪魔，这才弹起三味线。这三味线音色如何？施主不妨也试一试。"

说完，僧人将三味线递给武士。武士出于谨慎，用左手接过。突然，三味线变成了一张巨大的蛛网，瞬间将武士的左手缠住！僧人也现出原形，变成了土蜘蛛。武士奋力挣扎，一刀挥出，重创土蜘蛛。但他整个人也被蛛网缠住，左右动弹不得。

幸运的是，土蜘蛛也元气大伤，挣扎着落荒而逃了。太阳升起不久，人们闯了进来，发现武士被困在一张可怕的巨网中，便赶紧将他救了出来。他们循着地上的血迹追出寺庙，来到一处荒废花园的洞口，只听得洞中传来一阵阵令人毛骨悚然的呻吟。众人进入洞中，发现了受伤的土蜘蛛，便将它除掉了。

画猫的男孩

猫 を 描 い た 少 年

五十八

切莫宿在宽敞的房间里，一定要选狭小的地方

　　很久很久以前，在日本的一个小山村里，住着一位农夫和他的妻子，夫妻俩十分贫穷，心地却是一等一地善良。夫妻俩膝下子女众多，养育起来十分吃力。大儿子体格健壮，十四岁就跟着父亲干活儿，为家里分忧。年幼的妹妹们自打会走路，也学着帮母亲做一些力所能及的事。

　　但是，最小的儿子干不了重活儿。他虽然天赋异禀，是众兄弟姐妹中最聪明的一个，却生得又瘦又小、弱不禁风。人家背地里都说，这孩子怕是养不大。夫妻俩盘算着，与其让他做一个成天卖力气干活的农民，不如送他出家，当一个和尚来得合适。有一天，夫妻俩带着他来到村里的寺庙，找到寺庙中德高望重的老和尚，求他收留这孩子，传授他修行佛学的知识。

　　老和尚和颜悦色地和孩子谈了谈，问了他几个颇有难度的问题，男孩竟都对答如流。老和尚见这孩子天赋异禀，便答应收他入寺。

　　在老和尚的教导下，男孩学得很快，也很听话。但是，这

孩子有个坏习惯，喜欢在学习的时候画猫，而且随心所欲，不管在什么地方，只要兴致来了就提笔画上一通，顽劣得很。

只要旁边没人，男孩就开始画猫。经书的空白处、寺庙的屏风上、墙上、柱子上，全都无一幸免。老和尚告诫过他几次，让他改掉这个坏习惯，但他就是停不下来。男孩忍不住，总是想画猫。他是个画画的奇才，但不是当和尚的料，因为好和尚得每日安安分分地修行，研读经书。

有一天，他又在纸屏风上作画，画了几只惟妙惟肖的猫。老和尚见他一而再再而三地不听劝告，便严厉地对他说道："孩子，你还是离开这里吧。你做不了一个好和尚，但兴许会成为一名出色的画家。现在，我送你最后一条忠告，你一定要谨记在心：以后晚上睡觉，切莫宿在宽敞的房间里，一定要选狭小的地方啊！"

男孩摸不着头脑，他将自己的行李打包收拾好，想了想，还是不明白老和尚这么说究竟是何意，又不好意思打破砂锅问到底，便同老和尚告别，离开了寺庙。

男孩告别了曾经收留他的寺庙，心中其实也十分难过。他在想，今后的路该怎么走。如果直接回家，父亲肯定会因为他放着好好的和尚不做而收拾他。男孩心里害怕，便打消了回家的念头。忽然，他想起来，就在离这十二里的村庄，有一座很大的寺庙，庙里也有一些和尚。他决定去那里瞧瞧，看能不能被收留，继续做个和尚。

其实，那间寺庙已经荒废了，但是男孩并不知晓。之前来了一个妖精，把庙里的僧人全都吓跑了，这寺庙也就被妖精占据了。后来，也有一些勇敢的武士趁夜前往，想杀死妖精，为民除害，但都无一生还。男孩没听说过这件事，便径直朝村庄出发，心里还想着，希望那些僧人能对他友善一点呢！

男孩到达村庄时，已经夜深人静，众人早已坠入梦乡。举目

　　　　　　　　日本お伽噺

望去，那座寺庙就在街道另一头的小山上，似乎还透出了些灯光。讲这故事的人说，那妖精常常用妖力幻化出灯光，为的就是引诱那些孤身的旅人前往投宿。男孩不一会儿便来到了寺庙门外，敲了敲门，里面死一般寂静。男孩又敲了几下，还是无人回应。无奈，他试着伸手推了推门，惊喜地发现门并没有上锁，一推就开了。男孩走进去，只见庙里哪有什么和尚，空无一人，却亮着一盏灯笼，诡异无比。

男孩以为，很快便会有僧人闻声赶来，便找了个地方坐下，等人过来。环视四周，他很快注意到，这庙里的东西都蒙上了一层灰，还结上了厚厚的一层蜘蛛网。男孩心想，这寺庙如此破旧，肯定十分缺人手，正好可以收留他帮忙打扫。但他心里又很疑惑，不知这里的僧人为何会不管不顾，任由寺庙蒙尘呢？突然，男孩惊喜地发现，庙里放了一些大大的白色屏风，很适合用来画画。虽然此刻已是疲惫不堪，他还是打起精神，四处搜寻，翻出了一张小书桌，又磨了墨，开始画猫。

男孩兴致上来，画了好几只猫，便感觉困意涌上来了。恍恍惚惚间，就在他要就地一躺，挨着屏风睡下时，脑海中突然回想起老和尚告诫他的话："切莫宿在宽敞的房间里，一定要选狭小的地方！"

这寺庙这么大，男孩现在又是独自一人。他想起老和尚的话，虽然不明白这句话的含义，但心中还是有几分惧怕，决定还是听从老和尚的告诫，找一个狭小的地方睡觉。于是，他便找了一个带推拉门的柜子，钻了进去，往里面一躺，很快便坠入了梦乡。

到了半夜，男孩突然被一阵嘈杂的声音惊醒了，似乎有什么动物在打斗，还传来了嘶吼声。这声音让人头皮发麻，他连透过柜子偷偷看一眼都不敢。男孩十分害怕，只得屏住呼吸，躺着一动不动，尽量不发出一点声响来。

随后，庙里的灯突然熄灭了，那恐怖的叫声却还在继续，竟愈演愈烈，似乎整座寺庙都在跟着颤动。过了好久，庙里才安静下来，男孩躲在柜子里，仍旧不敢动。直到第二天早上，阳光透过柜门的缝隙照射进来，他才起身。

男孩小心翼翼地从柜子里爬出来，四处张望，第一眼就看见庙里的地上沾满了鲜血，随后，又发现地上躺着一具硕大的尸体，是一只巨型鼠妖，个头竟然比牛还要大！

这么大的老鼠，究竟是什么人，或者什么东西杀了它呢？这寺庙里空空如也，什么都没有啊。突然，男孩的视线落在了昨晚画的猫身上，只见那些猫各个嘴上都沾满了殷红的血迹。男孩这才明白过来，是他画的那些猫杀死了这老鼠。他也终于明白了老和尚为什么要说那句话——"切莫宿在宽敞的房间里，一定要选狭小的地方"。

后来，男孩成了一位非常有名的画家。他画的一些猫，至今还被保存下来，展示给游客欣赏呢！

丢失团子的老奶奶

团子を失くしたお婆さん

五十九

小团子，我的小团子！你去哪里了啊？

很久很久以前，有一位风趣幽默、笑口常开的老奶奶，喜欢用米粉做团子。

有一天，老奶奶正在准备着晚饭吃的团子，突然，有一个小团子咕噜噜地掉到了地上，滚呀滚呀，掉进了灶房地上的一个小洞里，消失不见了。老奶奶把手伸进洞里，想把团子捞出来，突然，地面一塌，老奶奶也掉进了洞里。

她感觉这个洞很深，身上却毫发无伤。老奶奶站起身来，发现自己正站在一条路上，这条路跟她家门前那条倒是挺相似的。这里天光大亮，老奶奶身边是一大片的稻田，里面却是空无一人。这究竟是怎么回事，我也说不上来。老奶奶似乎是掉进了另一个世界。

老奶奶脚下的这条路是一个陡坡，她到处找都找不到团子，心想，那个团子肯定是沿着这陡坡滚下去了。老奶奶沿着陡坡一路跑下去，喊着：

"小团子，我的小团子！你去哪里了啊？"

她追了一会儿，发现路边有一尊地藏菩萨的石像，便上前问道：

"地藏菩萨，您有没有看到我的团子啊？"

地藏菩萨回答："有啊，我刚才看见你的团子沿着小路滚下去了。但是，你最好不要前行了，前面住着一个吃人的恶鬼呢。"

老奶奶笑了笑，继续一边追一边喊："小团子，我的小团子！你去哪里了啊？"在路上，她又遇见了一尊地藏菩萨的石像，便停下来问道：

"大慈大悲的地藏菩萨啊，您看到我的团子了吗？"

地藏菩萨回答：

"是啊，我刚才看到你的团子了。但你不要再往前走了，前面住着一个吃人的恶鬼呢。"

老奶奶笑了笑，继续一边追一边喊："小团子，我的小团子！你去哪里了啊？"这时，她又碰到了第三尊地藏菩萨石像，便停下来问道：

"尊敬的地藏菩萨，您有没有看到我的团子呀？"

地藏菩萨回答："别再说你的团子了！恶鬼就要来了，你赶紧蹲下，藏在我的袖子后面，千万不要出声。"

不一会儿，那恶鬼就现身了，他走过来，朝地藏菩萨作了一揖，说道：

"您好，地藏菩萨！"

地藏菩萨也客气地向它问好。

恶鬼突然朝空气中嗅了嗅，觉得不太对劲，大声叫道："地藏菩萨，地藏菩萨啊！我闻到这附近有人类的气味，你闻到了吗？"

"哦，"地藏菩萨答道，"也许是你弄错了。"

"不，不会的！"恶鬼又嗅了嗅，"我确确实实闻到人类的气味了。"

老奶奶听到这里，忍不住"呵呵"地笑出了声。恶鬼一听，立刻将自己长满长毛的硕大头颅凑到地藏菩萨袖边，一把将老奶奶拽了出来。老奶奶嘴里还是"呵呵"笑个不停。

"啊！哈哈哈！"恶鬼大声喊叫着。

地藏菩萨说道：

"你打算把这个老奶奶怎么样？她心地善良，你可不许伤害她。"

"我不会害她，"恶鬼回答道，"但是，我要把她带回家，让她给我们烧火做饭。"

"呵呵呵呵！"老奶奶又笑了。

"很好，"地藏菩萨答道，"但你必须善待她。如果你加害于她，我会发怒的。"

"我一定不会伤害她，"恶鬼承诺，"她只需要每天干点活儿而已。告辞，地藏菩萨。"

恶鬼带着老奶奶，沿着路往下走了许久，最后来到一条又大又深的河边。岸边拴着一条小船，恶鬼把老奶奶带到船上，划着船来到自己家。恶鬼的家很大，它将老奶奶领进厨房，让她给自己还有住在这儿的其他恶鬼做饭。恶鬼给了老奶奶一个木制的饭铲，告诉她：

"你只需要在锅里放一粒米，加上水，再用这只饭铲一直搅拌，锅里的米就会越来越多，直到盛满。"

老奶奶按照恶鬼告诉她的，在锅里只放了一粒米，然后用饭铲搅啊搅，慢慢地，一粒米变成了两粒，然后又变成了四粒、八粒、十六粒、三十二粒、六十四粒……每次挥动饭铲，锅里的米都会增加，不一会儿，大锅里便盛满了米。

之后，这位开朗的老奶奶在恶鬼家里住了好长一段时间，每天都为恶鬼和它的朋友们做饭。恶鬼既没有伤害她，也没有吓唬她。虽然恶鬼每次都要吃好多好多饭，比人类的饭量大得多，但是有了神奇的饭铲，老奶奶干起活儿来十分轻松。

但是，老奶奶很孤独，她很想回到自己的小房子里，开开心心地做她自己的饭团。终于有一天，屋里的恶鬼都出门了，她打算趁机逃走。

老奶奶将神奇的饭铲别在腰带上，便跑到了河边。河边什么人都没有，只停着一条小船。老奶奶上了船，便开始划了起来，她的划船技术很高超，不一会儿船就驶出了很远。

但是，这条河太宽了，当恶鬼和同伴们回到家里时，老奶奶才划了四分之一的路程。

恶鬼们回到家，发现厨师不见了，那个神奇的饭铲也不翼而飞，便立刻赶到河边，发现了正在飞快划船的老奶奶。

恶鬼们不会游泳，手里又没有船。抓住老奶奶唯一的办法，就是在她到达对岸之前，把河里的水都喝光。它们蹲下来，开始"咕咚咕咚"飞快地喝起水来。老奶奶只划了一半，河里的水就被喝得差不多了。

但是老奶奶没有放弃，还是飞快地划着船，这时，河里的水已经所剩无几了。恶鬼们不再继续喝水，直接涉水过来了。老奶奶灵机一动，停下来手中的船桨，从腰带里拿出那只神奇的饭铲，朝恶鬼们挥舞着，脸上还做出滑稽的表情，把一众恶鬼逗得哈哈大笑。

恶鬼们大笑之时，忍不住把刚才喝的水都吐了出来，河水又涨了回去。恶鬼们过不了河，乐观的老奶奶便安全地到达了河对岸，一下船就飞快地跑了起来。老奶奶跑呀跑呀，一口气跑回了家里。

从此以后，老奶奶开开心心地过起了日子，因为她又可以随心所欲地做自己的团子了。老奶奶还用那只神奇的饭铲做饭，她将做好的团子卖给邻居和游人，没多久就赚了一大笔钱，过上了富足的生活。

榻榻米上的小妖精

ちん・ちん・こばかま

六十

蹦蹦跳跳的小袴，夜已经很晚了，晚安，公主殿下！嗵嗵嗵嗵！

在日本，人们常常会在地板上铺上一种草编的垫子，也就是我们常说的榻榻米，这种垫子又厚又软，十分美观。榻榻米铺设得十分紧凑，刚好可以让一把小刀在缝隙里划动。榻榻米每年都要换洗一次，以保持清洁。日本人在家中从来都是不穿鞋的，也不会像英国人那样，放一些椅子之类的家具。无论是站立、用餐，还是就寝，有时连写字都是在地板上进行的。所以，日本人会将榻榻米收拾得特别干净，并且在孩子刚学会说话的时候，就教育他们，不要把榻榻米弄坏或弄脏了。

现在的日本孩子都非常优秀。那些写过日本轶事趣闻的旅行者，无不称赞日本小孩乖巧听话，比英国小孩强多了。日本孩子不会调皮捣蛋、到处搞破坏，也不会把物品弄得脏兮兮的，就连自己的玩具也是爱惜得很。日本的小女孩不会弄坏自己的人偶，总是用心爱护它，甚至还将它保存到自己长大成人、嫁做人妇时。等到她们为人母、诞下女儿时，就把自己心爱的人偶送给女儿。女儿又会像母亲一样，细心爱护着人偶，长大后又送给自己的孩子。我曾在日本见过保存了一百多年的人偶，它们看起来就跟新的一样，完全看不出岁月留下的痕迹。单单从这人偶身上，你就可以看出日本孩子是多么懂事、优秀了吧！你也会明白，为什么日本的房间总是一尘不染，因为孩子们不会调皮捣蛋，把房间弄脏。

如果你问我，是不是日本孩子各个都这么听话、惹人喜爱呢？当然不是啦，虽然大部分都是乖巧的好孩子，但总是有那么几个调皮鬼。那么，这些调皮鬼家里的榻榻米，会是怎样一番景象呢？其实也没那么糟，因为有专门的妖精守护着榻榻米呢。如果孩子们调皮捣蛋，把榻榻米弄坏了，或者弄脏了，妖精们就会惩罚或吓一吓他们，至少在以前是这样的。我不知道日本现在还有没有这些妖精，因为铁路和电报已经把很多妖精都吓跑了[262]。但是，我这里倒是有一个关于榻榻米妖精的小故事。

从前，有一个小女孩，长得人见人爱，却十分懒惰。女孩出生在一个富贵之家，家里奴仆成群。仆人们也很喜爱这个小女孩，所有的事都为她一手包办，从不让她自己动手。也许这就是女孩懒惰成性的原因所在。小女孩长大了，出落得十分美丽，却还是十分懒惰。每天都有仆人为她更衣梳发，使她看上去光彩照人，根本没有人能发现，这是一个懒惰无比的姑娘。

后来，女孩嫁给了一位勇敢的武士，便搬到夫家居住。令她万万没想到的是，夫家只有寥寥可数的几个仆人，跟自己家完全没得比。女孩十分苦恼，这里仆人那么少，有些事就不得不自己动手了。她既不会穿衣打扮，又不会整理衣物，更不会把自己收拾得光鲜亮丽来取悦丈夫。幸好，丈夫身为武士，得常常离开家，随军队同行，女孩便能时不时偷下懒。公公、婆

262　这句话的意思是，近代化的生活方式，削弱了民间的迷信风气。

日本お伽噺

婆年岁已高，十分和蔼，对她也不曾有过半句责怪。

一天晚上，女孩的丈夫又离开家，随军出征了。女孩正在睡梦中，突然被一阵奇怪的声音惊醒。她赶紧将纸灯笼点亮，想看个真切，呈现在眼前的，竟是一番奇异的景象。各位看官，你们猜她看到了什么？

数以百计的小人，穿得像日本武士一样，每个只有一寸来高，正围着她的枕头手舞足蹈！小人们身上穿着她丈夫在节日里穿的那种袴 [263]，头发挽成发髻，腰侧还别着两把小小的武士刀。武士小人们看着她，一边跳舞，一边朝她笑，还齐声唱着一首歌：

> 蹦蹦跳跳的小裤 [264]，
>
> 夜已经深了，
>
> 晚安，公主殿下！
>
> 嘡嘡嘡嘡！ [265]

这话听起来似乎彬彬有礼，但女孩很快就注意到，这些小人是在捉弄她，还对她做着鬼脸。

女孩伸出手，想捉住武士小人，奈何这些小人身手十分敏捷，怎么抓都抓不到。女孩又试图把它们赶走，但这些小人非但不走，嘴里还一直唱着"蹦蹦跳跳的小裤"的歌，笑话着她。女孩顿时明白了，这些小人就是妖精！她心里十分害怕，连哭喊出来都不敢了。武士小人们围着她手舞足蹈，一直跳到天亮，才突然消失得无影无踪。

女孩想把这件事告诉别人，却碍于羞耻不敢开口。她毕竟

263　裤（kǎ），日本江户时代武士最隆重的礼服，样式为带有方肩的长衫。

264　袴（kù），在古代的日本是作为男子象征的服装。

265　这首歌原文为：ちんちん　こばかま、夜も　ふけてそうろう、おしずまれ　姫ぎみどの、や　とん　とん。

是一名武士的妻子，不能被旁人知道自己仪态尽失的样子。

第二天晚上，小人们又出现了，继续围着她手舞足蹈。此后的每天晚上，小人们都会在同一时刻出现，即古代日本人所说的丑时，大约是现在的凌晨两点[266]。

后来，女孩因为夜不能寐，又担惊受怕，终于病倒了。但是，那些小人还是每晚都来，扰人清梦。

女孩的丈夫回到家，发现妻子病倒在床，心里十分内疚。起初，女孩担心丈夫笑话自己，还是不敢告诉他生病的实情。但是，在丈夫温柔的诱哄下，女孩终于向他吐露了每天晚上发生的奇怪景象。

意外的是，丈夫并没有嘲笑她，而是认真地思考了一会儿，随即问道："那些武士小人都是什么时辰出来的？"

女孩回答："总是在相同的时间——丑时现身。"

"好吧，"丈夫回答，"今晚我会先把自己藏起来，等它们现身。到时候你不要害怕。"

当天晚上，武士藏身于卧室的柜子之中，透过推拉门的缝隙，朝外面观察。

武士不动声色地等着，直到丑时来临。忽然，只见榻榻米上冒出一群小人，开始手舞足蹈，嘴里还唱起歌来：

> 蹦蹦跳跳的小袴，
>
> 夜已经很晚了，
>
> 晚安，公主殿下！
>
> 嗵嗵嗵嗵！

这些小人看起来十分怪异，跳舞的动作也很是滑稽，武士

266　丑时是凌晨一点至三点，小泉八云说的是中间时刻。

看到这里，差点笑出了声。他看到妻子受到惊吓的脸，突然想起，在日本，几乎所有的妖魔鬼怪都害怕刀剑。武士拔出刀，从柜子里冲了出来，朝那些小人砍去。只见刹那之间，小人们都不见了。你猜发生了什么？

它们竟然都变成了牙签！

小人们已经不见踪影，只有一堆牙签，散落在榻榻米上。

原来，年轻的妻子生性懒惰，连用完的牙签都懒得收拾，每天用完牙签，就随手扔在榻榻米上。守护榻榻米的妖精十分生气，就决定惩罚一下她。

武士将妻子责骂了一顿，妻子也十分羞愧。武士唤来了一个仆人，让她将牙签收拾好，用火烧掉了。从此以后，那些小人就再也没有出现过了。

还有一个类似的故事，讲的也是一个懒女孩。女孩喜欢吃梅子，吃完梅子就把核藏在榻榻米下面，很长时间都没被人发现。终于，妖精被她惹生气了，决定惩罚女孩。

每天晚上，都有许多小小的女孩，穿着亮红色的振袖[267]，在同一时间出现，跳着舞，做着鬼脸，扰得她无法入睡。

一天晚上，女孩的母亲被惊醒了，她坐起来一看，发现了这群小人，便打了过去。妖精们现出原形，竟然是梅子核！母亲这才发现女儿平时的调皮捣蛋。后来，女孩改掉了自己的坏毛病，变成了一个好姑娘。

267 　即长袖和服。

返老还童之泉

若返りの泉

六十一

他十分惊讶地发现，自己因岁月流逝而变得干瘪的四肢，也变得饱满有力了

很久很久以前，在日本的一座深山里，住着一位贫穷的樵夫和他的妻子。夫妻俩年事已高，膝下却无儿无女。每天，丈夫都要独自上山砍柴，妻子则在家缝缝补补、料理家务。

有一天，老樵夫为了寻找一种特殊的木材，进入了森林深处。无意间，他竟发现一处以前从未见过的小泉。泉水异常澄澈，十分清凉。此时天气炎热，他又一直顶着烈日干活儿，正口干舌燥得很，便摘下头上的大草帽，俯下身，痛痛快快地喝起了泉水。

这泉水十分神奇，老樵夫喝完，感觉整个人前所未有的舒畅，神采奕奕，仿若获得新生一般。他低下头，瞥了眼自己在水中的倒影。不看还好，一看竟吓得连连后退。脸当然还是他自己的脸，却与自己在家中铜镜里看到的判若两人！他简直不敢相信自己的眼睛，他抬起手，摸了摸之前还光秃秃的头顶，他还用随身携带的蓝色小毛巾擦拭过。不过眨眼功夫，头上竟然生出了浓密的黑发！他的脸庞也变得光滑细腻，一道皱纹都没了，宛若

少年。同时，他还感到体内不断地涌出一股活力。他十分惊讶地发现，自己因岁月流逝而变得干瘪的四肢，也变得饱满有力了。原来，他无意中喝下了返老还童的泉水，变成一个年轻人了。

樵夫开心极了，一蹦三丈高，又喊又叫，随即以前所未有的速度，一路奔回家。他回到家，妻子还以为闯进来一个陌生人，吓了一大跳。樵夫告诉了妻子这件神奇的事情后，她简直难以置信。他费了好一番口舌，好说歹说，才让妻子相信眼前这个年轻男子是她的丈夫。他还将那泉水的位置说了出来，想带妻子一同前去。

妻子说："你现在变得如此年轻俊美，是不可能继续喜欢我一个老太婆的。所以，我一定要赶快去喝那泉水。但我俩不能都跑出去，放着家里的事不管。这样吧，你在家等我，我去找那泉水。"说完，她便独自进入了森林。

老妇人按照丈夫的指引，果然发现了一处泉水，便蹲下来，大口大口地喝了起来。天哪！这泉水喝起来，真是清凉可口啊！老妇人一口接着一口地喝，累了就喘口气，然后继续喝。

樵夫在家等得急不可耐。他幻想着一会儿回到家的，是一个貌美如花、身材姣好的年轻姑娘。但等了很久却迟迟不见妻子回来。樵夫心急如焚，也想不了那么多，闩了门就直接去寻妻子了。

樵夫赶到泉水边，却不见妻子的踪影。正要转身离去时，突然听见泉边的草丛里传来一阵阵啼哭。樵夫闻声，一路搜寻过去，发现地上放着妻子的衣服，旁边还有一个小婴儿，大概只有六个月大。

原来，妻子贪心不足，喝了太多的泉水，结果越变越小，竟真的返老还童，变成婴儿了。

樵夫抱起婴儿，怀里的婴儿悲伤地看着他。樵夫将婴儿带回家，精神恍惚，喃喃自语，不禁悲从中来。

捌

灵之日本

霊の日本

本章选译自小泉八云的文集 In Ghostly Japan（1899），该书主要介绍了日本的民间故事及信仰。

片段

斷片

六十二

唯有心性坚定之人，才能到达正觉之地

两人抵达山脚下时，已是日暮时分。四周一片死气沉沉，既不见河流溪涧，也没有<u>丛丛</u>芳草，就连鸟儿也不见踪影，只有满目的荒凉。远远看去，峰顶在天边若隐若现。

菩萨对随行的小僧说道："你心中所愿，一定可以达成。但此行千里迢迢，道路坎坷。你只需跟在我身后，便可以得到护佑，不必害怕。"

暮色沉沉，两人一路攀登着。脚下连成形的路都没有，也不见前人留下的任何痕迹。碎石翻滚着落到脚边，时而还有大块的岩石滑落，坠入山谷中，激起一阵空荡的回响。有时候，脚下如同踩上空空的贝壳，发出一阵脆响。天边星辰闪耀，夜色越来越深了。

"不要害怕，孩子。"菩萨指着远处说道，"此处虽然崎岖不平，却十分安全。"

两人在星空下奋力攀爬，因受佛祖庇佑，足下健步如飞，十分敏捷。他们登上高处，拨开重重迷雾，只见脚下云海苍茫，犹如皓色海浪，向四周翻涌。

两人又行走了几个时辰，也看不清脚下踩着何物，只知道踩下去，传来一阵阵的闷响。寒光闪烁，随即又黯淡了下去。

小僧的手突然摸到一个东西，入手光滑，却不是石头，他忍不住拾起来，借着昏暗的夜色仔细端详，只见一个骷髅，朝他露出狞笑。

"孩子，不要在此处停留！"菩萨对他说道，"离峰顶还有很远一段路，切勿耽误行程！"

两人继续在黑暗中穿行，感觉脚下总有柔软的东西碎裂，冷火忽明忽灭。渐渐地，天边泛出鱼肚白，星辰也渐渐隐去，太阳从东方升起。

两人承蒙佛祖庇佑，仍然健步如飞，不曾停歇。死亡的冰冷、无边的寂静笼罩着他们。忽然，东方燃起一道金色的火焰。

借着金色的火光，眼前的景致才初次显现在眼前。小僧只感觉浑身被恐惧笼罩，四周空空荡荡，脚下的也不是地面，放眼望去，只有堆积成山的骷髅和尸骸碎片以及四处散落的人齿，闪烁着森森白光，犹如被冲上海滩的贝壳。

"不要怕，孩子！"菩萨大声说道，"唯有心性坚定之人，才能到达正觉之地！"

眼前的一切慢慢消散，映入眼帘的，只有脚下的云海和头顶的苍穹，以及横亘在天地之间、朝远处延伸而去的骷髅山。

太阳升起，却没有带来丝毫的温暖，寒冷如同刀剑般无情。头顶是高耸的山峰，脚下是可怖的深渊，四周死一般的寂静。小僧心中越来越不安，不敢再往前走，身体里所有的力气仿佛被抽空了，犹如陷入梦魇的人一样，嘴里吐着模糊不清的话语。

"孩子，快点跟上来！"菩萨喊道，"这里白昼极短，离山顶还有好长一段路呢。"

小僧吓得尖叫："弟子惶恐！心里害怕极了！怕得一点力气都没了！"

"很快就能复原的,孩子。"菩萨回答道,"现在,你环顾四周,告诉我你看到了什么景象。"

"弟子不敢,"小僧战战兢兢答道,"弟子不敢往下看！眼前看到的,只有堆积如山的骷髅。"

"不错,"菩萨笑了,表情柔和,"但你可知道,这座山是由何物堆成？"

小僧仍然害怕得发抖,重复道："弟子害怕！怕极了！这儿什么都没有,只有成堆的骷髅！"

"不错,就是一座骷髅堆成的山。"菩萨答道,"但是,你可知道,这些骷髅都是你的啊！你的迷梦、幻想和欲望的遗蜕,便化作这座骷髅山。这成堆的骷髅,就是你无数个前生幻化而成的。"

振袖

振袖

少女向佛祖祈求，一遍又一遍地诵读着日莲宗的题号「南无妙法莲华经」，希望佛祖保佑她得到武士的爱

最近，我路过一处旧货巷，看到一家店前挂出了一件深紫色的振袖，或者称之为长袖和服。看这衣服的款式和质地，它的主人应该是德川时代的某位贵妇人。我不由停下脚步，仔细打量起这和服上的五纹[268]。这时，我脑海里突然出现一段往事：据说有一件与此相似的和服，曾经导致了江户的毁灭。

二百五十多年以前，在幕府的都城江户，有一位富商的女儿。有一天，她去参加庙会，在茫茫人海中，遇见一位非常俊美的年轻武士，顿时心神皆动，对他一见倾心。遗憾的是，还没差人上前打听这武士姓甚名谁、家住何方，他的身影便消失在了人群中。但是，武士的英姿却深深印在了她心中，挥之不去，甚至连他衣服上的小小纹饰，女子都记得清清楚楚。他的一袭节日盛装，就算与少女们艳丽多姿的和服比起来，也丝毫不逊色。

268　五纹，即绣有五枚家纹。

武士穿着它，光彩夺目，不知夺走多少怀春少女的芳心。于是，少女决定做一件款式、质地和颜色都跟武士一模一样的和服，并幻想着穿上它走在街上，一定能吸引心上人的目光。

不久，和服便做好了，并按照当时流行的款式，加了长长的衣袖，做成了振袖。少女十分欣喜，视作珍宝，每次出门都会穿上这件振袖。待在家里时，就将它挂起来，想象着心爱的男子穿上那件衣服的风姿。有时甚至一连几个时辰都坐在振袖前，思念着心上人，以泪洗面。少女向佛祖祈求，一遍又一遍地诵读着日莲宗的题号"南无妙法莲华经"[269]，希望佛祖保佑她得到武士的爱。

不幸的是，少女却始终未曾再见到心上人。她日日饱受相思之苦，一病不起，最后带着对武士的爱，香消玉殒了。少女死后，按照当地的习俗，家里人便将她最珍爱的振袖捐给了寺庙。

院中住持见那振袖由上等丝绸所制，且平整如新，丝毫没有沾染少女的泪痕，便以高价向外出售。买下它的，是一位与死去少女年龄相仿的女孩。怎料，她只穿了一天就病倒了，而且变得举止怪异、疯疯癫癫，一直哭诉自己遇见了一位美男子，为了他情愿去死。不久，女孩也病逝了。这件振袖又一次被送往了寺院。

住持又将振袖卖给了一位年轻的姑娘。结果，姑娘穿了一次就病倒了，也成日声称自己看到一位美男子，最后不治而亡。而这件振袖，又第三次被送往了寺院。一连三次发生这么巧合的事，住持不由心生疑惑，感觉此事有蹊跷。

但是，住持虽心生疑窦，却还是将这件不祥的振袖卖了出去。然而，悲剧又一次发生了：又有一位姑娘买下它，穿了一次便香消玉殒了。这件振袖，又被第四次送往了寺院。

269　"南无妙法莲华经"，即归依《妙法莲华经》之意。

如此，住持便确信这振袖上有妖邪作祟，便吩咐院里的和尚，将振袖烧毁。

众人生起了火，将振袖扔进火堆。不可思议的事发生了，只见振袖在火中熊熊燃烧，空中突然浮现起几个猩红色大字：南无妙法莲华经。火光中的大字裹挟着振袖燃烧后的灰烬，像巨大的火花般，一个接一个跳到了寺院的屋顶，寺院顿时陷入一片火海。

寺院的大火引燃了周围的建筑，火势很快蔓延，吞噬了整条街。突然间，海风大作，大火一路蔓延，顺着一条条街道、一个个区域，包围了整个江户。这场特大火灾发生于明历三年[270]（1657年）正月十八，史称"振袖火事"。时至今日，东京人提起此事，仍是记忆犹新。

据一本名为《纪文大尽》的故事书称，让人做这件振袖的女子名叫阿鲛，是麻布地区百姓町的酒商彦右卫门的女儿。她因美貌而又被称为"麻布小町"[271]。书中说，那座寺庙是位于本乡地区的本妙寺，振袖上的纹饰是桔梗花。这个故事有众多版本，而我也不相信《纪文大尽》里记的，因为它声称那位俊美的武士并非人类，而是栖息在上野不忍池的龙或者水蛇化形的。

270　小泉八云原文误记为"明历元年"，翻译时加以更正。

271　在日本，"小町"或"小野小町"的名字流传千年。她是平安初期最美丽的女子，也是一位杰出的诗人。在干旱的时候，她能够用诗篇感动上苍，使其降下甘霖。许多男人爱慕着她，据说还有很多人为她而死。然而，当芳华逝去之时，不幸降临了，她身无长物，沦落为乞丐，最终死在京都附近的官道上。一些穷苦的善心人不忍让她衣衫褴褛地下葬，就给她裹上了破旧的帷子（夏天穿的单层和服），将她葬在岚山附近。那里便是至今仍被介绍给旅行者的"帷子辻"。——小泉八云按。

靈の日本

牡丹灯笼

牡丹灯籠

六十四

这段孽缘从前世就开始了，甚至纠缠了不止三四世

　　名扬东京的菊五郎剧团有一出经久不衰的名作，叫作《牡丹灯笼》。这部奇作改编自19世纪中期圆朝的话本。[272] 圆朝的创作灵感源自中国故事[273]，他将其改头换面，风土人情全改为江户风格，且全篇均用白话写就。前些日子，我也慕名前去一观。受菊五郎的启发，我又萌生了一种新的怪谈创作方法。我问友人："若将这怪谈译成英文，介绍给更多的读者，你觉得如何？"友人博学多才，常常在我研究东方哲理时，为我指点迷津。他回答："西方人素来对这些鬼怪故事知之甚少，你正好可以借此加以介绍。翻译中若有为难之处，我也可以为你助力。"

　　我欣然接受了他的建议。于是，我俩选取了圆朝作品中最为精彩的一部分，进行了概述。我们对原著中的很多部分都进行了精简和改写，但会话部分，则尽量保留了原汁原味的风格。

272　圆朝，即三游亭圆朝（1839—1900），本名出渊次郎吉，日本落语家（落语是日本传统曲艺形式，类似中国的单口相声）。他于1861年创作《怪谈牡丹灯笼》。

273　指明代文人瞿佑所著的短篇小说集《剪灯新话》中的《牡丹灯记》。

这样，也方便读者了解日本人的独特心理。

这是《怪谈牡丹灯笼》中的故事：

一

从前，在江户牛込[274]住着一位旗本，名叫饭岛平左卫门。他的独女名叫阿露，意为"朝露"，生得人如其名，清雅动人。阿露十六岁那年，饭岛娶了第二任妻子。但是，他很快便发现，阿露与继母相处得并不融洽，便在柳岛专门为她建了一所雅致的别院供她居住，又派了个聪明伶俐的丫鬟阿米去服侍她。

阿露在新家里过着无忧无虑、自由自在的生活。有一天，饭岛家的医师山本志丈来探望她，随行的还有一位年轻的武士，名叫荻原新三郎，住在根津。只见少年风度翩翩、温文尔雅，少女也是眉目如画、气质出尘，两人顿时一见倾心。虽然这次会面十分短暂，两人还是瞒着医师互定终身，山盟海誓。离别前，阿露低声对心上人说道："请你一定要来看我，不然我定会一死了之！"

新三郎也将两人的誓言铭记在心，无奈深受礼仪教条的束缚，虽然也急切地盼望与心上人重逢，却也不好意思自行前往。只能期盼医师早日兑现诺言，带他再一次造访阿露的别院。不幸的是，医师早已察觉两人互生情愫，担心被阿露的父亲追究责任，便没有遵守当初对新三郎许下的承诺。更何况，那饭岛左卫门又是一个心狠手辣之人，一想到这事是自己搭的桥，还不知会被怎样迁怒，心里越发地害怕，索性决定不再和新三郎来往。

几个月过去了，阿露左等右等都不见心上人到来，渐渐心

274　牛込，地名，是江户的一处高地。

如死灰，以为心上人抛弃了自己。后来，阿露还是承受不了这样的打击，日渐消瘦，终是一缕芳魂归了离恨天。不久，忠心耿耿的侍女阿米也因为过于哀痛，离开了人世。主仆俩被一起葬在了新幡随院的墓园中。新幡随院是一座至今仍矗立在团子坂的寺院，因每年举办的菊花展远近闻名。

　　二

　　新三郎还不知道爱人的死讯，整日都在无望的等待中饱受沮丧和焦虑的折磨，终于病倒了。虽然身体也在休养中慢慢恢复，但毕竟病去如抽丝，仍是十分虚弱。这时，一位意想不到的客人前来拜访，正是医师山本志丈。医师编出了许多冠冕堂皇的借口，想掩盖自己的失约。

　　新三郎对他说道："我初春就病了，直到现在还食不下咽。你怎么如此残忍，不遵守诺言呢？我以为你会再带我去饭岛小姐那里，好让我再赠她一些薄礼，以感谢她的盛情款待呢！但是，我又不能独自一人前去。"

　　医师神情严峻地说道："我很抱歉地告诉你，小姐她已经离开人世了！"

　　"你说什么？"新三郎顿时面色惨白，又问道，"你说，她已经去世了？"

　　医师静默了片刻，若有所思，声音和缓了些，尽量不去刺激他：

　　"我不该铸成大错，让你们两人认识。小姐似乎对你一见钟情，我猜想你恐怕也对她动了心，趁着我不在时对她表露衷肠、柔情蜜语。不论如何，我看出她对你倾心不已，所以心里十分不安，害怕有朝一日，她那父亲知道了会怪罪于我。坦白来讲，我最终还是决定，短时间内不再与你来往。哪知道就在几天前，我偶然造访饭岛家，却惊闻他家小姐和侍女阿米都已不在人世。"医师苦笑了一下，"思前想后，我才明白，她一定是相思成疾才会离去。唉，你才是罪魁祸首啊！你才是啊！就是因为你生了这样一副好皮囊，才使得那些怀春少女肯为你去死啊！好啦，逝者已矣，现在也是多说无益了。你现在能做的，就是为她念经祷告了……告辞了。"

医师心知自己也有责任，不想再多谈此事，说完便匆匆离去了。

三

新三郎惊闻阿露的死讯，悲痛不已，久久回不过神来。待到稍稍恢复神智，他便为死去的阿露刻了一个排位，供奉在家中的佛龛内，摆上祭品，又请了僧人诵经超度。从那以后，他每天都会布置好祭品，并为阿露念经诵佛，不断思念着她。

就这样，新三郎每日过着与孤独为伴的日子，转眼便到了盂兰盆会——开始于七月十三的盛大魂祭。他将屋子收拾一番，为节日做准备。他按照习俗挂上灯笼，摆好祭品，据说这样能引导亡魂归来。盆会的第一夜，太阳落山后，他在阿露的灵位前亮起一盏小灯，又点上了灯笼。

这是一个清朗无风的夜晚，月色皎皎，天气十分炎热。新三郎只穿了一件薄薄的夏衫，坐在走廊里。他沉浸在自己的思绪中，幻想着、感伤着，时而扇两下扇子，时而用烟驱赶蚊子。周围一片寂静，附近也没有多少人家，行人也很少。能听到的，只有附近潺潺的流水声音和虫子的鸣叫。

这时，突然传来一阵女子木屐踏在地上的声音，"咔空咔空"，打破了此时的寂静。那声音由远及近，直到院子周围的篱笆旁才停了下来。新三郎心中十分好奇，想一探究竟，就踮起脚尖朝篱笆外面望去。只见外面站着两名女子。其中一名女子手提一盏漂亮的灯笼，上面绘着牡丹的图案，看样子是一名侍女；另一名女子身姿窈窕，约莫十七岁，身穿一袭绣着秋花的振袖。几乎同时，两人转过身来，露出面容，新三郎顿时大吃一惊，眼前这两名女子，分明就是死去的阿露和她的侍女阿米！

主仆二人瞬间定住了身子，侍女惊叫道："哦，这太不可思议了！是荻原先生啊！"

新三郎也回答道："阿米！噢，你是阿米姑娘！我记得你。"

"荻原先生！"阿米惊叫道，"我简直不敢相信这是真的！我们都以为先生不在人世了。"

"这也太离谱了！"新三郎喊道，"不知何故，有人告诉我你们俩已经死了呢！"

"啊，真是造孽啊！"阿米回答道，"为什么要说这些不吉利的话呢？谁告诉你的？"

"到屋里来吧，"新三郎说道，"我把门打开，咱们好好谈一谈。"

三人便进了屋，寒暄过后便坐下来，新三郎说道：

"我许久都没有去拜访你们，还请原谅。但是一个月前，医师告诉我，你们俩都已经死了。"

"竟然是他？"阿米惊呼，"这个人怎么如此歹毒，竟说出这种话。好吧，当初也是那个医师告诉我们，你已经不在人世。我想，他就是利用了先生的信任，欺骗你。当初，我家小姐无意间透露了对你的爱慕之情，便传到了她父亲的耳中。她的继母阿国为了拆散你们，就怂恿医师谎报我们的死讯。小姐听闻你已不在人世，心里十分悲痛，本想削发为尼，被我及时阻止了。最后，我终于说服她，将悲痛埋在心底。后来，她父亲想让她嫁给另一个年轻人，被她拒绝了。继母阿国便以此为借口，不断找我们的麻烦，我和小姐便搬了出去，在谷中三崎町找了一处小房子住下，做些杂活维持生计。小姐以为你死了，日夜都在佛前为你念经祷告。今天是盂兰盆节的第一日，我们便去寺庙祈福，哪料到回家的路上遇到了公子。"

"这真是太不可思议了！"新三郎惊叹，"此言当真？还是我在做梦？我为阿露设了一个灵位，也是日夜在佛前为她祷告呢！你看！"新三郎指着精灵棚[275]上的灵位说道。

"我们感激不尽。"阿米笑着回答，"至于我家小姐，"她转向身旁的阿露，她还是那么端庄优雅，此时却一直以袖掩面，一言不发，"小姐为了你，情愿与父亲断绝关系，七生七世永不往来，甚至付出生命也在所不惜！唉，你愿意让她今晚留在这里吗？"

新三郎心中一喜，脸色仍是十分苍白。他颤抖着低声说道："请留下来吧，但是，切忌大声喧哗，这附近住着一个很不好对付的家伙，是一个叫作白翁堂勇斋的相面先生，此人天赋异禀，仅凭面相就能判断吉凶，又喜欢打破砂锅问到底，最好不要招惹上他。"

那晚，两位女子便留宿在新三郎家中，次日天还没亮，就起身告辞。从那以后，无论天气好坏，她们总是在同一时间前来，就这样持续了七日。新三郎愈发对阿露爱慕不已，两人柔情蜜意，如胶似漆。

四

新三郎隔壁住着一户人家，主人名叫友藏，他和妻子阿梅都曾做过新三郎的仆人。两人受过新三郎的恩惠，才过上了比较安逸的日子，因此对昔日的主人忠心耿耿。

---

275 精灵棚，日本佛教用语，指在盂兰盆会期间所设的坛，其上放置食物以祭亡灵。

靈の日本

一天深夜，友藏忽然听到隔壁传来女子的笑声，顿时惴惴不安。他深知新三郎为人宽厚、重情重义，害怕他被水性杨花的女人欺骗，受到伤害，便决定一探究竟。第二天晚上，他悄悄来到新三郎房外，踮起脚尖，透过门的缝隙往里面看去。借着灯光，他看见主人正和一个陌生的女子在蚊帐里聊天。那女子背对着他，看不清容貌，只是从衣着和发型看来，这女子身姿窈窕，似乎十分年轻。伴藏将耳朵附在门上，便能听见两人的对话。只听那女子说道：

　　"如果我愿意和父亲断绝关系，你愿意娶我为妻吗？"

　　新三郎回答："我自是求之不得的。但你不必担心，你父亲只有你这么一个女儿，又视你为掌上明珠，肯定狠不下心与你断绝关系的。我唯一害怕的，是有朝一日你我被人残忍拆散。"

　　女子柔声说道："此生除你之外，我从未想过嫁给其他人。即使这件事传了出去，父亲就算一气之下杀了我，我也不会停止对你的思念。更何况，我们早已互明心意，我知道，没有我的陪伴，你也活不长久。"女子紧紧依偎着他，吻落在他脖颈间，新三郎也情不自禁地回应着她。

　　友藏听这女子谈吐不凡，极有涵养，似乎不是普通人家的女子，倒像是贵族名媛，心里愈发好奇，便决定无论如何都得看看那女子究竟长什么模样。他蹲下身爬过去，来回挪动，想尽一切办法从缝隙里偷窥，最后终于看清了。友藏定睛一看，身体瞬间一个激灵，吓得汗毛倒竖。

　　原来，新三郎怀里抱着的，哪里是什么温香软玉的佳人，而是一副骷髅！她伸出只剩森森白骨的手指，爱抚着新三郎，下半身竟然空空荡荡，什么都没有，只留一个瘦长的影子投在地上。新三郎眼中千娇百媚的爱人，在旁人看来只是恐怖的骷髅。就在这时，另一名女子似乎发现了他的存在，便站起身，迅速朝他走来。友藏吓得魂飞魄散，连忙逃了出去，向白翁堂勇斋家飞奔。友藏疯狂地拍打着勇斋家的门，才把他叫醒。

五

白翁堂勇斋是一位相面先生，虽然年事已高，但他年轻时走南闯北，见多识广，不会跟普通人一样大惊小怪。但是，友藏将自己的恐怖经历告诉他后，勇斋竟然又惊又恐、肝胆俱裂。原来，他之前在中国古籍中看过人鬼相恋的故事，一直都以为是无稽之谈。但此时，他相信友藏并没有撒谎，荻原家肯定发生了不可思议的事。事实若真如友藏所言，那么新三郎肯定在劫难逃了。

"若那女子真是鬼魂，"勇斋对惊魂未定的伴藏说道，"那我们就要想出一条妙计，否则你家主人必定命在旦夕。若是鬼魂，他的脸上一定会笼罩着一层死气。活人身上一般都带有纯净的阳气，而死人身上则弥漫着污浊的阴气。前者为正，后者是邪。就算你家主人身体强健，能长命百岁，也受不住阴气的侵蚀。你放心，我一定尽我所能救他。但是，今晚你的所见所闻，切不能让第三个人知晓，连你的妻子都不行。明早天一亮，我就去拜访你家主人。"

六

次日，勇斋来到新三郎家，向他追问这件事。新三郎一开始极力否认，声称家中根本就没有什么女子，无奈这套说辞根本起不了作用，而且在交谈中，他能感觉到老者并无恶意，便将前因后果都告诉了他。新三郎请求老者为他保守这个秘密，因为他还想尽快娶阿露为妻。

"天哪，你真是病得不轻啊！"勇斋惊恐万状，终于没耐

靈の日本

心继续客套下去了。"荻原君可知，那两名女子根本就是已死之人！你已经陷入可怕的幻觉中无法自拔了！你以为阿露已死，日夜为她诵经祷告，还在她灵位前摆了祭品，这不就是铁证吗！你被死人的唇吻过，被死人的手摸过，脸上现在还泛着死气！这些话你可能难以置信，但是荻原先生，如果你还想活命，就得听我的话，否则你的性命连二十天都不剩了。既然那两名女子告诉你，她们住在谷中三崎町，那你可曾去过那儿？不，你肯定没有！既然如此，你今天就赶过去，看看究竟怎么回事！"

勇斋在一番苦口婆心的告诫之后，便拂袖而去。

新三郎惊魂未定，仍然半信半疑，细细思量了片刻，便决定还是听从勇斋的建议，去三崎町一探究竟。他马上动身，一早就赶到了三崎町，便开始寻找阿露的住处。他一路走街串巷，跑遍了各个角落，逢人便打听，却始终一无所获。村民都说，根本没听说过本地有这么一处小屋，更别提还住着两个单身女子了。新三郎寻找未果，心中十分沮丧，便决定走那条穿过新幡随院墓园的近路，先回家再作打算。

新三郎经过寺庙后方时，突然看见了两座并排而建的坟墓。其中一座十分普通，看规格墓主应该地位较低；另一座占地面积较大，而且十分豪华，墓碑前挂着一盏漂亮的牡丹灯笼，应该是盂兰盆会时放上的。新三郎蓦然想起，这盏灯笼跟阿米那日所提的几乎一模一样。如此巧合，实在诡异得很。他仔细地看了看墓碑，上面连死者的名讳都没刻，只有死后的戒名。新三郎便去院里打听，一位僧人告诉他，大坟里葬的是饭岛平左卫门的女儿，小坟里则是她的侍女阿米，她是因为主人离世过于悲痛而死的。

新三郎脑海里瞬间浮想起阿米的原话："我和小姐便搬了出去，在谷中三崎町找了一处小房子住下，做些杂活维持生计……"这"小房子"莫不指的是三崎町的坟墓？那"杂活"又是什么？

新三郎越想越害怕，一路飞奔到勇斋家中，求他指点，救自己一命。勇斋却说，自己也是爱莫能助，只能修书一封给新幡随院的良石大师，请他作法镇压。

七

良石大师是一位博学多闻的得道高僧，仅凭面相，就能知晓所有疾苦的根源所在。大师听了新三郎的遭遇，面色淡然地说道：

"皆因你前世所造业障，才使你今世遭逢如此险境。你和那女子之间是一段难解难分的孽缘，这鬼神之事，多说无益。贫僧只能告诉你，那女鬼无意加害于你，对你也毫无敌意，相反，她对你情深似海。你们这段孽缘从前世就开始了，甚至纠缠了不止三四世。虽然她每一世都转世投胎，容貌和身份有所变化，却一直都跟你纠缠不清，所以，想摆脱她可没那么容易。我现在借你一个非常灵验的护身符，它是一尊纯金佛像，名为海音如来，因为佛祖说法时声音响彻大地，就像大海一样。它可以护你平安，使你免受鬼魂侵害。你把它挂在腰间，随身携带。除此之外，我还会在寺里举行一场施饿鬼法事，让那些亡灵安息……这里有一本《雨宝陀罗尼经》，你拿回去每晚诵读，不要间断，再将这包法符贴在门窗上，每一处都不要遗漏。这样才能发挥作用，阻挡鬼魂入侵。千万不要忘记，不管发生什么事，都不要停止诵经。"

新三郎向大师道了谢，带上他赠予的佛像、经书和法符，赶在日落之前回到了家中。

八

在勇斋的帮助下，新三郎终于在天黑前给家里的门窗都贴

霊の日本

上了法符。随后，勇斋起身告辞了，屋里便只剩下新三郎一人。当夜月色清朗，十分闷热，新三郎闩好门，将纯金佛像系在腰间后，就钻进了蚊帐，借着灯光开始诵读《雨宝陀罗尼经》。无奈这经书实在晦涩难懂，读了许久还是摸不着头脑。此时已是午夜，新三郎本想休息一会儿，但满脑子都是白天发生的种种，毫无睡意。这时，远处传来寺院的钟声，原来已经丑时了。

　　钟声渐止，突然，一阵熟悉的木屐声打破了黑夜的寂静，还是从之前的方向，由远及近而来，只是这一次似乎格外缓慢，发出阵阵"咔空咔空"的声音。新三郎顿时额头上惊出一阵冷汗，他战战兢兢地翻开佛经，高声诵读起来。那木屐声越来越近，一直走到篱笆边，便悄然无声了。说也奇怪，新三郎只觉得一股奇异的力量涌上心头，暂时压制住了恐惧心，驱使着他走出蚊帐，到外面一看究竟。

　　他放下手中的佛经，蹑手蹑脚地来到窗前，透过门缝往外看去。果不其然，站在外面的是阿露和提着牡丹灯笼的阿米，主仆俩正盯着门上贴的法符，若有所思。今晚的阿露打扮得花枝招展，比以往任何时候都要美丽，显然是精心打扮了一番。新三郎不由得心驰神往起来，但终究无法释怀对死亡和未知的恐惧，此刻他的内心正天人交战，一边是对阿露的爱恋之情，一边是对鬼怪的恐惧，让他成了身体在焦热地狱[276]中饱受折磨的人。

　　过了一会儿，只听阿米开口说道：

　　"小姐，看来我们是进不去了。获原君肯定变心了，他昨晚许下的承诺，已经做不得数了。大门紧闭，分明就是拒绝见客……今晚我们进不去了……小姐，既然获原君已经不喜欢你了，你还是清醒一点，不要再想他了。很显然，他并不想见你，你就不要为了一个负心汉而折磨自己了。"

276　焦热地狱是日本佛教中的八热地狱中的第六层，在那里，一天的寿命相当于人世间的几千年（也有人说是几百万年）的寿命。——小泉八云注。

阿露哭得梨花带雨，答道：

"唉，信誓旦旦，不思其反！人们常说，男子的心就如同秋日的天空一般，变幻无常。不过，我不相信荻原君会如此残忍，对我始乱终弃。好阿米，你帮我想想办法，让我见他一面……你若不答应，我绝不回家。"

阿露还在为新三郎说情，泪水涟涟，长袖掩面，看上去竟愈发美丽动人。然而，新三郎仍然惧怕不已，始终没有出来。

阿米回答道："我的好小姐，你何苦为了那个薄情郎而折磨自己呢？好吧，你跟着我，咱们去看看屋后能否进去。"

阿米牵着阿露的手，两人来到屋后，发现后门上也贴满了法符，还是进不去。后来，灯笼灭了，两人也随即消失了。

九

此后，每晚丑时，两个幽灵便会来到新三郎门前，却始终无法进门。新三郎每晚都听到门外传来阿露的哭声。新三郎相信自己得救了，然而，他想象不到，他的厄运已经由他家仆的性格决定了。

新三郎的仆人友藏，之前虽然向勇斋拍胸脯保证，自己绝对不会将这件事泄露出去，对妻子阿梅也会守口如瓶。但好景不长，那阿米竟不知从何处得知了事情的来龙去脉，转而纠缠上了友藏。每天夜里，阿米就会潜入他的房中，将他从睡梦中叫醒，逼他去新三郎屋后，将门窗上的法符全都撕掉。友藏又惊又怕，每次总是满口答应，一定在次日黄昏前将事情办好。但他一想到会危害到主人，又迟迟下不了决心，只能睁一只眼闭一只眼。一个风雨交加的晚上，阿米又将他叫醒，在他面前弯下腰，恶狠狠地威胁道："再敢糊弄我们，小心性命不保！明晚之前，

靈の日本

你若还是办不好我交代的事，就让你尝尝我的厉害！"她的神情十分可怖，差点把友藏吓破胆。

友藏的妻子阿梅，对这件事毫不知情。她见丈夫连日来精神恍惚，还以为他是做了什么噩梦。有天晚上，她被一阵说话声吵醒，起来一看，竟发现自己丈夫正和一个女子说话。阿梅探头望去，说话声立刻停止了，只看见丈夫面色惨白，似乎十分惊恐的样子，却不见刚才那女子的踪影。奇怪的是，门还闩得好好的，也不知道她怎么进来的。阿梅还以为友藏背着她有了相好，心里又气又妒，便大声斥责丈夫，让他给自己一个交代。友藏被逼无奈，只能将这个秘密说了出来，并告诉她，自己实在是进退两难。

阿梅听了实情，这才消了火，转而又担心害怕起来。但她是一个精明的妇人，立刻想到，要想保全自己丈夫的性命，就不能在意主人的安危。她告诉丈夫，不妨答应那女鬼的要求。

第二天夜里丑时，两个女鬼又来到了友藏家。阿梅藏了起来，听到外面传来木屐的"咔空咔空"声。友藏按捺住恐惧跑出去，按照妻子的嘱咐对她们说道：

"之前的事，确实是我的错，但我并非故意冒犯二位姑娘。姑娘有所不知，我们一家人都是靠着荻原君的接济才能生活下去的，所以不敢贸然撕下法符。如果我们自身都难保，肯定不会置他于危险之中的。但是，如果能有一百两黄金的话，我们不用仰人鼻息，就可以帮姑娘这个忙了。所以，如果姑娘能承诺，赠予我夫妻俩一百两黄金，我就答应撕掉荻原君门窗上的所有法符。这样，我们不用担心失去唯一的生活来源，姑娘也可以圆了心愿，岂不是两全其美吗？"

听完这席话，阿米和阿露相视一眼，沉默了片刻。随后，阿米开口道：

"小姐，我曾劝你不要痴缠获原君。我们对他毫无恶意，你也不要再为那个负心汉伤神了。我现在再次请求你，小姐，不要再想着他了！"

阿露泪流满面地答道：

"阿米，不管发生什么，我总是无法停止思念他！我知道，你肯定有办法弄到一百两黄金，圆我这个心愿的。阿米，我求你再帮我一次，让我再见他一面，求了你！"阿露以袖掩面，不住地恳求。

"唉！为何你执意如此呢？"阿米回答，"你也知道，我手上根本没钱。不管我怎么说，你还是铁了心要见他的话，我也只能想办法弄到钱，明晚再带过来……"言罢，阿米转声对忘恩负义的友藏说道："友藏，我必须告诉你，获原君一直带着一个佛像，名叫海音如来，只要他将此物随身携带，我们就无法近身。所以，你不仅要将他门窗上的法符撕下来，还要想办法把那佛像带走。"

友藏低声答道：

"只要你能给我一百两黄金，我就一定为你办到。"

"好吧，小姐，"阿米说道，"请你耐心等待，明晚之前我一定将黄金取回来。"

"哦，阿米。"阿露低泣，"今晚见不到获原君，又要无功而返了。唉，真让人伤心啊！"

阿露言罢，便在阿米的牵引下，哭哭啼啼地走了。

十

次日，随着夜幕降临，阿露和阿米又出现了。但这一次，新三郎的门外没有传来恸哭声，因为那忘恩负义的友藏在丑时已经拿到了一百两黄金，便将新三郎门窗上的法符撕掉了。除此之外，他还趁主人沐浴之时，偷走了黄金佛像，并将事先准备的黄铜佛像放在原处。随后，他来到一片荒郊野地，将海音如来焚毁。这下，再也没有什么能阻挡阿米和阿露了。只见她俩用袖子掩住脸，化作一股青烟，转眼就从揭下法符的窗户缝隙钻了进去。至于里面发生了什么事，友藏就不得而知了。

第二天一早，友藏壮着胆子来到主人门前，敲了敲门。以往主人总会应答，此时里面竟一片寂静，十分蹊跷。友藏又敲了敲门，还是无人应声，心里道声不好，便叫来了阿梅，俩人合力才把门打开。友藏独自走进主人的卧室，喊了声主人的名字，里面却还是静悄悄的，一片昏暗。他又打开窗户，让阳光照射进来，这才亮堂了些，屋里却还是没动静。最后，他壮着胆子走到床前，轻轻掀开了蚊帐，瞬间吓得一声尖叫，最后连滚带爬地逃离了新三郎的屋子。

原来，新三郎已经死了，而且死相十分恐怖，似乎生前受到过极大的惊吓。躺在他身边的，竟然是一具女子的骷髅，骷髅的胳膊和手指还紧紧地搂着新三郎的脖子。

十一

卖主求荣的友藏苦苦哀求，相面先生白翁堂勇斋才答应他，前去查看尸首。勇斋来到新三郎家中，也被眼前的景象给惊骇住了，但他还是仔细检视了一番，很快便发现，屋后有一扇小窗，上面的法符已经被人揭走了。在检查新三郎的尸体时，他发现死者腰间挂的根本就不是黄金佛像，而是铜质的伪造品。勇斋便生了疑心，怀疑是友藏所为。他心想，这一切未免太过蹊跷，还是谨慎为上，先问问良石大师再做打算。所以，勇斋将屋里仔细检查一番后，就立刻快马加鞭赶到了新幡随院。

怎料，还没等他表明来意，良石大师便将勇斋请进了屋。

"施主一直都是贫僧的贵客，"良石大师说道，"你先坐下，我有个坏消息告诉你，荻原君已经身故了。"

勇斋惊讶道："没错，他的确死了，但是，大师是如何得知此事的呢？"

大师答道：

"荻原君遭此毒手，皆因前世恶因。虽说他那仆人忘恩负义，出卖了他，但悲剧在他的前世就已经注定，荻原君难逃此劫，你也无须为此介怀。"

勇斋说道：

"我曾听闻，得道高僧能够预知未来，更有甚者能看到百年后发生的事，今日一见，果然名不虚传……但是，有一件事我还是放心不下……"

"我知道你想说什么，"良石大师打断了他，"海音如来虽然被人盗走，但你也不必忧心。那佛像被埋在一处荒野之地，等到来年八月，自然会被送还到我这里来，你大可放宽心。"

勇斋更加惊讶了，他试探着问道：

"鄙人不才，也曾学习过阴阳学说、占卜预测之术，平日里靠给人算命为生。但我仍旧看不出，大师是如何未卜先知的。"

良石大师神情肃穆，回答道：

"贫僧如何知晓此事，并不重要，现在最重要的是新三郎的丧事。他死之后肯定会葬入自家祖坟，但这并不妥当。新三郎与阿露孽缘极深，因此必须与她葬在一起，才不会祸及后世。你需自己出资，给他修建一座坟墓，这也是你欠他的。"

后来，新三郎便和阿露葬在了一起，两人的坟墓就位于谷中三崎町的新幡随院墓园中。

《怪谈牡丹灯笼》的故事到这里就结束了。

霊の日本

友人问我："你对这个故事感兴趣吗？"

我回答："我很想去那新幡随院一游，也好更清楚地了解，作者是怎样将江户的风土人情融入作品中的。"

"那么，咱们即刻出发吧。"友人说道，"但我仍想知道，你对故事中的人物有何看法？"

我回答："按我们西方人的思维，新三郎实在是一个薄情郎。在我们西方的叙事民谣中，一对真心相爱的恋人，其中一人不幸身亡，另一人也定不会苟活于世，必会怀着满腔爱意殉情。而且，基督徒是不相信轮回转世之说的，即便如此，他们也愿为了真爱赴死。相反，新三郎是信佛之人，拥有无数的前世和今生。那姑娘为了与他再续前缘，不惜放弃投胎转世，从幽冥黄泉归来。而新三郎却不肯为她舍弃哪怕一世的性命，真是自私，不，这简直就是懦弱无能。新三郎生于武士之家，又接受了严格的训练，到头来却为了保全自身而向一个出家人求助，真是令人不齿。这样贪生怕死又自私自利之徒，就算阿露将他活活掐死，也是死不足惜。"

"在日本人看来，其实也是一样的。"友人回答，"那新三郎确实是个薄情寡义的人。但作者将这个人物刻画得如此懦弱无能，未免有点不通情理了。依我看，唯一讨喜的角色当属侍女阿米了。她有着传统家仆忠心耿耿的秉性，为人又聪明伶俐、足智多谋，实在是惹人喜爱。更为难得的是，她对主人一片忠心，不仅在生前如此，死后仍对主人尽心尽力……好了，我们还是先去新幡随院看看吧。"

令人失望的是，新幡随院不过是个平平无奇的庙宇，没什么特别的地方。后院的墓园更是一片荒芜，让人提不起兴致。以前的墓地，现在大多都改成了番薯田。地里横七竖八地竖着些墓碑，上面斑驳不清，难以辨认字迹。还有些光秃秃的底座，散落一地的水槽，以及缺胳膊少腿的佛像。近来下了几场雨，雨水冲刷了黝黑的泥土，在地上留下了许多小水坑，引来了许多小癞蛤蟆，聚在坑里蹦来蹦去。除了番薯田，这里的一切恐怕都已被弃置多年了。墓园门口有一座小屋，里面有个女子正在做饭。友人便上前询问，戏剧《牡丹灯笼》里讲到的坟墓，究竟在哪一处？

"哦，你们说的是阿露和阿米的坟墓吗？"女子笑了笑，回答道，"后院第一排走到底，靠近地藏菩萨像的就是了。"

这种怪异的事，我在来日本之后，也曾遇到过几次。

我们绕过地上大大小小的水坑，又穿过绿油油的番薯田——这些番薯苗，无疑从阿露和阿米的伙伴们身上吸取了足够的养分——最后，我们终于看到了两座并列的坟墓，上面覆满了青苔，字迹已经辨认不清了。较大的一座墓旁，有一座缺了鼻子的地藏菩萨像。

"这些字迹已经难以辨认了。"友人无奈道。忽然，他似乎想到了什么，叫了声"等等！"，便从袖中掏出一张柔软的白纸，将它覆在墓碑上，然后用黑色的泥土摩擦表面。随后，黑色的纸面上出现了几个白色的文字。

"宝历六年（1756年）丙子三月十一日……墓主是根津的一位客栈老板，名叫吉兵卫。咱们再看看另一座墓碑上写了什么？"

友人又将纸覆在另一座墓碑上，读出了上面书写的戒名：

"圆明院法曜伟贞谦志法尼，这是一位尼姑的墓啊！"

我惊叫道："我们被那女子骗了！这一切都是假的！"

朋友劝道："不必太过较真，你来这儿本来就是图个好奇，那女子也只是迎合一下，不忍扫你兴致罢了。小泉先生，莫非你还把那故事当真了？"

霊の日本

因果的故事

因果话

每日，雪子都会在灵位前低声下气地祷告，希望夫人能原谅自己

从前，有一位大名的夫人病重，她深知自己就要不久于人世了。自文政十年初秋以来，她就病入膏肓，终日缠绵病榻。如今已是文政[277]十二年（按西方历法算是 1829 年）四月，正是樱花盛放的时候。夫人看着窗外的大好春光，想起了往昔儿女绕膝，在院中赏樱的快乐时光，又想到了丈夫的一干妾室，尤其是其中一名叫作雪子年仅十九岁的小妾。

有一天，大名前来探望夫人，对她说道："夫人，这三年来，你日日受这疾病之苦。我们为了治好你的病，日夜守候着你，为你吃斋念佛，花尽了一切心思。然而天不遂人愿，就连最好的医生都束手无策，恐怕夫人是难逃此劫了。佛说，三界无安，犹如火宅[278]。夫人能从中解脱，也能比我们少受一些人间疾苦。我现在能做的，也只有不惜财力为你举办一场盛大的法事，为

---

277 文政，日本仁孝天皇的年号，时期为 1818 年至 1829 年。

278 这句话出自《妙法莲华经》，意思是世间充满危险，如同着火的屋子。

你的后世祈福。到那时候，全家上下都会为你念经祷告，愿夫人在黄泉路上不再彷徨，早日成佛，往生极乐。"

大名一边轻抚着她，一边柔声低语。夫人听完这番话，合上了眼睑，以蚊蝇般细弱的声音答道：

"夫君的一番好意，妾身不胜感激……如您所说，妾身卧病在床这三年来，家里人一直无微不至地照料着我。事已至此，我也已经看破生死了。这时候再提那些俗事似乎不太应该，但我还有最后一个心愿未了。我想请夫君让我见见雪子妹妹。您知道，妾身一直视她为亲妹妹，也想向她交代一些家中事务。"

大名听了，赶紧让人将雪子叫来。雪子按照大名的指示，跪坐在病床前。夫人睁眼看了看雪子，说道："哦，雪子，你来了！见到你我真是太高兴了。雪子，到我这儿来，好好听我说的话，我已经提不起嗓子说话了……雪子，我恐怕就要不久于人世了，希望你能在我走后，尽心尽力地服侍夫君。我希望待我离开之后，由你来接替正室的位置。你一定要牢牢占据夫君的宠爱，甚至比我得到的还要多。相信你很快就能被扶正，成为夫君的正妻。你一定要与夫君好好相处，切不可被其他女人夺走宠爱。雪子，这就是我要交代的事，你可听明白了？"

"啊，夫人，"雪子答道，"我请求您不要再说这种话了！您知道，雪子出身寒门，怎敢妄想成为这个家的正室呢！"

"不，不！"夫人用粗哑的嗓音回应道，"都这个时候了，我可不是在跟你虚伪客套，咱们应该坦诚相待才是。我身故后，正室之位非你莫属。我再说一次，你才是我心目中正室的最佳人选。是的，雪子，这件事比起我成佛更加重要！哦，我差点忘了，雪子，还有一件事我想拜托你。你知道，我们家后花园中有一株八重樱[279]，是前年从大和国的吉野山[280]移植过来的。听说现在樱花正开得旺盛，我日思夜想，想看看八重樱盛放的美景。我知道自己命不久矣，无论如何都想再看一眼。雪子，快，背着我去花园吧，雪子，背上我吧……"

夫人请求着，声音竟愈发清晰有力，似乎被这强烈的愿望赋予了力量似的。言罢，她又突然痛哭起来。雪子顿时仓皇失措，不知怎么办才好。大名点了点头，说道：

"这是她最后的心愿了。夫人素来喜欢樱花，我知道，她一直都很想看看那株八重樱。雪子，去吧，帮夫人了了这最后一桩心愿吧。"

雪子只得像乳母背起孩子一样蹲下来，用肩背对着夫人说道：

"夫人，我准备好了，有事您尽管吩咐。"

"好，就这样吧！"濒死的夫人说完，竟不知从哪里生出了一股大力，抓住雪子的双肩，等雪子站起来的那一瞬间，她突然伸出枯瘦的双手迅速探进雪子的衣襟里，一把抓住了她的双乳，随即发出一阵怪笑。

"我终于如愿以偿了！"夫人兴奋地叫喊着，"这就是我说的樱花[281]，只不过不是院中的那一株罢了！若不得偿所愿，我死也不会瞑目的。现在终于实现了！啊，哈哈，我太高兴了！"

说完这些话，她就倒在俯下身的雪子背上断了气。

仆人们立刻涌上前来，想把夫人的尸体从雪子背上搬下来，放到床上去。诡异的是，这本来轻而易举的一件事，却根本无

---

279 八重樱，樱花的一种，因花瓣数量多而得名。

280 即现在的奈良县吉野山，以漫山樱花闻名。

281 在日本的诗歌和谚语中，女子的曼妙身姿常被比作樱花，女子的高尚道德常被比作梅花。——小泉八云注。

法办到。夫人那冰冷的双手牢牢地箍在雪子的双乳上，好像长进了肉里似的。雪子吓得魂飞魄散，又疼痛难忍，便昏了过去。

大名连忙让人请来了医师，但这些人竟然也束手无策。看来，寻常手段根本没法把夫人的双手从雪子身上拉下来，因为它们早已深深地嵌入了皮肉中，若要硬生生拔出，只怕会血流不止。夫人的手指不是简单地附在雪子的双乳上，而是以某种不可思议的方式和她胸前的皮肉融为一体！

当时，江户医术最高明的是一位来自荷兰的外科医生。大名便派人把他请来。医生仔细地检查了一番，表示自己也不明白这是怎么回事。如今之计，最快捷的办法就是将夫人的双手从尸身上砍去，如果直接将双手从雪子胸前剥离，只怕会非常危险。万般无奈下，大名只得同意了，随即让人将尸身的双手斩断。但诡异的一幕发生了：被斩断的双手竟仍然附在雪子的胸前，纹丝不动，不一会儿就变得乌黑干枯，仿佛亡故很久之人的手。

但是，这仅仅是个开始：

那双干枯失血的断手，却还是不肯消停，时不时地就蠕动起来，如同两只灰色的大蜘蛛一般附在雪子身上，将她折磨得生不如死，直到寅时才罢休。

最终，雪子削去长发，成为一名托钵尼[282]，法号脱雪。她为死去的夫人做了一个灵位，刻上"妙香院殿知山凉风大姐"的戒名，无论走到哪里都随身带着。每日，雪子都会在灵位前低声下气地祷告，希望夫人能原谅自己，平息怨气。

但是，恶果皆因恶因起，哪是一时半会能消去的。十七年过去了，每夜丑时，那双手还是会折磨她。据最后一个听到脱

282　托钵尼，指持钵巡访各地、化缘乞食的尼姑。

霊の日本

雪谈起前因后果的人说，那晚，她寄宿在下野国²⁸³河内郡田中村的野口传五左卫门家中，当时正是弘化²⁸⁴三年（1846年）。从此以后，脱雪就如同人间蒸发一般，杳无音信了。

283　下野国，日本古代令制国之一，领域大致为如今的栃木县。

284　弘化，日本仁孝天皇、孝明天皇年号，时间为1844年至1847年。

六十六

天狗的故事

天狗の話

后冷泉天皇 [285] 时期，在京都附近的比叡山，有一座西塔寺，寺里住着一位高僧。某个夏日，善良的高僧从城里回来，经过北郊大道时，看见几个小孩正在虐待一只鸟。他们设下陷阱将鸟捉住，用棍子狠狠打它。"哦，可怜的生灵！"高僧心生怜悯，不由喊道，"孩子们，你们为何要如此折磨它？"其中一个小孩回答："我们打算把它杀掉，取它的羽毛。"高僧心中不忍，便说服孩子们将鸟交给他，作为交换，高僧送了他们一把扇子。随后，高僧便将鸟放生了。所幸这只鸟并没什么大碍，它拍了拍翅膀就飞走了。

高僧为自己的善举感到十分高兴，便继续赶路。没走多久，他突然看见一位相貌奇特的头陀从路边的竹林里出来，走到他的跟前。头陀向他恭恭敬敬地行了一礼，说道："多谢大师慈

285　后冷泉天皇，日本第 70 代天皇，1045 年至 1068 年在位。

霊の日本

悲为怀，我才捡回一条命。现在，请容我以合适的方式，报答您的救命之恩。"

高僧闻言十分惊讶，说道："当真如此？老衲不记得何时救过你啊，你究竟是何许人也？"

头陀答道："我此刻这般模样，大师自然认不出我是谁。我就是在北郊大道被那群孩子折磨的鸢[286]啊。您对我有救命之恩，这世上还有什么比生命更可贵的呢。所以，无论如何我都要报答您的恩情。若您有什么想要的东西，或者想了解，想一饱眼福的，简而言之，只要在我能力范围之内，尽管吩咐。因为我刚好身负些许神力，几乎可以满足您所有的愿望。"

高僧听完这番话，心里一片了然，原来跟他说话的是一个天狗[287]。他坦诚地答道："朋友，我已年逾古稀，早已看破红尘。这世上的功名利禄、种种诱惑，对我来说只是过眼云烟。要说唯一担忧的，就是我的来世，但这种事情，谁都帮不了我，说出来也无济于事。不过，我有一个终身的遗憾：当年释迦牟尼在世时，曾在印度灵鹫山[288]举办了一场无比盛大的法会，可惜我只是一介肉眼凡胎，彼时还不知道身在何方，更别提亲眼看见了。我早晚念经诵佛，没有一日不为此感到遗憾。唉，朋友！如果能像菩萨一样穿越时空，目睹那场无与伦比的盛会，就此生无憾了！"

"为什么不可以呢？"天狗惊呼道，"你的夙愿并不难实现。当年灵鹫山那场盛大的法会，我至今仍清楚地记得。当时的情景，我可以原原本本地在您眼前重现。能再次目睹那场神圣的法事，

286　鸢，一种小型的鹰，别名老鹰。

287　在日本的流行艺术中，天狗通常被描绘为长着翅膀和鸟嘴的人。天狗有不同的种类，但都是山伏（入山苦修者）的怨灵，它们外形各异，偶尔还会作为乌鸦、秃鹫、鹰出现。佛经中对天狗的等级做了分类。——小泉八云注。

288　灵鹫山，位于印度恒河平原、比哈尔邦那兰陀和菩提伽耶之间，是佛教圣地。相传佛祖曾在此讲过《妙法莲华经》。

真是我们无上的荣耀啊。大师请随我来！"

高僧被带到松林中的一处山坡。天狗说道："您先闭上双眼，在此地稍等片刻。记住，等耳边传来佛祖说法的声音时，您才可以睁开眼睛。佛祖显圣之时，不要受到虔诚向佛之心的影响。您既不能鞠躬行礼，也不能诵经祷告，就连'阿弥陀佛''佛祖保佑'这样的话都不能说出口！您必须全程一言不发，一旦表露出对佛祖的虔诚，就会有厄运降临到我头上。"

高僧欣然同意，天狗便匆匆离开，似乎要去做什么准备。

天色渐暗，夜幕降临了。高僧闭着眼睛，在树下耐心等待着。终于，美妙悠扬的梵音响起，清越绵长，如同洪钟，佛祖释迦牟尼开始宣讲佛法了。在一片绚烂的佛光中，高僧缓缓睁开了眼，发现眼前的景象完全不一样了。此时，他置身于印度的灵鹫山峰顶，已然来到了《妙法莲华经》所描述的时代中。之前的松林消失不见了，取而代之的是珍贵的七宝神树，它的树叶和果实皆由宝石制成。天空飘落下无数的曼珠沙华[289]和曼陀罗花，地上成了一片花海，美不胜收。夜空中弥漫着一股醉人的芬芳，万丈霞光下，美妙的梵音响彻大地。只见半空中，佛祖释迦牟尼端坐在狮子宝座上，周身被皓月之辉笼罩。佛祖右边是普贤菩萨，左侧则是文殊菩萨，他们面前还簇拥着一众菩萨，好似天上的繁星，相映生辉，甚为壮观，更有天神、夜叉、龙、阿修罗、人等各界生灵，前来礼佛。高僧举目望去，还看见了包括舍利弗、迦叶、阿难陀在内的如来佛的所有弟子。更有大梵天王、四大天王，犹如火柱般威严耸立。龙神、乾闼婆、迦楼罗、日月风三神等诸神都纷纷降临。顿时，佛光普照，向天边无限延伸而去。高僧清楚地看见，释迦牟尼前额射出一道光线，力压众神之光，

289　曼珠沙华，别名红色彼岸花，又称"舍子花"。

仿佛要刺穿时空。东方佛土一百八十万眷属、六道众生，甚至还有涅槃的诸佛都出现在眼前，他们连同大千世界所有的神魔，一起在佛祖的狮子宝座前参拜，口中诵读着《妙法莲华经》，如同波澜壮阔的海洋。高僧目睹这等壮观的景象，一时忘记了对天狗的承诺，以为自己当真来到了佛祖座前，不由得喜极而泣，他一下子拜倒在佛祖面前，高声喊道："佛祖保佑众生！"

　　顿时，脚下的大地颤抖起来，眼前的景象瞬间消失得无影无踪。等到高僧回过神来，发现周围一片黑暗，自己则正跪在山腰的草丛里。原来，他一个不小心，破坏了和天狗的约定，才导致奇异的景象消失。高僧心中顿时涌起一股无以名状的悲伤，他沮丧地转过身，打算回到寺院。突然，天狗出现在他的面前，用悲伤又带着谴责的语气说道："你违背了与我的承诺，没有克制住自己，护法天童[290]从天而降，愤怒地谴责了我们，他说：'尔等怎能欺骗一个如此虔诚的信徒呢？'那些我找来为您表演的僧人也都纷纷吓跑了。作为惩罚，我的一只翅膀被毁掉了，从此，我再也无法飞翔了。"说完，天狗便消失不见了。

290　护法天童，佛教中护持佛法者，外形是童子。

玖

奇书物语

珍らしい書物からの話

本章译自小泉八云 1900 年出版的文集《影》（Shadowings）的第一章，是作者从日本古籍中收集的故事。原书章名下引用了比利时诗人埃米勒·维尔哈伦的诗：『曾经，他在思想的火焰中，看到了燃烧的奇石……』

和解

和
解

六十七

虽然只有短暂的重逢，但还有什么能比再见到夫君更令人高兴的呢？

从前，有一位京都的武士，因侍奉的主公家世败落而变得穷困潦倒。为谋生计，他不得不背井离乡，到一处偏远的地方侍奉新的主人。武士原本有一位妻子，美丽又贤惠。但武士坚信，自己一定可以娶上一位贵族家的小姐，从此出人头地，再也不用过苦日子。于是，他便狠下心肠，写了一纸休书，离开了原配。后来，武士果然如愿以偿，娶到了名门望族的女儿。随后，他便带上新婚妻子，走马上任去了。

武士毕竟年轻气盛，总想着出人头地，不明白真情的可贵，一时冲动就结了这门亲事。然而，他婚后过得并不如意。第二任妻子生性刻薄、自私自利。不久，武士就懊悔不已，开始怀念起在京都与前妻的点点滴滴。此时他才明白，自己仍然爱着前妻，而对第二任妻子实在没什么感情。他也认识到，自己当初是多么冷酷无情。悔意日渐加深，变成痛悔之心，他无法释怀。

武士总是回想起前妻的种种——她的柔声细语、如花笑靥、端庄优雅，以及对他的百般包容。午夜梦回，他仿佛看见前妻还坐在织布机前，日日夜夜地辛苦工作，好贴补家用，与他共渡难关。然而，梦见最多的，还是在他狠心离开后，前妻独自跪在简陋的房间里，衣衫褴褛，以袖拭泪，哭得好不伤心。即使在执行公务的时候，武士心中也依然挂念着前妻，他忍不住想，她现在过得如何？正在做什么？随即又在心中安慰自己，前妻是不会改嫁的，她一定会原谅自己。

武士暗暗下定决心，一定要赶回京都，找到前妻，祈求她的原谅，然后把她带回来，尽他所能去弥补自己犯下的错。然而，在这纷繁俗世，总有一堆事让他抽不开身，这一晃，数年便过去了。

后来，等到他任职期满，武士终于恢复了自由。"现在，终于可以回到心上人的身边了。"他已经下定了决心，"当初抛下她，真是太残忍、太愚蠢了！"他将第二任妻子送回娘家后（夫妻俩尚未生子），就急急忙忙赶回京都，一路风尘仆仆，连衣服都没换，直奔旧居而去。

当武士来到前妻曾居住的那条街时，已经是深夜了。这天正好是九月初十，四周冷冷清清，寂静得如同墓园。好在皓月当空，眼前的一切清晰可见。武士借着月光，没费多少周折，便寻到了旧居。然而，映入眼帘的已是一片荒芜衰败之景，屋顶杂草丛生。

武士敲了敲门，里面无人应答。他又推了推门，发现门没闩，便走了进去。客厅里空空荡荡的，什么都没有。寒风透过门板的间隙灌进来，借着月光，他看到壁龛的墙上满是裂痕。其他房间也像是荒废了许久，看来这房子是无人居住了。

武士突然想起，房子最里面还有一间小屋，前妻平日最喜欢在那儿休息，便决定过去看看。武士靠近门，惊讶地发现，里面竟透出些许亮光。他推开门，顿时又惊又喜——前妻正坐在灯前，缝补着衣服。前妻与他四目相对的一刹那，高兴地笑了，问道："夫君何时回的京都？这屋里漆黑一片，你是怎么找到我的？"前妻相貌如初，脸上丝毫没有留下岁月的痕迹，还是他记忆中年轻美丽的样子。她的声音比他记忆中更加甜美，因为惊喜而微微发颤。

武士高兴极了，他在前妻身边坐下，迫不及待地告诉她这些年来的种种：他为自己的自私感到深深懊悔，失去她是多么煎熬，无数次的悔恨，以及想要去弥补过错。武士轻抚着前妻，一次次地请求她的原谅。前妻柔情似水地看着他，恳求他别那么自责，这也正合他的心意。

前妻回答："夫君不要因为我而太过伤心，是我配不上你。我知道，以前朝夕相处时，夫君一直对我很好，离开我是因为生活所迫。我一直都在为你祈祷，希望夫君幸福。至于补偿，夫君此次能来看我，便是最好的补偿了。虽然只有短暂的重逢，但还有什么能比再见到夫君更令人高兴的呢？"

"短暂的重逢？"武士哈哈大笑，回答道，"我们在一起的日子还长着呢！只要夫人不赶我走，我就回来一直陪在你身边，再没有什么能把我们分开了。今时不同往日，我已经有了不少积蓄和人脉，咱们也不用再过苦日子了。明天我便让人把东西都送过来，再请几个仆人服侍你。我们一起把这个家布置得漂漂亮亮的。至于今晚……"武士充满歉意地说道，"我到达时已经很晚了，又急着来见你，连衣服都没来得及换，只想着来向你吐露衷肠。"

前妻听了这番话，心里十分感动，便将丈夫离开后京都发生的一切告诉了他，至于自己的悲伤，则以微笑掩饰了过去。他们聊着各种见闻，一直到了深夜。前妻带着武士来到一个房间，这房间坐北朝南，十分暖和，曾经是他们俩结婚的新房。

妻子铺着床，丈夫不禁问道："家里没有人帮你打理家务吗？"

"没有。"妻子笑着回答，"我请不起仆人，一直都是独自住在这里。"

"明天就会有一大群仆人来伺候你了，"武士说，"他们都十分能干，不管你要什么，都会给你置办妥当。"

铺好床后，夫妻俩便躺下了，却一直都没睡着，因为他们有太多的话要告诉彼此。他们从过去说到现在，再说到将来，直到天边泛起鱼肚白，武士才迷迷糊糊地合上眼，沉入梦乡。

武士醒来时，天已经大亮，日光透过窗户的缝隙照了进来。他发现自己正躺在腐朽的地板上，不由大吃一惊。难道，昨晚的一切都是一场梦吗？武士环顾四周，发现前妻还躺在自己身侧，顿时松了一口气。等他弯下腰定睛一看，瞬间吓得尖叫连连。眼前哪里是他温柔美丽的前妻，而是一具裹着殓布、没有脸的女尸！女尸早已腐朽，露出森森白骨，脸上披散着长长的黑发，凌乱不堪。

武士浑身发抖，缓缓站起身来，心中只感到一阵如坠冰窟的恐惧，慢慢将他带入绝望和痛苦的深渊。他开始产生怀疑，这念头在内心嘲笑着他，久久难以消散。武士努力装作一副不知情的样子，扮成外乡人，向邻居打听前妻的住处。

"这屋里已经没人住了，"邻居回答，"之前这家的主人是一个武士，后来他抛弃了原配，和别的女人结婚后，就离开了这里。他的原配伤心欲绝，就一病不起了。那女子在京都举目无亲，身边无人照料，那年秋天就撒手人寰了。那天刚好就是九月初十呢……"

普贤菩萨的传说

普賢菩薩の物語

六十八

実相无漏大海，不惹五尘六欲风，常涌随缘真如波

很久以前在播磨国[291]住着一位一心向佛的得道高僧，法号性空上人。他有一个养成多年的习惯，就是每天都要参悟《妙法莲华经》中关于普贤菩萨的章节。他日日夜夜都在祷告，希望有朝一日，能亲眼见到经书中描绘的普贤菩萨真身。[292]

一天晚上，性空上人正在诵经，他忽然感觉昏昏沉沉，一阵睡意袭来，便倚在胁息[293]上睡着了。他做了一个梦，梦见一个声音告诉他，要想见到普贤菩萨的真身，就必须前往神埼郡，

---

291 播磨国，日本古代令制国之一，包含神埼郡等十二个分郡，领域大致为如今的兵库县南部。

292 僧人的愿望很可能是源自《普贤菩萨劝发品》（《妙法莲华经》的一个篇章）记载的承诺——"是人若行、若立、读诵此经，我尔时乘六牙白象王，与大菩萨众俱诣其所，而自现身，供养守护，安慰其心，亦为供养《法华经》故。是人若坐、思惟此经，尔时我复乘白象王现其人前，其人若于法华经有所忘失一句一偈，我当教之，与共读诵，还令通利。"但是，这些承诺指的是"于后五百岁、浊恶世中"。——小泉八云注。

293 胁息是一种扶手垫或臂凳，僧人读经的时候可以将一只手臂倚在上面，但并未限定僧人如何使用这种扶手。——小泉八云注。

找到有"首席游女[294]"之称的女子所在的游女屋。梦醒后，性空上人立即动身出发，日夜兼程，终于在第二天夜里赶到了镇上。

性空上人踏进游女屋，里面果然宾客如云。来这里的，大多都是京都的年轻人，他们因为仰慕这女子的美色来到神埼。众人在一旁饮酒作乐，游女则在表演，她击打着小鼓，唱起了歌。这是一首非常古老的歌曲，讲述了室积镇[295]著名神龛的故事。歌词是这样的：

> 在周防[296]室积神圣的御手洗[297]中，
> 即使没有风吹过，
> 水面依旧起涟漪。[298]

游女的歌声婉转动听，如同天籁，众人无不赞叹连连。性空上人则坐在远处，心中也是惊叹不已。忽然，女子将目光投向了他。就在那一刹那，她竟幻化出了普贤菩萨的模样，端坐在一头六牙白象之上，眉间绽放出绚烂的佛光，仿佛直达宇宙的尽头。女子还在歌唱，唱的却是另一首歌。歌词字字清晰，传入性空上人耳中：

> 实相无漏大海[299]，

---

294 游女在旧时指具有歌女和妓女双重身份的人。——小泉八云注。

295 室积镇，今日本山口县光市室积地区。

296 周防国，日本古代令制国之一，其领域大致为现在山口县的东南半部。

297 御手洗特指放置在神道教的神龛前，供信众祈祷前净化嘴唇和双手用的石制或铜制的水槽或水盘。——小泉八云注。

298 这首歌原文为：周防むろつみの中なるみたらゐに、風は吹ねとも ささら波たつと。

299 在佛教中，"实相"指佛性、真谛等；"实相"因其"真"而远离一切虚妄，故称"无漏"；又因其蕴含一切功德，故称"大海"。

珍らしい書物からの話

不惹五尘六欲[300]风，

常涌随缘真如波[301]。[302]

霎时，佛光普照，刺得性空上人睁不开眼，但眼前的奇景却能透过眼帘，清晰地呈现在他面前。等到他睁开眼睛，一切又恢复了原样——还是刚才那位女子，敲着小鼓，唱着"室积之水"的歌。但是当他闭上眼，眼前又出现了普贤菩萨骑着六牙白象，吟唱着"实相无漏大海"的玄妙之曲。其他人却只能看到游女，看不见菩萨显灵。

不知何时，眼前的游女突然神秘地从宴会上消失了。方才的狂欢如潮水般退去，众人脸上的欢悦也被失落取代。人们焦急地等待着，又四处寻找，都没有看到游女的人影，只能怀着巨大的失落，纷纷散去。性空上人虽然对今晚的奇遇很是困惑，最后也还是站起身来，准备离开。就在脚刚要迈出大门的一瞬间，游女突然出现在他眼前，对他说道："吾友，今夜所见所闻，切勿为外人道。"随即便消失在了原地，只余空气中馥郁芬芳，沁人心脾。

记载这个故事的僧人曾在书中批注道："游女以色事人，身份低微，然而谁能想到，这样一个女子竟是菩萨的化身。我们必须谨记，在这大千世界中，菩萨的面目是千变万化的。菩萨普度众生，只要能够将人引入正途、脱离苦海，哪怕是最卑微的躯体，也会附身其上。"

---

300 佛教认为色、声、香、味、触能污染真性，故称"五尘"。"六欲"指色欲、貌欲、威仪姿态欲、语音声欲、细滑欲、人相欲。

301 佛教以水比喻不变真如，以波比喻随缘真如。不变真如指真心、佛性，这是不变之体。不变真如应外来之缘而现森罗万象，即为随缘真如。犹如不变之水，依外缘之风而起千波万波。

302 这首歌原文为：實相無漏の大海に、五塵六欲の風は吹かねども、随縁真如の浪の立ぬ日もなし。

屏风里的少女

衝立 の 乙女

六十九

那么，我们就立下誓言：七生七世，白首不离

古时的日本作家白梅园鹭水[303]曾说道：

"中国和日本的古今典籍都曾记载，某些水墨佳作，因为凝练传神、形神兼备，会对欣赏者有着妙不可言的功效。名家的妙笔丹青，无论是花鸟鱼虫，抑或人物肖像，无一不是栩栩如生。传闻中，它们甚至能够从画纸或绢布上脱离出来，化作活物，做出各种举止动作。此类传说历代比比皆是，便不再赘述。菱川吉兵卫的画作便可归于此类，时至今日，依然长盛不衰，四海皆知。"

言至此处，鹭水便讲了一个关于菱川画作的故事。

从前，有一位年轻的书生，名叫笃敬，家住京都室町街。一天晚上，他出门访友，回家路上经过一家旧货店，目光瞬时

303　白梅园鹭水逝于享保十八年（1733年）。他在下文提及的画家，活跃于17世纪后半叶，以"菱川师宣"的名号被收藏家熟知。菱川的职业生涯从染房学徒开始，1680年赢得了艺术家的声誉，据说当时他已经创办了浮世绘画院。菱川特别擅长描绘一种被称作"风流"（优雅的举止）的场景，即上流社会生活的方方面面。——小泉八云注。

被一扇旧屏风给吸引住了。屏风上只糊着一层纸，没有多余的装饰，上面绘着一位少女的全身像，令书生顿时心驰神往。一打听价钱，也十分便宜。笃敬便将屏风买了下来，带回了家。

笃敬回到家后，将屏风摆在了自己的卧室，惊讶地发现屏风上的少女面若芙蓉，似乎比之前看到的更加美艳动人了。显然，这幅画是对照着真人，一笔一画勾勒而成的。画中的少女碧玉年华，其秀发、明眸、睫毛和朱唇皆是纤毫毕现，美得难以用语言形容。眼梢如芙蓉惹人怜爱，朱唇似丹花逐笑而开，真是一个美人。如果世间真有如此清艳脱俗的女子，那将不知有多少男儿为之倾倒，笃敬对此深信不疑。画上的女子栩栩如生、活灵活现，仿佛只要对她说话，她就能应声作答。

从此，笃敬日日端详着画中的少女，心驰神往，变得魂不守舍。"世上果真有这样一位绝代佳人吗？"他喃喃自语，"若能拥她入怀，哪怕只有片刻，我也愿意付出生命的代价，九死不悔！"笃敬无可救药地爱上了少女，除了画中人，再没有哪个女子能够让他倾心了。但是，即使画上的少女还在人世，恐怕也已经美人迟暮、朱颜不再了；再或者，在他出生之前，女子就已月坠花折多年了！

然而，就这样日复一日地，明知这是一场无望的爱恋，笃敬心中的思慕之情却是有增无减。他整日寝食难安，之前沉醉其中的学问，也无心过问了。他经常呆在屏风前，一坐就是好几个时辰，对着画中的人说话，陶醉其中，无法自拔。后来，笃敬终于病倒了，药石罔效，他心知自己就要不久于人世了。

幸运的是，笃敬有一位好友，是一位受人敬仰的老学者，知道不少关于古画的秘闻，也深知年轻人的心性。老学者听说笃敬病倒，便来看望他。见到他房里的屏风，老者顿时心中了然。一番询问之下，笃敬向好友诉说了前因后果，并对他说道："如果不能见到画中人，恐怕命不久矣。"

老者说道："这幅画乃是菱川吉兵卫所作，画中人早已不在人世。据说菱川在绘制此画时，不仅勾勒出了女子曼妙的身姿，还赋予了她精气神。所以，你若想得到她，也并非不可能的事。"

笃敬闻言，立即从床上坐了起来，热切地盯着老者。

"你要先给画中少女起一个名字，"老者继续说道，"然后每天坐在画前，集中意念，在心中想着她，并轻声唤着你给她起的名字，直到她回答你为止……"

"她真能回答我吗？"陷入情网的年轻人疑惑不解地问道。

"噢，是的。"老者答道，"她当然能回答你。但是，有一件事你必须谨记在心，你得事先备好一件礼物，若她真的回答了你，就将此物赠与她……"

"别说什么礼物，就是要我的性命，我也心甘情愿！"笃敬叫道。

"非也，"老者接着说道，"你只需跑上一百家酒馆，每家都取些酒来，然后装满一杯赠给她。这样，那女子为了接酒，便会从屏风中走出来。接下来该怎么做，她自会告诉你。"

老者说完这些话，便告辞了。他的一席话，让笃敬重新燃起了希望。他立刻在屏风前坐下，一次又一次地柔声呼唤着少女的名字（至于起了什么名，原作者忘了交代），就这样，日复一日，周而复始，屏风依然没有动静。但是笃敬并不灰心，仍然耐心地重复着。过了很久，终于皇天不负有心人，屏风里传来了少女的声音："我在。"

笃敬闻之，心中大喜，立刻将准备好的"百家酒"盛出来，小心翼翼地倒进小酒杯里递给她。少女为了接酒，便从屏风里款款走出，踏在席子上，从笃敬手里接过酒杯。少女盈盈一笑，问道：

"公子为何如此倾心于我呢？"

白梅园鹭水曾这样形容少女的容貌："少女之姿，比之画

珍らしい書物からの話

中尤甚，纤纤素手，秀外慧中，实乃倾国佳人。"至于笃敬如何回答，书中没有记载，读者不妨自己发挥想象。

"但是，公子不会很快就厌倦我吗？"

"有生之年，绝不会对姑娘始乱终弃！"笃敬回答道。

"那以后呢？"少女又问。日本的新娘对感情十分看重，不会满足于一世的爱恋。

"那么，我们就立下誓言：七生七世，白首不离。"笃敬恳求道。

"若你有负于我，"少女回答，"我就回到屏风中去。"

随即，两人便海誓山盟，定下终身。想来笃敬也是一位矢志不移、用情专一的青年，因为从那以后，少女再也没有回到屏风中去。直至今日，屏风上少女的位置，仍是空空如也。

白梅园鹭水惊叹道："如此奇闻，实属世间罕见。"

骑尸者

七十

无论发生什么，都不要松手

　　女人已断气多时，除了身体僵冷如冰，其他一切如常，看不出死亡的迹象。人人默不作声，连提出把她葬了都不敢。这女子生前被丈夫抛弃，又痛又怒，最后一命呜呼。其实，就算将她好生安葬也无济于事，死者临终前执念太重，一心想要复仇，无论埋在哪里，选用多么厚重的墓石，都镇不住她的怨气。四周的邻居见此，纷纷举家搬离，落荒而逃了。大家都知道，她现在唯一的目标，就是等着那个负心汉归来。

　　女子死的时候，男子正在外面旅行。等他回到家，知晓了前因后果之时，惊得肝胆俱裂。"要是天黑之前还找不到帮手，"他暗自思忖，"那女人一定会把我千刀万剐，以泄心头之恨的。"虽然现在是辰时，离天黑还早得很，但他知道，这事性命关天，必须得争分夺秒了。

　　他立刻动身，找到一位阴阳师，求对方救他一命。阴阳师对这件事也有所耳闻，还亲眼见过那女尸。他对男子说道："你大难临头了，但我会尽力救你一命。现在，你必须按照我说的去做。救你的法子只有一个，但是十分瘆人。一旦你心生畏惧，就会被那女鬼撕成碎片。如果你有那个胆量，天黑之前再来找我。"男子虽战战兢兢、害怕不已，还是答应按阴阳师说的去做。

日落时分，阴阳师和男子一起来到停放着女尸的房间。阴阳师推开门，叫男子进去。天色很快暗下来，夜幕降临了。

"我可不敢！"男子浑身发抖，吓得直喘气，"我连看她一眼都不敢啊！"

"你要做的可不只是看看，"阴阳师说道："你不是答应按照我说的做吗？快进去！"他硬是把男子拽进门，把他带到女尸身旁。

女尸面朝下，趴在地板上。"现在，你骑到她身上去。"阴阳师说道，"死死地坐在她背上，就像骑马一样，快点！按我说的做！"阴阳师不由分说地推了他一把，男子抖得像筛糠一样，但还是照做了。

"现在，你用手抓住她的头发，"阴阳师命令道，"左手一边，右手一边……对！就像骑马时紧握缰绳一样。两只手抓紧了，就是这样！听我的话，就这样不要放手，一直到天亮。晚上你一定会很害怕，那是你躲不掉的。但是，无论发生什么，都不要松手。一旦松手，哪怕只有一瞬，这女鬼就会把你撕成碎片！"

随即，阴阳师伏在女尸耳边，低声念了几句咒语，便对男子说："安全起见，我得离开这里了，你待在这里不要动！切记，千万不要松开她的头发。"阴阳师说完便离开了，并关上了门。

时间一点点过去了，夜幕低垂，男子骑在尸体上，心中惶恐不安。夜越来越深了，突然，男子一声尖叫划破夜空。身下的尸体嗖地一跃而起，想把他甩下来。女尸凄厉地叫道："啊，太重了！我要把同伴们喊过来！"

女尸猛地立起，飞到门边，一把掀开门，背上还背着那男子，一头闯入夜色中。男子一直闭着眼，双手紧紧地攥着女尸的头发，死不松手，吓得大气也不敢出。也不知道那女尸跑出了多远，他一眼都不敢看，只听到女尸赤裸的双足踏在地上的噼啪声，和奔跑时嘴里发出的嘶鸣。

最后，女尸一个转身奔回了屋里，又趴在原来的地方喘息呻吟着，直到次日雄鸡报晓，终于一动不动了。

男子吓得牙齿直打战，仍然一动不动地骑在女尸上，直到阴阳师赶来。

"看来你是真的一夜没松手啊！"阴阳师四下查看了下，十分满意。

"干得好，你现在可以站起来了。"阴阳师说道，随即又俯下身，在女尸耳边念了几句咒语，又对他说，"你肯定经历了一个恐怖的夜晚，但这也是唯一能保你性命的法子了。以后，你再也不用担心她会向你复仇索命了。"

站在道德的立场，这个故事的结局难免不尽人意。那负心的男子既没有发疯，也没被吓得一夜白头，逃过了应有的报应。书中只是这样写道："男子感激涕零，对阴阳师千恩万谢。"故事旁边的附注，也是令人失望不已。原作者是这样标注的："骑尸男子的孙子仍然健在，而阴阳师的孙子如今就居住在大宿直村。"

这个村子的名字，在现在的日本地名册上已经找不到了。自这个故事被记录以来，许多城镇和村庄的名字都有变动。

弁天的感应

弁 天 の 同 情

七十一

此乃定情物，应设宴相庆。
备下奇异宝，永结连理枝。

京都有一座名寺，叫作大通寺。清和天皇[304]的第五子贞纯亲王，曾在此出家为僧，度过了他的大半生。此外，寺中还有许多知名人士的墓冢。

然而，如今的大通寺已经不复昔日的繁华。经历了一千年风风雨雨的洗涤，大通寺变得破败不堪。终于，在元禄十四年（1701年），人们对大通寺进行了彻底重建。

为了庆祝重建的圆满完成，寺内举办了一场盛大的法会，吸引了成百上千的信众前来参拜。其中有一位年轻学者兼诗人，名叫花垣梅秀，他漫步于新落成的庭院中，只觉得一切都是那么赏心悦目。不知不觉中，他来到一处泉水边，过去他总喜欢来此处饮水。此时泉水周围的土地已被重新翻整过了，又建起了一座方形的水池。水池一角的木牌上，则写着"诞生水"[305]几

---

304 清和天皇，日本第56代天皇，858年至876年在位。

305 传说日莲宗的创始人日莲诞生之时，有一股泉水从地下涌出，被称为"诞生水"。

个大字。除此之外，水池旁还建了一座弁天神庙，虽面积不大，却是美轮美奂。就在他举目凝望着新建的女神庙时，忽然起了一阵风，将一片短册[306]吹至他的脚边，上面还写着一首和歌：

> 此乃定情物，
> 应设宴相庆。
> 备下奇异宝，
> 永结连理枝。[307]

这是一首描写初恋的和歌，由著名的和歌诗人俊成卿[308]所作，花垣对此也并不陌生。但令他惊讶的是，短册上的字迹显然出自女子之手，一笔一画灵动秀美，简直让人不敢相信自己的眼睛。只见那字里行间，无不显露着一种难以描绘的风雅。由此可见，写下这首和歌的人应该是一位妙龄少女。墨色纯正饱满，似乎可以看出书写者纯净善良的内心。

花垣小心翼翼地将短册叠好，带回家中。当他再次拿出来细看时，只觉得上面的字迹较之先前，似乎愈加娟秀柔美了，让人不禁心驰神往。以他对书法的研究，写下这首和歌的人必定是一位贤良淑德的年轻女子。

花垣对此深信不疑，脑海中便浮现出一位女子风姿绰约的身影，不由得对那素未谋面的佳人生出一股爱慕之心。于是，他暗下决心，一定要找到那位女子，若当真是缘分注定之人，便娶她为妻。但是，怎样才能找到她呢？那女子姓甚名谁？家

306　短册，即颜色鲜艳的长布条或丝带，上面常常写有诗歌。日本人喜欢将写有诗歌的短册挂在树枝、风铃或美观的物件上，用来寄托诗歌中表达的感情。——小泉八云注。

307　这首歌原文为：しるしあれと、いはひぞそむる玉箒、とる手ばかりの、ちぎりなれども。

308　俊成卿，即藤原俊成（1114—1204），日本平安时代后期、镰仓时代初期的和歌诗人。

　　　　　　　　　　　珍らしい書物からの話

住何方？毫无头绪的花垣，只能寄希望于神明帮助他找到自己的意中人。

冥冥之中，神明似乎真的愿意大发慈悲，助他一臂之力。花垣脑中灵光一闪，突然回想起，那短册是在弁天大人的神庙前拾得的。况且，年轻男女祈求姻缘时，最为信奉的当数弁天无疑。于是，花垣便决心向弁天求助。他立刻动身赶往大通寺，来到"诞生水"旁的女神庙前，诚心诚意地祈愿道："尊敬的女神大人啊，请您大发慈悲，帮我找到那个在短册上写歌的女子吧！赐予我与她相见的机缘，哪怕是片刻也好啊！"花垣祈祷之后，接下来的整整七日，他都在神前虔诚地参拜。他还立下誓言，一定会在第七夜整宿诵经，求女神显灵。

需要履行承诺的第七夜很快到了，花垣守在女神像前，此时已经夜深人静。忽然，他听到寺院正门处传来一阵敲门声。寺里有人应了，接着大门就打开了。花垣看见一位神情肃穆的老者，向神庙缓步走来。这位老者一身礼服，满头银发，头戴一顶乌帽子，彰显着他尊贵的身份。老者来到女神像前，恭恭敬敬地双膝跪地，似乎是在等待女神的指示。随后，神庙的外门也打开了，门上的竹帘半卷着，挡住了里面的景象，一个稚儿[309]从中走了出来。这是一位眉目清秀的童子，一头长发束成古老的样式。稚儿立于入口处，以清越的嗓音对老者说道：

"此刻堂内有一名男子，因为痴心于一段本不属于他的姻缘，又求之不得，便一直向女神虔诚祷告。念他一片赤诚，我们便召你前来，看看能否助他一臂之力。若他与那女子当真在前世结下了情缘，你且从中牵线搭桥，促成这桩美事吧。"

老者领命，向稚儿恭恭敬敬地鞠了一躬，随后起身，从左

309 在日语中，"稚儿"通常指贵族家庭的男仆，特别是皇室的男仆。当然，这个故事中的"稚儿"是神仆，他是女神的信使和传话人。——小泉八云注。

袖中掏出了一根红线。他将红线的一头绑在花垣身上，绕了几圈，另一端则投入一盏灯的火焰之中。红线很快燃烧了起来，老者挥舞了三下手臂，似乎在将某人从黑夜中召唤出来。

不消片刻，便传来了一阵脚步声，正朝女神庙走来。花垣一看，原来是一位眉目如画的少女，年约十五六岁。她姿态翩然、含羞带怯，用团扇半遮着面，在花垣身旁跪了下来。稚儿对花垣说道：

"这段时日以来，你饱受相思之苦，这份求之不得的爱已使你日渐憔悴、形销骨立。我等不忍心看你如此消沉，便让月老将你的意中人召唤而来。此刻，她就在你身旁。"

稚儿言毕，便退入竹帘之后，老者也离开了。那位少女也跟在老者身后，消失在了黑夜中。这时，寺庙的晨钟响起，天亮了。花垣在弁天女神像前，满怀感激地叩拜后，便离寺返家了。此刻的他，犹如做了一场美梦，心神恍惚，如坠云雾，心中既有欣喜，也有失落。能见到梦寐以求的佳人，固然喜悦，但他也担心，两人从此再无重逢之日了。

花垣穿过寺院大门，来到街上，却忽然发现，有一位少女正与他同向而行。虽晨光熹微，但他还是一眼就认出，眼前人正是昨夜在弁天神庙中遇到的女子。他立刻上前，想追上她。只见少女回过身来，朝他盈盈施了一礼。花垣心中激动异常，便同她攀谈了起来。少女的嗓音甜美软糯，让人心旷神怡。两人走在静谧的街道上，一路上愉快地交谈着，最后来到了花垣家门前。花垣不舍地停下脚步，终于忍不住满腔情意，向少女诉说了自己心中的希冀和忧虑。少女莞尔一笑，说道："公子莫非不知，小女子此番前来，就是为了嫁与公子为妻的。"说完，便和他一起踏入了家门。

就这样，少女嫁给了花垣。成婚之后，妻子的蕙质兰心令花垣满心喜悦，除此之外，妻子的修养气韵、多才多艺更是超出了他的想象。她不仅写得一手好字，还擅长丹青、插花、刺绣、音律、缝纫以及持家之道，更是无一不精通。

两人相识相许于初秋，一直过着幸福美满的生活，也没有任何人打扰他们的清静。时光易逝，转眼就到了冬天。花垣对妻子的爱却是愈发缠绵、有增无减。但唯一令他困惑的是，妻子的身世来历，他仍旧是一无所知。妻子也从未在他面前提及此事。他心想，此番姻缘乃是神明所赐，再去深究未免不妥。而且，不管是月老还是其他人，都没有前来将妻子带回，也没有什么人前来打听。不知什么原因，左邻右舍也似乎完全没有发现妻子的存在。

就在花垣百思不得其解之时，一桩怪事发生在他身上。一个冬日的早晨，花垣路过镇里一个偏僻之处时，忽然听见有人在高声呼唤他的名字。他上前一看，却见一名男仆正站在一座宅子前，向他打着招呼。花垣素来在京都没有什么熟人，此人看上去又很是面生，这突如其来的问候把他吓了一跳。男仆走上前来，向他恭恭敬敬地行了一礼，说道："我家主人恳请与公子一叙，还望您随小人一道，光临寒舍。"花垣犹豫了片刻，还是跟随男仆踏入了宅邸。这时，一位气度不凡、衣着讲究的男子迎了上来，想来就是这家的主人。他将花垣领到客厅，互相行过礼之后，满怀歉意地说道："冒昧请公子前来，一定惊扰到你了。但老夫深信，此乃弁天女神的旨意，还请公子听我讲述这其中缘由，若有失礼之处，还望公子见谅。"

"老夫有一个女儿，年方二八。她写得一手好字，其他方面倒平平无奇。我们都希望为她寻一个如意郎君，好让她过上幸福的生活，便日夜向弁天女神祈祷，还把小女的短册送到了京都的每一座弁天神庙处。数日后的一个晚上，女神忽然托梦于我，还对我说：'你的心愿，我已知晓。如今，我已为你女儿觅得一佳偶。等到冬日，他自会登门拜访。'我听完这番话，不知究竟是何意，心里十分疑惑。起初，我只当那是黄粱一梦，没什么深意。直到后来，弁天女神又一次在我梦中显灵，并对我说：'明日，我之前跟你提起的那位公子，就会来到你家门前那条街上。你要将他请进府中，把女儿嫁给他。他是一位青年才俊，前途不可限量。'于是，弁天女神便将你的姓名、年龄、出生地一一告知我，还描述了你的相貌和衣着。所以，我将这番话转述给男仆后，他不费吹灰之力就认出了你。"

花垣听完这番话，不仅没有解开心中的疑问，反而更加困惑了。但他还是有礼貌地向老者道谢，感谢主人的一番好意。熟料，老者却又带他来到另一间房，还说要把女儿介绍给他。花垣窘迫不已，却又不好驳了主人的面子。这种情况下，他没法说出自己已有家室，而且还是牟天女神亲赐的姻缘。不过，他也没想过要和妻子分开。花垣一言不发，硬着头皮随主人来到房前。

然而，等他亲眼见到老者的女儿时，却大吃了一惊。原来，眼前人竟然与自己的妻子长得一模一样！

然而，仔细一看，却还是有些许不同。

月老为他牵线的那位女子，只是他心上人的灵魂。

而眼前住在父亲家中想嫁给他的，才是妻子的肉身。

原来，这一切的一切，都是弁天女神为了他的心愿而创造的奇迹。

故事讲到这里就中断了，留下许多无法解释的疑点。

这样草草收尾的结局，未免不尽人意。例如，少女在嫁人之后，她的灵魂会经历怎样的一番体验？还有，她的魂魄后来

珍らしい書物からの話

怎么样了？是变成了一个独立的个体，还是仍在家中等候着丈夫归来？抑或曾亲自拜访过新娘？这些疑问，书中都没有交代。我的一位日本友人，向我这样解释：

"那位新娘的魂魄，应该是由短册上幻化而来的。真正的新娘则对弁天神庙里的相会毫不知情。当她在短册上写下秀丽的文字时，便将自己的几缕魂魄留在了上面。所以，弁天女神才能够从短册中召唤出和新娘一模一样的人来。"

鲛人的报恩

鲛人の感謝

七十二

几乎每一种疾病都有应对之法，只要治疗得当便能痊愈，但相思病除外

从前，近江国有个名叫俵屋藤太郎的男子，家住赫赫有名的石山寺附近，毗邻琵琶湖。藤太郎小有资产，日子倒也过得安逸舒适。要说美中不足，就是他今年已经二十有九，却仍是光棍一条。所以，藤太郎最大的心愿，就是能娶到一位如花似玉的美娇娘，奈何一直没找到中意的姑娘。

一天，藤太郎经过濑田长桥，看见一个奇怪的生物蹲在桥栏边。这怪物身躯跟人类相似，却是浑身漆黑如墨，面目狰狞，生着一双如翡翠般绿幽幽的眼睛，嘴边还留着龙须似的长髯，像极了魔鬼。藤太郎乍一看去，吓了一大跳。再仔细一看，见怪物目光柔和，似乎并无恶意。藤太郎这才稍稍安心，几番犹豫下，忍不住朝它问话。怪物竟口吐人言，答道："我乃鲛人，居住在深海龙宫，是一名服侍八大龙王的仆人。只因为犯了小错，就被逐出龙宫，流放到陆地上来。我在这里过着颠沛流离的生活，食不果腹，连个栖身之所都没有。公子若是可怜我，能否帮我找一处容身之所，让我有口饭吃呢？"

鲛人苦苦哀求，低声下气，令藤太郎十分动容。"跟我来吧，"他说道，"我府上花园里有一个又大又深的池塘，你要愿意的话，想住多久都行，而且食物也很充足。"鲛人跟着藤太郎回了家，见那池塘果真跟他所说一样，非常适合居住，心里十分满意。

　　就这样，这位奇怪的客人在池塘里一住就是将近半年，每天，藤太郎都会为他准备海中生物喜欢的食物。

　　那年七月，大津町附近的三井寺举办了一场信女祈福法会，藤太郎闻讯，也前往参观。来法会祈福的，既有娉婷少女，又有雍容妇人，场景好不热闹。藤太郎置身其中，发现了一位天仙般的女子。女子碧玉年华，肌肤胜雪，檀口好似樱桃一般小巧可爱，让人忍不住浮想联翩——若她朱唇轻启，那嗓音一定如同枝头的黄莺般婉转动听、甜美可人。藤太郎顿时对她一见钟情。女子离开寺庙后，藤太郎不远不近地跟在她身后，想看看她是哪户人家的姑娘。一番查探之下，才知道女子和母亲这几日暂居在濑田村附近的一户人家中。他又向村中人打听了一番，才知道女子名唤珠名，仍待字闺中。但她的父母不愿自己女儿嫁给一个无名小卒，若想娶到他们家女儿，须准备宝珠一万颗，盛入匣中作为聘礼。

　　藤太郎得知此事，心中不免大失所望，心灰意冷地回到了家。他越想越觉得，凭自己的条件，想娶那女子为妻是此生无望了。别说世上到底有没有一万颗宝珠，就算真的有，那也只有王公贵族有能力弄到手，对他来说，简直是难如登天。

　　藤太郎心中明知无望，但是，珠名那窈窕的情影仍每时每刻浮现在他脑海中，挥之不去，搅得他整日寝食难安。虽然日子一天天地过去了，那情影却不曾有半分模糊，反而愈加生动鲜明。后来，藤太郎相思成疾，便一病不起了，只能派人请来郎中诊治。

郎中经过一番望闻问切，大为惊讶："几乎每一种疾病都有应对之法，只要治疗得当便能痊愈，但相思病除外。公子患的就是相思病，无药可治。古时的琅琊王伯舆[310]就是死于相思病，你还是尽早准备后事吧。"郎中说完，连张药方都没留下，便径直离开了。

此时，那鲛人仍然居住在池塘中，听说恩人病倒，便赶到屋里，夜以继日地精心照顾他，但对于他病情病因一无所知。直到七日后，藤太郎感觉自己大限将至，便将鲛人唤到病床前，交代遗言：

"这段时间你做客家中，也给我带来了不少欢乐，想必是前世与我有缘。但现在我已病入膏肓，且每况愈下，恐怕就要如同那晨露，不待落日西垂，就要蒸发殆尽，离开人世了。但是，我心中还是放心不下你。以前可以时时照料你，待我离去，恐怕你就无人照顾了。我可怜的朋友啊！唉！苍天无眼，不遂人愿啊！"

藤太郎话音刚落，鲛人便大声悲号了起来，泪如雨下。大滴大滴的血色泪水从他碧绿的双眼中夺眶而出，顺着黝黑的脸庞，一颗颗滑落在地板上。令人惊讶的事发生了，只见那些血色泪珠，一落在地上，瞬间变成了璀璨动人、价值连城的宝珠，而且颗颗闪烁着美丽的光芒，犹如深红色的火焰一般。原来，鲛人天生异能，它们哭泣的时候，泪水都会化作珍贵的宝珠。

藤太郎目睹了这一奇景，顿时大喜过望，恢复了精神。他迅速从病床上爬起来，将地上的宝珠一一拾起，还数了数，兴奋地叫道："我的病有救啦！死不了啦！"

鲛人见他激动异常，心里十分惊讶，赶忙停止哭泣，问他

---

310 王伯舆，名廞（xīn），字伯舆，出身琅琊王氏，中国东晋后期政治人物、书法家，有"琅玡王伯舆，终当为情死"的名句。但他是否真的死于相思病，史书并无记载。

原因。藤太郎便将自己在三井寺遇到那美丽女子，以及她家里人索要昂贵聘礼的事原原本本地告诉了他。"我本以为那一万宝珠的聘礼是天方夜谭，心想这门亲事是无望了，因此整日郁郁寡欢，相思成疾。哪知道今天你大哭一场，竟让我拥有了这么多珍贵的宝珠，又使我燃起了希望。但这珠子还不够，能否请你行行好，再哭上一场，帮我凑齐那个数目呢？"

鲛人闻言，惊讶不已，随即用责备的口吻说道：

"恩公以为我是那卖笑女，说哭便哭吗？不，不是的！青楼女子以色侍人，常以眼泪博得男子的怜爱，但我们海里的生物，只有在真正悲伤的时候才会流泪。我刚才痛哭，是以为恩公你将要不久于人世了。但既然恩公的病有救，我就不会再哭泣了。"

"那该如何是好呢？"藤太郎苦恼地说道，"如果不能凑齐一万颗宝珠，我就无法娶那心上人为妻了！"

鲛人沉默片刻，若有所思。随即说道：

"这样吧！今天，我是无论如何也哭不出来了。明天我们备好美酒和鲜鱼，一起去濑田长桥。我们畅饮美酒，品尝美味。那时，我忍不住触景生情，便会遥望着龙宫的方向，回想曾在那儿度过的美好时光，思乡之情油然而生，兴许就哭得出来了。"

藤太郎闻此，欣喜地答应了。

第二天一早，两人备好酒菜，来到濑田长桥后，便坐下休息，摆好宴席。几杯酒下肚，鲛人便凝望着龙宫的方向，回忆往昔岁月。在酒精的作用下，往事渐渐如潮水般涌上心头，鲛人心中不禁悲喜交加。它想到自己此时背井离乡，有家不能回，心中哀痛，便放声大哭起来。血红的泪珠滚下来，落在桥面上，藤太郎见状，连忙将它们一颗颗拾起，放在匣子里。就这样，一颗接着一颗，终于凑齐了一万颗，他不由得喜上眉梢，高兴地叫了出来。

就在此时，远处的水面上忽然传来了一阵悠扬的乐声，只见一座霞光万丈的宫殿，犹如祥云一般，从水面冉冉升起。

鲛人立刻跳上桥栏，举目观望，随即欣喜若狂，欢乐不已。他转过身，对藤太郎说道：

"龙王一定是宽恕我了，在召唤我回去。现在，我必须跟你告别了。能够回报恩公对我的大恩，我也十分高兴。"

鲛人说完便纵身一跃，跳进水中，从此以后，再也没有人见过它。令人欣喜的是，藤太郎将盛着红色宝珠的匣子送给了珠名的父母，终于如愿以偿，将心上人娶回了家。

拾

奇谈
奇谈

本章译自小泉八云的文集《日本杂录》（A Japanese Miscellany）（1901）的第一章，是作者收集的日本奇谈故事。

守约

約束を守る

魂能日行千里

　　"我初秋便会赶回来。"几百年前，即将远行的赤穴宗右卫门在跟自己的结义弟弟丈部左门辞行时，这般说道。那时候还是春天，他们身在播磨国的加古村。赤穴是一名来自出云的武士，他想回自己的故乡看看。

　　丈部说道：

　　"兄长的故乡出云，乃是八朵祥云升起之地。此行路途遥远，恐怕兄长也说不准究竟哪一天才能返回，不如我们定下一个日期，那就方便多了。等到那一天，我就备好酒席为你接风洗尘，在家门口迎接兄长归来。"

　　"为何如此呢？"赤穴说道，"我早已习惯了走南闯北的日子，每次出远门需要花多长时间心里也有数。我向你保证，一定会在初秋回来。这样吧，我们就约在重阳节那天如何？"

　　"那就是九月初九了，"丈部答道，"重阳节正是菊花盛放的日子，你我二人可以一同观赏，岂不美哉！兄长一定会守约吧？"

"我一定会在九月初九那日回来，"赤穴再三保证后，便笑着告别了。赤穴大步流星地离开了播磨国的加古村，丈部和母亲泪眼婆娑，目送着他远去。

日本有一句古谚语："月日无关守。"[311]时光飞逝，转眼到了秋高气爽、金菊盛放的季节。九月初九的一大早，丈部就开始准备迎接义兄的归来。他备好了美酒佳肴，又将客厅精心布置了一番，还不忘在花瓶里插上黄白两色的菊花。

母亲看着他忙里忙外，忍不住劝道："儿啊，那出云国离这里相隔一百余里，山高路远，舟车劳顿，赤穴今日能不能赶回来还很难说。你何不等他回来之后，再准备这些呢？"

"不，母亲大人！"丈部答道，"兄长承诺过会今天赶回来，就绝不会失信于人！若等他回来之后再着手准备，岂不是代表我们不信任他？那样太让人不齿了。"

那天，风和日丽、万里无云，天空看起来是如此澄澈，一眼望不到边。一清早，就有不少旅人络绎不绝地打村头经过，其中就有一些武士。丈部仔细地看过每一个人，一次次地幻想赤穴就在其中。但是，等到寺庙敲响了正午的钟声，赤穴也没有出现。午时过后，他也没等到义兄。直到夕阳西下，仍然不见赤穴的踪影。但是丈部仍不死心，还是在门口等待，双眼盯着路口。

后来，母亲忍不住走过来，对他说道："儿啊，老话说得好，男人的心就如同秋日的天空般瞬息万变。再说，就算到了明天，这菊花也依旧娇嫩动人。你还是先去休息吧，明天再等也不迟。"

丈部答道："母亲大人，您先歇息去吧。我相信兄长一定会回来的。"

母亲无可奈何，便进屋睡了。丈部依旧在门口徘徊着。

311　日文原句为"月日に関守なし"，意思是时光没有守关人，即时间永不停歇。

奇談

月色清朗，犹如白昼。天空繁星点点，皓色的银河时隐时现。村民们都沉入了梦乡，只听见潺潺流水声和几声狗吠，打破了黑夜的寂静。丈部依然等候着义兄的到来，直到月亮渐渐消失在附近的小山后。他终于死心了，正要转身进屋，却突然看见远处有个高大的身影，正健步如飞地赶过来，他定睛一看，立马认出来，来者正是赤穴宗右卫门！

"啊！"丈部惊喜地喊出声，立刻迎上去说道："小弟从早上就开始等候兄长，一直等到现在！兄长果真是一言既出、驷马难追啊。你一路风尘仆仆，一定疲累得很。快进屋吧，酒席早已备好了。"

他将赤穴领进客房，又燃起昏暗的烛光，说道："母亲大人今夜有些疲乏，已经就寝了。我现在就去把她叫醒。"赤穴摇了摇头，制止了他。丈部便说道："那就依兄长所言吧。"随后，他便温好酒菜，端到赤穴面前。奇怪的是，赤穴并不举箸执杯，只是呆坐着一言不发。片刻之后，他压低了声音，似乎是怕惊扰到丈部的母亲，说道：

"现在，我必须得告诉贤弟我迟到的缘由了。我回到出云国后，发现那儿的人几乎都忘记了前主公盐冶氏的恩惠，却纷纷对霸占了月山富田城的篡位者尼子经久阿谀奉承。我的堂弟赤穴丹治竟然也已投入他的门下，在城中做起了家臣。不仅如此，他还极力劝我为尼子经久效力。我与尼子经久素未谋面，也想见识见识这新任城主究竟是何等人物，便姑且听从了堂第的建议，答应前往。尼子经久其人，骁勇善战，果真名不虚传，但为人阴险狡猾，且暴虐无情。我心知此地不宜久留，便向他坦言，自己无意投入他的麾下。不料我刚一离开，他便命丹治将我囚禁在府内。我严词相拒，坦言与你曾定下九月初九重阳之约，但对方仍不放人。我也想趁夜逃跑，无奈他们对我严密监视，我实在是脱不开身，一直到了今日……"

"今日？"丈部顿时疑云满腹，问道，"月山富田城距离此处可是有百里之遥啊！"

"没错，"赤穴答道，"日行百里对于常人而言，确实难如登天。但我若不能按时赴约，做了那背信弃义之人，贤弟该如何看我？思来想去，突然记起先人有言'魂能日行千里'。幸而此时佩刀仍在身边，我才得偿所愿，以灵魂之体飞奔而来。还请贤弟带我向令慈问好，并好生奉养，让她老人家颐养天年。"

言罢，赤穴便站起身，瞬间消失在了原地。

丈部这才明白，兄长赤穴为了履行重阳之约，竟不惜切腹自尽了。

次日拂晓时，丈部立刻动身前往出云的月山富田城。到达松江时，他打听到，九月初九那晚，赤穴宗右卫门是在赤穴丹治家中切腹自尽的。他便找上赤穴丹治的府邸，先是痛斥了他的背信弃义，又将他刺死在家中，并毫发无伤地脱身而去。尼子经久听闻这件事后，命令手下人不得追杀丈部。因为，即使是残暴无情的经久，也明白信义的珍贵，并由衷敬佩丈部左门的有胆有识和重情重义。

毁约

約束を破る

七十四

就在那一瞬间，她只感觉耳边寂静无声，眼前也一片模糊，仿佛被一片黑暗包围，陷入了沉睡

　　"妾身已看透生死，"妻子临终前，这样说道，"只是仍有一事放心不下。我想知道，在我身去后，哪个女人会取代我的位置，成为你的妻子。"

　　"夫人啊，"悲痛的丈夫答道，"在这个家里，你的位置无人可以取代。我向你保证，绝对不会再娶。"

　　丈夫这番话，确实是肺腑之言。他与妻子一直恩恩爱爱、感情甚笃。

　　"那你能以武士的名誉起誓吗？"妻子露出虚弱的笑容，问道。

　　"我以武士的名誉起誓。"丈夫轻抚着她苍白瘦弱的脸庞，坚定地回答。

　　"那么，夫君啊，"妻子说道，"我死之后，可否将我葬在咱们家花园中？就是你我二人当初亲手栽种的梅林里。很久以前，妾身便有了这个心愿了。倘若夫君再娶他人，想必是不愿每日对着我的坟墓的。既然夫君刚刚已经立下誓言，不会再娶，

拾　奇谈

- 430 -

那妾身便可以放心说出这个愿望了……请夫君一定要将我葬在花园中啊！这样，即使身死，我也能时常听到夫君的话语声，每逢春日，也能欣赏到美丽的花朵了。"

"我一定会满足你的愿望，"丈夫答应道，"但是现在，不要再提什么安葬的事了，你的病还有救，我们可不能失去信心啊。"

"我已时日不多，"妻子答道，"恐怕连今早都熬不过去了……夫君一定会将我葬在院中的，对吗？"

"我一定会的，"丈夫答道，"就将你葬在我俩合种的梅树下，我会为你筑造一个美丽的沉眠之地。"

"那，能再给我一只小手铃吗？"

"手铃？"

"是的，妾身想要一只小手铃，随我一起放入棺中。就是僧人行脚化缘时用的那种，可以吗？"

"当然，你还有什么心愿吗？"

"妾身心愿已了，已经别无他求了。"妻子说道，"夫君待我这么好，我也可以含笑九泉了。"

说完，妻子便合上双眼，如同沉沉睡去的疲惫孩童般，离开了人世。美丽的脸庞上，还带着浅浅的笑意。

妻子死后，丈夫便遵照她的遗愿，在棺中放入手铃，将她葬在了院中她最爱的梅树下，又在绘有家纹的墓碑上刻上妻子的戒名：慈海院梅花明影大姊。

然而，妻子逝世后尚不足一年，丈夫的亲朋好友便纷纷劝他续弦。他们说道："你正是风华正茂之年，家里又是一脉单传，现在却连个孩子都没有。这样下去，将来谁来祭祀祖先、延续香火呢？"

在亲朋好友的一再劝说下，武士终于妥协，答应再娶一房

奇谈

妻室。对方是一位年方十七的少女。虽然前妻就葬在花园中，似乎在冥冥之中谴责着他。但他确实对新婚妻子十分喜爱，也就将对前妻许下的誓言抛到了脑后。

两人成婚后头七天，日子过得十分幸福，也不见有任何异状发生。直到第七天夜晚，丈夫受命前往城中值夜。两人新婚宴尔，还是头一回分开。新娘心中莫名地忐忑不安，却又说不出缘由，只觉得一种恐惧涌上心头，上床歇息后，却还是辗转难眠。周围的空气变得十分压抑，仿佛是暴风雨将至，沉重得让人喘不过气来。

约莫丑时，新娘突然听到外面传来一阵铃声，那是出家人化缘时的铃声。她十分疑惑，都这个时辰了，怎么还会有出家人经过？片刻后，铃声竟越发刺耳，且越来越近了。显然，那僧人是冲着自己家来的。但为何是在屋后？那里根本就没有路啊……忽然，院中的狗大声叫起来，仿佛受到了极大的惊吓，让人遍体生寒。巨大的恐惧如同梦魇一般，向新娘席卷而来。她侧耳聆听，确定那铃声就是从花园里传出来的，便想起身唤来家仆，却惊恐地发现自己动弹不得，连声音都发不出来了。此时，铃声已越来越近，犬吠声也愈发凄厉起来。忽然，一个女子的黑影如鬼魅般飘进了屋里——明明家里的门窗都关得严严实实，屏风也纹丝未动——女子穿着寿衣，手中摇着一只僧人化缘的铃铛，双目空洞无神，长发凌乱地披散着，一副死去多时的模样。她看人不用眼睛，说话时也不动舌头，却能发出恶狠狠的声音：

"你有什么资格待在这个家里？我才是这里永远的女主人。赶紧从这里滚出去，而且，不许跟任何人提起这件事。若你胆敢告诉他，我就将你碎尸万段！"

言罢，女鬼便不见了踪影。新娘吓得不省人事，直到天亮才缓过神来。

清晨的阳光照进窗子，一切又恢复了往常的模样。新娘忍不住怀疑，昨夜的所见所闻，到底是不是真的？女鬼的恐吓仍回响在耳边，像一把巨锤压在她心头。新娘十分害怕，没有对任何人——包括她的丈夫提起这件事。她告诉自己，那只是一场吓人的噩梦而已。

但是，到了夜里，她由不得怀疑了。一到丑时，家里的狗又齐声号叫起来，熟悉的手铃声再一次从花园里响起，一步步向她逼近。新娘发现自己又一次口不能言、动弹不得。那女鬼出现在她面前，嘴里发出嘶吼：

"滚出去！不许跟任何人提起这件事！如果你胆敢告诉他，我就将你碎尸万段！"

女鬼飘到床前，俯下身子，满目狰狞，压低声音阴森森地威胁她。

翌日清晨，武士从城中回到家中。新娘立刻跪倒在他面前，哀求道：

"求您让我回娘家吧，我知道这样的要求很是无理，而且辜负了夫君的宠爱，但求您让我马上回娘家去吧！"

"有什么事惹你不高兴了吗？"丈夫十分诧异，"还是我不在的时候，谁冒犯到你了？"

"没有，"新娘啜泣着回答，"家里人待我都很好。但是，我真的不能再做您的妻子了，我必须离开这里。"

"亲爱的，"武士惊讶道，"你在这个家里过得不开心，着实让我难受。但是我实在不明白，既然没有人冒犯你，那你究竟为何要离开呢？难道你要与我和离[312]不成？"

新娘浑身发抖，哭着喊道：

---

312 古时，夫妻双方通过协议自愿离婚，称作"和离"。

"若不能与您和离，我一定会性命不保啊！"

武士沉默了片刻，思前想后，却还是不明白妻子为何会说出这般惊人之语，便按捺着性子答道：

"你又没犯什么错，现在将你送回娘家，旁人还以为发生了什么不可告人的事呢。你若给我一个正当的理由，让我能对外人有个交代，我便可以与你签下和离书。如果给不出一个合理的理由，我是不会同意的。这事关我们整个家族的名誉！"

新娘无可奈何，只得将之前的恐怖经历对丈夫和盘托出。她一脸惊惶地说道：

"现在，我已经把一切都告诉你了。那女鬼一定会杀了我的，她会杀了我的……"

武士虽然素来英勇，且从不听信鬼神之说，但听到这里，心里也有点犯怵。不过，他很快就想到了一个看似行得通的法子。

"亲爱的，你可能是太过紧张，或者从别人那里听说了荒诞不经的传闻。那只是一个噩梦而已，我怎能因为这个缘由就与你和离呢。我不在家时，让你受到这样的惊吓，真是让我过意不去。今晚我还是得进城当差，但我不会留你独自一人。我会派两名家仆守在你房外，这样，你便可以安心入睡了。那两人身手不凡，定能护你周全。"

两名奉命保护新娘的家仆，不仅孔武有力，而且忠心耿耿，是保护妇孺的老手。为了安抚受惊的新娘，他们便讲了许多笑话给她听。新娘与二人闲聊了好一会儿，被逗得眉开眼笑，心里的恐惧很快就消失得无影无踪了。后来，新娘感觉睡意袭来，便躺下就寝了。

两名家仆备好武器，坐在屏风后下起棋来，为了不吵醒新娘，交谈时还特意压低了声音。新娘沉沉睡去，犹如初生的婴儿。没想到的是，一到丑时，屋外又传来一阵让人毛骨悚然的手铃声，将新娘从睡梦中惊醒。那声音越来越近，向她直逼而来。新娘吓得站起来厉声尖叫，但始终无人应答，屋里只有死一般的寂静。新娘向两名家仆奔去，却见两人坐在棋盘前，眼神空洞地注视着对方，一动也不动。新娘尖叫着摇晃着他们，但两人仿佛被冻住了一般，没有半点反应。

两人事后回忆，当时，他们确实听到了手铃的声音，也听到了新娘的奋力呼救声，甚至能感觉到新娘想摇醒他们。但不知为何，他俩就是动弹不得，也无法开口说话。就在那一瞬间，她只感觉耳边寂静无声，眼前也一片模糊，仿佛被一片黑暗包围，陷入了沉睡。

次日一早，武士值夜回到家，刚踏进家门，就发现灯火将熄未熄，立刻暗道不好。他冲进卧房一看，竟发现新娘身首异处，倒在一片血泊中。两名仆人则坐在未尽的棋盘前，睡得不省人事。武士大声叫喊，才将他们唤醒。两人一下跳了起来，定睛一看，才发现眼前的惨状……

新娘的头已经不翼而飞了，景象十分惨烈。武士上前检查了一番尸体的脖颈伤口，发现头颅并非是被利器砍下，而是被人活生生地拧下来的。地上的血一直流到了外面的走廊，那里的防风门不知道被什么人给劈开了。三人循着地上的血迹，来到花园，穿过草丛，越过沙地，沿着开满鸢尾花的池塘一路寻过去，来到杉树和翠竹的浓荫下。就在拐角处，突然跳出一只发出蝙蝠般嘶鸣的妖怪，与他们撞了个正着。这妖怪正是武士死去已久的前妻，只见她站在自己的墓碑前，一只手摇着手铃，另一只手则拎着一个血淋淋的人头……

见到这番场景，三人都愣住了。幸好，其中一名佩刀的家仆最先反应过来，他一边口念佛咒，一边迅速拔刀向女鬼砍了过去。女鬼一个猝不及防，便被砍倒在地。顷刻间，女鬼的寿衣、骸骨和头发皆如同一盘散沙般四分五裂，落在地上化为齑粉。

满地灰烬中，滚出了一只手铃，仍在叮当作响。女鬼那只只剩下森森白骨的右手，虽然已从手腕处断裂，却还在不停地蠕动，五指依旧死死地抓着那颗血淋淋的人头，就像黄蟹钳住偶然掉落的水果一样，不停地撕扯着、蹂躏着……

"这个故事太残忍了！"我对讲故事的友人喊道，"那女鬼若真想复仇，也应该找那个背信弃义的丈夫啊。"

"男子大抵都这么想，"友人回答，"但是，女子却不这么认为……"

他说得有道理。

阎罗殿前

閻魔の庁にて

七十五

不信正道者即便能通过祷告获得一些眼前小利，但厄运终究会降临到他们头上

高僧存觉上人曾在他的著作《教行信证六要钞会本》[313]中提到："世人所供奉的，大多是邪神。凡是皈依三宝[314]者，是不信此邪魔外道的。不信正道者即便能通过祷告获得眼前的一些小利，但厄运终究会降临到他们头上。"《日本灵异记》[315]中就有一则故事，充分体现了这个道理。

313　小泉八云原文中，此处为Kyō-gyō Shin-shō，即《教行信证》的罗马音。《教行信证》是日本高僧亲鸾（1173—1263）的著作，存觉（1290—1373）的《教行信证六要钞会本》是对《教行信证》的注释。通过对比引文与两本著作，此处当为《教行信证六要钞会本》。小泉八云所指的文段疑为"娑婆世界人多贪浊，信正者少，习邪者多，不信正法，不能专一，心乱无志，实十方净土无差别，令诸众生专心有在，是故赞叹彼国土耳。诸往生者悉随彼愿，无不获果。故知杂其行，堕于懈慢之邦；专其业，生于安乐国，斯乃更显净门专行而得往生，岂是彼国难往而无生，勖哉！"

314　三宝，佛教用语，即佛、法、僧。

315　《日本灵异记》，全称《日本国现报善恶灵异记》，奈良药师寺僧人景戒著，成书于822年，是日本最早的民间故事集。

圣武天皇[316]在位时，在赞岐国[317]山田郡，住着一个名叫伏木之信的人。他有一个独生女，名叫金梅。金梅是一个容貌姣好、身体强健的姑娘。但好景不长，在她十八岁那年，一场可怕的瘟疫席卷全郡，金梅也不幸染上病了。亲友们心急如焚，便向瘟神祭祀祈祷、致敬行礼，祈求瘟神能让她逃过一劫。

　　在昏迷了数日后，金梅忽然在一天夜里梦到瘟神在她面前显灵，对她说道："你的亲友们向我真心实意地祈祷，虔诚地跪拜我礼敬我，所以我便救你一命。但是，这需要以别人的性命作为交换。你可知道与你同名之人？"

　　"知道。"金梅答道，"在鹈足郡，刚好有一个与我同名的姑娘。"

　　"带我去见她。"瘟神拍了拍她，金梅的身体便飘了起来，与瘟神一起飞上天空，眨眼的工夫就来到了鹈足郡的金梅家门前。此时虽已入夜，但这家人尚未就寝，金梅则正在厨房里洗着什么东西。

　　"就是那个姑娘。"山田郡的金梅说道。瘟神听到后，便从腰间赤色的袋子里拿出了一把又长又尖的凿子似的东西，走进房里，将手中的利器猛然刺入了鹈足郡金梅的额头中。女孩只觉一阵剧痛袭来，便瘫倒在地。

　　就在这时，山田郡的金梅奇迹般地苏醒了，她便将梦中的遭遇告诉了父母。

　　然而，怪事又发生了。金梅讲完这个故事后，竟又陷入了昏迷，一连三天都不省人事。就在父母快要绝望的时候，她又一次睁开了双眼，开口说话了。她起身下床，环顾家里的四周，忽然激动地大喊起来："这里不是我家！你们不是我爹娘！"

316　圣武天皇，日本第 45 代天皇，724 年至 749 年在位。

317　赞岐国，日本古代令制国之一，包括山田郡、鹈足郡等 11 个分郡，领域大约为现在的香川县。

说完就冲了出去。

这真是令人匪夷所思。

鹈足郡的金梅被瘟神刺死后，她的双亲悲痛欲绝，请来当地的僧人为她办了一场法事后，便将她的遗体送到村外火葬了。鹈足郡金梅的魂魄便来到阴间，被带到阎王面前。阎王一看，便说道："这姑娘不是鹈足郡的金梅吗？她明明阳寿未尽，不该这么早来到这里啊！送她回阳间，把山田郡的那个金梅带过来！"

鹈足郡的金梅跪在阎王面前，悲切地说："大人，小女子已死去三日，肉身都被火化了。您现在将我送回，小女子该如何是好呢？我的肉身早已化为烟尘灰烬，真是无处可去啊！"

"无须担忧。"阎王答道，"我会把山田郡金梅的身体送给你，她的魂魄很快便会被带到阎罗殿前。不必为自己的肉身发愁了，你的新身体会比以前好得多。"言罢，鹈足郡金梅的魂魄便附在了山田郡金梅的身体上，再次还阳了。

山田郡金梅的父母见女儿起身就跑，嘴里还嚷嚷着"这里不是我家"，十分讶异，以为女儿疯了，连忙在后面追赶，大声喊道："金梅，你要上哪儿去？等一等，孩子啊！你大病未愈，可不能到处跑啊！"金梅根本没有理会他们，她摆脱了两人，一直不停地跑，一直跑到了鹈足郡，找到了刚死了女儿金梅的那户人家。她走进屋子，看到了两位老人，立刻哭泣道："啊，能再回到家中，真是太好了！爹，娘，你们二老还好吗？"

两位老人根本没有认出她来，以为是哪里来的疯女子。最后，还是母亲开口了，她和蔼地问道：

"孩子，你是从哪儿来的呀？"

"我刚刚从阴间回来。"金梅答道，"我是你们的女儿金梅，我起死回生了。但是，娘啊，女儿现在换上了一副新的身体。"随后，她便将前因后果都告诉了双亲。夫妻俩大为疑惑，不敢

奇谈

相信世间还有这般离奇的经历。

后来，山田郡金梅的父母也循着女儿一路赶过来了。两家人凑在一块商量了下，又让金梅将自己的经历讲述了一遍，一次次地向她确认每一个细节。没想到，每一个问题金梅都对答如流，大家这才相信她所说的话。

最后，山田郡金梅的母亲也向众人讲述了女儿生病期间所做的怪梦，她对鹈足郡金梅的父母说道："这姑娘身体里的魂魄是你们女儿的，我们也无话可说。但是，这孩子的身体却归我们家女儿所有，所以这孩子应该是属于我们两家的。我们何不将她作为共同的女儿来抚养呢？"

鹈足郡金梅的父母欣然答应了这个请求。据记载，后来，金梅继承了两家的财产。

《佛教百科全书》的作者曾提到过，这个故事记载在《日本灵异记》第一卷第十二页的左侧。

果心居士的故事

果心居士の話

七十六

你初次见到这幅画时，它在你心中是无价的；但现在你已经为它付出了金钱，它在你眼里就只值一百两黄金了

天正[318]年间，京都北部住着一位老人，大家都叫他果心居士。此人留着白色的长须，打扮得像个神官，以向百姓展示佛画、传经布道为生。每逢天气晴朗之日，他便来到祇园神社，将一幅巨大的《地狱变相图》[319]挂在树上，画上描绘了地狱里各种各样的惨烈景象以及酷刑。这幅画的作者画功了得，画上的景象绘制得栩栩如生，让人仿若真的置身于地狱中一样。老人总是会同前来围观巨画的人们交谈，并拿出随身携带的如意，指着画中的各种酷刑场景的细节，向他们解说因果报应的法则，劝他们一心向佛。来人络绎不绝，大家纷纷聚集在老人周围，欣赏巨画，听他宣扬佛法。有时候，老人身前用来收集功德钱的草席，都被人们丢出的铜钱给淹没了。

318　天正，日本第106代天皇正亲町天皇和第107代天皇后阳成天皇的年号，时期为1573年至1592年。

319　《地狱变相图》，一种绘有地狱惨状的图，由中国唐代画家吴道子首创。

奇談

当时，织田信长[320]统治了京都及附近诸国。他手下有一个姓荒川的家臣，在一次祇园神社之行中，偶然看到了果心居士展出的那幅名画。后来，在一次和主公织田信长议事之时，他便提起了这件事。信长对此十分感兴趣，便派人去请果心居士，让他即刻带着那幅画前来觐见。

信长一见到那幅栩栩如生的画，惊讶之情完全溢于言表。那张牙舞爪的恶魔，还有饱受折磨的亡魂，仿佛就在他面前拼命挣扎、鬼哭狼嚎。滔天的血海似乎就要奔涌而出，他忍不住伸出手指，想看看上面是否真的浸染了鲜血。然而手指上什么都没有，因为画早就干了。信长愈发惊奇，便问道，这幅画究竟出自何人之手。果心居士答道，这画乃是赫赫有名的画家小栗宗丹[321]行过百日斋戒，又向清水寺观世音菩萨虔诚祈求灵感后绘制的。

精明的荒川看出信长很想得到这幅画，便问果心居士，是否愿意将这幅画作为礼物"献给"信长大人。没想到，老人毫不客气地说道："这幅画是我身上唯一值钱的东西了，我还得靠着展示它换两个糊口的钱呢。如果将它献给了主上，我就失去唯一的生活来源了。不过，主上若当真想要此画，可赐我黄金百两来换。我有了这笔钱，也可以做一些赚钱的买卖了。否则，我是不会把这幅画送人的。"

信长听了这番话，心中十分不悦，但并没有当场发作。荒川见状，便在信长身旁耳语了几句。信长点了点头，同意了，随即便赏了果心居士几个小钱，把他打发走了。

---

320 织田信长（1534—1582），日本"战国三杰"之一，他以统一全日本为目标，推翻了室町幕府，使持续百年以上的战国乱世走向终结。

321 小栗宗丹，日本15世纪早期著名的宗教画师，晚年出家为僧。

果心居士离开后，荒川便悄悄尾随在他身后，想伺机用卑鄙的手段夺得那幅画。终于，机会来了，果心居士选择了一条直通镇外山上的小路。当他来到山脚下一个僻静处，正要拐弯之时，荒川突然冲了出来，一把抓住他说道："你这老匹夫怎么如此贪得无厌，一幅画就要黄金百两？黄金没有，三尺青锋伺候！"说完，荒川便一刀砍死了果心居士，抢走了那幅画。

　　翌日，荒川将画进献给了信长，它原封未动，还是果心居士离开时捆扎好的模样。信长立即让人将画挂起来。谁料，刚把画卷展开，信长和一干家臣顿时目瞪口呆——画上一片空白，什么都没有。荒川哑口无言，根本给不出一个合理的解释。但不管他是有意为之，抑或无心之过，都犯下了欺骗主公之罪，理应接受惩罚。因此，荒川便被判监禁一段时日。

　　荒川刑期将满之时，便已听到风声，说有人看到果心居士在北野神社的庭园展示那幅《地狱变相图》。他简直不敢相信自己的耳朵，但内心又燃起了一丝希望：如果他能想办法将那幅画弄到手，就可以将功补过了。于是，他一出来，就立即召来属下，率领一干人等赶往神社。但等他们赶到时，却被告知果心居士早就离开了。

　　几日后，荒川又得到消息，说果心居士在清水寺展示那幅画，并向围观的人群宣扬佛法。等他快马加鞭赶到寺庙时，只看到四散的人群——原来，果心居士又一次消失得无影无踪了。

　　终于有一天，荒川在一家酒馆与果心居士不期而遇，他立刻将老人逮捕了。老人对此只是付之一笑，说道："我可以和你走，不过，老朽临走之前，想小酌几杯。"荒川并没有拒绝他的要求，于是，果心居士便痛痛快快地喝了十二碗酒，令旁观的人大为惊奇。随后，荒川便将他绑了，押送到信长府上。

　　　　　　　　　　　　　　　　　　　　奇談

在府内的公堂上，果心居士受到了奉行[322]严厉的审问。最后，奉行对他说道："很显然，你用妖法邪术欺骗百姓，单单这一项罪名，就应该将你严惩。不过，若你能恭恭敬敬地将那幅画献给主公，我们这次就赦免你的罪过。否则，就对你施以酷刑！"

面对威胁，果心居士只是高深地笑了笑，说道："老夫从不曾欺骗世人。"随即，他转向荒川，大喝道："欺世盗名的是你！你想把画献给主公，好奉承他，所以就对我痛下杀手，好伺机把画偷走。毋庸置疑，如果真的有罪行的话，这何尝不是！所幸你的阴谋并未得逞，倘若被你杀害，还不知道你会撒下怎样的弥天大谎来掩盖你的罪行呢！无论如何，偷走那幅画的人就是你。我现在拥有的，不过是一件仿冒品。因为你将真画偷走后，转眼就变了卦，不愿将它献给信长大人了，想据为己有。为了掩盖你不可告人的意图，你故意将空白的画卷献给信长大人，然后嫁祸于我，说我从中捣鬼，唱了一出狸猫换太子的好戏。真正的画究竟在哪里，老夫根本不知，恐怕也只有荒川大人你心知肚明吧！"

荒川听了这番话，勃然大怒，气得朝果心居士猛扑过去。要不是侍卫从中阻拦，恐怕已将果心居士痛揍了一顿。面对荒川突如其来的怒火，奉行顿时心生疑窦，觉得此人并不清白。于是，奉行便命人先暂时将果心居士收监，然后严厉审问了荒川。那荒川本来就是一个不善言辞的人，碰上这种情况更是激动得说不出话来，他结结巴巴，说起话来又自相矛盾，还是无意中泄露了杀人灭口的事。奉行便下令对他处以杖刑，直到他说出真相为止。结果，荒川被竹杖打得人事不省，躺在地上动弹不得了。

牢狱中的果心居士听说了荒川的事后，哈哈大笑起来，他随即对狱卒说道："你听好了，那荒川就是个不折不扣的无赖，

---

322 奉行，日本平安时代至江户时代的官职名，负责佐理政务。

拾　奇谈

我是故意让他吃点苦头，好惩戒他的恶行。现在你速向奉行禀报，就说荒川其实对此毫不知情，我会给你们一个合理的解释。"

于是，果心居士又一次被带到了奉行面前，他如此陈述道：

"一幅真正的好画，必定是有灵魂的。此类画作皆有自己的意志，可能会拒绝与赋予它生命或是正当拥有它的人分开。有许许多多的事例都能够证明，好画是拥有自己的灵魂的。众所周知，法眼元信[323]曾在屏风上画了麻雀，结果麻雀纷纷振翅飞走了，只留下空白的画纸。他在另一幅画中画的马，竟然常在夜里跑出去吃草，这个故事想必大家也不陌生。以目前的情况来看，我认为，正是因为信长大人没有成为这幅画合法的主人，所以画卷被打开时，纸上的画就自动消失了。如果大人能赐予我最初请求的那一百两黄金，说不定画就会自动出现在纸上了。不论如何，我们先试一试可好？反正也不会有什么损失，倘若画纸没有恢复原状，我立刻将黄金如数退回便是。"

信长听完这番不可思议的言论，便命人先付给果心居士一百两黄金，然后亲自在一旁观看结果。只见画卷在他面前徐徐展开，令众人啧啧称奇的事发生了，画作竟然又恢复了原状，且纤毫毕现，分毫不差。美中不足的是，上面的颜色似乎比之前暗淡了些许，而且画中的亡魂和恶魔看起来也没那么生动了。信长觉察到了这一点，便询问果心居士原因。果心居士答道："你初次见到这幅画时，它在你心中是无价的；但现在你已经为它付出了金钱，它在你眼里就只值一百两黄金了，除此之外，就再也没有其他更美妙的了。"众人听完这番回答，都觉得此人深不可测，再继续刁难下去，搞不好偷鸡不成蚀把米。于是，果心居士就被立即释放了。至于荒川，既然没犯什么错，又被冤枉着挨了好生一顿打，也被释放了。

323　狩野元信（1477？—1559），室町幕府的御用画师，被授予画师的最高称号"法眼"，故称"法眼元信"。

荒川有一个弟弟，名叫武一，也是信长的家臣。武一见兄长白白受了一顿杖刑，又身陷牢狱之灾，心中十分不平，便打算杀掉果心居士，为兄长报仇。果心居士恢复自由后，便径直来到一家酒馆小酌。武一尾随而至，他一刀将果心居士砍倒在地，将他的头颅砍了下来。随后，武一又夺走了他的一百两黄金，和人头一起用布包好，兴致勃勃地赶回家给兄长瞧。哪想到，等他解开包袱，里面哪里有什么黄金和人头，只有一堆粪便和一只空空的酒葫芦……兄弟俩大惑不解，后来听说，酒馆里的无头尸体也不翼而飞了——没有一个人知道是怎么发生的，何时发生的。兄弟俩更加纳闷了。

一个月后，才传来果心居士的消息。某天夜里，有人曾在信长大人的殿前发现一个醉汉倒在地上，鼾声如雷。一名家臣认出，此人就是之前卖画的果心居士。果心居士由于冒犯主上，便又一次被扔进大牢。但他在牢里也是照睡不误，一直酣睡了十天十夜，且鼾声大作，隔老远就能听到。

就在这个时候，织田信长因部下明智光秀的背叛而死[324]。明智光秀篡夺了大权后，却也只维持了短短十二天的统治。

明智光秀统治了京都后，有人向他禀明了果心居士的事。于是，他便命人将果心居士从牢里放出来，带到他面前。果心居士被带了过来，光秀亲切地同他交谈，并将他奉为上宾，还设下酒席款待他。老人酒足饭饱后，光秀开口问道："听闻先生嗜酒如命，那么您一次可饮多少酒呢？"果心居士答道："具体多少，老朽也说不上来。只知道每次都是不喝醉就不罢休。"光秀便命人拿来一只巨大的酒杯，并吩咐侍从，只要果心居士

---

324 1582 年 6 月，明智光秀在京都本能寺起兵反叛，织田信长自杀，史称"本能寺之变"。

想喝，就尽管给他满上。果心居士也毫不客气，一口气喝完了十大杯，还想喝更多，侍从却表示，酒坛已经空了。众人见他如此海量，无不称奇。光秀问道："先生可尽兴了？"

果心居士回答："尽兴了。现在，为了报答您对我的盛情款待，老朽想献丑一段。请大家看这屏风。"说着，他指向一面绘有近江八景[325]的八折屏风，众人便纷纷将目光投向屏风上面。只见这八景之中，有一景描绘的是船家在远处的湖面上划着船，而这船只占了屏风表面不到一寸的空间。果心居士朝着那小船挥了挥手，却见那小船迅速掉了个方向，朝着画中的前景处慢慢划了过来。随着小船慢慢靠近，船身也越来越大，船夫的模样也愈来愈清晰可见。船越来越近，几乎触手可及了。突然间，湖水翻涌，竟然从屏风中溢了出来，一直蔓延到了屋子里。不一会儿，湖水就及膝了，在座的宾客连忙卷起裤管。几乎同时，画中的船也从屏风中划了出来，变成了一艘真正的渔船，就连划桨的声音都清晰可闻。屋子里的水面还在不停上升，一直淹到了众人腰部。渔船驶向果心居士，他便上了船。船夫调转船头，迅速地划了起来。随着船越行越远，屋子里的水面也在迅速下降，似乎又回到了屏风中。当渔船划过画上的前景部分时，地板上的水竟然也干了！但是屏风上，那艘渔船还在不停地划着，越来越远，越变越小，最后只留下一个小点，消失在了天边。与之一起消失的，还有果心居士。从此以后，果心居士就在日本销声匿迹了。

325　近江八景，日本古代近江国的八处美景，分别是石山秋月、势多夕照、粟津晴岚、矢桥归帆、三井晚钟、唐崎夜雨、坚田落雁、比良暮雪。近江八景仿照的是中国洞庭湖的潇湘八景：洞庭秋月、渔村夕照、山市晴岚、远浦归帆、烟寺晚钟、潇湘夜雨、平沙落雁、江天暮雪。

奇談

梅津忠兵卫的故事

梅津忠兵衞の話

七十七

对于一个勇敢的武士来说，没有什么能比力量更适合你了

　　从前，有一个名叫梅津忠兵卫的年轻武士，他生来就力大无穷、胆量过人，是户村十太夫的手下。户村氏的主城位于出羽国[326]横手附近的一座高山之上。山脚下的小镇，则是家臣们聚居的地方。

　　梅津忠兵卫是在城门值夜的守卫之一。值夜分为两班，一班从日落到午夜，一班从午夜到次日黎明。

　　有一次，梅津忠兵卫当值后半夜时，遇上了一桩不可思议的事。午夜时分，他登上山峰，准备去城门值夜。在通往主城的蜿蜒小路上，就在最后一个拐角处，他忽然看见有个女子站在那里。那女子怀里抱着一个孩子，似乎是在等什么人。这三更半夜的，又是在这等人烟稀少的地方，一个单身女子怎么会出现在这里呢，想来其中定有蹊跷。忠兵卫突然想起，传说中鬼怪常在夜里化成女人的模样来诱惑男子，然后取他们的性命。

326　出羽国，日本古代令制国之一，领域大约为现在的山形县及秋田县，但不包含秋田县东北隅的鹿角市和小坂町。

忠兵卫便心生怀疑，不知这女子究竟是人是鬼。那女子见了他，竟快步走上前来，似乎有话要讲。忠兵卫留了个心眼，决定一言不发，从她身边径直走过去。哪想到，那女子一张口，竟喊出了他的名字。女子开口了，声音异常甜美："好心的梅津君啊，今晚我遇到大麻烦了。现在，我有一件非常棘手的事要办，你行行好，帮我抱一会这个孩子好吗？"说完，女子便将孩子递了过来。

忠兵卫从未见过这个年轻女子，便怀疑这女子的甜美嗓音是魅惑人心的妖术，又觉得这是魑魅魍魉为了害人而设下的圈套。总之，一切都显得很可疑。但他毕竟是一个生性善良的人，他心想，若是因为畏惧鬼怪就不行善举，未免也太没有男子气概了，便伸出手，默默地接过了孩子。

女子说道："在我回来之前，请您务必抱好这个孩子。我去去就回。"

"我会的。"忠兵卫答道。女子立刻转身离开，眨眼间就无声无息地跃下了悬崖。其身姿之矫捷、动作之飘逸，简直让忠兵卫不敢相信自己的眼睛。不出一会儿，女子就消失得无影无踪了。

忠兵卫这才低下头，看了看怀中的孩子。这孩子十分幼小，应该是刚出生不久，此时正安安静静地躺在他怀里，不哭也不闹。

忽然，忠兵卫感觉孩子好像变大了一点。他定睛一看……不，孩子没什么变化，一直乖乖地没有动。那他怎么会觉得这孩子长大了呢？

就在这时，孩子忽然踢了他一脚，忠兵卫瞬间明白怎么回事了。原来，孩子根本没有长大，而是变得越来越重。一开始，他只有七八斤，慢慢地，重量变成了原来的两倍、三倍、四倍。现在，孩子已经不止五十斤了，体重却仍是有增无减……一百斤！一百五十斤！两百斤！梅津忠兵卫知道，自己肯定是被骗了。那女子根本就不是人类，就连这孩子也不是！但是，他已经做出了承诺，身为武士，哪有违背誓言的道理呢！无奈之下，他只能抱着孩子不松手，尽管孩子越来越重、越来越重……两百五十斤！三百斤！四百斤！照这样下去，接下来会发生什么，他根本无法想象。但他还是下定决心，一定不能撒手，要撑到最后一刻……五百斤！六百斤！如此重压之下，他的肌肉开始收紧颤抖，但孩子的重量还在增加……

"南无阿弥陀佛！"忠兵卫急中生智，大声颂起佛号。"南无阿弥陀佛！南无阿弥陀佛！"三声佛号颂完，怀中的孩子忽然一颤，先前的重量也消失得无影无踪了。他只觉得手里一空，低头一看，孩子竟不翼而飞了。他当场就愣住了。就在这时，刚才那位神秘女子又施展了飘逸迅捷的动作，回到了他的面前。女子容颜如花、娇俏可人，只是眉头布满汗珠，袖子用绳子绑着，似乎刚干完一场苦活。

"善良的梅津君啊，"女子说道，"你不知道，你帮了我多大一个忙。我其实是本地的氏神，今夜正逢我守护的一个族人遭受分娩之苦，她便向我求助。怎料生产的过程异常艰难，单凭我一人之力，根本救不了她。所以，我需要借助你的勇气和力量。你刚才怀中所抱的，正是那尚未出生的孩子。你一开始感觉孩子越来越重，是因为孕妇正是凶险之时，生命的大门紧闭着。后来，你感觉孩子越来越沉，绝望得就要不堪重负时，是因为孩子的母亲正命悬一线，全家人都在为她哭号。所幸，你连念了三次'南无阿弥陀佛'，等到你念完时，佛祖好生之德的力量显灵了，生命之门也随之打开了……你所行的善举，理应得到奖赏。对于一个勇敢的武士来说，没有什么能比力量更适合你了。从今以后，不只是你，你的子孙万代都会获得强大的力量。"

作出承诺后，氏神便消失在了原地。

梅津忠兵卫大感不解，只能先回到主城当差。天亮后，他完成了值夜的任务，便像往常一样，在晨祈之前，先去洗脸净手。孰料，他刚打算把自己惯用的那条毛巾拧干，却发现毛巾竟然在他手中裂成了两半。他试图将两半毛巾拧在一起，它们却像打湿的纸张一样，又裂成了四片。忠兵卫不死心地又试了试，结果还是一样的。不单如此，各类金属到了他手里，都变得像泥土一般脆弱。他这才明白，原来氏神的承诺真的实现了。从今以后，每次触碰东西时，忠兵卫都得小心翼翼，唯恐一不留神就将它们损坏了。

　　忠兵卫回到家后，便马上去打听昨夜是否有哪户人家喜得麟儿。没想到，就在自己昨晚经历那番奇遇时，当真有一个孩子降生在他们镇里，一切都跟氏神所言如出一辙。

　　梅津忠兵卫的子子孙孙，皆承袭了他不同凡响的力量。他的后人中，还出了几位鼎鼎有名的大力士，他们至今还生活在出羽呢。

兴义法师的故事

僧興義の話

七十八

有了这金鲤衣，我终于可以摆脱所有束缚，像鱼儿一样无忧无虑地畅游了

　　一千多年前，在近江国大津城的名寺三井寺里[327]，住着一位博学多才的高僧，人称兴义法师。兴义法师是一位绘画大师，不管是佛像、美景，抑或鸟兽，在他笔下无一不是活灵活现、呼之欲出。

　　兴义法师尤爱画鱼，每逢天气晴朗且时间充裕时，他总会前往琵琶湖，请渔夫抓上几条鱼，将它们毫发无损地放进一口大水缸中，然后拿出画笔，仔细描绘它们在水中畅游的姿态。法师画完之后，会像对待宠物一样，给鱼儿喂点吃的，然后将它们放生。

　　兴义法师画的鱼远近闻名，不少人特意远道而来，就是想目睹一番名画的风采。但是，兴义法师笔下众多的鱼画中，最为栩栩如生的，不是他的写生之作，而是他回忆自己的梦境画

327　大津城位于近江湖一带，近江湖又称琵琶湖，而三井寺坐落在湖边的一座小山上。三井寺始建于 7 世纪，后来又经历几次重建，现今的三井寺是 17 世纪后期重建的。——小泉八云注。

出的一幅鲤鱼图。某一天，兴义法师又坐在河边，凝视着水中嬉戏的鱼儿。恍惚间，他只觉得一阵倦意袭来，便睡着了。法师做了一个奇妙的梦，在梦中，他也潜入水中，和鱼儿们一起自由自在地嬉戏。醒来后，他只觉得梦中的记忆仍然十分清晰，仿佛就近在眼前。于是，他立刻将脑海中的景象画了下来。他将这幅画挂在卧室的壁龛旁，并取名为《应梦之鲤》。

兴义法师有个规矩，凡是他的鱼画，一概不对外出售。如果是山水花鸟画，他倒不吝惜，但是鱼画就不同了。它们都是有灵气的，绝对不能卖给那些狠心将鱼杀来吃的人。那些向他求画的人，都是平日里嗜好吃鱼的肤浅之辈，而非真正懂画之人。所以，不管他们出多大的价钱，兴义法师总是不为所动。

一年夏天，兴义法师生了一场大病。才短短几天的工夫，他的病情就急剧恶化，全身变得软弱无力，连话都说不出来，最后竟看不出一点生命的迹象了。弟子们以为师父已经圆寂，便为他举办了一场法事。孰料法事过后，弟子们却发现兴义法师的身体竟还留有体温。众人疑惑不解，便决定延迟下葬，先守护在师父的遗体旁。这天下午，兴义法师竟然奇迹般地死而复生了，他醒来后，对照看他的弟子问道：

"为师失去知觉有多久了？"

"回师父，已超过三日了。"弟子答道，"我们都以为师父已经圆寂了。今日一早，您的友人和信众便都来到寺里，参加您的法事。法事办完后，我们发现您的身体还留有余温，便决定延缓下葬。如今师父恢复如常，我们都十分高兴呢。"

兴义法师赞许地点点头，随即说道：

"现在我有一件急事，需要托给你们去办。你们马上赶去平之助家，那里有一群年轻人此刻正在举办一场盛大的宴席（宴席上有酒有鱼），且告诉他们：'兴义法师死而复生，请诸位

奇談

暂且离席，立刻到寺里去见他。届时法师有一件奇事相告。'"

"另外，"法师接着说道，"记得去看看，平之助和他的一帮兄弟们，是不是如我所说，在举办一场宴席。"

一位僧人领命，立即赶往平之助家。他惊讶地发现，一切都跟法师所说的一模一样，平之助正在和他的兄弟十郎、随从扫守一起，准备着宴席。三人听完僧人的传话后，十分惊讶，便立即把手头的鱼和酒放在一边，动身赶往三井寺。兴义法师躺在卧榻上，热情地接待了他们。相互问候几句后，他对平之助说道：

"这位小友，贫僧有几个问题，还望你能够如实回答。首先，你是不是从渔夫文四那里买过鱼？"

"是的，"平之助答道，"但是，法师是如何得知的呢？"

"这个问题我们稍后再谈，"法师说道，"渔夫文四今天去了你家，手中提着一个篮子，里面装着一条三尺长的鱼。那时正是午后，你和十郎在下着棋，扫守则在一旁吃着桃子观战，对否？"

"确实如此。"平之助和扫守惊呼出声，觉得真是不可思议。

"扫守看到了篮子里的大鱼，"法师继续说道，"他便立刻决定买下来，付过鱼钱之后，他还从盘子里拿了几个桃子送给文四，又请他喝了三杯酒。后来，你们把厨师唤来，厨师看过鱼后，赞不绝口。随即，他便按照你们的吩咐，将鱼切成薄片，做成宴席上的菜肴。我所说的这一切，都是事实吗？"

"是的，"平之助答道，"但是，今日家中发生的事，法师又是如何知晓的呢？还请告诉我们，这究竟是怎么一回事啊？"

"好了，现在该讲讲我的故事了。"法师说道。

"你们知道，当时几乎所有人都以为我圆寂了，你们还来参加了我的丧礼。但是，三日之前，我的身子还很健康，无病无痛。当时我只觉得闷热乏力，便想出去走走，透个气凉快凉快。

我费了好大力才从床上起来，拄着拐杖就出门了。也许这些都是我的幻觉，但从我叙述的经历中，你们自然可以辨别其中的真假。我所说的一切，都是当时的经历……

"我出门后，呼吸到了新鲜的空气，顿时感觉豁然开朗，精神一下子好了很多。我就像刚出笼的鸟儿一般，如释重负，便一路漫步到了湖边。湖水清莹澄澈、波光粼粼，一下子勾起了我下水一游的兴致。我随即脱下衣衫，跃入湖中，自由自在地畅游其中。我生病之前，游泳技术一直不怎么好。然而此刻，我却如鱼得水，速度之快、技艺之娴熟，连我自己都觉得不可思议。

"你们大概以为，我所说的只是一场荒诞可笑的梦境，那就请继续听下去吧！就在我为自己的本领感到惊讶时，却看见许许多多的美丽鱼儿游了过来，围绕在我身边。这时，我忽然嫉妒起这些自得其乐的鱼儿来。因为无论一个人游泳技术有多么高超，都不可能像鱼儿一样，永远在水中快乐地畅游。

"就在这时，一条非常大的鱼游到了我身边，竟然开口说话了，而且是个男声。'你的愿望很容易实现，请在此稍等片刻吧！'说完，大鱼就游走了，我便留在原地等候。过了一会儿，大鱼又从湖底游了回来，背上还驮着一个佩戴头饰、衣着华丽的男子，看起来像个皇子。

"男子对我说道：'我特意来此，向你通报龙王大人的旨意。大人知你羡慕鱼儿的自由自在，又念你平日里行善积德，挽救了无数鱼儿的性命，现特赐你一件金鲤衣。有了它，你便可以如同鱼儿一般，在水中畅游。但你必须十分小心，不管闻起来有多么美味，你都不能吃鱼，连鱼食都不能吃。更不能被渔夫捉到，或者受伤。'

"言罢，男子便坐在大鱼上，消失在了湖底深处。我低头一看，发现自己全身都包裹着鳞片，像黄金一般闪闪发光，还

奇谈

长出了鱼鳍。原来，我已经变成了一条金色的鲤鱼了。顿时，我心中充满了喜悦。有了这金鲤衣，我终于可以摆脱所有束缚，像鱼儿一样无忧无虑地畅游了。

"我一直游啊游啊，造访了许许多多的风景名胜。（原文 [328] 在此处引用了一些描绘近江八景的诗歌。）有时，我会在碧波中，仰头欣赏太阳映照在海面上的粼粼波光；有时，微风乍起，群山苍翠的倒影落在水面……记忆中最深刻的，是油津岛和竹生岛，秀美的风景映照在湖面上，好似一座朱墙；有时，我兴致上来，会靠近小岛，听一听往来人群的说话声，看一看他们的容貌；有时，我会在水中小憩，直到被由远及近的桨声吵醒。到了夜晚，月色迷离，美不胜收。但湖面却时常有渔船驶过，我好几次都被船上的灯火惊扰。凄风苦雨时，我就潜入水中，在千尺下的湖底嬉戏。

"就这样愉快地过了两三日，我感到饥肠辘辘了。于是，便游回这里，想找点东西吃。恰巧在这个时候，遇上了渔夫文四来钓鱼。他将鱼饵抛入水中，那香味是如此诱人，顿时将我吸引了过去。这时，我忽然想起了龙王大人的话，便暗暗告诫自己：'身为佛门弟子，决不能为了一时的口舌之欢，就破戒去吃那鱼饵。'

"但过了一会儿，腹中实在是饥饿难忍，我终究没抵挡住诱惑，便游到了那鱼饵边，想着：'文四是我的老朋友了，就算被捉住，他也不会伤害我的。'那鱼饵的香味是如此诱人，我一时按捺不住，最后还是一口将它吞下。就在那一瞬间，文四忽然收线，将我抓个正着。我又惊又怕，向他大声疾呼：'你在干什么？快放开我！'但是，他却似乎根本听不懂我的话，

328　原文指的是日本故事集《雨月物语》中的《应梦之鲤》（夢応の鯉魚）篇。《雨月物语》是日本文学家上田秋成编著的志怪故事集，共有九篇，1776 年出版。

用吊钩将我的腮帮一穿，便扔进篮中，最后带到了你们家。

"当他敞开篮子后，我看见你和十郎正在南室下着棋，扫守则吃着桃子在一旁观战。你们几个听见动静，纷纷跑到走廊来瞧我。见到我这条大鲤鱼，你们都十分欣喜。我大声朝你们喊道：'我不是鲤鱼！我是兴义，兴义法师啊！快把我放回寺里去！'但你们还是听不见，还在一旁拍着手，喜上眉梢。

"后来，你们家的厨师将我带到厨房，粗暴地往砧板上一扔，旁边已备好刀具。他左手死死地摁着我，右手拿刀就要往我身上砍，我吓得大叫：'你怎能如此残忍，要害我的性命！我可是佛门弟子啊！救命啊！救命啊！'虽然我奋力呼救，但都是徒劳无功。只见他手起刀落，我便被开膛破肚，顿时一阵剧痛袭来，我一下子惊醒了。醒来后，发现自己还在寺中。"

听完兴义法师的故事，兄弟俩惊讶不已。平之助说道："我还记得，当时我们看着那条鲤鱼时，它的腮一直在开合着，仿佛是在说话，但我们确实什么声音都没有听见啊……法师放心，我现在马上差仆人传信，让他们将家中剩下的鱼都放生了。"

兴义法师的病终于痊愈了，后来，他又完成了许许多多的画作。法师圆寂后，又过了很长一段时间，他的几幅鱼画偶然间掉落湖中，只见不可思议的事发生了：上面的鱼儿居然从画卷上游了出来，一头扎进水中就游走了！

拾壹

天河的缘起并其他

天の河縁起そのほか

本章选译自小泉八云最后一部关于日本的文集 The Romance of the Milky Way and other Studies and Stories（1905）。"该书是在小泉八云去世后由出版商收集整理而成的。《天河的缘起》一文介绍的是源自中国的牛郎织女故事，故本书没有翻译，而是选译了该书收录的日本民间故事。

镜之少女

镜 の 少 女

七十九

松村定睛一看，发现水面中竟清晰地浮现出了一个年轻女子的身影

足利幕府[329]时期，在伊势国[330]南部，有一座大河内明神神社[331]因为年久失修，变得破败不堪。当时，伊势国的大名北畠氏，常年忙于征战及其他要事，分身乏术，也实在没有足够的人力物力来修葺神社。

无奈之下，神社的宫司松村兵库便前往京都，向当时足利义政[332]将军身前的红人——赫赫有名的细川公[333]求助。细川公盛

329　足利幕府，又称室町幕府，是1336年由足利尊氏建立的武家政权。1573年，第15代将军足利义昭被织田信长驱逐，足利幕府覆灭。

330　伊势国，日本古代令制国之一，其领域大致为现在三重县除去东部的志摩半岛、西部的上野盆地及南部的熊野地方东隅后剩余的中央大部分。

331　明神，又称"大明神"，是日本神道教对神的尊称。在日本古代，一些功勋卓著的人去世后，会被封为"××明神"，并修建神社用于祭祀。大河内明神神社是为祭祀北畠（tián）氏的某位先祖而建的。

332　足利义政（1436—1490），室町幕府第8代征夷大将军。1449年任将军职，1473年让位于其子足利义尚。

333　根据故事背景，细川公当是辅佐足利义政的细川胜元（1430—1473），1445年继承幕府管领（相当于最高行政官）职务。

情接待了松村，并许下承诺，一定会将修葺神社的事禀告将军。但他也表示，幕府得花费一段时日对神社进行考察，然后才能正式动工。于是，他建议松村在考察期间，不妨在京都暂居，也省得来回奔波。松村应允了，便将一家人都接来京都，在京极町附近租了一座宅子住了下来。

这座宅子宽敞又气派，却闲置了很长一段时间。当地甚至有人说，这是一座凶宅。宅院东北角有一口井，曾有好几位房客淹死在这井中，死因却无人知晓。松村身为神官，深信邪不胜正，自然对此不屑一顾。一家人住在京都的新家里，倒也舒适自在。

那年夏天，当地遭逢大旱。一连几个月，京都周围五畿滴雨未降，河床干涸、井水枯竭，京都也陷入了干旱的危机中。但是，松村宅院中的那口井，却是水量充沛，而且清凉澄澈，微微泛着碧色，好似泉水一般。当时正值炎炎夏日，大家听说松村家有这么一口神奇的井，便纷纷从四面八方赶来汲水。松村也十分慷慨，任由乡亲们取用。奇怪的是，前来汲水的人络绎不绝，这口井里的水却丝毫不见减少，仍在源源不断地供应着。

一天早上，井里忽然浮出一具尸体，经查实，死者是邻家派来汲水的仆人。此人看似是自杀的，但其死因令人百思不得其解。就在这时，松村突然想起了关于这口井的传言，便怀疑是有人眼看不到的邪魔在此作祟。他来到井边，仔仔细细地检查了一番，打算建一圈篱笆，将怪井围起来。

就在他独自凝神思考时，忽然惊觉井中的水面在晃动，似乎有什么活物隐藏其中。不一会儿，水面恢复了平静。松村定睛一看，发现水面中竟清晰地浮现出了一个年轻女子的身影。

女子正值桃李之年，浓妆艳抹，绛唇娇艳欲滴。一开始，女子侧着身子，只瞧见半边朱颜，后来慢慢转了过来，对他莞尔一笑。顿时，松村只觉得内心涌起一阵强烈的悸动，一阵天旋地转，仿佛被美酒迷失了心智似的，只觉得天地万物都消失不见，只看得见那笑靥如花、皎若月光的女子。水面之上，女子的容貌愈加魅惑撩人，仿佛要将他一步步牵引着，踏入那无边的黑暗。

松村心知不好，赶紧闭上双眼，凝神定气，将自己的思绪拉回来。等他睁开双眼，那明艳动人的芳容已经消失，四周也恢复了明亮。松村回过神来，发现自己竟已弯下腰，半边身子都探向了井中，顿时惊得魂飞魄散。刚才他被那女子的美色迷得丧失心智，倘若再多沦陷一会儿，恐怕就再也见不到阳光了……

松村回到房中，便嘱咐家人千万不要再靠近那口井，而且从今以后，所有前来汲水的人一律谢绝。翌日，他便让人在怪井的周围筑起了一道结实的篱笆，不让任何人靠近。

篱笆筑好后，大约过了七日，忽然狂风大作、电闪雷鸣，一场暴雨浩浩荡荡地降临京都。整个京都被笼罩在狂风暴雨中，宛如发了地震一般摇摇晃晃。这场大雨来势汹汹，整整下了三天三夜。在暴雨的袭击下，鸭川的水位涨到了前所未有的高度，冲垮了许多桥梁。就在第三天夜里的丑时，松村家突然传来一阵猛烈的敲门声，听声音是一位女子，正大声叫嚷着让她进去。松村经历了之前的离奇事件后，提高了警惕，便命仆人切勿应声，自己则躲在门后，壮着胆子问道：

"是谁在敲门？"

只听那女声答道：

"深夜造访，请恕小女子冒昧。小女子名叫弥生，有要事告知松村大人。请您开开门吧！"

松村小心翼翼地打开半边门，发现眼前人正是那日在井中的女子。不同的是，女子看起来十分哀愁，脸上不见一丝笑影。

"我不能让你进来，"松村义正词严地拒绝道，"姑娘并非凡人，而是那日井中的邪祟……你为何要如此歹毒，去引诱和杀害那些无辜的人呢？"

井中的女子开口，那声音朗如珠玉，十分动听：

"小女子正是为此事而来。我从无半点害人之心，只是那井中很久以前便住了一条毒龙，他是井中之主，井水也因此源源不竭。很久以前，我失足掉进了井中，便受制于它。这条毒龙爱喝活人鲜血，便逼我用色相勾引男子，让他们跌入井中淹死。但是，毒龙最近收到天神谕令，迁往信州鸟井池中，永世不得返回京都。今夜它走后，我便逃了出来，求您相助。现在毒龙已走，井里的水已经所剩无几了。大人若派人前去搜寻，就可以找到我的骸骨。小女子求求大人，赶紧派人将我从井里打捞上来吧。您的大恩大德，来日一定相报！"

女子说完，便消失在了黑夜中。

拂晓之时，雨散云收。太阳从东方升起，万里无云，碧空如洗。一大早，松村便派了扫井人下井查探。然而，令人大跌眼镜的是，这口井竟然已经几近干涸。扫井人很轻松地下到了井底，结果只找到了一些样式古老的发饰和一面形状怪异的铜镜，压根就没有发现任何人或动物的骸骨。

然而松村却觉得，这面铜镜似乎藏着某种不可告人的秘密。此类铜镜一般都非寻常之物，拥有着自己的灵魂，而且附身的镜灵多半是女子。这面铜镜似乎年代非常久远，上面覆满了斑斑锈迹。松村命人将其细细打磨清洗后，镜子上的花纹才显露出来。只见镜子的背面绘有一些奇异的文字，其中一些已经模糊不清了，但还是可以依稀辨认出一行日期：三月三日。三月，曾在古时候被称为"弥生"，意为"万物复苏的月份"，而三月三日则被称为"弥生节"。松村蓦然回忆起，那井中女子亦自称为"弥生"，当下便断定，那夜前来拜访他的女子，正是一位镜灵。

松村决定，要好生安置这面附有镜灵的铜镜。他命匠人将铜镜细细抛光，再重新镀银，收入珍贵的木匣中，又专门收拾出一间屋子，将木匣安置其中。就在放好铜镜的当晚，松村正独自坐在书房，突然眼前一晃，弥生的身影出现在了他的面前。她的容颜娇媚更胜往昔，宛如夏夜透过洁白云层的月光，柔和皎洁。弥生恭恭敬敬地向松村行了个礼，嗓音婉转动听，犹如莺啼：

"多亏您的大恩大德，将小女子从悲苦寂寥中解救出来。小女子此番专门为报恩而来。如您所料，我确实是镜中魂灵。齐明天皇时期，我被人从百济带到京都，后来便一直待在皇宫之中。嵯峨天皇[334]时期，我被赐予加茂内亲王，被藤原家奉为传家之宝。保元[335]年间，时局动荡，我被人扔进了您家后院那口井中。平氏和源氏兵戎相向的那些年里，我一直都在井底，渐渐地被世人遗忘。

"那口井的主人乃是一条毒龙，曾经生活在这附近的一片非常宽阔的池塘里。后来，因为统治者打算在那里建造房屋，便派人将池塘填平了。那毒龙便霸占了这口井作为它的栖身之处。我落入井中后，受制于它，被它逼迫着用美色引诱活人落井，杀害无辜。所幸苍天有眼，那条毒龙已被永生驱逐出此地了……

"现在，小女子仍有一事相求：大人能否将我进献给足利义政将军？此人与我的旧主颇有些血缘上的渊源[336]。求大人助我这最后一次，日后必定喜事临门。此外，我还有一事告知您，

---

334 嵯峨天皇，日本第52代天皇，在位时间为809年至823年。

335 保元，日本第77代天皇后白河天皇和第78代天皇二条天皇的年号，时期为1156年至1158年。1156年7月爆发了保元之乱，即后白河天皇及其支持者平清盛、源义朝等，与崇德上皇（第75代天皇）及其支持者平忠正、源为义的内战，战争结果是后白河天皇一方获胜。

336 足利义政的祖母是藤原庆子。

大人的房子后日就会倒塌，还请早作安排，以免祸事临头。"

一番谆谆告诫之后，弥生便消失在了原地。

松村得到警告后，第二天就赶紧将家人和财产转移到了一个安全的地方。果不其然，一场来势更为迅猛的暴风雨很快席卷了京都，洪水将他之前的房屋彻底冲垮了。

不久后，在细川公的安排下，松村得以正式拜谒了幕府将军足利义政。他将这件奇闻的前因后果写成文书，连同铜镜一起，进献给了将军。果不其然，镜灵的预言实现了：将军得此奇珍异宝，大为高兴，不仅赐给了他许多昂贵的礼物，还拨了一笔巨款用来修葺大河内明神神社。

伊藤则资的故事

伊藤则资の話

八十 —————

为了与你重逢，妾身已经等候了几生几世了

六百多年前，在山城国[337]的宇治郡，有一位名叫伊藤带刀则资[338]的武士，祖上曾是赫赫有名的平家的一员。伊藤长得一表人才，性情温和良善，而且文武双全。遗憾的是，他家境贫寒，得不到达官贵人的提携，因此一直没有什么作为，索性投身于学问中，以风月为伴，过着低调却宁静的生活。

在一个秋日的傍晚，伊藤正独自漫步在家附近的琴引山中，偶遇一位与他同路的女孩。女孩穿着一身锦衣华服，看模样也就十一二岁。伊藤便向前致意道："小姑娘，太阳即将落山了，此处又是荒野之地，你是不是迷路了呢？"女孩抬起头来，对他莞尔一笑，不以为然地答道："不要紧，我本就是这附近一座府邸中的侍女，很快就能到家了。"

337　山城国，日本古代的令制国之一，属京畿区域，为五畿之一。其领域相当于现在的京都府南部。

338　有的日本人会将官职放在姓与名之间。伊藤则资在其姓名之间插入"带刀"，或许是因为他作为武士，有带刀特权。

伊藤见她谈吐不凡，便知这女孩必定是在某户达官贵人家当差，但心中又十分诧异，因为他从未听说这附近有什么显赫之家，便说道："我是宇治人士，现在正要返家，此处人烟稀少，姑娘不妨与我结伴同行，也好有个照应。"女孩似乎十分高兴，对他优雅地行了个礼，表示感谢。两人便一路同行，边走边聊。女孩一路上滔滔不绝，不仅聊起天气、花鸟、蝴蝶，还谈到了自己去往宇治的经历，以及故乡京都的风景名胜。伊藤一路听着她侃侃而谈，倒也听得津津有味，感觉时间过得飞快。过了一会儿，两人转过一道弯，进入了一个树木丛生的小村庄。

在这里，我必须打断一下。在日本，不管是在怎样晴朗或炎热的天气，总有一些村落常年光线昏暗，被阴影笼罩。如非亲眼所见，读者很难想象。

在东京附近，就有很多这样的村落。离村民聚居地稍远一点的地方，便是渺无人烟、只有繁盛茂密的常青树林。林中多为小杉树和竹子，既能保护村庄不受风暴侵袭，还能为村民们提供所需的木材。树木间隔十分紧密，仿佛一座铜墙铁壁，一般人根本无法穿行其中，它们如船桅般笔直挺立，树冠茂密如伞，阳光根本无法穿透。

村民们居住的茅草屋，都是在林中人为开辟的空地上建立起来的。因此，外围的树木本就高出屋顶数倍，便形成了一座天然的屏障。树木投下重重浓荫，即使在光线最足的正午，里面也是晦暗不清。而那些被树木包围的房舍，不管是白昼还是黑夜，都半掩在树荫之中。乍一看去，就给人一种惶惶不安的感觉。倒不是因为那透明的灰暗，而是林中死一般的寂静。虽然村中也住着五十到一百来户人家，周遭却荒无人烟，只听见远处传来几声鸟叫，偶尔还带着几声鸡叫和蝉鸣。然而，树上的蝉都觉得林中太过昏暗，连叫声都是有气无力的。它们天性喜欢沐浴在阳光下，似乎更情愿生活在村外的树上。

说到这里，我差点忘了提，林中偶尔还会传来梭子织布的"咔嚓咔嚓"声。虽然这声音很平常，但回荡在寂静的树林中，总让人感觉有什么东西在作怪。村落里之所以这么寂静，主要是因为村民们平时都不在家。除了一些体弱多病的老人，几乎所有的成年人白日里都去了附近的田里劳作，女人们则把孩子背在背上，也在一旁干着活儿，至于稍大点的孩子，多半都去了一里外甚至更远的学堂念书。事实上，置身于这样昏暗寂寥的村庄，总会让人想起《庄子》一书中所描绘的奇异太古景象：

> 古之畜天下者，无欲而天下足，无为而万物化，渊静而百姓定。[339]

伊藤和女孩抵达时，太阳已经落山了，仅剩的几缕余晖在树荫的遮挡下，也销声匿迹了，天色越来越暗。

"多谢公子仗义相助，"女孩又指着路边一条小径说道，"小女子家就在那边。"

"小姑娘，我还是将你送到家门口吧。"伊藤言罢，便和女孩一起走上那条小路。

不一会儿，女孩在一扇小门前停下了脚步。格子门在一片昏暗中，依稀可见，里面透出些许灯光。女孩说道："这便是小女子当差的府邸。公子既然已经来了，不如进来歇歇脚吧。"伊藤便点头同意了。

少女不拘小节的邀请使伊藤十分欢喜，再者他也十分好奇，到底是什么样的大人物，会选择在这荒野之地居住呢？名门望族隐居避世其实并不鲜见，多半是因为卷入了朝堂纷争或政治

339　原文中，小泉八云引用的是英国汉学家理雅各（James Legge，1815—1897）翻译的《庄子·天地》中的句子。

风波，想来这家人也是因为如此。

伊藤在女孩的引导下，踏进大门，入眼是一座古色古香、视野开阔的花园。园中布有小型的山水景致，小溪蜿蜒流过，昏暗中依稀可见。

"请公子在此稍等片刻，容我先进去禀告主人。"女孩说完，便快步走进屋子。

这座豪宅似乎很有些年头了，看它的建筑风格，也不像是本朝所建。门并未关，长廊前挂着精美的竹帘，掩住了内室的场景。竹帘后，隐约看到一个女子的倩影，在灯火的掩映中摇曳着。

忽然，夜色中传来袅袅琴音，悠扬悦耳，宛如天籁。伊藤简直无法相信自己的耳朵，这真是此曲只应天上有，人间哪得几回闻。他倾耳而听，只觉得自己的思绪已被那琴声缠绕，心中不由十分怡悦，而这怡悦之中，又夹杂着几丝哀愁。伊藤大为好奇，究竟是怎样的女子，才能弹奏出这等奇妙仙乐？或者说，弹奏者究竟是不是女子？自己听到的真的是凡间乐曲吗？伊藤困惑不已，只觉得那琴声似乎拥有某种不可思议的力量，能够融入他的血液。

悠悠琴声渐止，伊藤回过神来，才发现刚才的侍女已站在他面前，对他说道："公子，我家主人请您进屋一叙。"

伊藤在侍女的引领下，走到门口，脱下鞋子。一位总管模样的年长妇人，站在门槛处恭候着他。接着，老妇人带着他穿过重重房间，来到府邸深处一间宽敞明亮的大厅，向他一番恭敬致礼后，将他奉入上席。

室内豪华气派，各种装饰摆件无不精致华美，让人叹为观止。不一会儿，一干侍女翩然而至，奉上了茶水、糕点，所用的杯盘器皿都是难得一见的珍品，一看就是出自大师之手，上面的纹饰花样无一不彰显着主人显赫的地位。伊藤心中愈发疑惑，这究竟是何等人物，才会选择避世隐退？又究竟是怎样的际遇，才会使主人甘愿与孤寂相伴呢？他正沉思着，老妇人突然开口，打断了他的思绪。

"公子就是宇治郡的伊藤大人，伊藤带刀则资吧？"

伊藤点了点头，心想自己刚才并未告诉过那女孩自己的名字，不由十分吃惊。

"老妇唐突了，还请公子见谅。"老妇人说道，"我无意冒犯公子，只是上了年纪，心生好奇便口不择言了。公子一进门，我便觉得与您似曾相识，只因为还有一些事要告知公子，便先询问了您的名讳，好打消心头的疑虑。现在我有要事禀告于您。公子平日常常路过本地，某日清晨，我们家年轻的公主与您偶遇，对您一见倾心，从此便对公子朝思暮想，后来竟相思成疾。我们看在眼里，急在心上，就千方百计地打听您的名讳和住处，甚至打算向您修书一封，盼您能来。哪知道今天这么巧，您竟然和府上丫头一道登门了。能见到您，我真是高兴得无以言表，简直就是美梦成真了！这一定是主管姻缘的出云大神的保佑，才使得我家公主得偿所愿，能与心上人见上一面，想来她心中定是十分喜悦的。既然公子有缘来到这里，如果没有什么事让您困扰的话，想必您是不会推拒与我家公主一见的吧？"

伊藤听罢，一时不知道该怎么回答。如果这老妇人所言非虚，那确实是一段世间难得的奇缘。自己只是一介贫寒武士，没有主公收留，前程难料，没想到这位贵族千金能不计较贫富，倾心于自己。但话说回来，利用女子的弱点来谋求自己的私利，实在不是什么男子汉大丈夫该有的行为。然而，这件事实在是疑点重重，如何婉拒这突兀的请求，伊藤为此烦闷不已。沉吟片刻后，他答道：

"困扰倒不至于。在下尚未娶妻，也无婚约在身，与其他的女子也没有任何牵扯，一直都是和父母同住，双亲亦从未提及我的婚事。想必您已经知晓，在下只是一名清贫武士，身后也没有靠山，只想着有朝一日出人头地，再考虑娶亲的事。今日承蒙贵府抬爱，不胜感激。但在下自知身份低微，实在承受不起公主的垂爱。"

老妇人笑了笑，似乎十分满意，随即答道：

"公子请放宽心，不妨先见见我们家公主，再做决定也不迟。请您随我来，老奴这就带您去见她。"

老妇人带着伊藤，来到一处更为宽阔的客厅，那里已经备好了宴席。老妇人将伊藤引入上座后，请他在此等候片刻，便告退了。过了一会儿，老妇人伴着一位女子，又回到了客厅。伊藤见到那女子的第一眼，内心便传来一阵奇异的震颤，仿佛又一次感受到了刚才听见琴声时的讶异与欢喜。即使是在梦境中，他也未曾见过如此美丽动人的女子——

她是如此光彩照人，而且这种魅力是由内而外散发出来的，宛如柔美的夜光透过轻柔的云朵。随着她的举手投足，如瀑的黑发也随之摇曳生姿，让人想起沐浴在春风中的垂柳。她的丹唇娇艳欲滴，好似点缀着晨露的桃花。

伊藤只觉得一阵目眩神迷，不禁自问："莫非眼前佳人，是居于天河的织女么？"

老妇人对着身旁低头不语、双颊羞红的女子说道：

"小姐，您瞧瞧！本来我们都不抱多大希望了，没想到，您朝思暮想的人竟然亲自登门了。这真是上苍的旨意，赐下如此金玉良缘。老奴想到这儿，都忍不住喜极而泣了。"说完，她以袖拭泪，哽咽了几声说道，"此刻只剩一事，如果你俩情投意合、两相情愿的话，就定下终身，在此举办婚礼吧。"

伊藤顿时哑然，不知道该说什么好，看着眼前天仙般的女子，又忍不住心生向往，慌张到结舌。侍女们端着美酒佳肴翩翩而来，为一对新人精心布置着婚宴，宣读着誓约。此时，伊藤仍然只觉得精神恍惚。这不可思议的经历，以及眼前美得不像话的新娘，仍然困惑着他。然而，他心中却又涌现出一股前所未有的喜悦，犹如被一片无边的安宁包裹。过了一会儿，伊藤才恢复冷静，可以从容不迫地与人交流了。他索性大大方方地端起酒杯，抱着谦卑有度的态度，向女子道出自己的疑惑和担忧。新娘却始终娴静不语、眼眸低垂，好似天边的月光般，任他如何搭话，都只是红着脸嫣然而笑。

伊藤对老妇人说道："以前，我常常独自出来散步，不知道多少次路过这村子，却从不知这里竟有一座如此豪华气派的府邸。自从来到贵府，我便一直在想，究竟是什么原因，才使得如此名门贵胄甘愿居于荒野之地呢？我既与你们家公主互定终身，却还不知你家主人尊姓大名，未免也说不过去吧。"

闻言，原本和蔼可亲的老妇人脸上却浮现出一丝阴霾，连沉默不语的新娘也变得脸色苍白，仿佛十分忧愁。沉默片刻后，老妇人答道：

"这件事瞒着您，终究不是长久之计。既然公子已经和我们成了一家人，老妇无论如何也会向您如实禀告。伊藤公子，我家小姐其实就是当年不幸遇害的三位中将平重衡[340]之女。"

年轻的武士一听到"三位中将平重衡"这几个字，顿时如坠冰窟，忍不住打了个寒战。这位赫赫有名的平重卿，乃是平安时代末期杰出的武将和公卿，只是后来死于非命，距今已有一百多年了。伊藤顿时如梦初醒，原来今天晚上经历的一切——这房屋、灯盏和宴席——全都是昔日的一场梦，而这屋里来来往往的人群，也都是已故之人！

但是，就在转瞬间，伊藤却觉得那股寒冷已然褪去，眼前的一切又将他深深吸引，甚至比刚才更让人沉迷。虽然新娘是黄

---

340 平重衡（1157—1185），平安时代末期的武将、公卿和歌人，平清盛的第五子，母亲为平时子。其位阶原为从三位，后升为正三位，因此被称为"三位中将"。他在源平合战中被斩首。

泉之人，但他的心早已沦陷。虽然民间传闻，娶鬼妻者，最终亦会化为鬼。但与其逼他狠心说出背弃之言，或者见到那美丽的脸庞愁眉不展，还不如付出生命。新娘对他的一片痴情，他没有半点怀疑，她既然能将真心摆在他面前，把一切都坦诚相告，就定然不会因为什么阴谋而欺骗他。这一瞬，所有的思绪和疑虑都消失不见，伊藤决定接受眼前这一切，就当自己是寿永[341]年间的人，被选作平重衡的女婿了吧。

"唉，世事无常啊！"伊藤叹了一声，"当年重衡卿死前是多么凄惨，在下亦有所耳闻。"

老妇人啜泣道："唉，确实如此。公子可知，当年我家主人的战马中箭而死，倒在他的身上。主人疾声呼救，不料那些平日里受他庇护的人见势不妙，便视若无睹，弃主人的生死于不顾，纷纷逃走。主人被生擒后，便被押往镰仓，在那里受尽了侮辱，最终被处刑[342]。他的夫人和孩子，也就是我家小姐，为了活命，只能隐姓埋名。因为一旦暴露了平家人的身份，就会被立刻处死。当年，主人身死的噩耗传来后，我家夫人受不了打击，便撒手人寰了[343]。此时，平家的人走的走，亡的亡，只剩下孤苦无依的小姐和老奴。小姐当时只有五岁，我这个乳母便尽一切所能照顾着她。就这样日复一日、年复一年，我们换上布衣荆钗，东躲西藏，过得十分凄苦……不过，现在说这些已经不合时宜了。"

341　寿永，第81代天皇安德天皇和第82代天皇后鸟羽天皇的年号，时期为1182年至1185年。源平合战就发生在这一时期。

342　在保卫平家大本营的战斗（即一之谷之战）中，平家军被源义经率领的源家军击溃。一位名叫家长的神箭手射死了平重衡的马，使他跌落马下。平重衡呼喊随从为他换一匹马，随从却临阵脱逃了。平重衡被家长俘虏，最终向源义经投降，之后被押送至镰仓管押。在那里，平重衡受尽羞辱。后来，他用一首中国诗打动了残酷的源赖朝，从而得以接受一段时间的治疗。然而，因为平重衡之前受平清盛之命火烧南都兴福寺，第二年，在南都僧人的要求下，平重衡被处死。——小泉八云注。

343　在历史中，重衡卿的妻子是藤原辅子，她在坛浦之战中被源家俘虏。重衡卿死后，她将丈夫的尸体带往高野山安葬，随后隐居，出家为尼。

　　　　　　　　　　　　　　　天の河縁起そのほか

老妇人重重地叹了口气，一边拭泪一边说道："我这人爱犯老糊涂，总念叨过去的事，还请公子不要见怪。您看，我一手养大的幼女，如今已经出落成一位真正的公主了！若还是在高仓天皇[344]御世之时，公主必定一生荣华富贵！但如今，公主已经寻得佳偶，便是再好不过了。时辰不早了，新房也已布置好，两位新人早点休息，老奴就先告退了。"

老妇人起身，撩起客房和邻舍之间的帘子，将两人送入了新房，又说了许多吉祥话，便离开了。房里只剩下伊藤和新娘子。

两人歇下后，伊藤问新娘子：

"娘子能否告诉我，你是何时钟情于我的呢？"

（此刻，眼前的一切都是如此真实，以至于伊藤几乎忘了，自己仍身处幻境之中。）

新娘的声音婉转动听，好似莺声燕语：

"夫君，妾身第一次与你相遇，是随乳母去石山寺祈福时。自见你第一眼起，我的世界就发生了翻天覆地的变化。你我之间的情缘，其实并不始于今生，而是许久之前的往世，想必夫君已经记不得了。夫君几经轮回转世，也拥有过许多相貌英俊的肉身，但妾身始终容颜未改，一直都是此刻的模样。既然钟情于你，便只想用自己原本的面貌接近你，更不愿转世投胎，抹去对夫君的记忆。为了与你重逢，妾身已经等候了几生几世了。"

伊藤听完这番不可思议的表白，心里却没有一丝的惧意，他反而觉得，只要与眼前人长相厮守，聆听她的温柔爱语，几生几世都别无所求了。

春宵苦短，天边渐渐亮了起来，远处也传来寺庙的钟声。鸟儿在外面叽叽喳喳地叫着，清晨的微风拂过，将树叶吹得沙

---

344 高仓天皇，日本第 80 代天皇，在位时间为 1168 年至 1180 年。高仓天皇死后，日本爆发了反对平氏专政的战争。

沙作响。忽然，老妇人拉开了新房的门，喊道：

"时辰已到，该道别了！太阳一出，公子片刻都不能逗留了，否则会有性命危险！二位必须话别了。"

伊藤默默无语，收拾好了便起身，准备离开。他隐隐明白了老妇人的警告意味着什么，既然也无力改变什么，干脆就将一切交与命运。只愿能再与幻觉中的妻子相见，凝视她的如花笑颜。

新娘将一方体型小巧、做工精致的砚台放在他手心，说道：

"夫君识文断字、饱读诗书，想来不会拒绝妾身这番小小的心意。这砚台造型别致，且年代久远。乃是当年高仓天皇赐给家父的珍品，我一直保存着。"

伊藤也将自己佩刀上的笄[345]回赠给她，此物乃是金银所制，上面还刻着梅花和夜莺的精美纹饰。

接着，先前那位小侍女便引领着伊藤，送他出园，新娘也和老妇人一道，将他一直送到了门口。

伊藤走下台阶，转过身正准备道别，只听那老妇人说道：

"下一个亥年的同月同日同一时辰，公子便可与小姐团圆。今年是寅年，公子还需等待十年。只是下次见面就不在此处了，到时候，我们将会举家搬迁到京都附近，那里曾居住着高仓天皇、我们的历代祖宗和平家族人。至于其中的缘由，请恕老妇不便相告。公子若如期而至，平家上下将会不胜欢欣。到了约定的日子，我们自会派驾笼[346]前去迎接公子。"

伊藤独自走出大门，只见村子上空群星闪耀、熠熠生辉。待他踏上村庄的主路时，却看见远处寂静的田野边已渐渐泛出

---

345 在日本，笄分女子用的和男子用的两种。女子用的笄如同中国的簪子；男子用的笄则挂在刀剑、匕首的鞘上，用于整理头发。

346 驾笼，日本大名和贵族的乘驾，类似中国古代的轿子，是身份的象征。

了黎明的曙光。他怀里还揣着新娘在临别时赠予他的信物，耳边仿佛还回响着她甜美的嗓音。若不是他此刻还似信非信地摩挲着那方砚台，恐怕昨夜的种种只被当成了一场梦，他也依然过着自己的生活。

但是，伊藤终是下定了决心，心中亦不再有任何悔恨和遗憾。现在，他唯一难以忍受的是离别之痛，以及那幻影重现前自己要熬过的十载春秋。整整十年啊！其中的每一日，他都觉得十分漫长！他百思不得其解，为何偏偏要等到十年后才能相见？亡灵的种种奥秘，恐怕只有神明才会知晓。

后来，伊藤每逢独自散步，总是一次又一次地来到琴引山，他内心总是隐隐抱着一丝侥幸，想再看一眼曾经有过美好记忆的地方。但无论是白天还是黑夜，那条幽暗小道上的大门再也没出现在他面前。而那位独行在夕阳下的小侍女，也如同人间蒸发了一般。

村里人见他总是絮絮叨叨问个不停，都以为他是中邪了。因为根本就没有什么贵族定居于此，也没有他说的那个庭园。不过，他打听的那一带，确实有一座宏伟的寺庙，而且庙中的墓园里仍残留着几座墓石。在一片浓密的草丛中，伊藤发现了几座墓碑，样式都是古代中国流行的，上面长满了苔藓和地衣。碑上的字已经迷糊不清，难以辨认了。

这番不可思议的经历，伊藤没有向任何人提起。但好景不长，亲友们很快发现，他的身体和精气神都大不如以前了。虽然大夫说他的身体并无异常，他的面容却一天比一天枯槁，人也越来越憔悴了，身子轻飘飘的，如同幽魂一般。伊藤平日里喜欢清静，勤于思考，但如今，他好像对一切都漠不关心，就连之前无比热衷的学问和功名，也被他完完全全抛到了脑后。他的母亲心想，也许该给他娶房妻子，说不定能让儿子重拾昔日的雄心壮志，找回人生的乐趣。不料却被伊藤一口回绝，他说自己早已立下誓言，不会娶凡世女子为妻。

时光荏苒，就这样慢慢流逝了。

终于到了亥年的秋天，但伊藤早已病得不成人形，连出门散步的力气都没有了。他整日卧病在床，身体一天不如一天。但其中缘由，众人始终无法得知。他总是长时间昏睡不醒，让人以为他已经离开了人世。

在一个月色明朗的夜晚，伊藤在睡梦中，突然被一阵小孩的说话声惊醒。他起身一看，发现身旁坐了一个人，正是十年前，在那座早已消失的庭园前将他引入大门的小侍女。侍女对他行了个礼，微笑道："小女子奉主人之命，前来告知公子，主人已阖家迁往京都附近的大原[347]的新居，今日特地派了一顶驾笼，接公子前去一叙。"说完，侍女便消失在了原地。

伊藤心里了然，知道此去必定有去无回。但想到能再与他心心念念的新娘重逢，内心又充满了喜悦。他不知哪儿来的力气，立马坐了起来，大声呼喊着母亲。他将与新娘认识的经历原原本本地告诉了母亲，并给她看了对方赠予他的那方砚台。他嘱咐母亲，一定要将砚台放进他的棺材里。说完，便气绝身亡了。

那方砚台，随着伊藤的尸骨一起下葬了。当时，前来参加葬礼的有一位深谙古董的行家，他将砚台仔细鉴定了一番，说道："此物源自承安[348]年间，上面刻有高仓天皇在位时某位工匠的印章。"

---

347 大原，位于京都北部、比叡山北岭西麓的山间盆地。

348 承安，高仓天皇的年号之一，时间为 1171 年至 1175 年。但小泉八云在备注中写的年份是 1169 年，那年是仁安四年，是高仓天皇即位的第二年。

天の河緣起そのほか

附录·本书译者所译篇目明细

郭睿〇   译

《怪谈》《虫界的研究》《骨董》三章全部篇目。

王如胭〇   译

《佛国的落穗》《日本童话》《灵之日本》《奇书物语》《奇谈》《天河的缘起并其他》六章全部篇目，《稀奇日本瞥见记》中的《地藏菩萨》《杵筑——日本最古老的神社》《弘法大师的书法》《地藏的故事》《洗豆桥》《买水饴的女子》《鸟取的蒲团》《弃子》，《来自东方》中的《浦岛太郎的故事》。

孟令堃〇   译

《稀奇日本瞥见记》中的《得度上人的故事》《讨厌公鸡的神》《青铜马》《日本的人偶》《八岐大蛇的传说》《树灵》《舞女》《考验》《守候》，《来自东方》中的《石佛》。

地球旅馆

出 品 方 　地球旅馆

出 品 人 　张进步

策划监制 　程　碧

特约编辑 　孟令堃

文稿统筹 　孟令堃

校 　对 　马　丽

封面设计 　🌰 lemon

内文设计 　八月书子

运 　营 　肖　遥

营 　销 　何雨淳　吴　桐

法律顾问 　天津益清（北京）律师事务所　王彦玲

新浪微博

微信公众号

出版投稿、合作交流，请发邮件至：innearth@foxmail.com

了解新书，图书邮购、团购、采购等，请联系发行电话：010-65772362